비평의 변증법

비평의 변증법

김환태·김동석·김기림의 문학비평

김욱동

이숲

차 례

20세기는 분명히 소설의 시대는 아니다.
시의 시대는 더군다나 아니다.
그것을 비평의 시대라고 할 때 그 말은 틀림없이
역사가 한 반성기에 있다는 것을 반증하는 것일지도 모른다.

김기림(金起林)

책머리에

이 책을 쓰는 동안 "미네르바의 부엉이는 황혼이 되어서야 날개를 편다"는 경구 한 마디가 나의 뇌리를 맴돌았다. 게오르크 빌헬름 프리드리히 헤겔이 『법철학의 원리』 서문에 남긴 이 말은 뒷날 카를 마르크스가 헤겔을 비판하며 다시 한 번 언급하면서 서양 철학사에서 널리 알려지게 되었다. 그런데 이 경구는 지금도 여전히 뭇 사람의 입에 자주 오르내리건만 그 의미는 수수께끼처럼 아리송하여 좀처럼 쉽게 손에 잡히지 않는다.

미네르바는 로마신화에서 지혜의 여신이고, 야행성 조류인 부엉이는 미네르바의 상징으로 세상을 살피고 신의 말을 세상에 전하는 전령이다. 하루해가 저물고 황혼이 찾아와 온 세상이 어두워져서야 비로소 지혜의 새가 날개를 펴고 활동을 시작한다는 말이다. 철학이든 사회 문제든 모든 현상은 그것이 끝날 무렵에야 비로소 그 실체를 알 수 있다는 뜻이다. 이 점에서는 문학비평도 크게 다르지 않아서 일제강점기와 해방 공간에 쏟아져 나온 비평도 백 년 가까운 시간이 지난 21세기에 이르러서야 비로소 그 모습이 좀 더 선명하게 드러난다.

더구나 20세기 전반기 식민지 조선의 현실에 비추어 보면 미네르바의 부엉이는 식민지 시대에 활약한 비평가들로 볼 수 있고, 황혼은 암울한 일제강점기를 의미하는 것으로 받아들여도 크게 무리가 없을 것 같다. 당시 비평가들은 시인들이나 소설가들과 비교하여 비록 수에는 미치지 못했어도 그들 못지않게 크게 활약하였다. 창작가들과는 달리 주로 논리와 지성에 의존하는 비평가들이 당시 이룩한 업적은 흔히 생각하는 것보다 훨씬 크다. 실제로 한국문학의 배가 험난한 식민지 시대의 풍랑을 헤치고 무사히 빠져나올 수 있었던 데는 비평가들의 역할이 적지 않았다.

일제강점기에 활약한 조선인 문학 비평가는 줄잡아 50여 명에 이른다. 가나다 순서로 말하자면 "강경애(姜敬愛)에서 홍효민(洪曉民)까지"라고 말할 수 있다. 같은 기간에 활약한 시인이 130여 명이고 소설가가 100여 명인 것과 비교하면 평론가의 수는 그 절반에도 미치지 못한다. 물론 이 무렵에는 오늘날과는 달라서 문인들은 어느 한 문학 장르의 집에 안주하기보다는 여러 장르의 집을 자유롭게 오가며 동거하였다. 말하자면 당시 문필 활동은 오늘날처럼 분업이 제대로 이루어지지 않고 겸업의 형태로 폭넓게 이루어졌던 셈이다.

그렇다면 50여 명에 이르는 문학 비평가 중에서 이 무렵 가장 눈에 띄게 활약한 사람은 누구일까? 좀 더 구체적으로 말해서 식민지 조선 문단에서 비평을 독립된 문학 장르로 굳건한 발판에 올려놓은 사람이 과연 누구일까? 이 물음에 답하는 사람의 문학관과 세계관에 따라 저마다 다르기 때문에 이 질문에 답하기란 그리 쉽지 않다. 다만 한 가지 분명하게 말할 수 있는 것은 일제강점기에 활약한 비평가 중에는 영문학을 비롯한 외국

문학을 전공한 사람이 유난히 눈에 띈다는 점이다.

　예를 들어 1920년대 후반부터 일본의 도쿄 소재 대학에서 외국문학을 전공하던 유학생이 조직한 '외국문학연구회'에서 활약한 회원들은 말할 것도 없고 그 밖에도 외국문학을 전공하던 젊은 학생들이 이런 저런 방식으로 비평 담론에 참여하였다. 가령 김기림(金起林), 김환태(金煥泰), 김동석(金東錫), 최재서(崔載瑞), 김기진(金基鎭), 이양하(李敭河), 정인섭(鄭寅燮), 김문집(金文輯), 이원조(李源朝), 권환(權煥), 백철(白鐵), 임학수(林學洙) 등 열 손가락이 모자라 모두 헤아리지 못할 정도다. 외국문학을 전공하다 보니 아무래도 시나 소설 같은 창작 쪽보다는 좀 더 논리적이고 분석적인 비평 쪽에서 활약한 사람들이 많았다.

　이렇게 많은 비평가 중에서도 나는 이 책에서 김환태, 김동석, 김기림 세 사람을 집중적으로 다루었다. 그러고 보니 이 세 사람은 서로 닮은 데가 적지 않다. 가령 그들은 일제강점기 고급 관료를 양성하려는 목적으로 설립한 제국대학에서 공부하였다. 김동석은 경성(京城)제국대학, 김환태는 규슈(九州)제국대학, 그리고 김기림은 도호쿠(東北)제국대학에서 공부하였다. 또한 그들은 여러 분야 중에서도 유독 영문학을 전공으로 선택하였다. 그런가 하면 영문학을 전공하는 목적이 영문학 연구 그 자체에 있다기보다는 조선문학의 토양을 좀 더 비옥하게 하는 데 있다고 생각했다는 점에서도 세 사람은 서로 비슷하다.

　내가 유독 세 비평가에 주목한 데는 그럴 만한 까닭이 있다. 첫째, 많은 비평가를 단행본 한 권에 다룬다는 것은 아예 처음부터 불가능하다. 물론 그들을 모두 다룰 수 없는 것은 아니지만 깊이 있게 다루지 못하고 자칫 수박 겉 핥기식으로 취급할 가능성이 무척 크다. 둘째, 위에 언급한 비평가 중에서 정인섭과 이양하와 최재서는 별도의 단행본에서 이미 다루었고, 나머지 비평가들은 다른 기회에 다룰 예정이다. 셋째, 김환태, 김동석, 김기림은 마치 이등변삼각형의 세 모서리와 같아서 저마다 독특한 비평관을 견지한다. 이등변삼각형의 한쪽 밑변 모서리에는 김환태의 심미주의 비평이 굳게 자리 잡고 있고, 다른 쪽 밑변 모서리에는 김동석의 사회주의 비평이 자리 잡고 있다. 삼각형의 꼭짓점에는 딱 부러지게 심미주의라고도 할 수 없고 그렇다고 사회주의라고도 할 수 없는 김기림의 비평이 버티고 서 있다. 20세기 전반기 문학비평은 이렇게 김환태와 김동석의 두 축으로 이루어졌고, 두 축 사이에서 균형을 잡으려고 한 것이 바로 김기림이었다. 1930~1940년대에 활약한 이 세 비평가는 말하자면 한국 문학비평을 화려하게 장식한 삼총사였다.

그러고 보니 일제강점기에 소파(小派) 방정환(方定煥)이 시를 짓고 정순철(鄭淳哲)이 곡을 붙인 「형제별」이라는 동요가 새삼 떠오른다. "날 저무는 하늘에 / 별이 삼형제 / 반짝반짝 정답게 / 지내이더니 / 웬일인지 별 하나 / 보이지 않고 / 남은 별이 둘이서 / 눈물 흘리네." 어둡고 긴 터널을 지나가는 것처럼 암울한 시대에 어린이들에게 한 줄기 희망의 빛을 던져주던 이 동요처럼 세 별 중 하나인 김환태는 서른다섯의 나이에 폐결핵으로 요절하고 말았다. 김동석은 한국전쟁 전에 월북하고 김기림은 전쟁 중에 납북되어 그 후 소식을 알 수 없다. 어찌 되었든 그들은 일제강점기와 해방기에 비평의 하늘에서 반짝이던 세 별과 다름없었다.

그러나 이 세 사람은 '형제별'처럼 그렇게 '정답게' 지내지는 않았다. 본디 '비평가'라는 말 자체가 남의 허물이나 결점을 들추어내거나 잘잘못을 판단하는 '심판자'라는 말에 뿌리를 둔다. 특히 김환태의 비평관과 김동석의 비평관 사이에는 좀처럼 넘기 어려운 높은 벽이 가로 놓여 있었다. 이 두 비평가 사이 어딘가에 놓여 있던 김기림 비평의 천칭은 어떤 때는 김환태 쪽으로, 또 어떤 때는 김동석 쪽으로 기울었다. 테제가 안티테제에 갈등과 모순이 극복되면서 역사가 진보하듯이 문학비평도 궁극적으로는 정반합의 모순과 대립을 통하여 발전해 나가게 마련이다. 이 책에서 내가 특히 주목한 점은 문학비평이 건강한 논쟁과 토론의 힘으로 한 단계씩 발전할 수 있다는 가능성이었다.

코로나19의 창궐로 사람과 사람 사이의 물리적 거리는 전보다 훨씬 멀어졌지만 개인 차원에서 보면 자신을 돌아보며 내면을 성찰할 수 있는 순기능 역할을 하기도 하였다. 이 책에서 다루는 세 비평가 모두 공교롭게도 19세기 영국 비평가 매슈 아널드에 깊은 관심을 기울였다. 아널드의 주장대로 문학이 '삶의 비평'이라면 코로나 시대에 문학은 과연 어떠한 역할을 할 수 있는가? 또한 사회적 거리는 나에게 그동안 다른 일에 치여 차일피일 미처 손을 대지 못하던 연구를 완성할 수 있는 기회가 되기도 하였고, 이 책도 그중의 하나였다.

나는 이 책을 집필하면서 여러 사람, 여러 기간으로부터 크고 작은 도움을 받았다. 몇 해 전 작고하신 김학동(金澤東) 교수님께 감사를 드린다.

비교문학 연구와 텍스트 비평에 선구적인 역할을 하신 교수님께서는 늘 직간접으로 큰 도움을 주셨다. 또한 서강대학교 로욜라도서관 선생들에게도 이 자리를 빌려 감사드린다. 어떤 자료들은 일제강점기에 나온 것들이라 이미 절판된 상태에 있는데도 전국 도서관을 샅샅이 뒤져 구해 주었다. 이미지 매체에 밀려 활자 매체가 제대로 힘을 쓰지 못하는 요즈음 책을 출간하기란 여간 어려운 일이 아니다. 그런데도 이 책의 출간을 선뜻 허락해 주신 이숲출판사의 김문영 대표님, 이 책이 햇빛을 보기까지 여러모로 수고해 주신 편집부 선생님에게도 고마운 마음을 전한다. 그리고 마지막으로 '2022년 중소출판사 출판콘텐츠 창작지원 사업'으로 출판비 일부를 지원해 준 한국출판문화산업진흥원에 감사드린다.

2022년 가을
해운대에서
김욱동

제1장

김환태와 심미주의 비평

줄잡아 갑오경장에서 기미년 독립만세운동에 이르는 신문학기를 제외하고 1930년대만큼 한국 문학사에서 그렇게 중요한 시기도 찾아보기 쉽지 않다. 특히 미국에서 촉발된 경제 대공황이 전 세계에 어두운 그림자를 드리우고 일본 제국주의가 식민지 통치의 고삐를 점차 바짝 조이기 시작하던 이 무렵은 역설적으로 한국 비평사에서 주목할 만한 시기로 꼽힌다. 그런데 이 시기에 활약한 비평가로는 눌인(訥人) 김환태(金煥泰)를 빼놓을 수 없다. 해방을 한 해 앞두고 서른다섯 살의 나이로 폐결핵으로 요절한 그가 비평가로 활약한 시기는 1930년대 후반기 겨우 6여 년밖에 되지 않는다. 그러나 좁게는 한국 비평사, 좀 더 넓게는 한국 문학사에 그가 남긴 발자취는 아주 뚜렷하다. 만약 그가 요절하지 않고 해방 후까지 살아서 활약했더라면 아마 지금보다 훨씬 더 많은 업적을 남겼을 것이고, 한국의 비평 문학은 그만큼 더 풍요로워졌을 것이다.

이헌구(李軒求)는 김환태를 "1930년대의 한국 평단에서 가장 발랄하고도 패기에 찬 활동을 했던" 비평가로 평가한다. 여기서 이헌구가 그의 활동을 "발랄하고 패기에 찬"이라고 말하는 것은 문학과 예술에 대한 굳은 "신념으로 문학을 지킨" 평론가였기 때문이다.[1] 물론 나이가 젊은 탓도 있을 터이지만 김환태는 자신의 문학관을 표명하되 좀처럼 남의 눈치를 보며 에둘러 말하지 않고 용기 있고 솔직하게 표명하였다.

이 점에서는 백철(白鐵)도 이헌구와 크게 다르지 않아서 김환태를 "나와는 동대의 평론인으로서 누구보다도 우리 현대 문학의 이론사상 특기할 공로를 남기고 간 분"으로 평가한다. 또한 백철은 김환태를 두고 "과거의 프로문학 비평가 같은 기준 비평을 배척하고 작품 본위의 예술파적인 비평가로서 역시 1935년을 전후하여 활약을 한 유능한 사람이었다"고 지적한다.[2] 그러면서 백철은 계속하여 "우리 신문학의 이론은 이 대목에 와서 처음으로 현대 문학론적인 정착을 했다고 볼 수 있다"[3]고 주장한다. 여기서 '이 대목'이란 문학비평이란 어디까지나 작품에 충실해야 한다는 김환태의 일관된 주장을 말한다.

김환태가 이렇게 심미주의적이고 예술지상주의적인 비평관을 부르짖는 데는 뜻을 같이하는 문인들과의 교류와 그의 전공 분야가 큰 힘이 되었다. 1909년 전라북도 무주에서 태어난 그는 고향에서 보통학교 4년을 마치고 1922년 전주고등보통학교에 입학했지만 이듬해 서울 보성고등보통학교로 전학하였다. 보성고보에는 교사로 김상용(金尙鎔)이 있었고,

---

1) 이헌구, 「서문: 문학의 진수에 철(徹)한 일생」, 김영진(金榮珍) 편, 『김환태 전집』(서울: 현대문학사, 1972), 쪽수 없음; 이헌구, 「작고문인 회고특집」(1962).

2) 백철, 「김환태 씨의 문학관: 문학, 즉 작품 그 밖의 조건으로 좌우될 수 없다」, 『김환태 전집』, 쪽수 없음.

3) 백철, 『신문학사조사』(서울: 신구문화사, 2003), 447쪽.

1년 선배로는 이상(李箱)이 있었다. 1927년 보성고보를 졸업한 뒤 김환태는 도쿄 소재 학교 입학을 목표로 유학을 떠났다.

그러나 친구 따라 강남 간다고 고향 친구를 만나려고 잠깐 교토(京都)에 들른 김환태는 친구와 차마 떨어질 수 없어 도쿄행을 포기하고 1928년 교토에 있는 도시샤(同志社)대학 예과에 입학하여 1931년 수료하였다. 이 대학에 입학한 지 얼마 되지 않아 김환태는 신입생 환영회에서 시인 정지용(鄭芝溶)을 만나 문학적 친교를 맺었다. 예과 3년을 마친 김환태는 1931년 후쿠오카(福岡) 소재 규슈(九州)제국대학 법문학부 영문과에 입학하였다. 이 대학은 일본 제국이 제국대학으로서는 센다이(仙臺) 소재 도호쿠(東北)대학에 이어 네 번째로 설립한 고등교육 기관으로 일본 본토의 다른 제국대학들과 마찬가지로 비교적 자유주의적인 학풍을 유지하였다. 이 대학의 학풍은 "진리를 찾고 사람의 길을 닦으라"는 교훈에서도 엿볼 수 있다.

아널드와 페이터의 유산

김환태가 1934년 3월 규슈제국대학을 졸업하면서 제출한 논문은 「문학 비평가로서의 매슈 아널드와 월터 페이터(Matthew Arnold and Walter Pater as Literary Critics)」였다. 오늘날과는 달라서 이 무렵 대학을 졸업하려면 학생들은 반드시 졸업 논문을 제출하여 통과해야만 하였고, 제국대학 영문학 전공자는 관례에 따라 영어로 졸업 논문을 쓰도록 되어 있었다. 당시 인쇄 사정 때문에 자필로 작성한 김환태의 논문은 다행히도 소실되지 않고 아직 남아 무주의 김환태 문학관에 보관되어 있다.

이렇게 김환태가 19세기 영문학에 관심을 기울인 데는 1920년대 말엽과 1930년대 초엽의 일본 영문학계의 동향과 무관하지 않다. 당시 일본에서는 메이지(明治) 유신 이후 영국문학을 적극 수용하는 과정에서 낭만주의와 함께 19세기 후반 유럽 문단을 휩쓴 인상주의와 심미주의 문학도 널리 소개하였다. 인상주의와 심미주의는 이 무렵 유럽을 지배하던 공리주의와 속물적 물질주의에 대한 일종의 비판적 반작용이었다. 이러한 자유주의적 물결은 이른바 '다이쇼(大正) 데모크라시'와도 무관하지 않았다.

가령 1921년 나카무라 쇼와이치(中村詳一)가 매슈 아널드의 『교양과 무질서』(1869)의 4장을 번역하여 『헬레니즘과 헤브라이즘』이라는 제목으로 출간하였다. 1923년 도이 고치(土居光知)는 아널드의 『비평 에세이』(1865, 1888)에 서문을 쓰고 각주를 붙여 출간하였다. 도이가 편집한 이 책은 1935년에 4판을 찍을 정도로 큰 인기를 끌었다. 1931년 야노 가주미(矢野禾積)는 아널드의 시 선집에 역시 서문을 쓰고 각주를 붙인 책을 간행하였다. 그런가 하면 1934년에는 나리타 시게히사(成田成壽)가 '겐큐샤 영문학 총서' 중 한 권으로 『아널드(アーノルド)』를 출간하기에 이르렀다.

일본에서 월터 페이터의 인기도 매슈 아널드 못지않아서 그의 작품들이 일찍부터 일본어로 번역되어 소개되었다. 예를 들어 1915년 다나베 주지(田部重治)가 일본에서는 처음 페이터의 『르네상스』(1873)를 번역하여 소개하였다. 1922년 다케모토 소후(竹友藻風)가 『르네상스 역사 연구』에 서문을 쓰고 각주를 붙여 출간하였고, 1924년에는 사쿠마 마사카즈(佐久間政一)가 이 책을 다시 번역하여 소개하였다. 그 뒤를 이어 1926~1927년에는 구도 시오미(工藤好美)가 번역한 『향락주의자 마리우스』, 1930년에는 역시 구도가 번역한 『월터 페이터의 단편집』 등이 잇달아 출간되었다.

그런데 김환태의 졸업 논문의 내용은 1934년 8월 《조선중앙일보》에 발표한 「매슈 아널드의 문예사상 일고」와 1935년 3월 같은 신문에 발표한 「페이터의 예술관」에서 거의 그대로 엿볼 수 있다. 김환태는 이 두 영국 비평가가 상호 배타적이라기보다는 상호 보완적 관계를 맺고 있다고 지적한다. 이 점과 관련하여 그는 "아널드는 주로 내용에 대하여 말하였으나 페이터는 아널드와 동일한 입장에서 주로 예술의 형식과 기교에 대하여 말하였다. 그러므로 아널드와 페이터를 아울러 읽을 때 우리는 예술과 문학이 무엇이라는 것을 한층 더 완전히 이해할 수 있을 것이다"[4]라고 주장한다. 김환태가 졸업 논문에서 왜 아널드와 페이터 중 한 비평가만을 다루지 않고 굳이 두 비평가를 함께 다루었는지 알 수 있다.

아널드와 월터 페이터는 시를 썼지만 시인 못지않게, 아니 어떤 의미에서는 시인보다 비평가로서 이름을 떨쳤다. 김환태는 논문에서 두 영국 문인을 시인으로 다루는 것이 아니라 어디까지나 논문 제목 그대로 '비평가로서' 그들의 이론을 다루었다. 특히 1934년 유학을 마치고 귀국한 뒤 발표한 여러 비평문을 보면 김환태가 아널드와 페이터에게서 얼마나 강한 비평적 세례를 받는지 알 수 있다. 영국문학에서 문학비평의 방법론을 소개했다는 점에서 아널드가 이룩한 업적은 무척 크다. 아널드에 대하여 김환태는 "19세기에 있어서의 '영국의 최대의 비평가'요 전 구주를 통하여서도 '최대 비평가의 한 사람'이다"(전: 129)라고 높이 평가한다.

아널드는 처음에는 시인으로 출발하여 빅토리아 시대 대표적인 시인 중 한 사람으로 꼽혔지만 1850년대 말부터는 시에서 비평 쪽으로 관심을

---

4) 김환태, 『김환태 전집』, 141쪽. 앞으로 김환태의 글을 이 책에서 인용할 때는 '전'이라는 약어와 함께 쪽수를 본문 안에 직접 적기로 한다.

돌렸다. 그는 앞에서 언급한 『교양과 무질서』를 비롯하여 『비평 에세이』, 『문학과 도그마』(1873) 등의 문학 비평집을 잇달아 출간하여 근대사회에서 비평의 역할이 무척 크다고 역설함으로써 영국문학에서 비평의 수준을 한 단계 끌어올리는 데 크게 이바지하였다. 아널드가 시인에서 비평가로 본격적으로 데뷔한 첫 논문은 자신의 『시집』(1853)을 위하여 쓴 서문이다. 요한 볼프강 폰 괴테와 윌리엄 워즈워스의 영향을 적잖이 받은 그는 이 서문에서 시에서 주제의 중요성을 강조하면서 "명확한 배열, 엄격한 전개, 단순한 문체"를 강조한다. 아널드는 1857년 옥스퍼드대학교 시문학 교수에 임명되면서 본격적으로 비평에 전념하였다. 호메로스의 서사시 번역과 그것과 관련한 저서에서 그는 '장엄한 문체'를 일종의 문학의 절대적 기준으로 설정하는가 하면, '사심 없는' 지적인 비평을 주창하기도 하였다. 그는 "대상을 그 본질에서 있는 그대로 보아야 한다"는 객관적 비평 태도를 견지하였다.

아널드는 모든 문학 장르 중에서 시를 최고의 문학으로 꼽았다. 그는 시란 한마디로 '삶에 대한 비평'이라고 규정지었다. 윌리엄 워즈워스에 관한 글에서 그는 "시는 그 근저에 있어서 인생의 비평이다. 시인의 위대성은 인생에 대하여 어떻게 살까라는 문제에 대하여 관념의 강렬하고 미려한 적용에 있다"(전: 133)고 밝힌다. 또한 조지 바이런에 관한 글에서도 아널드는 "모든 문예의 이상이나 목적을 철저히 생각하면 인생의 비평에 지나지 않는다"(전: 133)고 말한다.

이렇게 아널드는 인간이 시를 통하여 삶에 대한 인식을 얻을 뿐 아니라 더 나아가 어떻게 살 것인가 하는 삶의 방법까지도 터득할 수 있다고 주장하였다. 그에게 도덕적 관념에 어긋나는 시는 삶에 맞서는 작품이요, 도덕적 관념에 무관심한 시는 삶에 무관심한 작품이다. 또한 아널드는 「시의 연구」에서 "만약 시가 없다면 과학도 불완전할 것이다. 지금 우리에게 종교와 철학으로 행사하는 것의 대부분은 시가 대치하게 될 것이다"[5]라고 천명한다. 그러면서 아널드는 시의 가치를 평가하는 가장 중요한 기준으로 '고도의 진실성'과 '고도의 진지성'을 꼽는다. 이러한 기준에 따라 아널드는 제프리 초서의 『캔터베리 이야기』를 실패한 작품으로 평가하는 반면, 윌리엄 셰익스피어와 존 밀턴의 작품을 높이 평가한다. 한편 「현대 비평의 기능」에서 아널드는 비평가의 역할이 문학의 힘을 빌려 일반 대중의 정신을 고양시키는 데 있다고 밝힌다. 그는 자신을 프랑스 실증주의 학자 에르네스트 르낭에 견주면서 영국인들에게 지성을 주입하는 것이 곧 자신의 임무라고 역설한다.

좁게는 시, 좀 더 넓게는 문학이 '삶에 대한 비평'이라면 비평은 인류의 삶을 개선하는 것이라고 할 수 있다. 「현시대 비평의 기능」에서 아널드는 비평에 대하여 "이 세상에 알려지고 생각된 최상의 것을 배워서 전파하여 신선하고 진실한 관념의 조류를 형성하려는 사심 없는 노력"[6]이라고 정의 내린다. 인류가 그동안 생각하고 이 세상에 알려진 '최상의 것'이란 뛰어난 문학 작품 속에 형상화된 삶의 모습을 말한다. '사심 없는 노력'이란 무사 공평한 태도를 말하는 것으로 아널드는 비평가가 크게 두 가지 편견, 즉 역사적 편견과 개인적 편견에서 벗어나야 한다고 주장한다. 역사

---

5) Matthew Arnold, "The Study of Poetry," in in *Selections from the Prose Works of Matthew Arnold*, ed. William Savage Johnson (Boston: Houghton Mifflin, 1913).

6) Matthew Arnold, "The Function of Criticism at the Present Time," in *Selections from the Prose Works of Matthew Arnold*.
<http://www.gutenberg.org/ebooks/12628>

적 편견이란 비평가가 과거의 렌즈를 통하여 문학 작품을 바라봄으로써 현재의 삶을 소홀이 하는 것을 말한다. 한편 개인적 편견이란 작품을 평가하면서 지나치게 개인의 기호나 취향에 얽매이는 태도를 말한다. 비평가의 임무는 이러한 최상의 가치를 발견하여 그것을 동료 인간, 특히 일반 대중에게 널리 알리는 데 있다.

더구나 아널드는 재능 있는 미래의 문학가들이 다가올 길을 미리 닦아놓는 것이 비평가의 역할이라고 생각하였다. 그래서 영국의 문학 비평가 롤프 아널드 스콧-제임스는 아널드를 세례자 요한에 빗댄다. 세례자 요한이 광야에서 낙타 털옷을 입고 벌꿀을 먹고 살면서 사람들에게 그리스도의 재림을 선포하며 회개를 촉구했다면, 아널드는 객관적 비평과 창조적 비평이 올 길을 미리 닦아놓았던 셈이다.

아널드는 1860년대 후반부터 첨예하게 부각된 사회와 정치, 종교 논쟁에 적극 개입하여 대표적인 논객 가운데 한 사람으로 자리 잡았다. 특히 그는 선거법 개정을 둘러싼 사회적 갈등과 계급 문제에 대한 처방으로 교양의 개념을 제시하여 큰 반향을 불러일으켰다. 이렇듯 아널드는 문학 말고도 교육, 정치, 종교에도 자못 깊은 관심을 기울였다. 당시 물질주의와 영국인의 지방적 속물근성을 비판하고 고전적 정신에 따른 교양주의를 부르짖었다. 특히 헬레니즘 정신과 헤브라이 정신의 조화를 역설한 것으로 유명하다.

역사적 전환기에 살면서 활약한 아널드의 비평은 다분히 절충적 성격이 강하였다. 흔히 사회를 등지고 자연에 탐닉한 대부분의 낭만주의 시인들과는 달리, 그는 현실의 삶에 바짝 다가선 채 사회를 날카롭게 응시하였다. 또한 영국문학을 유럽 문화의 전통 속에서 파악하려고 한 점에서 그는 고전주의자로 볼 수 있다. 그러나 회의적인 불가지론자의 시선으로 문학 작품을 냉정하게 분석하려고 한 점에서는 모더니스트에 가깝다. 아널드의 비평이 낡았다는 느낌이 좀처럼 들지 않는 것은 이렇게 회의주의 시각을 유지하고 있었기 때문이다.

김환태는 아널드의 이론에서 크고 작은 영향을 받으면서도 이 영국 비평가의 이론을 그대로 수용하지는 않는다. 아널드가 문학 외적인 문제와 문학의 사회적 기능을 강조한 인문주의자였다면, 김환태는 좀처럼 문학비평의 범위에서 벗어나지 않은 문학 비평가였다. 또한 김환태에게서는 아널드한테서 흔히 볼 수 있는 도덕이나 교양은 찾아보기 어렵다. 앞으로 자세히 언급할 터이지만 아널드에게서 받은 영향이라면 ① 시를 최고의 문학 장르로 간주하고, ② 문학의 독자성을 인정하며, ③ 창작과 비평을 단순한 우열 관계로 파악하지 않고, ④ 내용과 형식의 유기적 관련성을 중시한다는 점 등이다.

한편 김환태의 졸업 논문의 나머지 절반을 차지하는 영국 비평가는 월터 페이터였다. 잘 알려진 것처럼 페이터는 매슈 아널드보다 17년 뒤늦게 태어났지만 그와 마찬가지로 19세기 후반에 활약한 영국의 대표적인 비평가였다. 옥스퍼드대학을 졸업한 뒤 평생 이 대학의 교수로 재직하면서 이른바 '예술을 위한 예술'의 대변자로 활약하였다. 앞에서 언급한『르네상스』를 비롯하여『쾌락주의자 마리우스』,『플라톤과 플라톤주의』등을 저술하여 허무주의적 심미주의를 부르짖었다. 심미주의자로서의 페이터의 위치는 오스카 와일드가『예술가로서의 비평가』(1891)에서 그에게 찬사를 보내는 데서도 엿볼 수 있다.『르네상스』에 대하여 와일드는 '황금의 책'이라고 불렀고, 아서 시먼스는 '영문학에서 가장 아름다운 산문집'이라고 평하였다. 페이터에게 직접 또는 간접 영향을 받은 문인들은 로저 프라이, 제임스 조이스, 윌리엄 버틀러 예이츠, 에즈러 파운드, T. S. 엘리엇, 월러스 스티븐슨 같은 영어 문화권 작가들은 말할 것도 없고 마르셀 프루스트와 폴 발레리, 아나톨 프랑스 등 열 손가락이 모자라 다 꼽지 못할 정도다. 페이터의 이론은 2차 세계대전 이후 새로운 현대 문예비평 이론이 태어나는 데도 산파 역할을 맡았다. 가령 자크 데리다의 해체주의와 볼프강 이저의 독자반응 이론에서도 그의 그림자가 자주 어른거린다.

페이터는 아널드와 동시대에 활약했으면서도 비평 방법에서는 그와 적잖이 차이가 난다. 페이터는 『르네상스』의 서문에서 그의 비평 방법을 개략적으로 설명한 뒤 시간이 지나면서 점차 정교하게 다듬었다. 이 책의 서문에서 그는 삶과 관념과 예술에 주관적이고 상대주의적인 태도를 취하는데 이는 아널드가 주장한 무미건조하고 객관적이고 도덕주의적인 비평과는 사뭇 다르다. 페이터는 "대상을 있는 그대로 보는 첫 단계는 자신의 인상을 아는 것이고 그것을 분별하는 것이며 그것을 분명하게 깨닫는 것이다"라고 주장한다. 그러면서 그는 계속하여 "이 노래나 이 그림은 나에게 무엇이고, 삶이나 책에 등장하는 마음을 끄는 이 인물은 과연 누구인가?"라고 묻는다.[7] 다시 말해서 페이터는 작품에서 받는 인상을 얻은 뒤에는 그것을 불러일으킨 힘이 도대체 무엇인지 밝혀내려고 노력한다.

일본에 유학 중인 조선인 유학생으로 매슈 아널드에 관한 논문을 맨 처음 쓴 사람은 김환태였고, 식민지 조선 문단에 그를 맨 처음 소개한 사람도 김환태였다. 1934년 4월 《조선일보》에 발표한 「문예비평가의 태도

---

7) Walter Pater, *The Renaissance: Studies in Art and Poetry: The 1893 Text* (Berkeley: University of California Press, 1980), pp. xiv~xx.

에 대하여」에서 김환태는 "문예 작품을 이해하고 평가하려면, 평가는 매슈 아널드가 말한 '몰이해적 관심'으로 작품에 대하여야 하며……"(전: 3)라고 밝힌다. 같은 해 8월 김환태는《조선중앙일보》에 아예 「매슈 아널드의 문예 사상 일고」라는 글을 발표하였다. 한편 월터 페이터를 조선 문단에 맨 처음 소개한 사람은 김기림(金起林)으로 1935년 2월《조선일보》에 「시에 있어서의 기교주의 반성과 발전」을 발표하였다. 같은 해 3월《조선중앙일보》에 김환태도 「페이터의 예술관」을 발표하였다. 물론 페이터가 일반 독자들에게 널리 알려진 것은 이양하(李敭河)가 수필 「페이터의 산문」을 발표하면서부터였다.

그러나 월터 페이터에 관한 논문을 맨 처음 쓴 사람은 이양하였다. 도쿄제국대학에서 영문학을 전공한 이양하는 1930년 졸업 논문으로 「월터 페이터의 인생관과 관련하여 향락주의자 마리우스의 내면생활(The Inner Life of Marius the Epicurean, with Reference to Walter Pater's View of Life)」이라는 논문을 제출하였다. 도쿄제대를 졸업한 이양하는 교토제국대학 대학원에서 계속 영문학을 전공하였다. 이때 그는 이시다 겐지(石田憲次)와 다나카 히데나카(田中秀央) 교수 밑에서 지도를 받았다. 이시다는 찰스 램, 존 러스킨, 토머스 칼라일 등의 연구에 관심을 기울인 19세기 영문학 전공자였고, 다나카는 일본에서 서양 고전학의 개척자로 널리 알려진 학자였다. 이양하가 페이터를 계속 전공하면서 플라톤으로 연구 영역을 넓히는 데 이시다와 다나카 두 교수야말로 안성맞춤이었다. 교토제대에서 대학원 과정을 밟는 동안 이양하는 1931년 4월 일본영문학회의 기관지《에이분가쿠켄큐(英文學研究)》(11권 2호)에 구도 시오미가 번역한 월터 페이터의 단편집에 관한 서평을 발표하여 관심을 끌었다.

인상주의와 심미주의 비평

일제강점기에 활약한 비평가들 중에서도 김환태는 누구보다도 인상주의나 심미주의에 바탕을 둔 비평 방법을 주창하여 관심을 끌었다. 규슈제국대학을 졸업한 직후부터 그는《조선일보》를 비롯한 여러 매체를 빌려 이러한 비평관과 문학관을 피력하였다. 대학 졸업식을 앞두고 귀국하여 김환태가 식민지 조선 독자에게 처음 선보인 글은 번역문으로 1934년 3월 《조선일보》에 프랜시스 글리슨의 「예술과 과학과 미와」를 발표하였다.

이 글에서 글리슨은 "철학의 체계는 시대가 경과하면 소멸하나 예술품은 잔류하여 시대가 가고 올수록 더욱 고귀하여진다"고 밝히면서 예술과 다른 분야를 서로 비교하였다. "가장 영속성 있는 예술은 언어에 체현된 예술"이라고 주장하는 글리슨은 예술 중에서도 특히 언어 예술인 문학을 가장 높이 평가하였다. 또한 글리슨은 예술 작품의 보편성에 주목하기도 하였다. 그런가 하면 그는 "최고의 예술은 열정 없이는 감동하지 않고 상상 없이는 고양시키지 않고 광활한 조화 없이는 조명(照明)하고 감화하지 않는다"고 주장한다.[8] 글리슨의 글에서는 아널드와 페이터가 부르짖는 예술관을 쉽게 엿볼 수 있다. 비록 이 두 문인을 직접 언급하지는 않지만 글리슨은 빅토리아 시대 영국의 중요한 예술 평론가이며 문인인 존 러스킨을 언급한다. 두말할 나위 없이 러스킨은 페이터와 아널드에게 크고 작은 영향을 끼친 문인이었다.

그러나 김환태가 번역이 아닌 자신의 비평문으로 인상주의와 심미주의에 기초를 둔 비평 방법을 처음 주창한 것은 「문예비평의 태도에 대하

---

8) 프랜시스 글리슨, 김환태 역, 「예술과 과학과 미와」,《조선일보》(1934.02.10~24).

여」에서였다. 비평가로서 데뷔 작품이라고 할 이 글에서 그는 앞으로 그가 정열적으로 전개할 문예비평을 언급하였다. 이 글은 말하자면 김환태의 비평관을 천명하는 일종의 선언문이라고 할 만하다.

> 문예 비평이란 문예 작품의 예술적 의의와 심미적 효과를 획득하기 위하여 '대상을 실제로 있는 그대로 보려는' 인간 정신의 노력입니다. 따라서 문예 비평가는 작품의 예술적 의의와 딴 성질과의 혼동에서 기인하는 모든 편견을 버리고, 순수 작품 그것에서 얻는 인상과 감동을 충실히 표출하여야 합니다. 즉 비평가는 언제나 실용적 정치적 관심을 버리고 작품 그것으로 돌아가서 작자가 작품을 사상(思想)한 것과 똑같은 견지에서 사상하고 음미하여야 하며, 한 작품의 이해나 평가란 그 작품의 본질적 내용에 관련하여야만 진정한 이해나 평가가 된다는 것을 언제나 잊어서는 아니 됩니다. (전: 3)

위 인용문에는 그동안 심미주의 비평이 주장해 온 기본 개념이 거의 대부분 압축되어 있다시피 하다. 문학 비평가로서 김환태가 사망할 때까지 주장하게 될 내용이 거의 모두 들어 있다고 하여도 크게 틀리지 않는다. 앞으로 그가 전개할 비평은 위 인용문을 좀 더 상세히 부연하여 설명하는 것이라고 할 수 있다. 위 인용문에 나타난 그의 비평적 태도는 크게 세 가지로 요약할 수 있다.

첫째, 김환태는 문예비평의 목적이 문학과 예술 작품의 '예술적 의의와 심미적 효과'를 얻는 데 있다고 밝힌다. 그의 이러한 비평적 태도는 유미주의 또는 탐미주의로 일컫는 심미주의와 아주 비슷하거나 거의 같다. '예술'과 '심미'는 심미주의를 규정짓는 핵심적인 두 개념으로 심미주의의 집은 이 두 기둥이 굳건하게 떠받들고 있다. 만약 이 두 기둥 중 어느 하나라도 없다면 심미주의의 집은 금방 무너지고 말 것이다. 19세기 말엽에 이르러 과학적 사고가 널리 퍼지면서 일반 대중은 실용적이지 않거나 도덕적이지 않은 예술에 무관심하거나 심지어 적대적인 태도마저 보였다. 그러자 프랑스 문단을 중심으로 의식 있는 작가들과 예술가들이 중산층의 속물주의에 맞서 예술을 옹호하고 나섰다. 그들은 예술 작품이란 형식적 완벽성에 존재한다는 점, 예술 작품이란 곧 아름다운 것으로 그 자체로 관조의 대상이 된다는 점을 주장하였다. 이렇게 예술을 인간의 다른 어떤 산물보다도 우위에 두려는 태도가 다름 아닌 심미주의였다.

둘째, 김환태는 문예비평이란 "'대상을 실제로 있는 그대로 보려는' 인간 정신의 노력"이라는 점을 분명히 밝힌다. 앞에서 이미 언급했듯이 월터 페이터는 『르네상스』 서문에서 참다운 비평의 목적은 "대상을 실제로 있는 그대로 보려는" 데 있다고 주장하였다. 특히 심미주의 비평가라면 대상(문학 작품)을 실제 그대로 파악하고 실제 그대로 파악한 인상을 구별하여 깨달아야 한다. 페이터에 따르면 비평가는 예술이나 아름다움을 추상적으로 정의하려고 하는 대신 작품이 불러일으키는 인상과 효과에 초점을 맞추어 작품이 지닌 다양한 가치나 특질을 드러내야 한다. 심미주의 비평이 다루는 대상은 문학이든 음악이든 미술이든 강력한 힘을 간직하는 저장소와 같아서 자연의 산물과 마찬가지로 다양한 가치와 특질을 지니게 마련이다. 이러한 인상을 강력하게 경험하고 그것을 판별하여 분석하는 비평가는 아름다움이 무엇인지, 아름다움이 진리나 경험과 어떠한 관계가 있는지 하는 추상적이고 형이상학적 문제에는 고민할 필요가 없다. 그에게는 오직 구체적인 문학 작품만이 중요한 대상이 될 따름이다.

셋째, 김환태는 문학과 예술 작품의 예술적 의미나 가치를 다른 대상의 의미나 가치와 혼동하지 말고 오직 작품에서 얻는 순수한 '인상과 감동'을 충실히 표현해야 한다고 지적한다. 작품의 예술적 의미를 다른 것과 혼동하다 보면 어쩔 수 없이 편견이 생겨날 수밖에 없기 때문이다. 김환태는 비평가들에게 될수록 정치 이념이나 도덕 같은 실용적이고 공리적인 관심사에서 초연한 상태에서 문학 작품을 감상하고 분석할 것을 주문한다. 문학비평에서 무엇보다도 중요한 것은 작품의 외적 환경이 아니라 어디까지나 작품의 내재적 가치이기 때문이다. 예술 작품은 그 자체로 자족적인 것이므로 여기에 어떠한 윤리나 도덕 또는 정치적 이념 같은 비심미적 요소가 개입할 여지란 별로 없다. 그러므로 비평가는 비심미적 기준을 배제한 채 오직 미적 기준에 따라 작품을 평가해야 한다.

여기서 김환태는 매슈 아널드가 말하는 '사심 없는 관심'이라고 부르고 그가 '몰이해적 관심'으로 번역한 개념을 언급한다. 위 인용문 바로 다음에 김환태는 "예술은 예술가의 감정을 여과하여 온 외계의 표현입니다. 그리하여 그는 언제나 감정에 호소합니다. 그곳에는 이론도 정치적 실용적 관심도 있을 수 없습니다"(전: 3)라고 지적한다. 그러면서 김환태는 계속하여 "예술의 세계는 관조의 세계요, 창조의 세계입니다. 이념의 실현의 세계가 아니요, 실현된 이념을 반성하는 세계입니다"(전: 3)라고 밝힌다. 여기서 '예술가의 감정을 여과하여'라는 표현을 주목해 볼 필요가 있다. 정수기가 여과 장치를 통하여 불순물을 제거하듯이 예술가도 감정의 여과 장치로 '정치적 실용적 관심', 즉 '사심'이라는 문학 외적인 불순물을 걸러내야 한다는 것이다.

그런데 '사심 없는 관심'이나 '몰이해적 관심'의 역사를 거슬러 올라가다 보면 저 멀리 독일의 관념철학자 임마누엘 칸트를 만나게 된다.『판단력 비판』(1790)에서 그는 '순수한' 심미적 경험은 그 자체로 즐거움을 주는 대상에 대한 '사심 없는 관심'에서 비롯한다고 주장하였다. 이렇듯 '사심 없는 관심'은 칸트 미학에서 핵심적 개념 중 하나다. 아름다움이나 그것에서 비롯하는 즐거움은 어떤 이해관계에 얽혀 있으면 느낄 수 없다. 다시 말해서 예술은 현실이나 어떤 공리성 또는 도덕성 같은 외부 목적과는 무관해야 한다. 그래서 작가와 문학 비평가는 삶에서는 관조적인 태도를 보이는 반면, 문학과 예술에서는 공리적이고 실용적인 것을 배제하려고 한다. 이러한 현상은 흔히 '세기말'로 일컫는 19세기의 마지막 20여 년에 절정을 이루었다.

이렇게 칸트에게서 기원을 찾을 수 있는 심미주의는 자의식적 예술 운동으로는 흔히 프랑스 데오필 고티에에게서 출발한 것으로 알려져 있다. 고티에는『모팽의 아가씨』(1835)의 서문에서 예술에는 아무런 유용성이 없다고 주장하였다. 그 뒤 고티에의 이론은 샤를 보들레르가 이어받았고, 귀스타브 플로베르와 스테판 말라르메를 비롯한 프랑스 상징주의 시인들과 작가들이 발전시켜 '예술을 위한 예술'을 부르짖었다. 물론 프랑스 상징주의 시인들은 에드거 앨런 포에게서 영향 받은 바 무척 크다. 포는「시의 원리」에서 "오직 시 그 자체를 위하여 쓴 시"를 높이 평가하였다. 그래서 플로베르는 예술가를 '사제'로, 예술 창작 행위를 '아름다움의 종교'의 반열에 올려놓기에 이르렀다. 그런데 19세기 말엽 프랑스의 심미주의를 영국문학에 처음 도입한 사람이 다름 아닌 월터 페이터였다.

김환태가 비평가에게 "작품 그것으로 돌아가서 작자가 작품을 사상한 것과 똑같은 견지에서 사상하고 음미하여야" 한다고 주장하는 데는 그럴 만한 까닭이 있다. 여기서 작품으로 '돌아가서'라고 말하는 것은 그동안 비평가들이 작품에서 벗어나 텍스트 밖에서 방황했음을 뒷받침한다. 김 환태는 비평가들에게 텍스트 밖에서의 방황을 끝내고 다시 텍스트 안으로 들어올 것을 간곡히 부탁한다. 그는 문학 비평가란 문법학자도 아니고 역사가도 아니라고 못 박아 말하면서 "작품의 주석과 작자의 전기나 시대 환경의 연구는 문법가나 문예사가의 임무요, 비평가의 임무는 아닙니다" (전: 3)라고 잘라 말한다.

김환태가 여기서 문학 비평가를 문예 연구가나 문예사가와 엄밀히 구별 짓는다는 점에 주목해야 한다. 문학 작품에 주석을 달고 작가의 전기적 사실과 작품의 관계를 밝히는 것은 문학 연구가나 문학 역사가의 몫이지만 작품에서 얻는 인상과 감동을 충실히 표현하여 독자의 이해를 돕는 것은 어디까지나 문학 비평가의 몫이다. 그렇다고 김환태는 역사 비평을 완전히 무시하는 것은 아니고 통시적 연구 방법도 중요하다고 생각한다. 다만 문학 작품 밖에 있는 작가의 전기나 역사적 시대와 사회적 환경에 관한 연구는 작품을 이해하는 데 보조적인 역할을 할 뿐 비평 그 자체의 영역은 아니라고 지적한다. 비평가는 문예학자나 문예사가가 할 수 없는 작업, 즉 작품의 '구조와 문체와 생명'을 파악하는 일을 맡아야 한다.

여기서 또 한 가지 주목해야 할 것은 '생명'이라는 낱말에서도 볼 수 있듯이 김환태는 문학 작품을 "작자의 영감에 의하여 생명이 흡입된 유기체"(전: 4)로 파악한다는 점이다. 동물은 말할 것도 없고 식물, 심지어 미생물까지도 살아 있는 생명체는 모두 유기체다. 문예학자나 문예사가는 말하자면 의사처럼 작품이라는 신체를 해부하여 분석하는 사람이다. 이 점과 관련하여 김환태는 "분석과 해부의 메쓰가 다를[다다를] 때 유기체는 와해되며 생명은 도망합니다"(전: 4)라고 말한다. 그것은 마치 개구리를 죽이지 않고서는 해부할 수 없는 것과 똑같은 이치다. 그는 비평가에게 문학 작품을 정당하게 감상하고 평가하려면 작품에 '연애할 때처럼' 애정을 지녀야 한다고 밝힌다.

인상주의 또는 심미주의에 기반을 둔 김환태의 비평관은 사망하기 몇 달 전까지도 계속 이어졌다. 1940년 1월 《조광(朝光)》에 발표한 「평단 전망」에서 그는 온갖 수사를 구사하여 자신을 꽃밭에 날아다니는 한 마리 나비가 되고 싶다고 말한다.

나는 상징의 화원에 노는 한 마리 나비고자 한다. 아폴로의 아이들이 가까스로 가꾸어 형형색색으로 곱게 피워 논 꽃송이를 찾아 그 미(美)에 흠뻑 취하면 족하다. 그러나 그 때의 꿈이 한껏 아름다웠을 때에는 사라지기 쉬운 그 꿈을 말의 실마리로 얽어 놓으려는 안타까운 욕망을 가진다. 그리하여 이 욕망을 채우기 위하여 쓰여진 것이 소위 나의 비평이다. 따라서 나는 작가를 지도한던가 하는 엄청난 생각은 감히 일으키지 못한다. 그러므로 비평의 기준이니, 방법이니 하는 것도 또한 나에게는 소용되지 않는다. 한 작품에서 얻은 인상의 기록이 작가에게 작품 제작의 방법을 가르칠 도리가 없는 것이며, 그 인상만을 기록하여 놓으려 하는 데 기준이니 방법이니 하는 것을 세울 필요가 없는 것이다. 그러나 나에게는 인상에 충실하려는 노력이, 인상을 보편성에까지 승화하려는 노력이, 그리고 그 인상을 가장 적절하게 표현하려는 노력이 있다. (전: 253)

위 인용문에서 '나비'란 김환태 같은 인상주의 비평가를 말하고 '아폴로의 아이들'이 만들어 놓은 화원이란 작가들이 창작한 작품을 말한다. 비평가는 작품을 읽으면서 느낀 아름다움을 발견하여 그것을 '말의 실마리'로 얽어놓는 사람이다. 김환태는 비평의 목적 중 하나로 작가들을 지도하는 것을 들지만 자신은 작가를 지도하기보다는 오히려 작품의 아름다움에 '흠뻑' 취하고 싶다고 밝힌다. 그는 작품에서 얻은 인상을 독자들에게 충실하고도 적절하게 전달하여 그 인상을 보편성의 수준까지 끌어올리려고 노력한다.

인상주의 비평이란 두말할 나위 없이 회화에서 일어난 인상주의 운동에 뿌리를 두고 있는 문학비평을 말한다. 흔히 '유미주의적 비평' 또는 '탐미주의적 비평'과 거의 동의어처럼 사용하는 이 유형의 비평은 어떤 특정한 문학 이론에 비추어 작품을 분석하기보다는 작품에 비평가가 주관적으로 느끼는 개인적 반응에 초점을 맞추어 그 반응을 독자들에게 전달하려고 한다. 월터 페이터는 무엇보다도 "이 노래 또는 이 그림이 나에게 무슨 의미가 있는가?"라는 물음이 중요하다고 주장하였다. 이 문장에서 '나에게'에 무게 중심이 실려 있다. '나'가 곧 비평이라는 우주의 중심이다. 페이터의 뒤를 이어 아나톨 프랑스는 "훌륭한 비평가는 걸작 사이에서 일어난 영혼의 모험을 말하는 사람"이라고 밝혔다. 오스카 와일드도 "비평가의 유일한 임무는 자기의 인상을 기록하는 것"이라고 말하면서 인상주의 비평이야말로 "유일하게 문명화된 자서전"이라고 지적하였다.

이렇듯 김환태는 여러모로 유럽과 영국의 인상주의 비평의 유산을 거의 그대로 물려받았다. 한국 최초의 인상주의 비평가로 그는 식민지 조선 문단에 인상주의 비평을 처음 소개하고 몸소 실천하였다. 1931년과 1934년 두 차례에 걸쳐 '조선프롤레타리아예술가동맹(KAPF)' 맹원들이 검거

되면서 계급주의 깃발을 내걸고 일어난 경향파 문학이 퇴조했지만 아직 그 힘이 남아 있는 상황에서 김환태의 등장은 자못 이색적이었다. 그의 인상주의 비평은 역시 카프문학에 대한 비판적 반작용으로 나온 민족주의 문학과도 또 달랐다. 그는 "비평에 있어서 내가 의뢰할 수 있는 것은 오직 내 자신의 인상뿐이라는 것과, 내 자신의 인상에 철저할 때 마치 우물을 깊이 파들어 가면 반드시 바위 바닥을 볼 수 있는 바와 같이, 인상의 보편성에 도달할 수 있으리라는 것과, 그리하여 이 신념에서 나의 감성을 훈련하는 방도도 발견된다"(전: 254)고 분명히 밝힌다.

작품의 외적 문제가 아닌 작품의 본질과 내적 가치에 무게를 둔다는 점에서 김환태의 비평은 내재적 비평으로 볼 수 있다. 문학비평은 문학 작품을 어떻게 접근하느냐에 따라 크게 외재적 방법과 내재적 방법의 두 유형으로 나뉜다. 외재적 비평 방법이란 문학 작품이 삶의 현실을 반영한 산물이라는 전제 아래 작품을 둘러싸고 있는 외부 환경에 관심을 기울이는 접근 방식이다. 즉 작가의 삶을 비롯하여 작품의 배경, 역사적 요인, 사회적 조건 등의 관점에서 작품을 분석하고 평가하려고 한다. 말하자면 텍스트를 둘러싸고 있는 여러 요소에 주목하는 원심적 방법이 바로 외재적 방법이다. 문학 작품을 통시적으로 연구하려는 역사적 접근 방법과 마르크스주의 비평처럼 작품을 사회적 현상의 반영으로 파악하는 사회적 접근 방법, 지그문트 프로이트의 정신분석학적 관점에서 접근하는 심리주의적 비평 등도 하나같이 외재적 비평 방법에 속한다. 이 방법은 문학 텍스트보다는 그것을 둘러싸고 있는 콘텍스트(맥락)에 훨씬 더 관심을 기울인다.

한편 구심적이라고 할 내재적 방법은 작품을 완결된 구조로 간주하여 작품 안의 여러 요소의 유기적 관계를 분석하는 데 초점을 맞춘다. 이 방법은 문학 작품을 이해하는 데 참조할 수 있는 것은 오직 작품밖에 없으며, 텍스트 안에 그것을 해명할 수 있는 모든 요소가 두루 갖추어져 있다고 본다. 즉 ① 작품의 언어, ② 형식, ③ 문체, ④ 상징, ⑤ 이미지, ⑥ 구성, ⑦ 부분과 전체의 유기적 관계 등을 중점적으로 탐구한다. 문학 작품의 외적 요소를 배제한 채 작품의 독자성을 중시한다는 점에서 '존재론적 방법'이라고 부른다. 작품의 구조와 그 구성 요소 등 작품 자체의 고유한 형식적 특징에 주목한다는 점에서는 흔히 '형식주의적 방법'이라고도 부른다.

이러한 내재적 비평 방법은 문학의 사회적 기능을 중요하게 생각하는 사람들에게는 탐탁치 않을 뿐 아니라 역사 발전에 퇴행적이라고 신랄한 비판 받는다. 일본 제국주의의 가혹한 식민지 지배를 받던 상황에서는 더더욱 그러하였다. 김환태의 비평과 관련하여 이어령(李御寧)이 "불행한 역사 고난의 상황에서 문학을 하는 사람들은 문학 작품의 아름다움과 그 맛을 맛보려는 내재적 비평을 사치한 것으로만 여겼다"[9]고 지적하는 것은 바로 그 때문이다.

그러나 김환태의 비평은 단순히 내재적 비평으로 보는 데는 여전히 한계가 있다. 문학의 본질적 가치에 무게를 두는 것은 부정할 수 없지만, 비평가나 독자가 느끼는 미적 인상이나 감정을 중시한다는 점에서 그는 내재적 비평에서 조금 비켜 서 있기 때문이다. 김환태는 비평가란 "순수히 작품 그것에서 얻은 인상과 감동을 충실히 표출하여야"(전: 3) 한다고 역설한다. 그것은 작품이 독자에게 어떤 효과를 어느 정도 주느냐에 따라 작품의 가치를 평가하려는 방법이다. 다시 말해서 독자나 비평가가 작품

---

9) 이어령, 「우리 곁에서 영원히 살아 숨 쉬는 김환태의 문학 정신」, 권영민 편, 『김환태가 남긴 문학 유산』(서울: 문학사상사, 2004), 9쪽.

에서 받는 감동은 무엇이며, 그것이 구체적으로 작품의 어떤 면에서 비롯하는지 주관적 판단에 따라 작품의 가치를 결정하려고 한다. 이 유형의 비평에서는 작품 못지않게 비평가에게도 무게 중심이 실릴 수밖에 없다.

인상과 감동을 지나치게 중시한다는 점에서 김환태는 윌리엄 K. 윔젓이나 먼로 C. 비어즐리 같은 미국의 신비평가들이 『언어적 성상(聖像)』(1954)에서 말하는 '감정의 오류' 또는 '영향의 오류'를 범한다. 그들은 비평가가 작품이 독자에게 미치는 정서적 영향으로 작품을 평가하는 것은 오류라고 지적하였다. 이렇게 독자가 받는 영향에 주목하다 보면 비평적 판단의 대상이 되는 시 자체가 사라지는 경향이 있기 때문이다. 김환태의 비평은 텍스트의 의미란 궁극적으로 개별적인 독자가 만들어내는 '창조물'로 보는 독자반응 비평에 가깝다. 한마디로 김환태의 비평적 태도는 아널드가 주장하는 '인생'과 페이터가 주장하는 '인상' 사이 그 어딘가에 놓여 있다.

예술지상주의자 김환태

김환태는 한국 비평가 중에서 누구보다도 예술지상주의를 부르짖은 비평가였다. 그의 심미주의적 비평관을 가장 뚜렷하게 엿볼 수 있는 것은 자못 도전적이라고 할 「여(余)는 예술지상주의다」라는 글이다. 1938년 3월 《조선일보》에 발표한 이 글에는 도전적인 제목으로도 모자라 '남도 그렇게 부르고 나도 자처한다'라는 부제가 붙어 있다. 이 글은 말하자면 김환태가 자신이 예술지상주의자임을 식민지 조선 문단에 널리 알리는 선언문이요, 그 개인 차원에서 보자면 문학적 양심 선언서이거나 고해성사에 해당한다. 문학 단체나 기관도 아니고 이렇게 개인 신분으로 자신의 문학적 입장을 천명하기는 아마 김환태가 처음일 것이다. 이 글을 두고 백철은 "우리 신문학의 비평사에 있어서 신기원을 만들고 있는 포즈였다"[10]고 평가한다.

이 글에서 김환태는 "나는 예술지상주의자이다. 남들이 나를 그렇게 부르거니와 나도 또한 그렇게 자처한다"[11]고 먼저 운을 뗀다. 그리고 나서 그는 "그러나 내가 자처하는 예술지상주의자와, 나와 예술에 관한 견해를 달리하는 이들이 조소(嘲笑)하려는 의도로 나를 규정하는 그 예술지상주의자와는 미안한 일이나 호적이 좀 다르다"(문: 239)고 밝힌다. 김환태는 자신과 견해를 달리하는 사람들을 '인생파'라고 부르지만 실제로는 카프 계열에 속한 비평가들을 염두에 두고 있다. 2008년부터 호주제 폐지에 따라 지금은 호적이 없어지고 '가족관계 등록부'를 사용하지만, 호적이 다르다는 것은 자신이 사용하는 '예술지상주의'와 다른 비평가들이 사용하는 '예술지상주의'는 마치 동명이인처럼 적잖이 차이가 난다는 말이다.

김환태는 자신이 말하는 예술지상주의와 그를 비판하는 사람들이 말하는 예술지상주의가 어떻게 다른지 조목조목 설명한다. 김환태에 따르면 그를 비판하는 사람들은 그가 ① 문학을 '인생의 유일 최고의 목적'이라고 간주하고, ② 문학과 인생의 관계를 단절해 버리며, ③ 문예 작품에서 그 내용을 완전히 거세해 버리는 형식주의자라고 주장한다. 이에 대하여 김환

---

10) 백철, 「김환태 씨의 문학관」, 『김환태가 남긴 문학 유산』, 360쪽.
11) 김환태, 「여는 예술지상주의다」, 권영민 편, 『김환태가 남긴 문학 유산』, 239쪽. 앞으로 이 책에서의 인용은 본문 안에 '문'이라는 약어와 함께 쪽수를 직접 적기로 한다.

태는 '어떤 자기도취적 만족'을 얻기 위하여 그렇게 주장하는지는 모르겠지만 이는 한낱 '웃음거리'로 실제 사실과는 크게 다르다고 지적한다.

항목 ①에 대하여 김환태는 자신이 비판자들이 말하는 의미의 예술지상주의자가 아니라고 못 박아 말한다. 자신은 문학을 삶의 유일하고도 최고의 목적이라고 한 번도 생각해 본 적이 없다고 주장한다. 문학과 예술이 삶에서 차지하는 몫이 무척 크다는 점에 그는 추호도 의심하지 않는다. 그렇다고 하여 김환태는 문학과 예술만이 삶에서 최고의 가치를 지닌 것으로 보지는 않는다. 물론 김환태는 카프 예술가들이 주장하듯이 프롤레타리아 혁명을 통하여 계급 없는 사회를 건설하려는 것을 최고의 가치나 목적으로 간주하지도 않는다. 이 점과 관련하여 김환태는 "나는 그들이 규정하는 그런 예술지상주의는 아니다. 그러나 그들과 같이 문학을 정치에 예속시킴으로써, 그것에서 인생과 문학과의 관계를 맺게 하려는 그런 정치지상주의도, 한 작품 속에 담긴 사상을 곧 문학으로 아는 그런 내용지상주의자도 아니다"(문: 239~240)라고 분명하게 못 박아 말한다.

김환태의 이러한 태도는 「비평 문학의 확립을 위하여」에서 좀 더 뚜렷하게 엿볼 수 있다. 그는 "결코 문학 그것을 정치나, 사회나, 철학이나, 윤리나 기외(其外)의 모든 문화 영역의 우위에 두려는 소위 예술지상주의자의 주장은 아니다. 다만 나는 인류의 각 문화 영역은 각각 그 특유한 법칙과 가치를 가지고 있어, 어떠한 딴 영역의 침범도 허락하지 않는다는 것과, 그리함으로써만 그 독자의 가치를 가장 잘 발휘할 수 있다는 것을 역설하는 것뿐이다"(전: 55)라고 지적한다. 다시 말해서 김환태는 문학에는 문학 외의 다른 어떤 영역에도 양도할 수 없는 문학에 고유한 어떤 가치와 권리가 있다고 주장할 뿐이다.

이 점에서는 문학 작품뿐 아니라 문학비평도 크게 다르지 않다. 김환태는 문학비평의 대상이 언제나 문학이라는 사실을 한 순간도 잊지 않았다. 그는 "문학비평의 대상은 사회도, 정치도, 사상도 아니요 문학이다"(전: 54)라고 잘라 말한다. 그러면서 그는 계속하여 "문예비평의 대상은 문학이므로 문예비평은 언제나 작품에 한하여야 한다"(전 56)고 밝힌다. 이러한 사실은 문학비평에서 지극히 초보적인 상식인데도 많은 비평가들이 까맣게 잊고 있다고 한탄한다. 그의 말대로 잊고 있는 것이 아니라 애써 외면하려고 있는지도 모른다. 김환태는 한마디로 "진정한 예술가는 언제나 예술지상주의인 것이다"(문: 241)라고 주장한다.

항목 ①과 서로 깊이 연관된 항목 ②에 대하여 김환태는 마치 시암쌍둥이가 분리되는 순간 목숨을 잃듯이 삶과 예술도 서로 분리되는 순간 존재이유를 상실한다고 지적한다. 그는 「여는 예술지상주의다」를 발표하기 4년 전 「예술의 순수성」에서 "예술가는 그의 생활 태도에 있어서도 어린애와 같이, 생활을 어떤 외적 목적에 봉사시키는 것이 아니라, 생활 그것을 위한 생활을 하지 않으면 안 된다"(전: 10)고 주장한다. 또한 그는 "예술가가 그의 예술가로서의 생활을 통절히 생활할 때 […] 그는 생활을 위한 생활을 영위하게 되며……"(전: 10)라고 밝힌다. '예술을 위한 예술'을 주장하는 것과 마찬가지로 그는 '생활을 위한 생활'을 부르짖는다. 김환태는 자신이 누구보다도 예술을 사랑하듯이 누구보다도 인생을 사랑하는 사람이라고 천명한다. 그의 이러한 태도는 자신을 두고 "예술을 또한 무엇보다도 사랑하여, 인생에 대한 사랑과 예술에 대한 사랑을 융합시키고 생활과 실행의 정열을 문학과 결합시키려는 사람이다"(문: 240)라고 말하는 데서 쉽게 엿볼 수 있다.

김환태의 이러한 태도는 1938년 4월 《삼천리 문학》에 발표한 「정지용론」에서도 여실히 드러난다. 김환태는 "예술은 언제나 생활의 아들"이라는 문장으로 이 글을 시작한다. 「여는 예술지상주의자」에서 그가 시인이란 '어린애와 같이' 생활 그 자체를 위하여 생활해야 한다고 말한 점을 다시 한 번 떠올리는 것이 좋을 것이다. 그는 시인 정지용 속에는 "어른과 어린애가 함께 살고 있는 어른 아닌 어른, 어린애 아닌 어린애"(전: 80)라고 말한다. 뛰어난 문인은 결코 생활을 등진 고고한 인간이 아니라 생활의 흙탕물 속에서 살아가는 세속적 인간이라는 점을 지적하는 말이다.

김환태는 정지용을 '사교의 왈패군'이라고 부르면서 "사람에 섞이매 눈을 본 삽살개처럼 감정과 이지가 방분하여, 한 데 설키고 얼키어 폭소, 냉소, 재담, 해학, 경귀가 한목 쏟아진다"(전: 81)고 밝힌다. 아름다운 연꽃이 흙탕물 속에서 피어나듯이 정지용은 누추한 현실에서 아름답고 감각적인 시를 썼다. 이 점과 관련하여 김환태는 "그의 시는 일대 감각의 향연이다. […] 그의 감각은 수정알처럼 맑고, 보석처럼 빛날 뿐 아니라, 그 속에 감정이 싸늘하게 얼어 비애와 고독이 별빛처럼 서리고 있다(전: 83)"고 말한다.

김환태는 항목 ③에 대하여 자신이 문예 작품에서 내용을 완전히 거세해 버리는 형식주의자와는 거리가 멀다고 주장한다. 그는 문학 작품에서 얻는 기쁨이란 내용이나 형식 어느 한쪽에서 오는 것이 아니라 두 가지의 '완전한 융합'에서 비롯한다고 지적한다. 김환태는 문학의 기쁨은 "형식과 내용으로 분리하지 못할 그것들의 완전한 융합으로서의 작품 그것에서 오기 때문에, 우리는 언제나 한 전체로서의 작품 그것에 즉하지 않으면 안 된다"(문: 241)고 말한다. 그러면서 그는 "진정한 예술가는, 그리고 가장 큰 기쁨을 작품 속에서 캐내려는 사람은 형식지상주의자도, 내용지상주의자도 아닌 작품지상주의자가 되지 않으면 안 된다"(문: 241)고 밝힌다. 1930년대 말엽 김환태처럼 이렇게 내용과 형식 사이에서 절묘한 조화와 균형을 꾀하려고 노력한 비평가도 아마 찾아보기 힘들 것이다.

김환태는 「여는 예술지상주의다」보다 2년 앞서 발표한 「비평 태도에 대한 변석(辨釋)」에서도 자신이 형식주의자가 아니라고 항변한다. 임화(林和)의 비판에 대하여 그는 "나는 씨가 생각하는 바와 같이 형식과 내용을 구별할 수 있다고 생각하는 사람도, 따라서 형식적 측면으로서 작품을 가치를 평가하려는 형식주의자도 아니다"(전: 72)라고 말한다. 문학 작품을 '요소의 집합'이 아닌 '유기적 통일체'로 간주하는 김환태는 육체와 생명을 구별할 수 없는 것처럼 문학에서도 내용과 형식을 구별할 수 없다고 밝힌다.

그러고 보니 이렇게 내용과 형식의 유기적 결합을 중시한다는 점에서 김환태의 태도는 오스트리아 작가 카를 클라우스와 아주 비슷하다. 클라우스는 문학에서 내용과 형식의 관계는 육체와 의복이 아니라 육체와 영혼의 관계라고 말한 적이 있다. 그에 따르면 육체와 영혼을 따로 떼어서 생각할 수 없듯이 문학의 내용도 형식과는 서로 분리할 수 없다. 김환태도 내용과 형식 중 어느 한쪽의 관점에서 작품을 평가하는 비평가는 비평가로서는 자격 상실이라고 말한다.

적어도 문학의 효용성을 문학 작품 밖이 아닌 작품 안에서 찾으려고 한다는 점에서 보면 김환태는 예술지상주의자다. 그는 문학의 효용성이나 공리성을 문학의 선동이나 계몽에서 찾는 대신 문학 작품이 주는 기쁨에서 찾아야 한다고 주장한다. 김환태는 문학 작품에서 얻는 즐거움도 문학의 효용성의 하나라고 말한다. 그런데도 그가 '인생파'라고 말하는 비평가들은 문학에서 즐거움을 느끼려는 태도를 문학의 효용을 거부하는 것으로 오해하기 일쑤다. 김환태는 '인생파' 비평가들이 선동이나 계몽의 힘을 굳게 믿지만 문학은 선전문과는 질적으로 차이가 있다고 밝힌다.

선전이나 계몽의 힘에 있어서 문학은 도저히 선전문을 따르지 못한다. 그러므로 연설이나 선전문을 버리고 시나 소설을 선동이나 계몽의 수단으로 사용하려는 그 사람이야말로 다시없이 인생을 낭비하고 있는 것이다. 그런데 시나 소설은 연설이나 선전용 팸플릿이 가지고 있지 못한, 우리를 기쁘게 하는 힘을 가지고 있으며, 또 그 힘에 있어서 딴 무엇보다도 강렬하다. (문: 240)

위 인용문에서 키워드는 '인생의 낭비'다. 김환태가 비판 대상으로 삼는 '인생파' 비평가들은 겉으로는 인생을 위한다고 하면서도 궁극적으로는 인생을 '낭비하는' 결과를 낳는다는 것은 참으로 아이러니가 아닐 수 없다. 김환태는 문학의 효용성을 작품에서 찾는 사람이야말로 진정한 인생파라고 말한다. 「예술의 순수성」에서 그는 "계몽하고 행위를 자극하려면 팸프렛이나 포스타로 족하다. 그런데 천재의 온갖 정력과 시간을 허비하여 가며 예술품을 제작할 필요가 어디 있느냐?"(전: 8~9)라고 따져 묻는다. 그러면서 그는 이념에 경도된 예술가들이 훌륭한 예술 작품을 창작시키지 못한 이유가 바로 여기에 있다고 지적한다.

진정한 예술지상주의를 설명하기 위하여 김환태는 실생활에서 구체적인 실례를 찾는다. 그는 "한 떨기 꽃에서 얻은 기쁨과 한 조각 선전 삐라에서 받은 흥분을 비교하여 보라"(문: 240)고 주문한다. 즉각적인 강도에서 보면 어쩌면 꽃보다는 선전 전단지가 주는 흥분이 더 클지도 모른다.

그러나 지속적 효과에서 보면 선전 전단지는 결코 꽃을 따르지 못한다고 지적한다. 한 떨기 꽃에서 얻는 지속적 효과가 그러하다면 문학이나 예술 작품에서 얻는 효과는 꽃과는 도저히 비교도 되지 않을 만큼 훨씬 더 클 것이다.

김환태는 어떤 대상에서 즐거움을 느끼는 것은 어디까지나 그것이 자기목적적이기 때문이라고 지적한다. 다시 말해서 한 떨기 꽃은 약초로 바라보지 않고 오직 아름다운 꽃으로 바라볼 때 훨씬 더 큰 기쁨을 느낄 수 있다. 이왕 꽃 이야기가 나왔으니 말이지만 물레나물목 작약과의 여러해살이 식물인 작약은 함박꽃처럼 아름다울뿐더러 장미꽃처럼 향기도 좋다. 한편 작약은 동아시아에서 당귀와 인삼과 함께 약재로도 널리 쓰인다. 사람들이 작약을 보고 즐거움을 느끼는 것은 그 꽃이 아름답기 때문이지 약재가 좋아서가 아닐 것이다.

문학과 예술 작품도 이와 크게 다르지 않아서 그 본질에서 벗어난 선전이나 계몽 같은 문예 외적 목적에 복무하게 되면 그러한 작품에서 기쁨을 느끼기란 좀처럼 어렵다. 1935년 12월《시원(詩苑)》에 발표한 「시와 사상」에서 김환태는 "예술의 세계는 독자의 의미를 가진 자치적 실재의 세계요, 따라서 예술은 예술 이외의 아무런 목적을 가지지 않으며, 자기 이외의 여하한 법칙에도 복종하지 않는다"(전: 41)라고 천명한다. 김환태는 이보다 한 발 더 나아가 비평도 자기목적성을 지닌 창작이라고 주장하기에 이른다. 그는 "작품이 평자나 독자를 예상하지 않고도 제 스스로 존재 이유를 찾을 수가 있는 거와 같이, 비평도 또한 단독적으로 존재할 수 있는 이유를 가지는 것이다"(전: 34)라고 지적한다.

예술의 자율성과 자기목적성

김환태는 비평에서 무엇보다도 문학과 예술 작품의 자율성이나 독자성을 목숨처럼 소중하게 간주하였다. 그가 문학 작품을 이해하고 평가하면서 그 작품의 '본질적 내용'에만 관심을 기울인다는 것은 그만큼 작가의 전기이든 역사적-사회적 환경이든 텍스트 외적인 요소에 구애받지 않고 오직 독자성을 인정한다는 것을 뜻한다. 문학과 예술이 문예 외적인 사회적 기능에서 벗어나 내재적 가치를 지니는 자율성을 지닌다고 생각한 것은 비교적 최근에 일어난 현상이다. 18세기 이전만 하여도 문학과 예술은 어디까지나 의식이나 종교를 섬기는 시녀와 크게 다르지 않았다.

앞에서 임마누엘 칸트의 '무관심의 관심'을 언급했지만 그는 '무목적성의 목적성'도 중시하였다. 『판단력 비판』(1790)에서 그는 "아름다움을 판단한다는 것은 오직 형식적인 목적성을 그 근저에 깔고 있다. 즉 목적이 없는 목적성은 선의 개념과는 독립되어 있는데 그것은 선은 목적이 있는 목적성, 즉 대상을 분명한 목적과 관련짓기 때문이다"[12]라고 주장한다. 칸트에 따르면 아름다움 그 자체는 무엇을 어떻게 하고자 하는 유용성이나 실용성도 아닐뿐더러 무엇을 추구하는 도구적 가치도 아니다. 인간은 목적이 없는 목적을 실행하는 과정에서 새로운 방식으로 쾌감을 느끼게 마련이고, 그것이 곧 아름다움의 본질이요 미학의 원리다. 한편 인간의 지각과 상상을 뛰어넘어 절대적인 대상에 전율과 공포를 느끼면서 동시에 기쁨과 쾌감을 느끼는 미적 감각을 칸트는 '숭고미'라고 불렀다.

---

12) Immanuel Kant, *Critique of the Power of Judgment*, ed. Paul Guyer, and trans. Paul Guyer and Eric Mathews (Cambridge: Cambridge University Press, 2000), p. 111.

심미주의자들이 주장하는 문학과 예술의 독자성은 두말할 나위 없이 칸트의 '무목적성의 목적성'의 개념에 기초를 둔다. "예술을 위한 예술"이라는 구호를 처음 사용한 월터 페이터는 예술의 자율성과 함께 심미적 대상과는 상반되는 심미적 경험을 중시하였다. 일반적인 경험은 속절없이 사라지지만 심미적 경험만은 영원히 남아 인간을 즐겁게 해주기 때문이다. 물론 페이터의 주관주의적이고 인상주의적인 비평은 한때 에즈러 파운드와 T. S. 엘리엇 같은 시인들과 비평가들에게서 적잖이 비판받았다. 신고전주의 입장에서 반낭만주의적 태도를 취하는 그들은 주관성과 개성을 버리고 몰개성적이고 고전적인 객관성으로 되돌아갈 것을 부르짖었다. 최재서(崔載瑞)가 일찍이 주장한 주지주의라는 것도 넓은 의미에서는 신고전주의를 말한다.

문학의 자율성과 독자성에 무게를 두는 김환태는 예술의 도구적 기능을 배척하고 예술의 자기목적적 순수성을 지키는 데 앞장섰다. 그가 무엇보다도 경계하는 것은 1920년대 중엽 식민지 조선의 문단을 성난 파도처럼 휩쓸던 카프 문인들이 주장하던 계급주의 문학과 그 이론이었다. 유물사관에 기반을 둔 카프 문인들은 유산계급과 무산계급의 벽을 허무는 것을 무엇보다도 중요한 목표로 삼았다. 카프는 강령에서 "우리는 무산계급 운동에 있어서 맑스주의의 역사적 필연을 정확히 인식한다. 그럼으로 우리는 무산계급 운동의 일부분인 무산계급 예술 운동으로서 ① 봉건적 및 자본주의적 관념의 철저적 배격, ② 전제적 세력과의 항쟁, ③ 의식적 조성 운동의 수행을 기한다"[13]고 천명하였다.

---

13) 《조선일보》(1927.09.04). 권영민, 『한국 계급문학 운동연구』(서울: 서울대학교 출판문화원, 2014), 참고.

카프의 계급주의 문학에 대한 김환태의 부정적 태도를 가장 뚜렷하게 엿볼 수 있는 것은 1934년 10월《조선중앙일보》에 발표한 「예술의 순수성」이라는 비평문이다. 그는 '천재와 개성, 목적의식과 사상'이라는 부제를 붙인 이 글에서 "인간의 모든 정신적 영역까지 사회 생산 방법과 사회의 경제적 구조로서 이해하려는 유물사상은, 예술의 세계에까지 침입하여 예술품은 물질 생산의 필연적 소산으로서 이해하려 하였으며, 따라서 예술의 사회생활로부터의 자유성을 말살하려 하였다"(전: 7)고 지적한다. 이 문장에서 사용하는 '침입'이니 '말살'이니 하는 낱말에서도 볼 수 있듯이 유물사상을 바라보는 김환태의 시선이 곱지 않다. 물론 그렇다고 그는 유물사상을 전적으로 부정하지는 않는다. 다만 그는 비록 문학을 비롯한 예술이 물질생활의 제약을 받지만 그것은 어느 정도에 그치는 것일 뿐 근본적인 것은 아니라고 판단할 뿐이다.

실제로 인류 역사를 계급투쟁의 역사로 파악하는 카를 마르크스와 프리드리히 엥겔스는 인간의 존재를 결정하는 것은 의식이 아니라 오히려 그 반대로 의식이 곧 사회적 존재라고 주장하였다. 칸트와 헤겔의 관념론에 대한 비판으로 출발하는 그들은 인간의 모든 행위를 좁게는 생산 양식, 넓게는 물질 조건이라는 잣대로 가늠하려고 하였다. 마르크스와 엥겔스에 따르면 인간의 모든 행위와 제도는 인간의 물질 조건의 영향을 받지 않을 수 없다. 비유적으로 말하자면 그들이 사회의 상부 구조라고 부르는 문학·예술·종교·철학·정치·법률 같은 정신 활동의 산물은 어디까지나 물질 기반 위에 세워진 이층집과 같다. 그러나 물질 기반을 떠나서는 어떠한 정신 활동도 존재하지 않는다고 주장하는 것은 속류 마르크스주의라는 비난을 면하기 어렵다. 마르크스와 엥겔스는 ① 예술이 사회의 물질 조건을 정확하게 반영할 필요가 없고, ② 예술은 사회 조건에 뒤늦게 나타나거나 미리 앞당겨 나타날 수 있으며, ③ 예술은 때로는 그것과는 독립적으로 발전할 수 있고, ④ 심지어 예술이 사회의 방향을 결정할 수도 있다는 점을 분명히 하였다.

엥겔스는 심지어 예술 작품이 물질 기반에서 멀리 떨어져 있을 때 가장 효과적으로 기능할 수 있다고 말하기도 하였다. 『자본론』(1867)의 초고에 해당하는 『정치경제학 비판 강요』(1857)의 서문에서 마르크스도 "예술에서 특정 번영기는 결코 사회의 일반적 발전에 조응하지 않으며, 따라서 예술이라는 유기체의 물질적 골격인 기초의 발전에도 조응하지 않는다는 것은 잘 알려져 있다"[14]고 밝혔다. 다시 말해서 물질 기반인 하부 구조와 정신 활동의 산물인 상부 구조는 반드시 상응할 필요가 없다.

김환태는 문학과 예술이 사회적 요소와 물질적 기반을 초월하여 자율성과 독립성을 지닐 수 있는 것은 다름 아닌 예술가의 개성과 천재성 때문이라고 주장한다. 그는 사회와 물질 기반이 개성과 천재성을 격려하고 촉진할 수는 있을망정 그것을 창조할 수는 없다고 지적한다. 그는 같은 시대정신을 호흡하는 동시대 시인들과 작가들 사이에 편차가 적지 않다는 사실에서 그 근거를 찾는다.

> 만일에 사회적 요소나 물질적 조건이 천재와 개성을 근본적으로 규정한다면, 우리가 똑같은 시대 속에 호흡하며, 똑같은 생활환경에 처해 있는 이 나라 문인들 중에서 이광수(李光洙)나, 김동인이나, 이태○이나, 염상섭이나, 이기○

---

14) Karl Marx, *Grundrisse: Foundations of the Critique of Political Economy*, trans. Martin Nicolaus (New York: Penguin Classics, 1993). https://www.marxists.org/archive/marx/works/1857/grundrisse/

같은 각각 그 경향이 다른 소설가를 발견할 수가 없으며, 정지용이나, 주요한 이나, 이은상이나, 김억이나, 김동환 같은 각각 그 색채를 달리 한 시인을 가지고 있는 이 사실을 도저히 설명하지 못할 것이다. 그러므로 예술의 생산에 있어서 가장 근본적이요, 중요한 것은 사회적 설명이 불가능한 이 예술가의 천재와 개성이다. 이곳에 막스주의자들이 당의 지령으로 위대한 예술품을 산출시키지 못한 이유가 있으며, 물질적 기초 위에서만 예술을 이해하려는 사회과학의 실패한 이유가 있다. (전: 7~8)

김환태가 언급하는 문인들 중에서 이광수, 김동인(金東仁), 염상섭(廉想涉)은 민족주의 문학을 주창한 반면, 이기영(李箕永)은 사회주의의 깃발을 높이 쳐들고 카프 맹원으로 활약하다가 두 번에 걸쳐 일본 제국주의 경찰에 검거되어 투옥되었다. 해방 후 그는 월북하여 문학 분야는 말할 것도 없고 정치 분야에서도 활약하였다. 북한에서 '윤세평(尹世平)'이라는 이름으로 활동한 윤규섭(尹圭涉)은 『해방전 조선문학』(1958)에서 "해방 후에는 창작 생활과 함께 민주 조국 건설에 적극 참가하여 현재 조선민주주의인민공화국 최고인민회의 부의장이며 조쏘협회 위원장으로 공작하고 있으며 조선작가동맹 중앙위원회 상무위원이다"라고 소개한다. 그러면서 윤세평은 "리기영은 한설야와 함께 현대 조선문학의 창시자의 한 사람이며 사회주의적 사실주의 문학 발전에 있어서 불후의 고전 유산들을 남겨 놓았다"고 높이 평가한다.[15]

이렇게 이기영을 높이 평가하는 것은 『조선문학통사: 현대편』(1959)에서도 크게 다르지 않아서 저자는 이기영을 '현실 반영의 진실성'을 보여

---

15) 윤세평, 『해방전 조선문학』(평양: 조선작가동맹 출판사, 1958), 283, 292쪽.

주는 작가로 자리매김한다. 이 책의 저자는 이기영이 장편 대하소설『두만 강』(1952~1961)에서 "력사의 창조자로서의 인민의 운명과 역할에 대한 주 제가 해명되어 있다"고 지적한다.[16] 이 작품으로 이기영은 '1960년 조선 인민민주주의공화국 인민상'을 수상하기에 이르렀다.

한편 이태준(李泰俊)은 위 인용문에서 이기영과 마찬가지로 이름을 제 대로 밝히지 못하고 복자(伏字) 'ㅇ'로 처리되어 있지만 일제강점기만 하여 도 '구인회'에서 활약하는 등 누구보다도 순수문학을 지향하던 문인이었 다. 박태원(朴泰遠)과 조용만(趙容萬)을 비롯한 구인회 동료들이 친일 작품 을 창작하던 일제강점기 말기 이태준은 붓을 꺾고 안협(현재의 북철원)으로 낙향하여 작품 활동을 거의 하지 않았으므로 친일 행적 논란에서 자유로 웠다. 그러나 이렇게 친일과 카프의 경향파 문학과 일정한 거리를 두던 이 태준은 해방 후 조선문학가동맹과 민주주의민족전선 등 좌파 계열에서 활 동하다가 한국전쟁이 일어나기 전 1946년쯤 월북하였다. 월북 후의 그의 행적은 물론이고 세상을 떠난 시기조차 분명하지 않다. 이태준은 노동당 의 지시를 정면으로 비판하고 거부했다는 이유로 1956년에 숙청당했지만 1970년경까지 생존했던 것으로 알려져 있다.『조선문학통사: 현대문학 편』 을 보면 그가 '반동 작가'로 숙청당했을 가능성이 무척 크다.

리태준은 본래 전형적인 부르죠아 반동 작가로서 일찍이 그는 프로레타리아 문학 예술단체인 카프를 반대할 목적으로 반동 문학단체인 '9인회'를 조직하 였으며 여기서 소위 '순수 문학'의 간판 밑에 '문학의 정치로부터의 자립'을 떠 들면서 민족해방 투쟁의 무익성을 설교하였고 또한 색정주의적, 허무주의적

---

16) 사회과학원 문학연구소,『조선문학통사: 현대문학 편』(평양: 사회과학출판사, 1959), 199, 335쪽.

소설들로써 인간들에게 디락과 퇴폐적 감정을 선동하였다. 이에 대하여 그의 반사실주의적인 작품 「제2의 운명」, 「청춘 무성」, 「가마귀」를 비롯한 허다한 작품들이 잘 말해 주고 있다.[17]

이태준을 비롯한 문인들이 프롤레타리아 문학 예술단체인 카프를 반대할 목적으로 구인회를 조직했다는 주장은 좀 더 면밀히 따져볼 필요가 있다. 1933년 8월 "순연한 연구의 입장에서 상호의 작품을 비판하며 다독 다작하는 것"을 목적으로 발족한 구인회는 어떤 문학적 목적을 위하여 만든 단체라기보다는 뜻을 같이하는 문인들의 친목단체로서의 성격이 훨씬 더 컸기 때문이다.[18] 구인회의 이러한 성격은 김기림의 「문단 불참기」를 보면 좀 더 분명하게 드러난다. 이 글에서 그는 "상허(尙虛)·지용(芝溶)·종명(鐘鳴)·구보(仇甫)·무영(無影)·유영(幽影) 기타 몇몇이 9인회를 한 것도 적어도 우리 몇몇은 문단 의식을 가지고 했다느니보다는 같이 한번씩 50전씩 내 가지고 아서원에 모여서 지나(支那) 요리를 먹으면서 지껄이는 것이—나중에는 구보와 상(箱)이 그 달변으로 응수하는 것이 듣기 재미있어서 한 것이었다"[19]고 밝힌 적이 있다.

---

17) 위의 책, 247쪽. 이 책에는 임화에 대한 기록도 이태준과 마찬가지로 부정적으로 기술되어 있다. "리태준과 함께 림화도 자기의 반동 시 작품들로써 우리 인민에게 해독을 끼쳐 온 자였던 것은 이미 널리 알려진 사실이다. 이 자는 카프를 일제에 밀고한 흉악한 반역자로서 후에는 리광수, 리태준 등과 함께 일제의 어용 문학단체인 '문인보국회'의 간부로서 일제에게 충성을 다하였다"(247쪽)고 밝힌다. 김남천에 대해서도 "김남천 역시 리태준, 림화 등의 문학 활동과 긴밀히 련결된 자로서 소설 「소년행」 기타에서 극단의 개인주의 사상, 부르죠아지들의 타락과 색정주의, 배신의 사상 등을 전파하였다"(247~248쪽)고 적는다. 1958년 8월 남로당 계열의 박헌영과 이승엽 등을 숙청할 때 임화는 고정간첩 혐의로 사형선고를 받고 처형당했고, 김남천은 종파분자로 15년 선고를 받았지만 그 후 행방이 묘연하였다.

18) 「문단풍문」, 《동아일보》(1933.09.01).

19) 김기림, 「문단 불참기」, 김학동·김세환 공편, 『김기림 전집 5: 소설·희곡·수필』(서울: 심설당,

구인회 회원 중에서도 특히 이태준과 박태원, 이상과 가까이 지낸 김기림은 "우리는 때때로는 비록 문학은 잃어버려도 우의만은 잊지 말았으면 하고 생각할 때가 있다. 어떻게 말하면 문학보다도 더 중한 것은 인간인 까닭이다"[20]라고 말한 적이 있다. 그러나 여러모로 19세기 프랑스 문학 운동인 파르나시즘과 맥을 같이하는 구인회는 적어도 순수문학을 지향했다는 점에서 비록 우회적일망정 카프의 계급주의 문학과는 달랐던 것만은 틀림없다. 시문학파가 《시문학》과 《문예월간》 등을 중심으로 순수시 운동을 전개했다면, 구인회는 특히 소설 분야에서 새로운 감각과 기교로 순수문학 작품을 창작하려고 노력하였다.

김환태가 「예술의 순수성」에서 예로 들고 있는 시인들은 소설가들처럼 문학 이념이나 노선에서 그렇게 뚜렷하게 구분되지는 않는다. 그런데도 좀 더 자세히 살펴보면 그들도 나름대로 차별성이 없지 않다. 정지용, 주요한(朱耀翰), 이은상(李殷相), 김억(金億), 김동환(金東煥) 등은 민족주의 문학 전통에서 활약한 문인으로 분류하기에는 저마다 '색채를 달리 한 시인들'이다. 김환태의 지적대로 그들은 하나같이 사회적 요소나 물질적 조건보다는 천재와 개성에 따라 작품 활동을 하였다. 그리고 보니 김환태가 왜 마르크스주의를 신봉하는 문인들이 "당의 지령으로 위대한 예술품을 산출시키지 못한 이유가 있으며, 물질적 기초 위에서만 예술을 이해하려는 사회과학의 실패한 이유가 있다"(전:8)고 말하는지 알 만하다.

1988), 420쪽.
20) 위의 책, 421쪽.

비평의 창조성 또는 창조적 비평

김환태는 1930년대 당시 비평가로서는 보기 드물게 창작과 비평의 괴리에 주목하였다. 이러한 괴리 현상이 문학에 결코 바람직하지 않다고 판단한 그는 비평문을 쓸 때 작가가 창작할 때 느끼는 것과 비슷한 '창작의 기쁨'을 느낀다고 털어놓는다. 그러면서 그는 자신의 비평문이 마치 소설처럼 창작으로 읽히기를 바라마지 않는다. 이렇듯 김환태는 일제강점기에 비평의 창조성, 즉 이른바 '창조적 비평'을 주장한 대표적인 비평가 중하나로 꼽힌다.

이러한 태도를 가장 잘 엿볼 수 있는 글은 1934년 11월 《조선일보》에 발표한 「나의 비평의 태도」다. 이 글은 본디 신문사로부터 월평을 청탁받고 쓴 글이지만 월평 못지않게 자신의 비평관을 좀 더 선명하게 피력하는 데 관심을 기울였다. 김환태는 단호하게 "나는 비평에 있어서의 인상주의자다"(전: 13)라고 못 박아 말한다. 그리고 나서 그는 계속하여 "비평은 작품에 의하여 부여된 정서와 인상을 암시된 방향에 따라 가장 유효하게 통일하고 종합하는 재구성적 체험이요, 따라서 비평가는 그가 비평하는 작품에서 얻은 효과, 즉 지적(知的) 정적(情的) 전(全) 인상을 표현하고 전달하기 위하여 어느 정도까지 창조적 예술가가 되지 않으면 안 된다고 믿어 움직이지 않는 자이다"(전: 13)고 밝힌다. 김환태는 그저 창조적 예술가가 '되어야 한다'고 말하는 것으로는 모자라는지 예술가가 '되지 않으면 안 된다'고 이중 부정문을 구사하여 말할 뿐 아니라, 한 발 더 나아가 그 진술을 굳게 믿는 데 '움직이지 않는다'고 거듭 이중 부정문을 구사하기도 한다.

굳이 동서양을 가르지 않고 지금까지 문학을 비롯한 모든 예술 작품은 시간에 있어서나 그 중요성에 있어서나 비평보다 언제나 선행하는 것으로 생각하여 왔다. "예술 작품이 끝난 지점에서 비평이 시작한다"는 말은 바로 이 점을 지적한 것이다. 다시 말해서 예술 작품을 먼저 전제하지 않고서는 어떠한 비평 장르도 결코 존재할 수 없다는 논리다. 그것은 마치 작곡가 없이 연주가나 성악가가 존재할 수 없는 것과 같은 이치다. 이렇게 전통적인 비평에서는 이 장르를 엄격히 구분지어 언제나 비평보다는 창작을 앞에 놓았다.

그러나 창작과 비평 사이에 높다란 장벽을 쌓아놓은 사람들은 형식주의자들과 신비평가들이었다. 그들은 문학과 비평 사이의 명확한 경계선을 기초로 삼아 그들의 이론을 정립하였다. 주로 형식주의적 관점에서 문학 이론을 정립해 온 르네 웰렉과 오스틴 워런은 이러한 경우를 보여주는 가장 대표적인 이론가들로 꼽힌다. 지금까지 이 분야에서 고전적인 이론서로서 평가받아 온 『문학의 이론』(1949, 1962)에서 그들은 문학과 문학 연구를 서로 엄격히 구별해야 한다고 주장한다. 문학은 예술에 속하는 영역인 반면, 문학 연구는 과학은 아니라고 할지라도 적어도 일종의 지식이나 학문에 속하는 영역이라는 것이다.

웰렉과 워런은 "문학 비평가가 수행하는 연구의 주제가 비록 비합리적이거나 적어도 매우 비합리적인 요소를 지니고 있을지 모른다. 그렇지만 그는 미술사가나 음악사가, 또는 이 문제로 말하자면 사회학자나 해부학자의 위치 이상을 차지할 수는 없을 것이다"[21]라고 역설한다. 이러한 전통적인 문학 이론에 따르면 문학은 독창적이고 표현적이며 창조적인 특

---

21) Rene Wellek and Austin Warren, *Theory of Literature*, 3rd ed. (New York: Harcourt Brace Jovanovich, 1970), p. 15.

징을 지니는 반면, 비평은 파생적이고 기생적이며 반복적인 특징을 지닌다. 그러므로 비평은 어디까지나 문학 작품의 '불필요한' 중복, 기껏해야 문학 작품보다 '열등한' 예술 작품에 지나지 않는다.

문학과 비평, 창작과 논평을 이렇게 변별적으로 엄격하게 구분할 것을 주장한 이론가 가운데에서도 아마 T. S.엘리엇은 첫 손가락에 꼽힐 것이다. 그는 문학에서 '창조적 비평'이란 결코 존재하지 않는다고 단호하게 주장하였다. 잘 알려진 논문 「비평의 기능」에서 그는 비평이 자기목적성을 지니고 있지 않다는 점에서 문학과 뚜렷하게 구별된다고 지적하였다. 그는 "창조적 작품, 즉 예술 작품은 자기목적적인 특징을 지닌다. 그리고 비평은 정의에서 그 자체 외의 다른 어떤 것에 관한 것이다. 그러므로 우리는 비평을 창조와 융합하듯이 창조를 비평과 융합해서는 안 된다"[22)]고 밝힌다.

더구나 비평가를 혼돈과 무질서 시대에 전통적 가치의 수호자로 간주하는 엘리엇은 문학비평이 반드시 담당해야 할 가장 중요한 기능과 임무로 '예술 작품에 대한 설명'과 '취향의 교정'을 들었다. '작품에 대한 설명'이라는 기준은 그렇다고 하더라도 특히 '취향의 교정'이라는 기준에서는 고개를 갸우뚱하게 된다. 최근의 한 미국 비평가는 이 '교정'이라는 낱말에 전율을 느낀다고 고백한다.

엘리엇 같은 신고전주의자들의 이론은 19세기 후반 빅토리아 시대 비평에 대한 반발로 시작되었다. 이 무렵 어떤 이론가보다도 창조적 비평을 가장 체계적으로 주장한 비평가는 다름 아닌 매슈 아널드였다. 앞에서 언

---

22) T. S. Eliot, "The Function of Criticism," *Selected Prose of T. S. Eliot*, ed. Frank Kermode (New York: Harcourt Brace Jovanovich, 1975), pp. 73~74.

급한 「현대 비평의 기능」에서 그는 창조적 비평의 가능성을 처음 본격적으로 천명하였다. 그는 낭만주의 시인 윌리엄 워즈워스의 이론에 대한 비판으로 이 논문을 썼다. 워즈워스는 창조적 행위와 비평적 행위를 서로 엄격히 구별 지어 후자는 전자와 비교하여 부수적이고 2차적으로 열등하다고 주장하였다. 그러나 아널드는 자유로운 창조적 행위가 인간의 가장 고귀한 기능이라는 점, 이러한 창조적 행위는 시나 소설 같은 문학 작품 못지않게 문학비평에서도 발휘된다는 점을 역설하였다.

> 인간은 위대한 문학 작품이나 예술 작품을 창작하는 것 말고도 얼마든지 다른 방법으로 자유로운 창조적 활동을 한다는 것을 느낄 수 있다. 그렇지 않다면 오직 극소수를 제외한 나머지 인간들은 모두 진정한 행복으로부터 완전히 차단될 것이다. 사람들은 선행을 통하여 창조성을 발휘할 수 있으며 학문을 통해서도 그것을 발휘할 수 있다. 또한 비평 행위를 통해서도 창조성을 발휘할 수도 있다.[23]

더욱이 아널드는 본질에서 창작 문학이 언제나 비평보다 우월하다는 워즈워스의 이론을 정면으로 반박하였다. 비록 시나 산문을 통해서 구현된 창작 행위는 아무리 어리석고 우스꽝스럽거나 빈약하다고 할지라도 비평 행위보다는 우위를 차지한다고 워즈워스는 주장하였다. 그에 따르면 옳지 않거나 악의에 찬 비평은 그것을 읽는 사람들의 정신에 막대한 해독을 끼치는 반면, 모든 창작은 아무리 보잘것없는 작품이라고 하더라도 독자들에게 전혀 해독을 끼치지 않는다는 것이다. 한편 아널드는 워즈

---

23) Matthew Arnold, "The Function of Criticism at the Present Time."

워스와는 달리 '빈약하고 파편적이며 부적절한' 창작보다는 오히려 '진솔 되고 소박하며 신축성 있는' 비평이 훨씬 더 훌륭하다고 맞섰다.

아널드는 위대한 문학 작품이나 예술 작품을 창작하는 데 발휘되는 창조성이 어느 시대나 어떤 조건에서나 언제나 발휘되지는 않는다고 주장하였다. 어떤 시대는 창조적 활동이 왕성한가 하면, 다른 시대는 이와는 반대로 비평적 활동이 왕성하다. 아널드가 역사적 시대를 '집중의 시대'와 '팽창의 시대'의 두 갈래로 크게 나누는 것은 바로 그 때문이다. 팽창의 시대에는 창조적 활동이 가장 활발하게 나타나는 반면, 집중의 시대에는 오히려 비평적 활동이 가장 활발하게 나타난다. 특히 아널드는 창조적 행위에 앞서 반드시 비평적 행위가 먼저 나타난다고 주장한다. 그렇다면 집중의 시대란 창조적 행위의 밑거름이 되는 관념들이 성숙되는 시기라고 할 수 있다. 좋은 포도주가 만들어지기 위해서는 그 원료가 되는 포도가 충분히 발효될 시간이 필요하듯이, 훌륭한 작품이 창작되기 위해서도 팽창의 시대가 오기를 기다려야 한다는 논리다.

아널드가 위대한 문학 작품이 '인간의 힘'과 '시대의 힘'의 두 축으로 창작된다고 주장한 것도 이와 같은 맥락에서였다. 여기서 '인간의 힘'이란 작가의 창조적 재능을 말하고, '시대의 힘'이란 특정 시대의 지적 풍토를 말한다. 이 두 힘이 서로 유기적으로 결합할 때 비로소 위대한 작품이 탄생된다는 것이다. 이러한 경우를 보여주는 가장 좋은 본보기로 아널드는 요한 볼프강 폰 괴테와 조지 바이런을 들었다. 괴테는 르네상스의 끝자락에서 계몽주의 시대가 시작할 무렵에 활동하였다. 독일 안에서는 크고 작은 공국들이 중세의 느슨한 관계를 청산하고 근대의 연방 제국으로 재편되는 시기였고, 독일 밖에서는 프랑스 혁명과 미국 독립혁명이 일어나던 시대였다. 괴테는 중세에서 근대로 넘어가는 질풍노도의 시기에 세계 정신을 호흡할 수 있었다. 한편 바이런이 활약하던 빅토리아 시대 영국은 아시아와 아프리카에서 제국주의적 팽창에 나서 대영제국을 건설했지만 문학가들이 활약하기에는 열악한 문화적 풍토였다.

아널드에 이어 페이터도 창조적 비평에 적잖이 관심을 기울였다. 페이터는 아널드의 도덕적 비평과 객관적 비평을 경계하면서도 비평의 창조성에 대해서는 여러모로 의견이 같이하였다. 페이터는 외부 대상이 찬란한 빛깔을 띠는 '심오한 상상력의 순간'을 굳게 믿었고, 그러한 순간은 창작뿐 아니라 비평 행위에서도 엿볼 수 있고 생각하였다. 페이터의 영향을 받은 오스카 와일드는 「예술가로서의 비평가」라는 글에서 비평가를 일종의 예술가로 간주함으로써 비평의 창조적 특성을 강조하였다. 와일드는 "비평이란 자료를 사용하여 작업하고 그 자료들을 새롭고도 유쾌한 형식으로 만든다. […] 비평은 본질적으로 순전히 주관적이며 다른 것의 비밀이 아닌, 그 자체의 비밀을 드러내려는 가장 완벽한 형식이다"[24]라고 지적한다.

뒷날 창조적 비평이 가장 활발하게 그리고 가장 효과적으로 논의된 것은 다름 아닌 구조주의와 포스트구조주의에 이르러서였다. 롤랑 바르트는 언어를 인간의 모든 행위 가운데에서도 가장 핵심적인 행위로 파악할 뿐 아니라 이러한 언어 행위가 문학에서 가장 뚜렷하게 드러난다고 밝힌다. 그는 "언어란 곧 문학의 존재, 바로 문학의 세계다. 모든 문학은 글쓰기의 행위 안에 포함되어 있을 뿐 이제 더 이상 '생각'하거나 '묘사'하

---

24) Oscar Wilde, "Critic as Artist," in *The Portable Oscar Wilde*, ed. Richard Aldington and Stanley Weintraub (Harmondsworth: Penguin Books, 1981), pp. 81, 83~84.

거나 '말'하거나 또는 '느끼는' 행위 안에 포함되어 있지 않다"[25]고 지적한다. 바르트는 창작이건 비평이건 모든 유형의 글을 가리키기 위하여 '에크리튀르(écriture)', 즉 '글쓰기'라는 포괄적인 용어를 사용한다. 그러므로 소설가들이나 시인들 또는 비평가들은 모두 하나같이 '글 쓰는 사람들'에 해당되는 셈이다. 이 점과 관련하여 바르트는 이제 더 이상 비평가는 존재하지 않고 오직 작가만이 존재할 따름이라고 역설한다.

이렇게 구조주의자들이 굳건한 이론적 뒷받침을 마련해 준 창조적 비평은 해체주의자들에 이르러 좀 더 뚜렷하게 드러난다. 자크 데리다를 비롯하여 제프리 하트먼과 해럴드 블룸 그리고 폴 드 만과 같은 대부분의 미국 해체주의자들은 비평에 창조성을 부여하는 가장 대표적인 이론가들로 꼽힌다. 그들에게 비평은 이제 더 단순히 '제2의 창작'의 위치에 머물지 않고 명실공히 '제1의 창작'과 조금도 다름없는 위치를 차지한다. 비평을 '일종의 시', 그리고 비평가를 '공인 받지 못한 시인'이라고 부르고 있는 하트먼은 "비평과 픽션은 모두 인간 정신의 제도이며, 우리는 창조적 정신이 과연 어디에서 나타날지 전혀 예측할 수 없다"[26]고 주장한다. 경우에 따라서 비평가들은 작가들보다도 오히려 더 독창적이도록 기대된다고 할 수 있다.

김환태는 창조적 비평을 주장할 뿐 아니라 더 나아가 비평가를 실패한 예술가로 보려는 태도에도 쐐기를 박는다. 지금까지 적지 않은 문인들이 문학 비평가를 폄하해 왔다. 이러한 태도는 아마 19세기에 프랑스와

---

25) Roland Barthes, "Science versus Literature," in *Structuralism: A Reader*, ed. Michael Lane (London: Routledge, 1970), p. 411.

26) Jeffrey Hartman, "Crossing Over: Literary Commentary as Literature," *Comparative Literature* 28 (1976): 262.

영국에서 활약한 두 작가, 즉 귀스타브 플로베르와 벤저민 디스레일리로 거슬러 올라갈 수 있다. 플로베르는 군인이 되지 못하면 정탐꾼이 되듯이 예술가가 되지 못하면 비평가가 된다고 말하였고, 디스레일리도 비평가 란 예술가가 되려고 하다가 실패한 사람이라고 말하였다. 이러한 태도는 영국 낭만주의 시인 조지 바이런은 이보다 한술 더 떠서 비평가의 말을 믿기보다는 차라리 12월에 장미꽃을 찾는 쪽이 더 낫다고 지적하였다.

이렇듯 시인과 예술가는 무사이(뮤즈) 신의 영감을 받은 사람인 반면, 비평가는 무사이 신을 섬기는 시녀라는 생각이 문인들 사이에 널리 퍼져 있었다. 오죽 하면 안톤 체홉은 비평가를 소꼬리에 귀찮게 달라붙는 쇠파 리에 견주었겠는가. 그런데 문제는 비평가에 대한 이러한 부정적인 태도 가 로켓이 달을 탐색하는 20세기에 이르러서도 크게 달라지지 않는다는 데 있다. 예를 들어 수전 손택은 『해석에 반대하여』(1966)에서 문학비평이 나 해석을 문학의 공해물로 간주하여 문학 작품을 감상하고 이해하는 데 오히려 걸림돌이 된다고 주장한다.

그러나 김환태는 비평가를 실패한 문인으로 보지 않는다. 뛰어난 비평 가는 시나 소설 같은 다른 장르에서도 뛰어난 문인이 될 수 있다고 지적 한다. 그는 「나의 비평의 태도」에서 "비평가는 문필에 실패한 사람이라는 옛말의 냉소는, 우수한 비평가에 관한 한에 있어서는 철회하여야 할 것이 다. 우수한 비평가는 문학에 있어서도 성공한 사람이었다"(전: 17)고 말한 다. 김환태는 뛰어난 비평가는 창작가나 예술가처럼 '강한 생명감'을 지 닌 사람이라고 밝힌다. 그러한 비평가로 그는 매슈 아널드를 비롯하여 아 나톨 프랑스, 새뮤얼 콜리지, 찰스 램, 샤를 오귀스트 생트뵈브 등을 꼽는 다. 여기서 김환태가 콜리지를 꼽는 것이 조금 의외라면 의외다. 콜리지는 시인이나 역사가 또는 전기 작가가 되려고 하다가 재능이 부족한 것이 드러나면 비평가가 된다고 말했기 때문이다. 김환태는 창작과 비평이 서로 만나 '원활히 합작하는 곳'에서 비로소 위대한 문학 작품은 탄생할 수 있다고 굳게 믿었다.

주지주의 비판

김환태는 1930년대 동일한 시기에 활약한 최재서와는 여러모로 비평적 태도를 달리하였다. 물론 카프의 계급주의 문학을 비판한다는 점에서는 어느 정도 서로 의견이 일치하지만 비평의 기능에서는 두 비평가의 태도가 적잖이 다르다. 가령 방금 언급한 창조적 비평과 인상주의 비평과 관련한 문제만 하여도 최재서는 인상주의 비평이 '창조적 비평'이라는 그럴듯한 구실 아래 문학 작품의 가치 판단을 유보한 채 개인적 취향이나 딜레탕티즘에 빠져 있다고 날카롭게 비판한다. 한 차례 T. S. 엘리엇의 세례를 강하게 받은 최재서는 되도록 주관적인 비평 방법을 지양하고 좀 더 객관적이고 과학적으로 문학 작품에 접근할 것을 역설한다. 최재서에게 흔히 '주지주의자'라는 꼬리표가 붙어 다니는 것은 바로 그 때문이다.

최재서는 도그마야말로 문학을 지탱하는 힘이고, 비평가의 직능이 문학 작품에서 이러한 도그마를 찾아내는 데 있다고 지적한다. 허버트 리드의 말을 받아 그는 도그마 없이는 어떤 비평도 성립할 수 없다고 잘라 말한다. 물론 '도그마'는 자칫 부정적 뉘앙스를 풍길지 모르지만 그가 말하는 도그마란 좀 더 적극적 의미의 개념이다. 즉 T. E. 흄이 낭만주의자들의 상대적 가치에 맞서 주장하는 절대적 가치를 말한다. 최재서에 따르면 도그마란 '신념의 결정체'요 '신념의 표백(表白)'과 크게 다름없다.

한편 김환태는 최재서와 달리 비평가에게 도그마란 저주와 다르지 않다고 생각한다. 김환태에게 비평이란 어디까지나 지적 모험, 그가 즐겨 인용하는 아나톨 프랑스의 말을 빌리자면 "걸작 사이를 배회하는 영혼의 모험"에 지나지 않는다. 이렇게 자유로운 영혼의 모험에 도그마가 끼어들 자리란 없을 것이다.

그러나 김환태가 최재서와 좀 더 뚜렷하게 구별되는 것은 주지주의에 대한 태도에서다. 1920년대 말엽과 1930년대 초엽 다 같이 영문학을 전공했으면서도 두 사람의 비평적 관점이나 태도는 사뭇 다르다. 흄을 비롯하여 엘리엇과 허버트 리드, 윈덤 루이스의 영향을 받은 최재서는 비평에서 무엇보다도 지성의 역할을 중시한다. 그는 엘리엇을 소개하면서 엘리엇의 몰개성 또는 비개성 이론에 깊은 관심을 보인다. 엘리엇은 참다운 비평가라면 자유주의자들처럼 '내면의 목소리'에 귀를 기울일 것이 아니라, 오히려 기꺼이 자기희생을 무릅쓰고라도 인류가 그동안 지켜온 '공동의 유산'과 '공통의 목적'에 복종해야 한다고 주장한다.

이와 관련하여 최재서는 "비평가가 자기의 존재를 정당화하려면 부절 (不絶)히 그의 개성을 멸각(滅却)하여 오로지 인류에 공통한 판단에 도달하도록 노력하지 않으면안 된다"[27]고 말한다. 이 말은 엘리엇의 유명한 몰개성 이론을 최재서의 목소리로 바꾸어 표현한 것에 지나지 않는다. 「전통과 개인의 재능」에서 엘리엇은 "예술가의 발전이란 부절한 자기희생, 부절한 개성 멸각"이라고 잘라 말한다. 최재서는 엘리엇의 이러한 대담한

---

27) 최재서, 「비평과 모랄의 문제」, 『최재서 평론집』(서울: 청운출판사, 1961), 15쪽.

주장을 '20세기 문학의 혁명적 선언'이라고 치켜세운다. 엘리엇은 "시인은 과거의 의식을 진전시키거나 획득해야 하고, 살면서 계속 이 의식을 진전시켜야 한다는 점을 강조해야 한다. 그렇게 함으로써 시인은 지금 이 순간 그러하듯이 좀 더 가치 있는 그 무엇에 계속 굴복한다. 한 예술가의 진보란 끊임없는 자기희생이요, 끊임없는 개성의 사멸이다"[28]라고 주장한다.

1935년 8월 《시원》에 발표한 「표현과 기술」에서 김환태는 엘리엇과 최재서의 주지주의에 정면으로 맞선다. 김환태는 "주지주의 문학파의 가장 유력한 대변자의 한 사람인 엘리엇은 시에 있어서의 지성의 존중과, 시의 감정에서의 해방을 주장하여 다음과 같이 부르짖었다"(전: 24)고 지적한다. 그리고 난 뒤 그는 계속하여 "시는 지적 활동의 가장 고도로 조직된 형식이다"느니 "시는 감정의 방종한 전회(轉廻)가 아니라 감정에서의 도피다. 시는 개성의 표현이 아니라 개성에서의 도피다"(전: 24)느니 하는 엘리엇의 말을 인용한다.[29] 이 인용문은 두말할 나위 없이 엘리엇의 「전통과 개인의 재능」에서 핵심적 내용을 뽑은 것이다.

김환태는 이번에는 「전통과 개인의 재능」에서 "운(韻) 속에서 진지한 정서의 표현을 감상하는 사람은 많으나 기교의 우수성을 감상할 수 있는 사람은 적다"(전: 24)는 엘리엇의 말을 다시 인용한다. 여기서 '운'이란 단순한 리듬을 뜻하는 것이 아니라 운문으로 창작한 시를 말한다. 김환태는

---

28) T. S. Eliot, "Tradition and the Individual Talent," *Selected Essays: 1917~1932* (New York: Harcourt, Brace, 1950), p. 7.

29) "시는 감정의 방종한 전회가 아니라 감정에서의 도피다"라는 김환태의 번역은 오역이다. '방종한 전회'란 도대체 무슨 뜻인가? 그는 부사 'loose'을 '방종한'으로, 동사 'turn'을 '전회'로 잘못 이해하여 번역하였다. 한마디로 묶여 있던 것을 풀어 주거나 해방하는 것을 뜻하는 영어 관용어 'turn loose'를 제대로 이해하지 못하여 생긴 어처구니없는 오역이다. 한편 최재서는 "시는 정서의 해방이 아니라 정서로부터의 도피이다"라고 제대로 번역하였다.

개성에서 독립하고 정서에서 도피한 시, 즉 그의 말대로 "지성의 품 안에 안긴 현대의 시"는 과연 어떠한 운명의 길을 걷고 있는가 하고 따져 묻는다. 이 물음에 대하여 그는 그 운명의 길이 그다지 평탄하지 않을 것이라고 대답한다.

> 감정으로부터 도피함으로써 시는 자아의 내부의 필연적 요구의 표현이기를 그쳤다. 시가 표현이 아닌 곳에 시인이 시를 낳는 진통을 알 의무가 없다. 그는 다만 기술을 학습하여 시를 제작하면 그의 임무를 다할 수 있다. 이에 시인으로서 나지 않은 사람이 시를 쓸 수 있는 좋은 시대가 왔고, 시인이 무엇이고 말하지 아니치 못할 순간이 올 때 그 시인의 말을 통제하고 감정을 구상화하는 한 중개 수단이었던 기술이 시를 지배하는 주인의 자리를 차지할 수 있게 되었다. 기술의 지배 밑에 현대의 시는 좀 더 수설(堅說)과 장식(裝飾)의 자유를 얻었고, 두뇌를 위하여 새로운 소재를, 신경을 위하여 좀 더 강렬한 자극을 제공하여 주었다. (전: 25)

위 인용문에서 김환태는 반어법을 구사하고 있어 문장을 액면 그대로 받아들이다가는 자칫 그가 의도하는 본뜻을 놓치기 쉽다. 가령 "시인으로서 나지 않은 사람이 시를 쓸 수 있는 좋은 시대"라는 말은 반어법이다. 시를 쓰도록 이 세상에 태어나지도 않은 사람이 시를 쓸 수 있다는 것 자체가 이치에 들어맞지 않는다. 그러한 사람이 "시를 쓸 수 있는 좋은 시대"는 '좋은' 시대라고 할 수 없을 것이다. 마지막 문장에서 "수설과 장식의 자유를 얻었고……"라는 구절에도 가시가 돋쳐 있다.

여기서 김환태는 '낳다'나 '진통' 같은 분만과 관련한 낱말을 사용한

다는 점을 눈여겨보아야 한다. "시인은 만들어지는 것이 아니라 태어난다
(Poeta nascitur, non fit)"는 유명한 라틴어 경구를 염두에 둔 것임이 틀림없다.
기원 후 2세기 로마 시인이요 수사학자인 푸블리우스 플로루스가 처음
한 말로 전해지는 이 경구는 20세기에 들어와 영국 시인 리처드 그레이브
스가 한 강연에서 사용하면서 더욱 유명해졌다. 그레이브스는 "시인은 만
들어지는 것이 아니라 태어나는 것이다. 만약 당신이 시인으로 태어나지
않았다면 창작 강의를 아무리 많이 들어도 시인이 되지 못할 것이다"[30]라
고 말한 것으로 전해진다.

그런데 "시가 표현이 아닌 곳에 시인이 시를 낳는 진통을 알 의무가 없
다"는 김환태의 말은 곧 무사이 신으로부터 시적 재능을 부여받고 태어나
지 않은 사람은 훌륭한 작품을 쓸 수 없다는 것을 살짝 돌려 말한 것이다.
김환태에게 표현이 아닌 시, 즉 시인의 내적 필연성에 따르지 않은 시는
엘리엇의 표현을 빌리자면 시인이 감정에서 도피하여 쓴 작품이다. 이러
한 시를 쓰는 시인은 마치 남성이 출산의 고통을 알 수 없듯이 시를 창작
하면서 겪는 진통을 알 의무가 없다는 뜻이다.

김환태는 표현을 무시하는 시인을 두고 "그는 다만 기술을 학습하여
시를 제작하면 그의 임무를 다할 수 있다"고 말한다. 여기서 '제작'은 '분
만'과 대척적 관계에 있는 말이다. '분만'이 선천적으로 물려받은 시적 재
능이나 영감, 즉 표현과 관련한 말이라면 '제작'은 어디까지나 후천적으
로 학습을 통하여 습득한 기술과 관련한 말이다. 기술은 그동안 시인이 언
어를 통제하고 감정을 구체화하는 데 사용하던 '중개 수단'에 지나지 않
았다. 그런데 이렇게 하인에 불과하던 기술이 20세기에 이르러 마침내 시

---

30) https://www.theguardian.com/books/booksblog/2010/jun/02/poetry-hay-festival

를 지배하던 표현과 개성을 몰아내고 '주인의 자리'를 차지하고 있다.

위 인용문에서 "기술의 지배 밑에 현대의 시는 좀 더 수설과 장식의 자유를 얻었고, 두뇌를 위하여 새로운 소재를, 신경을 위하여 좀 더 강렬한 자극을 제공하여 주었다"는 마지막 문장도 좀 더 꼼꼼히 따져보아야 한다. '수설'이란 '횡설수설(橫說竪說)'이라고 할 때의 바로 그 수설로 도무지 알아들을 수 없게 정신없이 떠드는 말을 뜻한다. '두뇌를 위하여 새로운 소재'를 얻었다는 말은 현대 시인이 감성보다는 지성, 가슴보다는 머리로 시를 창작한다는 말이다. 독자들에게 '좀 더 강렬한 자극'을 준다는 것도 말초신경을 자극한다는 뜻으로 그렇게 긍정적인 말은 아니다. 김환태는 예술의 대상이란 어디까지나 인간이요 인간의 생명이라고 지적한다. 그는 "우리는 현대시에서 우리의 영혼을 근저로부터 진멸(振搣)되기를, 우리의 전 현존재의 새로운 내용이 부여되기를 기대함의 어리석음을 깨닫지 아니치 못하게 되었다"(전: 2)고 지적한다.

김환태의 이러한 비평 태도는 「표현과 기술」이라는 글의 제목에서도 엿볼 수 있다. 그는 표현과 기술을 이항대립적으로 나눈 뒤 전자에 손을 들어준다. 그는 "시가 다시 한 번 영예스러운 옥좌에 오르려면 시는 시인의 내부의 필연적 요구와 열정적 체험의 표현이요, 두뇌와 기술의 제작히기를 정지하여야 할 것이다"(전: 27)라고 주장한다. 김환태는 시인들에게 차가운 머리로 시를 쓰지 말고 뜨거운 가슴으로 시를 쓰라고 제안한다. 이러한 주장은 엘리엇과 최재서에 대한 비판으로 읽어도 크게 무리가 없다. 김환태가 괴테의 생명 사상을 비롯하여 프리드리히 실러의 '숙고된 것', 프리드리히 셸링의 '의식된 능동', 그리고 저 멀리 고대 그리스 시대의 시인 롱기누스의 '황홀'의 개념을 소환하는 것도 바로 주지주의적 경향을 비판하고 경계하기 위해서다.

김환태는 시인의 감성이 '지성의 폭위(暴威)'에서 벗어날 때 비로소 훌륭한 시를 창작할 수 있다고 주장한다. 그러면서 그는 "진정한 시인은 설계하고 수량하기 전에 별을 보고 감탄할 줄을, 꽃을 보고 기뻐할 줄을 알아야 한다"(전: 27)고 지적한다. 물론 그렇다고 김환태가 시 창작에서 '설계하고 수량하는' 지성을 무조건 차단하려는 것은 결코 아니다. 지성의 통제를 받지 않는 감성이 '정서적 낭비'라는 사실을 그는 누구보다도 깊이 깨닫고 있다. 다만 그는 분석과 비판만을 일삼아 예술 창작에 걸림돌이 되는 지성을 경계할 따름이다. 김환태는 주지주의자들이 "[지성을] 너무 극단으로 주장함으로써 시의 체적과 의미 상징을 박탈하여 시를 괴멸과 불안으로 인도하였을 뿐이다"(전: 28)라고 결론짓는다.

김환태에 따르면 시인은 가장 개성적일 때 비로소 시인으로서의 독창성을 충분히 발휘하여 뛰어난 작품을 창작할 수 있다. 이 점과 관련하여 그는 "예술가의 진보란 자기희생이다. 개성 소멸이다"(전: 28)라는 엘리엇의 말을 다시 언급한다. 그러면서 그는 시인의 '자기희생'과 '개성 소멸'을 도저히 인정할 수 없지만 다만 '개성의 심화와 확대'의 수단으로서의 의미로서는 받아들일 수 있다고 밝힌다.

주지주의 비판과 관련하여 김환태는 정지용의 말을 언급하는 점에 주목할 필요가 있다. 김환태는 「표현과 기술」 끝머리에서 "시인은 시 전문가이어서는 안 된다. 그는 인생과 철학과 종교에서 살지 않으면 안 된다"(전: 29)는 정지용의 말을 언급한다. 김환태가 「표현과 기술」을 쓴 것이 1935년 8월이니 정지용이 이 말을 했다면 아마 그 이전일 것이다.

그러나 이 무렵이나 그 이전에 정지용의 발표한 글 어디에서도 이 문장을 찾을 수 없는 것으로 보아 아마 구인회 같은 모임에서 사적으로 한 말인 것 같다. 어찌 되었든 정지용이 말하는 '시 전문가'란 시를 전문으로 다루는 비평가를 일컫는 말이다. 다시 말해서 시인은 비평가처럼 논리와 이성의 힘을 빌려 작품을 분석하고 판단하는 데 관심을 기울이지 않는다는 뜻이다. 김환태는 정지용의 말을 설명하면서 "시인은 시를 제작하는 기술자가 되지 말고, 내적 체험의 표현자가 되어야 한다. 시인은 시를 만드는 사람이 아니라 시를 낳는 사람이 되어야 한다"(전: 29)고 다시 한 번 강조한다.

김환태가 시인을 시를 '만드는' 사람이 아니라 시를 '낳는' 사람이 되고, '기술자'가 아니라 '표현자'가 되라고 말한다는 점을 주목해 볼 필요가 있다. 앞에서 잠깐 언급했듯이 김환태는 시인을 아이를 분만하는 산모에 빗댄다. 이렇게 시 창작을 분만에 빗대는 것은 정지용도 마찬가지였다. 1938년 1월 정지용은 박용철(朴龍喆)과 가진 대담에서 시 창작을 임신과 분만에 비유하였다.

처음에 상(想)이 올 때는 마치 나무에 바람이 부는 것 같아서 떨리기도 합니다. 말하자면 시를 배는 것이지요. 그래서 붓을 드는데 그때는 정리기(整理期)입니다. 그러나 이것은 기회를 기둘려야 하지요. 애를 배어도 열 달을 기둘려야 사람의 본체가 생기듯이 시도 밴 뒤에 상당한 시기를 경과해야 시의 본제가 생기는데 그 시기를 기두리면서도 늘 손질은 해야 합니다. 말하자면 조각이란 대리석 속에 들어 있는데 그것들 파고 쪼아서 조상(彫像)이 되는 것과 마찬가지입니다.[31]

---

31) 정지용, 「시문학에 대하야: 대담 박용철·정지용」, 권영민 편, 『정지용 전집 3: 미수록 작품』(서울: 민

위 인용문은 시가 구상 단계에서 완성된 한 편의 작품으로 탄생하기까지 과정을 묻는 박용철의 질문에 대한 답변이다. 정지용은 배태한 아이가 어머니 뱃속에서 열 달을 기다려야 하듯이 시도 시인의 마음속에서 숙성할 때까지 기다려야 한다고 말한다. 시적 영감(靈感)에 대하여 묻는 질문에도 정지용은 너무 남용되어 온 그 말을 감흥의 의미로 해석한다면 시 창작에서 영감은 중요하다고 밝힌다. 시인에게 순수한 감정 상태가 없으면 영감은 생기지 않는다고 말하면서 "늘 겸손하고 깨끗하고 맑은, 말하자면 시인의 상태로 있으면 마치 처녀에게 연인이 오듯이 시인에게 뮤즈가 오는 것입니다"라고 지적한다.

여기서 정지용이 '뮤즈' 즉 예술의 여신 무사이를 언급한다는 것은 시가 지성의 산물이라기보다는 개성과 정서의 산물임을 인정하기 때문이다. 두뇌와 지성만 가지고서는 좋은 시를 창작할 수 없다는 말이다. 박용철이 앞으로 시가 동양 취미를 취해야 할 것인가, 아니면 서양 취미를 취해야 할 것인가를 묻는 질문에 정지용은 "시란 본래 그렇게 무슨 이상이나 계획을 세워 가지고 짓는 것이 아니니까"라고 대답한다.[32] 이 말 또한 시를 창작하는 데는 건축가처럼 치밀한 설계도를 가지고 창작하지 않는다는 뜻이다.

위 인용문에서 대리석 조상을 언급하는 마지막 문장도 예사롭지 않다. 시를 쓴다는 것은 마치 조각가가 대리석을 쪼아서 조각상을 만들어내

<hr />

음사, 2016), 363쪽. 신년 특집 기사로 《조선일보》(1938.01.01)에 실린 이 대담은 김환태의 「표현과 기교」보다 몇 해 뒤늦게 발표되었다. 그러나 김환태는 도시샤대학 예과 재학 중 정지용을 만나 친교를 맺으면서 그로부터 시와 관련한 이야기를 들었을 것이고, 유학을 마치고 귀국한 뒤에도 정지용을 만났을 것이다. 이광수 같은 문단의 원로를 비롯하여 이헌구 같은 문인들과 친교를 한 것으로 알려져 있다.

32) 정지용, 위의 글, 364, 365쪽.

는 것과 같다는 뜻이다. 정지용의 시를 언급할 때마다 약방의 감초처럼 등장하는 말이 '언어의 조탁'이라는 표현이다. 그는 언어의 조각가처럼 모국어를 갈고 닦아 피를 통하게 하고 호흡을 불어넣는 데 탁월한 시인이다. 한편 마지막 문장에서는 미켈란젤로의 유명한 말이 떠오른다. 그는 대리석 블록마다 그 안에 조각상을 지니고 있고, 그것을 발견하는 것이 곧 조각가의 임무라고 말하였다. 그러면서 그는 "나는 대리석에서 천사를 보고 그를 해방시킬 때까지 대리석을 쪼았다"고 밝혔다.

정지용이 말하는 것도 이와 크게 다르지 않아서 그는 한 편의 완성된 시가 태어나 숨을 쉴 때까지 모국어를 계속 조탁하였다. 정지용의 이러한 태도는 1937년 6월 《동아일보》에 발표한 대담에서도 엿볼 수 있다. 그는 "문학이 다 그렇지만 특히 시에 잇어는 말과 떼어서 생각할 수 없는 것이니까 길게 말할 필요도 없지요. 그저 시인이란 말을 캐내야 한다는 것 밖에─. 이 경우에는 이 말 한마디밖에는 다시없다는 정도까지는 가야 할 겁니다"[33]라고 말한다. 미켈란젤로가 대리석에서 천사를 해방시킬 때까지 망치와 끌로 조탁하는 것처럼 정지용도 모국어의 광맥에서 가장 적절한 낱말을 '캐내야' 한다는 사명감, 아니 강박관념에 사로잡혀 있었다.

비평 무용론과 비평의 임무

1930년대 중엽 김환태는 식민지 조선 문단에서 대두된 비평 무용론을 깊이 인식하고 그 나름대로 대안을 제시하였다. 이 무렵 이석훈(李石薰)과

---

33) 정지용, 「시가 멸망하다니 그게 누구의 말이요」, 위의 책, 359쪽.

채만식(蔡萬植), 윤곤강(尹崑崗) 등이 비평 무용론을 부르짖으면서 이 문제는 문단에서 적잖이 화제가 되었다. 1935년 9월《조선일보》에 발표한 「작가·평가·독자」에서 김환태는 신문학 운동 이후 당시처럼 작가들이 비평가들에 불편과 불신을 토로한 적이 일찍이 없다고 지적한다. 그는 이 문제가 진작 제기되었어야 옳았다고 주장한다. 이렇게 뒤늦게나마 비평 무용론이 대두된 것을 다행스럽게 생각하는 것은 이 기회에 카프의 문학비평을 비판할 좋은 기회를 얻었기 때문이다. 김환태가 활약한 구인회는 묵시적일망정 카프의 계급주의 문학에 대한 비판적 반작용이었다는 점은 이미 앞에서 언급하였다. 그는 비평 무용론을 카프와 깊이 관련된 것으로 파악한다.

김환태는 식민지 조선 문단에서 비평을 본격적인 문학 장르로 정립한 것은 다름 아닌 카프의 프로 문학가들이라고 주장한다. 그는 "비평이 비평으로서 선명한 색채를 띠고 나타난 것은 프로 문학비평이었다"(전: 30)고 말하면서 그들의 공로를 솔직히 인정한다. 적어도 프로문학의 발흥기에 활약한 몇몇 비평가들은 "진지한 문학에 대한 정열과 진리에 대한 탐구욕"으로 불타고 있었다고 지적한다. 물론 김환태는 1936년 4월《조선중앙일보》에 발표한 「비평 문학의 확립을 위하여」에서는 이러한 주장에 유보적인 태도를 보여주기도 한다. 그는 "과거의 조선의 프로 문학비평을 돌아볼 때, 우리는 그곳에 정치 이론과 사회 평론은 얼마든지 찾을 수 있어도, 진정한 문학 이론과 문예비평은 얻어 보기에 지극히 힘드는 것이었다"(전: 54)고 밝힌다.

「작가·평가·독자」는 사회주의 운동가 김두용(金斗鎔)의 「조선문학의 평론 확립의 문제」에 대한 일종의 반박문으로 쓴 글이므로 김환태의 목소리는 조금 격양되어 있다. 김환태는 조선 문단에 비평 무용론을 낳게 한 장본인도 바로 프로 문학가들이라는 사실을 잊어서는 안 된다고 주장한다. 김환태에 따르면 비평 무용론이 대두된 중요한 이유는 프로 진영의 문학 비평가들이 문학 작품을 심도 있게 분석함으로서 독자들의 이해를 돕기보다는 자신들의 이데올로기를 선전하는 도구나 수단으로 삼았기 때문이다.

> 비평의 대상은 언제나 작품 그것이다. 그러므로 비평 그것은 작품의 뒤를 따르는 것이요, 결코 앞서지 못한다. 그럼에도 불구하고 프로 비평가들은 언제나 작가의 입법자가 되고 재판관이 되려 하였다. 그리하여 그들은 아무런 소화력도 이해 능력도 없이 연락선으로 수입하고, 또는 몇 권의 팜프렛을 읽고 얻은 빈약한 지식을 가진 두뇌로서 제작한 '유물 변증법적 창작 방법'이니 '소셜리스틱 리얼리즘'이니, '유물 변증법적 사실주의'니 하는 형형색색의 창작 방법과 규준을 육독(陸讀) 제출하여 작가들에게 그 창작 방법 내에서 창작하기를 강요하였으며, 그들의 제작한 규준에 비추어 마치 자코삔 당의 재판관 모양으로 자기 앞에 놓인 작품에 무자비한 판결을 내리기를 조금도 부끄러워하지 않았다.[34] (전: 30~31)

문학 작품이 먼저 오고 그 뒤 비평 행위가 이루어진다는 점은 앞에서

---

[34] "육독 제출하여"에서 '육독'이 무슨 의미인지 알 수 없다. 당시 인쇄 사정으로 미루어보아 '연속(連續)'이나 그 밖의 다른 낱말의 오식일 가능성이 크다. 정지용도 《조광》(1937.11)에 실린 자신의 「옥류동(玉流洞)」에서 '옴짓'이 '뭉짓'으로 인쇄되어 있는 것을 보고 웃음을 지었다. 또 그는 《조선일보》에 연재한 "내 「수수어(愁誰語)」에는 미스프린트 천지가 되어서 속이 상해 죽겠습네다"라고 밝힌다. 정지용, 「교정실」, 『정지용 전집 3』, 366쪽.

엘리엇과 관련하여 이미 밝혔다. 엘리엇은 「비평의 기능」에서 문학 작품은 홀로 설 수 있지만 비평은 '자기목적적'이지 않아서 홀로 설 수 없다고 주장하였다. 그런데도 카프 비평가들이 이 점을 간과한 채 작품에 앞서 입법자나 재판관이 되려고 한다고 김환태는 비판한다. 이와 비슷한 맥락에서 그는 비평가를 교사가 아닌 산파에 빗대기도 한다. 김환태는 몰리에르와 백낙천(白樂天) 같은 문인들이 작품을 쓰고 나면 비평가나 동료 문인이 아닌 노파에게 읽혔다는 일화를 전한다. 그렇다면 그들은 왜 굳이 노파에게 작품을 읽혔을까? 노파는 전문 비평가는 아니지만 편견이나 선입견 없이 작품을 평할 수 있었기 때문일 것이다.

더구나 김환태는 카프 비평가들이 판단의 근거로 삼는 비평 기준이라는 것이 터무니없을 만큼 부정확한 데다 불실하다고 주장한다. 카프 비평가들이 카를 마르크스나 프리드리히 엥겔스의 유물론을 제대로 소화하지도 못하고 현해탄 건너 일본에서 수입해 온 몇 권의 팸플릿을 읽고 나서 그러한 비평 기준을 만들었다고 비판한다. 김환태는 카프 비평가들의 이러한 태도는 궁극적으로는 작가의 창작력을 고갈시키는 결과를 불러온다고 크게 우려한다. 이렇게 카프 비평가들의 이론의 빈곤을 지적한 것은 비단 김환태에 그치지 않고 외국문학연구회에 속한 회원들도 크게 다르지 않았다. 그중에서도 특히 이헌구과 정인섭(鄭寅燮)의 비판은 무척 신랄하였다. 정인섭은 카프 비평가들이 외국문학에 무지할 뿐 아니라 자기방어적 태도로 대응한다는 점을 지적한다.

카프 동인들은 전통적인 국내의 민족문학을 배척하고 국제주의적인 계급문학을 직수입하려 했지만, 그들 대부분이 외국어에 능하지 못했을 뿐 아니라 외국문학 전공자도 아니었기 때문에 러시아 문학까지 전공하는 해외문학파 동인들이 주장하는 "전문은 전문가에"라는 부르짖음에 대해서 입장이 곤란해지자 해외문학파에게 두려움을 느꼈다."[35]

위 인용문에서 정인섭은 김환태가 '수입'이라는 말을 사용한 것처럼 '직수입'이라는 말을 사용한다. 그런데 정인섭은 김환태보다 한 발 더 나아가 외국어 해독력이나 문해력이 부족한 프로 문학 비평가들이 유물론을 유럽에서 직접 수입하지 못하고 일본을 통하여 간접수입 방식으로 국내에 들여왔다고 지적한다. 이헌구도 임화를 비롯한 프로 비평가들이 마르크스주의의 핵심 개념인 역사적 세계관도 제대로 이해하지 못한다고 날카롭게 꼬집는다. 이헌구는 "대체 역사적 고찰 연구를 무시하는 맑스주의자가 어디 있을까? […] 오! 비인텔리적 위대한 문학관이여, 비맑스주의자의 골동품적 이상이여!"[36]라고 그들을 조롱한다.

이와 비슷한 무렵 카프 비평가에 대한 비판은 이번에는 구인회 회원인 정지용한테서도 엿볼 수 있다. 임화가 정지용이 깊이 관여하던 잡지 《가톨릭청년》을 비판하자 1933년 8월 정지용은 《조선일보》에 "임화는 어떠한 경지에서 방황하는 존재인지 알 수 없다"고 말한다. 그러면서 정지용은 계속하여 "미지의 인(人) 임화는 결국 루나챠르스키, 플레하노프, 구라하라 고레히토(藏原惟人) 등의 지령적 문학론을 오리고 붙이고 함에 종사하는 사람임을 스스로 폭로하였으니 이것은 박영희(朴英熙), 김기진 씨

---

35) 정인섭, 「나의 유학 시절」, 『못 다 한 이야기』(서울: 휘문출판사, 1989), 84쪽.
36) 이헌구, 「비과학적 이론」, 김준현 편, 『이헌구 선집』(서울: 현대문학사, 2011), 58~59쪽. 이헌구가 이렇게 카프 비평가들을 조롱하는 것은 임화가 《조선지광》(1932.02)에 발표한 「소위 '해외문학파'의 임무와 정체」에서 조롱조로 그를 비판했기 때문이다.

등이 수년 전에 졸업한 것이오, 또한 낙제한 것이다. '영광스러운 20년대' 를 넘어선 그들 30년대적 심경을 임화 20청년에게 교육할 호의는 업느뇨?"[37]라고 묻는다.

정지용의 비판은 얼핏 보면 정인섭이나 이헌구의 비판보다는 덜 신랄한 것 같지만 실제로는 훨씬 더 날카롭고 진지하다. '방황하는 존재'니 '미지의 인'이니 하는 표현에서도 그러하고, 외국 이론가들의 '지령적 문학론'을 '오리고 붙이고' 한다고 지적하는 데서도 그러하다. 컴퓨터가 일용품이 되어 있다시피 한 지금 '오리고 붙인다'는 행위는 모니터에서 이루어지지만, 1930년대만 하여도 가위로 오려 풀로 붙인다는 뜻이었다. 방법이야 어찌 되었든 예나 지금이나 이 표현은 남의 작품을 표절한다는 의미로 널리 쓰인다.

정지용이 언급하는 구라하라 고레히토는 '전일본무산자예술동맹 (NAPF)'에서 활약한 마르크스주의 문학 운동의 대표자였다. 그의 『예술과 무산계급(芸術と無産階級)』(1929)을 비롯하여 『프로레타리아 예술과 형식 (プロレタリア芸術と形式)』(1930)과 『프로레타리아문학을 위하여(プロレタリア文学のために)』(1930) 등은 일본뿐 아니라 식민지 조선에서도 널리 읽힌 책이었다. 박영희와 김기진 같은 비평가들이 이미 몇 해 전에 '졸업한' 이론을, 그것도 '낙제' 점수로 졸업한 이론을 임화가 여전히 붙잡고 있다는 것이 정지용으로서는 도무지 이해가 가지 않았다. 정지용이 카프 비평가들을 "'영광스러운 20년대'를 넘어선 그들"이라고 부르는 것도 반어적 표현으로 볼 수밖에 없다. 또한 잡지의 제호 '가톨닉청년'과 '임화 20청년도'이라는 표현도 묘한 뉘앙스를 풍긴다.

---

37) 정지용, 「한 개의 반박」, 『정지용 전집 3』, 344, 345쪽.

앞에서 「작가·평가·독자」에서 인용한 문단에서 김환태가 프로 비평가들을 자코뱅당의 재판관에 빗대는 점을 좀 더 찬찬히 눈여겨보아야 한다. 여기서 자코뱅당이란 프랑스 혁명 시기 급진 공화파 집단을 가리킨다. 김환태가 프로 비평가들이 정해 놓은 엄격한 기준에 따라 문학 작품에 '무자비한 판결'을 내렸다고 말하는 것은 자코뱅당이 막시밀리앙 드 로베스피에르가 지도자가 되면서 반대파를 무자비하게 숙청하는 공포정치를 단행했기 때문이다.

그러나 프로문학에 대한 김환태의 비판이 가장 신랄하게 드러나는 것은 1935년 4월 《조선 문단》에 발표한 「문예시평」에서다. 그는 프로 계열의 비평가들이 "졸렬하고 유치한 잡문들이 평론으로 행세를" 하는 데 몹시 불편한 심기를 드러낸다. 특히 김환태가 문제 삼는 글은 박승극(朴勝極)의 「조선문학의 재건설」을 비롯한 몇몇 비평문이다. 박승극은 "어찌 그리 3인 논객(김동인, 박태원, 김환태)의 비평이 똑같던고? 현실 사회를 똑바로 보고 진실을 묘사하는 진보적 작가의 작품을 일률적으로 배격하는 그 심사, 계급적 의의가 나변(那邊)에 있는고? '순수예술파'란 이런 것인가? 비진실적에서 출발한 미적 관점을 가지고 남의 작품을 척도치 않는 것이 어떨고?"(전: 202~203)라고 따져 묻는다. 카프문학의 비평가들과 관련하여 김환태는 도쿄에서 발행하는 잡지에서 읽은 글을 국내 신문이나 잡지에서 두 번, 심지어 서너 번 거듭 읽게 된다고 불평을 털어놓으면서 '마비된 예술적 양심의 소위(所爲)'라고 지적한다.

박승극의 비판에 김환태는 조목조목 반론을 편다. 첫째, 김동인, 박태원, 김환태 세 사람의 비평이 동일하다는 주장에 대하여 그는 그들의 비평이 동일하지 않을뿐더러 만약 동일하다면 오히려 작품을 올바로 평가한 것이 될 것이라고 응수한다. 둘째, 박승극이 말하는 '진보적 작가'란 도대체 어떠한 작가를 말하는 것이냐고 되묻는다. 그러면서 김환태는 "소위 '운동청년'을, 그리고 프로레타리아의 생활을 제재로 하고 부르죠아는 악의 화신으로서만 등장시키는 그런 작가들을 말함인가?"(전: 203)라고 묻는다. 김환태의 관점에서 보면 세 사람이 평하는 그러한 작가는 '진보적'이기는커녕 오히려 '퇴행적'일 가능성이 크기 때문이다.

카프 비평가들의 '무자비한 판결'과 관련하여 김환태는 "프로 문학의 최대의 치명적 결점은 증오의 문학인 데 있었다"(전: 201)고 주장한다. 그러면서 그는 계속하여 "인간 정신의 기미에 대한 이해의 천박과 포용력의 협착(狹窄)을 초래하여 드디어는 인간성을 무시하고 인간을 계급적으로 전형화시키므로서 완전히 예술의 권외로 일탈하고야 말았다"(전: 201)고 지적한다. 김환태에게는 프로문학이야말로 작가의 증오가 그대로 노출되어 있는 '타락한' 문학에 지나지 않는다.

한편 김환태는 카프 비평가들의 문학관 못지않게 문체를 문제 삼기도 한다. 그는 박승극이 「조선문학의 재건설」에서 사용한 '비진실적에서'라는 구절을 실례로 들며 그의 글에는 "극히 초보적인 문법적 오류"가 한두 곳이 아니라고 지적한다. 김환태는 "씨는 모름지기 평필을 들기 전에 문법 제1장부터 연구하는 바가 있어야겠다"(전: 203~204) 같은 언급은 가히 인신공격에 가깝다. 김환태를 회고하는 글에서 이헌구가 "형이 처음 1934년 문단에 등장했을 때는 아직도 카프파를 중심으로 애매모호한 '적(的)'적 평론이 그대로 여맥을 부지하고 있던 때였다"[38]고 말하는 것은 바

---

38) 이헌구, 「문학의 진수에 철(徹)한 일생」, 『김환태가 남긴 문학 유산』, 357쪽. 김환태에 대하여 그는 "정치적 한 수법으로서의 사이비 문학 논설에 극도의 혐오와 의분을 느꼈던 형이었다"(357쪽)고

로 그 때문이다. 카프 비평가들은 문장마다 일본어 냄새가 물씬 풍기는 접미사 '~적'를 사용하기 일쑤였다.

김환태의 「비평 문학의 확립을 위하여」에 대한 반론으로 임화는 「문예 논단의 분야와 경향」이라는 글을 발표하였다. 그런데 김환태는 "씨의 이 논문 중에는 개념의 혼란, 너무나 비문법 문장의 구조, 이론의 중단과 비약으로 인하여 도저히 나의 이해를 허락하지 않는 점이 많아 실험적으로 논란을 피한 점이 적지 않다"(전: 70)고 말한다. 실제로 이러한 혼란스러운 언어 구사력은 비단 임화 한 사람에 그치지 않고 다른 프로문학 비평가들에게서도 쉽게 찾아볼 수 있다고 밝힌다.

> 불행인지 다행인지 나는 그들 대부분의 글을 모른다. 나는 그들의 글에 내가 이해할 수 없을 만큼 고원(高遠)하고 심대(深大)한 사상이 담겨 있는 까닭이나 아닌가 하고, 스스로 나의 무식을 개탄하여도 보았으나, 고원하고 심대한 사상은 아니 아주 평범하고 상식적인 사색까지도, 품사가 서로 혼용되고, 격(格)이 서로 바뀌며, 한 술어가 내포하는 의미가 한 문장 중에서 실로 자유자재로 변용되는 그런 문장으로는 표현할 수 없는 것이라는 것을 알고 비로소 안심하였다. (전: 33)

프로문학 비평가들이 이렇게 다듬어지지 않고 혼란스러운 문장을 사용하는 것은 글쓰기의 훈련이 제대로 되지 않은 탓도 있을지 모른다. 그러나 그보다는 어쩌면 그들은 정치적 이데올로기를 전달하는 데 급급한 나머지 문장에 세심한 주의를 기울일 여유가 없기 때문일 것이다. 내용에 초

지적한다.

점을 맞추다 보면 형식에는 어쩔 수 없이 소홀할 수밖에 없다. 그러나 비평가의 문장은 마치 외과의사의 메스와 같다. 환자가 녹이 슨 메스를 든 외과의사의 수술을 믿을 수 없듯이 독자들도 비논리적인 문장을 구사하는 비평가의 주장을 좀처럼 믿지 않는다.

그렇다면 어떻게 하면 비평 무용론을 불식시키고 비평을 건전한 발판에 다시 올려놓을 수 있을까? 비평은 흔히 실제 또는 실천 비평과 이론 비평의 두 갈래로 나눈다. 캐나다에서 활약한 20세기의 대표적인 문학 이론가 중 한 사람으로 에드먼드 카펜터와 마셜 매클루언 등과 함께 '토론토 학파'를 이끈 노스럽 프라이는 실제 비평을 크게 학구 비평과 판단(재단) 비평의 두 갈래로 다시 나눈다. 흔히 전자는 분석 비평이라고도 부르고, 후자는 저널리즘 비평이라고 부른다. 학구 또는 분석 비평은 문학 작품의 이해를 돕는 것을 가장 중요한 목표로 삼는다.

한편 판단 또는 저널리즘 비평은 문학에 관한 취향을 계발하고 작품의 가치를 평가하는 데 좀 더 초점을 맞춘다. 프라이는 판단 비평의 대표적인 비평가들로 찰스 램, 매슈 아널드, 샤를 생트뵈브 등을 꼽는다. 프라이는 이 두 유형의 비평 말고도 시학을 언급한다. 그에 따르면 시학도 비평의 일종으로 학구 비평과 판단 비평의 사이에서 중계 역할을 한다. 만약 제3의 비평이라고 할 시학이 없다면 학구 비평도 판단 비평도 제대로 힘을 발휘할 수 없다는 것이다.

서로 대척 관계에 있는 두 비평 중에서 김환태는 판단 비평 쪽보다는 학구 비평 쪽에 서 있다. 그가 학구 비평을 선호하는 것은 아마 대학에서 영문학을 전공했을 뿐 아니라 남과 다투기 싫어 하는 기질과 성격도 한몫했을 것이다. 김환태는 「나의 비평의 태도」에서 "나는 소위 객관적 규준을 가지고 작품에 임할 용기와, 내 자신의 비평만이 바르다고 주장할 권리를 가지지 못 한다"(전: 13)고 말한다. 그는 계속하여 "나는 단지 작자에게 불변의 법령을 내리는 입법자나 작품에 판결을 언도하는 재판관이 되고 싶지 않다. 나는 예원(藝苑)의 순례자다"(전: 13)라고 밝힌다.

더구나 김환태는 "진정한 비평가는 한 작품에 판결을 내리는 재판관보다도 변증인이 되어야 한다"(전: 31)고 말한다. 역시 '변증인'이란 오늘날의 변호사에 해당하는 말로 비평가는 문학 작품에 판결을 내리는 사람이 아니라 작품을 옹호하는 사람이 되어야 한다는 뜻이다. 같은 사건을 놓고 재판관과 변호사는 관점이나 서로 다를 수밖에 없다. 적어도 이렇게 다른 사람의 작품에 부정적으로 평가하기를 꺼려한다는 점에서는 최재서도 김환태와 비슷하다. 최재서도 작품에 가치 평가를 내리기를 무척 꺼려하였다. 김환태는 「나의 비평 태도」에서도 "나는 앞에서 작품에 판결을 언도하는 재판관이 되고 싶지 않다고 하였다. 그는, 나는 우수한 비평가로 작품이나 작가에게 판결을 선고하는 이상의 것을 하는 것을 보았기 때문이다. 비평가는 재판관의 역할보다도 변호사의 역할을 할 때가 있으며, 작품에서 얻은 감격을 숨기려고 하지 않는 때가 있다"(전: 14)고 말한다.

여기서 김환태가 말하는 '그' 또는 '우수한 비평가'는 그가 「비평가」라는 논문을 쓴 사람으로 언급한 '로버트 링'이라는 사람이다. 「작가·평가·독자」를 보면 '로버트 링'은 아마 '로버트 린드'의 오식일 가능성이 크다. 김환태는 비평가를 "로버트 린드의 말을 빌면 '작품의 초상화를 그릴' 자유를 가진"(전: 33) 사람으로 간주하기 때문이다. 레비 로버트 린드는 문학 비평가요 시인이며 번역가로 《수워니 리뷰》에 「비평가」라는 시를 발표한 적이 있다. 김환태는 린드처럼 작가가 현실의 초상화를 그리듯이 비평가는 작품의 초상화를 그린다는 점에서 창작가라고 주장한다.

이렇게 김환태는 변호사가 소송 의뢰인을 변호하듯이 비평가는 문학 작품과 그 작가를 옹호해야 한다고 주장한다. 「문예 비평가의 태도에 대하여」에서 김환태는 진정한 비평가라면 문학 작품에서 결점을 지적하기보다는 오히려 장점에 주목해야 한다고 주장한다.

> [작품에서] 결점을 지적함도, 저급한 독자를 계몽하기 위하여 필요합니다. 그러나 작품의 결점을 적발할 때는 평가(評家)는 목청을 낮추어야 합니다. 성난 빛을 보이지 말아야 합니다. 그리고 그는 금강석 위에 티를 찾는 것도 유용한 일이나, 모래알 속에서 금강석을 발견하는 것은 한층 더 유용한 일이라는 것을, 비난보다는 찬미가 더 고귀한 심정에 속한다는 것을 잊어서는 아니 됩니다. (전: 4~5)

김환태가 '목청을 낮추고' 판단을 유보한 채 작품의 결점이 단점보다 장점과 강점을 발견하고 비난보다는 칭찬해야 한다고 주장하는 데는 그럴 만한 까닭이 있다. 예수 그리스도도 제자들에게 "어찌하여 너는 남의 눈 속에 있는 티는 보면서, 네 눈 속에 있는 들보는 깨닫지 못하느냐?"(「마태복음」 7장 3절)고 꾸짖는다. 굳이 '산상수훈'의 한 구절을 끌어들이지 않더라도 실제로 남의 작품에서 단점이나 결함을 찾아내기는 쉽지만 정작 장점과 미덕을 찾아내기란 그렇게 쉽지 않다.

더구나 문학 작품은 궁극적으로 단점보다는 장점으로 평가받는 법이다. 아무리 단점이 많은 작품을 썼어도 좋은 작품이 한두 편 있으면 그것으로 작가로서의 역량과 업적을 평가받게 마련이다. 김환태는 "작품의 우위성은 언제나 양이 아니라, 그 질에 의하여 결정되는 것이다"(전: 60)라느니 "한 작가의 실력이란, 그의 작품의 양에 의해서 결정되는 것이 아니라 질에 의해서 결정되는 것이라"(전: 102)라느니 하고 말한다. 이 점에서 시인이나 작가는 평균치로 평가받는 수험생과는 적잖이 다르다.

김환태가 문학 작품에서 부정적인 면보다는 긍정적인 면을 보려고 한다고 하여 모든 작품을 좋게 평가하는 것은 아니다. 어떤 점에서는 그처럼 드러내놓고 신랄하게 평하는 비평가도 찾아보기 어렵다. 가령 1934년 11월 《개벽》에 실린 김팔봉(金八峰)의 「장(張) 덕대」에 대하여 "무엇을 그리려고 하였는지 초점을 모르겠다"(전: 19)고 잘라 말한다. 그러면서 그는 주인공에 대하여 "그는 아무런 확호(確乎)한 성격도 개성도 가지지 않은 그림자 같은 존재다"(전: 19~20)라고 결론짓는다. 광산을 소재로 한 이 작품은 김팔봉이 1930년 중반 이후 비평 활동을 접고 갈등을 겪으며 문학의 방향을 모색하다가 마침내 내놓은 야심적인 단편소설이다.

1936년 8월 한인택(韓仁澤)이 《조선문학》에 발표한 「그 남자의 반생기」에 대한 김환태의 비평도 여간 신랄하지 않다. 채석장에서 일어나는 사건을 다룬 이 작품에 대하여 김환태는 "우리는 이곳에 피와 육체를 갖춘 한 작품을 보지 못하고, 피와 육체를 갖추지 못한 앙상한 이야기의 줄거리를 각색의 옷으로 가장한 한 작품의 허수아비를 볼 뿐이다"(문: 291)라고 지적한다. 김환태는 김팔봉의 「장 덕대」의 주인공을 '그림자 같은 존재'로 간주하는 것처럼 한인택의 작품을 '허수아비'로 간주한다.

김환태는 이러한 작품 경향이 비단 이 두 작가에게만 국한된 것이 아니라 안타깝게도 프로문학 작가에 두루 적용된다고 지적한다. 특히 그는 무엇보다도 '개념의 무장화'를 프로문학의 가장 큰 한계로 파악한다. 그는 "그들의 작품 속에 담긴 성격이, 착취와, 횡포와, 탐색(探色) 등 온갖 악의 화신인 부르죠아와 그 부르죠아의 탐욕의 희생이 되는 양(羊)과 같이 선량한 그러나 또 살인방화도 필요에 따라서 마음대로 감행할 수도 있으며 주의와 동지를 위해서는 애인도 가족도 헌 신짝 같이 버릴 수 있는 광폭하고 또 용감한 프로레타리아나 또는 진보적 분자로 고정되어 있다"(전: 242)고 주장한다. 그 결과는 불행하게도 "심한 빈혈증에 걸려 완전히 개념의 촉루(髑髏)만 남았다"(전: 242)고 그는 결론짓는다.

해골이 빈혈증을 느낀다는 것은 논리에는 잘 들어맞지 않지만 김환태가 말하려는 의도는 의심할 여지가 없다. 살아 숨 쉬는 문학 작품이 아니라 생명이 없는 죽은 문학 작품이라는 뜻이다. 김환태는 김팔봉이 마침내 "연장을 숙이자"고 주장하는 것은 프로문학 진영 안에서 나오는 최초의 반성의 소리라고 지적한다. 김환태는 경향파 작가 중에서 오직 두세 명만이 진정한 프로문학의 길을 찾거나 태도를 완전히 바꿀 때 비로소 문학적 명성을 유지해 나갈 수 있을 것이라고 전망한다. 이처럼 프로문학에 대한 그의 평가가 여간 비관적이지 않다.

김환태가 1936년 8월 《중앙》에 발표한 송영(宋影)의 「인왕산」에 대한 평가 역시 혹평으로 볼 수밖에 없다. 이 작품에 대하여 김환태는 "이는 오로지 우리 문단에는 이 작품과 같은 작품으로서 평하기조차 어려운 극히 초보적인 결함을 가진 작품이 너무나 많아 이 작품 평으로써 그런 현상에 대한 경고를 삼고자 하는 생각에서였다"(문: 285)고 밝힌다. 어떤 작품에 대하여 기본적인 결함이 있어 '평하기조차 어려운' 상태라고 말한다는 것보다 아마 더 신랄한 비평도 없을 것이다. 이 작품을 발표한 당시 송영은 서른세 살로 이 무렵 기준으로 보면 중견 작가와 다름없었다. 그러고 보니 김환태가 부정적으로 평가하는 작가들은 우연의 일치일지는 몰라도 하나같이 카프 계열에 속한 사람들이다. 한편 그가 당시 식민지 조선 문단에서 소설가로는 이태준과 박태원, 시인으로는 정지용과 김상용을 높이 평가하는 이유는 그들이 정치나 사회, 도덕 같은 문학 외적 문제에서 비교적 거리를 두기 때문이다.

이렇게 김환태가 문학 작품을 평가하는 데 유연한 태도를 보이려는 것은 대상을 그 본질에서 '있는 그대로' 보아야 한다는 매슈 아널드의 비평 태도와 월터 페이터의 인상주의 비평에서 받은 영향 때문이다. 이 두 영국 비평가한테서 적잖이 영향을 받은 김환태는 비평의 적절한 방법으로 되도록 선입견 없이 작품을 있는 그대로 보려고 애쓴다. 그는 "한 작품의 있는 그대로의 얼굴을 보려며, 평자는 매슈 아널드가 말한 '몰이해적 관심'과 가장 유연성 있고 가감성(可感性) 있는 심적 포즈로 그 작품에 몰입하지 않으면 안 된다"(전: 31)고 역설한다.

그런데 이 말 속에는 김환태의 비평관이 잘 드러나 있다. 아널드의 '몰이해적 관심', 즉 '사심 없는 관심'을 강조하는 것은 어떤 의미에서는 카프 문학 비평가들에 대한 암묵적 비판으로 읽힌다. 그들은 작품의 얼굴을 '있는 그대로' 보지 않고 오히려 '보고 싶은 대로' 보려고 하기 때문이다. 한편 '가장 유연성 있고 가감성 있는 심적 포즈'는 여러모로 페이터의 비평관과 맞닿아 있다.

김환태는 비평을 '마법의 거울'에 빗대기도 하였다. 이 마법의 거울에는 비단 문학 작품만이 비치는 것이 아니라 작품을 마주하는 비평가의 모습이 비쳐지기도 한다. 그는 진정한 비평가라면 감정이입을 빌려 작품에 몰입하고 난 뒤 작품에서 얻은 인상을 성찰하여 분석하고 비판해야 한다고 지적한다. 김환태는 이보다 한 발 더 나아가 작품에 암시된 시인이나 작가의 이상적 정신활동과 심적 체험을 재구성해야 한다고 주장한다. 이 '마법의 거울'이야말로 김환태의 인상주의와 심미주의 비평을 보여주는 더할 나위 없이 좋은 은유라고 할 만하다.

한국문학과 외국문학

김환태는 한국문학이 발전하려면 외국문학에 좀 더 깊은 관심을 기울여야 한다고 지적하였다. 외국문학의 중요성을 강조한 비평가는 김환태 말고도 외국문학연구회 회원을 비롯하여 최재서, 김기림, 이양하, 김동석 등 하나하나 열거할 수 없을 만큼 무척 많다. 이러한 비평가 중에서도 김환태는 여러모로 눈길을 끈다. 아마 외국문학을 전공했기 때문일 터이지만 그는 누구보다도 모국어에 강한 자의식을 느끼면서 그 중요성을 깊이 깨달았다. 1934년 6월 《조선일보》 특간호에 비교적 긴 「영어의 형성과 그 발달」을 연재하였다. 영어학자도 아니면서 이렇게 영어 발달사에 관한 논문을 발표한다는 것이 자못 의외라면 의외라고도 할 수 있다.

그런데 김환태가 이렇게 영어 발달사에 관심을 기울이는 것은 그것이 단순히 영어만의 문제가 아니고 한국어를 비롯한 모든 언어에 공통되는 문제이기 때문이다. 그는 영어가 유사 이전부터 11세기에 이르기까지 인종의 이동에 따라 큰 변화를 겪었다고 밝힌다. 그러고 나서 김환태는 "이제 우리가 이와 같은 운명을 겪은 영어의 형성과 그 발달의 과정을 다시 한 번 살펴봄으로써 우리 조선 말이 장래 어떠한 운명을 겪을 것인가, 우리가 우리 조선말을 영원히 살리고 그 순수성을 보합(保合)하려면 어떻게 하여야 할 것인가 하는 데 대하여 어떠한 암시나 시사를 얻지나 않을까?"(문: 257)라고 말한다. 영문학 황금기라고 할 엘리자베스 시대에 활약한 윌리엄 셰익스피어를 구체적인 실례로 들면서 김환태는 한 작가가 모국어에 얼마나 큰 영향을 끼칠 수 있는지 지적한다. 셰익스피어가 구사한 영어에서 어휘는 말할 것도 없고 문법, 발음, 철자법 등에서 큰 변화가 일어났다.

특히 김환태는 16~17세기 성서의 영어 번역이 현대 영어의 발전을 물론이고 영문학 발전에 큰 공헌을 했다고 지적한다. 그는 "성서의 역자들은 성서를 영어로 번역하는 데 그 원의(原義)를 충실히 표현하려고 무수히 신어를 조성하고 종래에 영어에 없던 어법을 라틴어에서 채용하고 창시하였다"(문: 269)고 말한다. 김환태는 미처 언급하지 않지만 한국에서도 성서 번역이 한국어 발달에 끼친 영향은 무척 크다. 성서 번역은 한국어의 어휘 생성뿐 아니라 한글 보급에도 크게 이바지하였다. 이왕 어휘에 관한 말이 나왔으니 말이지만 영어는 순수 모국어라고 할 앵글로색슨어가 전체 영어 어휘의 30퍼센트를 차지하고 나머지 70퍼센트는 고대 그리스어와 라틴어 등 외국어에서 들어온 것이다. 그런데 흥미롭게도 한국어도 순수 고유어는 30퍼센트밖에 되지 않고 한자어를 비롯한 외국어에서 들어온 어휘가 70퍼센트를 차지한다.

김환태가 얼마나 언어나 언어학에 관심이 많은가 하는 것은 박승빈(朴勝彬)의 『조선어학』(1935)을 읽고 감명 받는다는 점에서도 알 수 있다. 이 책은 보성전문학교를 비롯한 전문학교에서 조선어학을 강의한 내용을 정리한 『조선어학 강의요지』(1931)를 보완하고 확대한 것이다. 김환태는 이 책에서 특히 조선어의 문법에서 ① 일반적인 현재 시간, ② 상습적 사실,

③ 현재의 상태, ④ 현재 진행 중인 동작, ⑤ 미래의 대용, ⑥ 과거의 대용 등 다양한 시형(時形)에 주목한다. 그러면서 김환태는 이렇게 다양한 시제를 제대로 알고 있으면 조선문학 작품을 이해하는 데 크게 도움이 될 것이라고 지적한다.

언어에 대한 김환태의 이러한 태도는 문학에 대한 태도에서도 엿볼 수 있다. 1939년 3월《조광》에 발표한 「외국 문인의 제상(諸像)」에서 그가 맨 처음 읽은 외국문학 작품은 중학교 2학년 때 읽은 『무쇠탈』(1923)이었다고 밝힌다. 이 작품은 일본 메이지(明治) 시대의 추리 소설가 구로이와 루이코(黑岩淚香)가 프랑스 작가 포르튀네 뒤 보아고베의 원작 소설 『철가면』(1878)을 번역한 것을 민태원이 다시 한국어로 번안한 작품이다. 단행본으로 출간되기에 앞서 1920년대《동아일보》에 연재되어 대중들에게 큰 인기를 끌었다.

김환태는 「외국 문인의 제상」에서 독서할 때는 반드시 어떤 목적을 염두에 두고 읽는다고 밝힌다. 그런데 비록 외국문학을 전공했다고는 하지만 그가 읽은 책은 거의 대부분 외국문학 작품이거나 외국문학 관련 저서들이다.

지금까지 나의 독서한 양의 8, 9할은 문학 서적이요, 또 그중의 8, 9할은 외국의 문학 서적이다. 그런데 누구나 다 그렇겠지마는 나는 아직 한 번도 그것들을 앞에 놓고, 그것들을 읽음으로 인하여 나의 문학에 대한 이해가 깊어지기를, 문학을 감상하는 눈이 예리하여지기를, 문학에 대한 이론이 정확하여지기를, 그리고 더 나아가서는 그로 말미암아, 나의 인격까지 어떠한 훈련을 받기를 소원하는 마음이 없이는 편 적이 없다. 언제나 모든 작품, 모든 비평, 모

든 문학 이론에서 최대한의 영향을 받아들이려 하였다. (전: 153)

김환태가 그동안 읽은 문학 서적의 8, 9할이 외국문학 서적이라는 것이 여간 놀랍지 않다. 그런데 더욱 놀라운 것은 그가 어느 특정 유파나 이론에 경도되지 않으려고 될수록 다방면의 책을 읽으려고 노력했다는 점이다. 그는 "어떤 한 유파에만 심취하여 문학에 대한 나의 태도가 편협해질까를 두려워해서였다"(전: 155)고 밝힌다. 마치 편식이 육체적 건강에 해로운 것처럼 치우친 독서는 정신 건강에 해롭다는 사실을 그는 누구보다도 잘 알고 있었다.

그래서 김환태는 고전주의 작품을 읽은 뒤에는 낭만주의 작품을 읽고, 낭만주의 작품을 읽은 다음에는 자연주의 작품을 읽었다. 작가로 좁혀 말하자면 그는 아우구스트 스트린베리를 읽은 다음에는 모리스 메테를링크를 읽고, 메테를링크를 읽은 뒤에는 오스카 와일드를 읽고, 와일드를 읽은 뒤에는 레프 톨스토이를 읽는 식이었다.

1939년 5월 《조광》에 발표한 「신진 작가 A군에게」에서 김환태는 문단 말석에 이름을 얹어놓은 젊은 작가에게 문단에서 유행하는 사조나 이론에 관심을 두지 말라고 충고한다. 그럴 시간이 있으면 '고래(古來)의 위대한 작품'을 읽으라고 권한다. 그런데 김환태가 말하는 '위대한 작품'이란 거의 대부분이 외국문학 작품들이다. 그 작품들을 제대로 읽기 위해서는 반드시 외국어를 습득하라고 말하기도 한다. 물론 번역된 작품을 읽을 수도 있을 터이지만 번역된 작품은 그다지 많지 않을뿐더러 번역은 차선의 선택은 될지언정 최선의 선택은 아니라고 밝힌다. 그는 "번역으로도 못 읽을 배 없는 게 아니나, 한 작품을 외국어로 번역해 놓을 때, 그 작품이 얼마나 그 향기와, 여운과, 미를 잃는가를 군도 잘 알고 있을 줄 아네"(전: 103)라고 말한다. 그러면서 원서를 읽을 수 있도록 적어도 외국어 두 가지 정도는 익혀야 한다고 지적한다.

김환태가 외국어 습득을 강조하는 것은 비단 문학 작품을 원천 언어로 직접 읽기 위해서만은 아니다. 외국어 학습은 모국어에 대한 감각을 길러주기 때문이다. 그는 "외국어를 모르는 사람은 자국어도 모른다"(전: 103)는 요한 볼프강 폰 괴테의 말을 인용하는 것은 바로 그 때문이다. 김환기는 외국어를 알면 모국어의 어운(語韻)과 어법과 아름다움 등을 깨닫게 된다고 밝힌다. 실제로 외국문학을 전공한 사람이 흔히 자국문학에 자의식을 느끼듯이 외국어를 공부한 사람은 모국어에 자의식을 느끼게 마련이다. 이러한 현상은 정지용이나 김상용, 박용철, 김기림, 이양하, 이하윤(異河潤)을 비롯한 시인들을 보면 쉽게 알 수 있다.

이렇게 김환태가 외국어와 외국문학의 중요성을 역설하는 데는 매슈 아널드의 영향이 무척 컸다. 아널드는 비평가라면 자국문학에만 관심을 기울일 것이 아니라 좀 더 시야를 넓혀 외국문학에도 관심을 둘 것을 촉구하였다. 그가 비평의 목표로 삼은 "세계에서 알려지고 생각된 최상의 것"은 단순히 자국문학뿐 아니라 오히려 외국문학에서 더 많이 찾을 수 있기 때문이다. 그는 "지금 유행하는 영문학이 얼마만큼 '세계에서 알려지고 생각된 최상의 것'인가?"라고 질문을 던지고 "대단치 않다고 나는 생각한다"고 스스로 대답한다.[39] 아널드는 비평 대상을 고대 그리스와 로마 시의 고전문학에서 현대의 유럽 문학에 이르기까지 폭넓게 확장하였다. 또한 영국인도 이제는 러시아어를 배울 때가 되었다고 역설하기도 하

---

39) Matthew Arnold, "The Function of Criticism at the Present Time."

였다. 이 무렵 러시아에서는 귀족들이 자국어가 미개하다고 하여 프랑스어를 사용하던 것과 비교해 보면 하늘과 땅만큼 큰 차이가 난다.

사망하기 불과 몇 달 전에 발표한 「외국문학 전공의 변」에서 김환태는 지금까지의 연구는 이 작가 저 작가, 이 작품 저 작품을 닥치는 대로 읽는 '낭만적 연구'였다고 말하면서 이제부터는 좀 더 체계적으로 문학을 연구하기 위하여 영문학보다는 영어학에 더 많은 시간을 할애하고 있다고 밝힌다. 일생을 두고 셰익스피어에 매달릴 계획이라고 말하는 것을 보면 당시 그는 아마 16~17세기 영어를 연구하고 있었던 것 같다. 김환태는 셰익스피어의 "전 작품에 조선 옷을 입혀 놓아야 시원할 것 같습니다"(전: 170)라고 말하면서 그의 전집을 번역할 야심찬 계획을 품고 있었다.

아널드한테서 큰 영향을 받은 김환태는 일찍부터 외국문학을 연구하는 목적이 자국문학을 위한 것이라고 생각하였다. 중학교 2학년 때 병을 얻어 잠시 학교를 쉬는 동안 그는 최찬식(崔瓚植)의 신소설 『능라도(綾羅島)』(1918)를 읽고 나서 이 세상에서 문학보다 더 고귀한 학문이 없고 자신은 바로 이 문학을 위하여 태어났다는 소명의식을 깨달았다. 그래서 김환태는 일본에 유학을 갔고 그곳에서 오직 영문학의 영향을 받으며 자란 것을 무척 다행스럽게 생각하였다. 김환태는 영문학을 흔히 '상식적인 문학'이어서 단점이 될 수 있다는 일반인의 견해에 좀처럼 찬성하지 않는다. 오히려 그는 영문학이 '상식적인 문학'이라는 의미를 '중정(中正)'을 얻은 문학'이라고 고쳐 말한다.

우리가 외국문학을 연구해 온 것은 그 나라 문학에 투영된 그 나라의 문화와 민족을 이해하는 데도 있겠으나, 무엇보다도 그 나라 문학의 특질과 발전상을 자기 나라 문단에다 소개하고, 또 그 연구를 통하여 얻은 지식으로 자기 나라 문학을 반성하고 비판하여서, 자기 나라 문학이 발전에 비익(裨益)하자는데 있을 것이다. 그런데 우리가 외국문학에서 어떠한 영향을 받을 때에, 그가장 건실한 그리고 영속적 영향은 그 나라의 전통적인 문학과 중정을 얻는 문학에서 온다. 그리고 구주 문단에서 가장 그 전통에서 일탈함이 적고, 중정을 잃지 않은 문학은 영국문학이다. 그러므로 나는 동경 문단 메이지 시대에 오로지 영문학의 영향 밑에 자란 것은 여간만 다행한 일이 아니었다고 생각한다. 이런 점에서 보아 우리 문단은, 더욱이 전통이 확립되지 못한 우리 문단은 그 건전한 발달을 위하여 영국문학에서 지금보다도 훨씬 더 많은 영양분을 취하도록 하여야 할 것이다. (전: 168~169)

외국문학 연구가 그 자체에 목적이 있다기보다는 오히려 자국문학을 발전하는 데 궁극적인 목적이 있다는 생각은 김환태에 앞서 외국문학연구회 회원들에게서 찾아볼 수 있다. 연구회 회원은 일찍이 기관지 《해외문학》 '창간호 권두사'에서 "무릇 신문학의 창설은 외국문학 수입으로 그 기록을 비롯한다. 우리가 외국문학을 연구하는 것은 결코 외국문학 연구 그것만이 목적이 아니오, 첫재에 우리 문학의 건설, 둘재로 세계문학의 호상 범위를 넓히는 데 잇다"[40]고 천명한다. 김환태의 주장과 외국문학연구회의 주장은 연구회가 외국문학 일반을 염두에 둔 반면 김환태는 외국문학을 영문학에 국한했다는 점이 조금 다를 뿐이다.

위 인용문의 마지막 문장에서 김환태가 "나는 동경 문단 메이지 시대

---

40) 「창간 권두사」, 《해외문학》 창간호(1929.01), 1쪽; 김욱동, 『외국문학연구회와 《해외문학》』(서울: 소명출판, 2020), 122~135쪽 참고.

에 오로지 영문학의 영향 밑에 자란 것은……"이라는 구절은 자칫 오해를 불러올 수도 있다. 식민지 근대화를 받아들이지 않는 사람들에게는 더더욱 그러할지 모른다. 또한 김환태가 일본에 머문 기간은 1928년부터 1934년까지, 즉 쇼와(昭和) 3년에서 9년까지다. 그가 영문학을 본격적으로 공부한 것은 규슈제국대학에 입학해서부터였다.

그런데도 김환태가 '동경 문단 메이지 시대'를 언급하는 것은 일본에 유학을 떠나기 전 식민지 조선에 머물던 시기에 도쿄 문단의 영향을 받았다는 뜻으로 받아들여야 할 것 같다. 비록 이 점을 염두에 두더라도 메이지 시대가 막을 내린 것이 1912년이고, 이때 김환태의 나이 겨우 세 살밖에 되지 않았다. 물론 일본 근대사에서 '메이지'는 동아시아인에게 서양의 '르네상스'처럼 근대화의 상징으로 내면화되어 있었다.

여기서 외국문학연구회에 대한 김환태의 태도를 잠깐 살펴보는 것이 좋을 것 같다. 1935년 12월 《사해공론》에 발표한 「1935년의 조선 문단 회고」에서 그는 당시 문단에서 일어나는 비희극 중 하나로 '해외문학파'라는 문학 유파를 만들어놓고 그것을 공격하는 일을 꼽는다. 이렇게 그가 카프 진영의 비평가들을 '돈키호테적' 존재라고 부르는 것은 가상의 적을 만들어놓고 비난하고 공격하기 때문이다.

'해외문학파'란 앞에서 여러 번 언급한 외국문학연구회를 카프 비평가들이 한편으로는 부러움의 대상으로, 다른 한편으로는 경멸하는 의미로 부르는 이름이다. 김환태는 이른바 '해외문학파'란 "어떤 문학상의 주의에 대하여 붙인 이름이 아니라 해외문학을 연구하고 번역 소개하는 부류의 사람들에게 붙인 것이니, 엄밀한 의미에서 있어서 그는 도저히 문학상 유파가 될 수 없으며……"(전: 218)라고 지적한다. 그들이 비난과 공격의 대상으로 삼는 해외문학파는 가령 낭만주의파, 사실주의파, 무산문학파 같은 문학 유파와는 질적으로 다르다는 것이다. 그의 지적대로 '유파'라는 말은 문학이나 예술에서 분명한 주의나 주장을 견지한 사람들을 가리키는 용어로 사용하지 않으면 개념에서 큰 혼란을 빚게 된다.

그런데 '해외문학파'라는 명칭보다 더 심각한 문제는 카프 진영 비평가들이 해외문학파 문인들이 작품 활동을 게을리 한다고 비판한다는 사실이다. 김환태는 해외문학파가 외국문학 작품을 소개하는 내용이나 태도를 비난할 수는 있어도 문학적 행동이 적다는 이유로 비난하거나 공격한다는 것은 이치에 맞지 않다고 밝힌다. 또한 문학적 업적이나 성과를 비판하려면 개인의 성과를 두고 문제 삼아야 하지 연구회를 통틀어 문제 삼아서는 안 된다고 지적한다.

김환태는 막상 외국문학연구회의 업적에는 이렇다 할 평가를 내리지 않지만, 문학적 행동이 적다는 카프 비평가들의 비판도 실제 사실과는 적잖이 다르다. 1920년대 말엽에서 1930년대 초엽에 걸쳐 일본 유학을 마치고 귀국한 외국문학연구회 회원들은 대학, 도서관, 언론 기관 등에 근무하며 창작가와 비평가, 번역가 등으로 활약하였다. 회원들은 당시 문맹자가 많다는 사실에 주목하여 문학 작품보다는 연극을 통한 문화 발전을 염두에 두고 '극예술연구회'를 조직하는 반면, 순수문학을 지향하는《시문학》창간에 참여하기도 하였다.[41]

김환태는 해외문학파 또는 외국문학연구회를 언급하는 마당에 외국문학의 중요성을 다시 한 번 역설한다. 모르긴 몰라도 만약 그도 1920년대 중엽 후쿠오카가 아니고 도쿄에서 유학했더라면 아마 이 모임에 참여

---

41) 김욱동, 『외국문학연구회와《해외문학》』 제9장 '외국문학연구회의 내연과 외연', 429~470쪽 참고.

했을지도 모른다. 외국문학연구회 회원들처럼 그도 조선문학이 발전하려면 외국문학에서 자양분을 얻을 필요가 있다고 생각하였다.

우리 문단의 문학적 수준은 외국 문단의 그것에 비할 때 너무나 저열하다. 게다가 우리는 풍부한 문학적 유산까지도 계승을 받지 못하였다.

이에 우리는 우리보다 높은 문학적 수준에 있으며 많은 문학적 유산을 가지고 있는 외국문학에서 배우지 않을 수 없으며, 그를 위하여 외국문학은 이 나라 문단에의 소개가 절실히 요구될 것이다.

그런데 외국문학 소개의 불필요를 논하는 사람 중에는 우리가 외국 문단에서 섭취하고 배울 것이 많기는 하나, 우리가 그리하는 데는 조선말에 의한 소개가 아니라도 동경에서 출판되는 간행물을 통하여 충분히 그것을 달할 수 있다고 주장하는 사람이 있다. (전: 220)

김환태가 문화적 열등감에 젖어 자칫 조선문학을 폄하하는 말로 들릴지도 모른다. 그러나 조선문학의 현실을 있는 그대로 솔직하게 고백하는 것으로 받아들여야 한다. 어떤 의미에서 "풍부한 문학적 유산"이라는 구절은 5천 년 전해 내려온 문학적 유산이 일본 제국주의에 제대로 계승되지 못하고 말살되었다는 의미로 받아들일 수도 있다. 김환태가 이 글을 쓴 1935년 조선총독부는 각 학교에 신사 참배 강요하면서 식민지 통치의 고삐를 좀 더 바싹 조이기 시작하던 때였다.

더구나 외국문학은 군이 모국어로 번역하여 소개할 것이 아니라 당시 동아시아에서 서양문화의 교두보라고 할 도쿄에서 출판되는 간행물을 통해서도 얼마든지 받아들일 수 있다고 주장하는 사람들과 비교해 보면 김환태의 태도는 여간 소중하고 값지지 않다. 그는 일부 비평가들의 태도에 대하여 "이제 우리는 조선말을 사용하지 않아도 넉넉히 말을 할 수도, 쓸 수도, 읽을 수도 있으니 그만 조선말의 사용을 폐지하자"(2: 220)는 논리와 무엇이 다르냐고 반문한다. 일본 제국주의는 1937년 중일전쟁을 일으킨 뒤 한반도에서 민족문화 말살 정책을 펼치기 시작하였다. 일제는 1938년 제3차 조선교육령을 공포하여 그동안 필수과목이던 조선어를 선택과목으로 변경하는 등 조선어 사용을 금지하였다. 그렇다면 일본어 번역을 통하여 외국문학을 받아들이자는 일부 비평가의 주장은 일제의 조선어 사용 금지에 이론적 근거를 마련해 주는 셈이다.

물론 김환태는 외국문학 연구자들에게도 소중한 충고를 잊지 않는다. 외국문학을 어떻게 소개하고 연구할 것인가 하는 문제는 그동안 신문학 초기부터 늘 대두되어 왔다. 김환태가 이 문제에 관심을 두는 것은 어찌 보면 당연하다. 그는 외국문학 연구가들에게 세 가지 사항을 주문한다.

첫째, 외국문학을 소개할 때 일시적 인기를 얻는 유파나 작품을 소개하는 데 급급하지 말고 "좀 더 높은 탐미안과 건실한 태도"를 취해야 한다. 둘째, 외국문학 소개가 과연 조선 문단에 어떠한 '이식 효과'를 가져올지에 대해서도 신중하게 고려해야 한다. 셋째, 외국문학 연구자도 자국의 고전 문학에 깊은 관심을 기울여야 한다. 이 점과 관련하여 김환태는 "우리의 문학적 고전 연구는 널리 전 인류에 공통된 인간성과 각국의 민족적 성질을 알게 하여 줄 외국문학 소개와 합작하여 우리 문학의 건전한 발달과 개화의 원동력이 될 것이다"(전: 221)라고 지적한다. 그러나 이보다 한 발 더 나아가 외국문학 연구가는 비교문학적 관점에서 자국의 고전 문학뿐 아니라 동시대 문학에도 관심을 기울여야 할 것이다.

이헌구는 김환태를 회고하는 글에서 그를 '경골(硬骨)'이라고 부른 적이 있다. 골격이 강하다는 축어적 의미보다는 성격이 강직하다는 비유적 표현으로 사용했을 것이다. 김환태를 만나 본 문인들은 하나같이 그의 가냘픈 몸매와 창백한 얼굴과 날카로운 콧날에 예리한 눈초리, 안경을 킨 지적인 용모를 기억한다. 또한 목소리가 매우 나지막하고 부드러운 데다 소리 없이 "작약처럼 수줍게 조용히 미소 짓던" 그의 모습은 강골의 이미지하고는 거리가 멀어도 한참 멀다.

김환태는 자신을 꽃밭을 나는 한 마리 나비에 빗댔지만 1930년대는 가냘픈 나비가 날기에는 너무나 거칠고 험난한 시대였다. 일본에서 민주파가 밀려나고 군부가 들어서면서 만주사변에 이어 중일전쟁을 일으켰다. 이러한 과정에서 일본 제국주의는 내선일체(內鮮一體)라는 허울 좋은 구실 아래 황국 신민화 정책을 실시하였다. 일제가 군국주의를 향하여 치달으면서 조선을 옥죄는 식민주의의 고삐는 점점 더 좁혀졌다.

문단은 문단대로 1930년대는 그야말로 어수선하던 시기였다. 카프의 계급주의 문학론과 민족주의 문학론 사이의 이념적 논쟁이라는 터널을 막 벗어났지만 아직 뚜렷한 방향을 잡지 못하고 허둥대고 있던 역사적 전환기였다. 이러한 비평의 전환기에 그야말로 혜성처럼 나타난 비평가가 바로 김환태였다. 이러한 혼돈과 무질서의 시대에 김환태는 문학을 도구적 수단으로 삼으려는 문인들에 맞서 문학의 순수성을 지키려고 온힘을 쏟았다.

어떤 의미에서는 김환태의 태도는 지난 16세기 동안 켜켜이 쌓인 형식과 제도의 옷을 벗고 초대교회의 순결과 복음중심주의로 돌아가려고 온갖 희생을 무릅쓰던 청교도와 비슷한 데가 있다. 이처럼 누구보다도 앞장서서 한국 문단에 참된 비평 문학을 수립하려고 온갖 노력을 아끼지 않은 그는 영웅적인 데가 있다. 김동리(金東里)는 "그의 문학에 대한 순수무구한 정열과 신념과 직관력과, 그리고 해박한 지식은 재단 비평의 기계적이며 폭력적이며 피상적인 공리주의를 과감하게 공격하고 소탕하는 데 성공했을 뿐 아니라, 나아가서는 소위 1930년대의 순수문학 내지 신세대 문학을 그 정도나마 꽃피우는 데 핵심적인 동력이 되었던 것도 사실이다"[42]라고 평가한다.

김환태가 이렇게 용감하게 활약할 수 있었던 데는 크게 네 가지 요인이 작용한 것 같다. 첫째, 그는 일본에 유학하여 영문학을 전공하면서 자유주의 사상을 깊이 호흡하였다. 규슈제국대학에 입학하던 날 그는 도서관 앞 잔디밭 위에 무릎을 꿇고 앉아 "오늘부터 나의 기쁨은 오직 읽고, 생각하고, 스스로 매질하는 데만 있을 것입니다"(전: 269)라고 다짐하였다. 특히 그는 19세 후반의 영문학, 그중에서도 매슈 아널드의 '인생의 비평'과 월터 페이터의 심미주의 영향을 적잖이 받았다.

둘째, 김환태는 대학 재학 중 독일 철학 강의에 열중하였고 특히 칸트를 비롯한 관념철학의 영향을 많이 받았다. 그가 일제 식민지라는 질퍽한 현실을 딛고 있으면서도 다분히 이상주의적인 문학관을 견지할 수 있었던 것은 이러한 독일 관념철학이 큰 몫을 하였다. 김환태는 "진리를 찾고 사람의 길을 닦으라"는 규슈제국대학의 교훈에 걸맞게 철학의 힘을 빌려 진리를 추구하려고 애썼다.

셋째, 김환태는 유학을 마치고 귀국한 뒤 문화 권력이나 제도권으로부

---

42) 김동리, 「눌인 김환태 씨와 나: 그의 문학기념비 건립에 즈음하여」,《문학사상》(1986.05);『김환태가 남긴 문학 유산』, 363쪽.

터 비교적 자유롭게 글을 쓸 수 있었다. 사망하기 전 5년여 동안 그는 황해도 재령 명신중학교를 시작으로 경성의 무학여자고등학교에서 교편을 잡았다. 일제 말기에 사상 관계로 1개월 동안 수감되었다가 다시 낙향한 적도 있지만 중학교 교사 자리는 그에게 식민 통치의 회오리바람을 조금이나마 피할 수 있는 피난처였다. 만약 그가 대학에 재직했더라면 좀 더 많은 제약을 받았을 것이다.

넷째, 구인회의 회원으로 활약한 것도 김환태에게는 심미주의 비평을 부르짖는 데 직간접으로 큰 힘이 되었다. 창립 멤버도 아니고 조용만과 유치진(柳致眞)이 탈퇴하면서 김유정(金裕貞)과 함께 세 번째로 영입되었지만 김환태는 정지용과 이태준, 김기림 등으로부터 예술적 자양분을 섭취할 수 있었다. 구인회와 직간접으로 관련된 《시문학》이나 《시원(詩苑)》의 동인으로 활약한 것도 그의 비평 활동에 적잖이 도움이 되었을 것이다.

김환태는 1939년 3월 외국 작가들한테서 받은 영향에 대하여 "남의 영향으로만 뭉쳐진 나는 보다시피 아무 것도 아닌 흐리멍텅이다"(전: 157)라고 고백한 적이 있다. 그러나 이 말을 액면 그대로 받아들일 사람은 그다지 많지 않을 것이다. 그것은 그의 성품에서 우러나온 지나친 자기 겸손의 표현이기 때문이다. '흐리멍텅'하기는커녕 이상의 표현을 빌리자면 오히려 그의 정신은 "은화처럼" 맑고 반짝 빛이 난다. 김환태는 최재서나 김기림과 더불어 당시 보기 드물게 책을 많이 읽은 식민지 지식인으로 고독 속에서 사유하며 조선문학의 장래를 고민하던 진보적 비평가였던 것이다.

제2장

김동석과 사회주의 비평

　1945년 8월 15일 조국 광복은 함석헌(咸錫憲)의 말대로 그야말로 "도둑 같이 뜻밖에" 찾아왔다. 일부 정보 기관원을 비롯한 군 관계자와 조선총독부 고위 관리를 제외하고는 당시 일본 제국주의 패망을 미리 알고 있던 사람은 거의 없다시피 하였다. 식민지 조선의 주민 중에는 그러한 사람이 더더욱 없었다. 《매일신보》의 학예부 기자로 근무하던 조용만이 히로히토(裕仁) 일왕이 무조건 항복을 선언하기 하루 전인 8월 14일에야 비로소 일본의 패망 소식을 알았던 것으로 알려져 있다.

　조선 문인 중에서 아마 김기림이 그러한 사실을 알고 있던 몇 안 되는 사람 중 하나였다. 일제의 감시를 피하여 고향 경성의 고등보통학교 교사 생활을 하던 그는 1945년 봄 평소 그를 아끼던 가메야먀 리헤이(龜山利平) 교장한테서 일본이 곧 패전할 것임을 전해 들었다.[1]

---

1) 이활(李活), 『정지용 김기림의 세계』(서울: 명문당, 1991), 231~233쪽. 1944년 11월 나남(羅南) 19사단 헌병대장실에서는 극비리에 일본인 기관장들이 모여 일본 패전에 대비하여 일본인 안전보호 문

그러나 다른 문인들은 이 사실을 까맣게 모른 채 친일에 매진하고 있었다. 가령 최재서는 1942년 11월에 쓴 글에서 "전쟁이 언제 끝날지 모르고 또 반도에는 바야흐로 징병제가 실시되려고 하는 지금……"이라고 말하면서 황국 신민화와 국책에 적극 협력하였다. 최재서가《국민문학》을 주재할 때 옆에서 도와준 서정주(徐廷柱)도 자신의 친일 행위와 관련하여 뒷날 일본이 그렇게 쉽게 패망하리라고는 전혀 예상하지 못했다고 고백한 적이 있다.[2]

이렇게 "도둑처럼" 갑자기 찾아온 어수선한 해방 공간에서 한국 문단은 제대로 방향을 잡지 못한 채 방황하고 있었다. 이 당시 상황에 대하여 1946년 7월 중국문학자요 시인인 배호(裵浩)는 "8·15 이후 흥분의 물결은 넘치었으나 그것은 조리 없는 함성의 탁류"[3]에 지나지 않았다고 밝혔다. 그는 해방 후 한국 정치와 사회 일반을 두고 언급한 말이었지만 당시 문단을 가리키는 것으로 받아들여도 크게 틀리지 않는다. 한국 문단에도 소리는 높았지만 조리가 없었고 변화의 물결은 흘렀지만 한치 앞도 내다볼 수 없을 만큼 무척 혼탁하였다.

제를 논의하였다. 이 모임에는 가메야먀 교장도 참석하였다. 당시 함경북도에는 일본인이 30만 명 정도가 살고 있었다. 가메야마는 경성고등보통학교 1회 졸업생으로 동창회장을 맡고 있던 김하경과 김기림에게 이 사실을 알리고 협조를 부탁하였다.

2) 최재서, 「시인으로서의 사토 기요시(佐藤清) 선생」, 최재서, 노상래 역, 『전환기의 조선문학』(경산: 영남대학 출판부, 2006), 190쪽; 서정주, 「일정 말기와 나의 친일 시」,《신동아》(1992).

3) 배호, '서(序)', 김동석, 『예술과 생활』(서울: 박문서관, 1947), 3쪽.

김환태와 김동석

20세기 중반 혼탁한 문단 분위기에서 비교적 젊은 두 비평가의 활약이 유독 눈에 띈다. 해방을 맞기 10여 년 전부터 문단 한쪽에서는 김환태가 심미주의와 예술지상주의를 부르짖고 있었고, 다른 한쪽에서는 해방후 김동석(金東錫)이 사회주의 문학의 깃발을 높이 치켜들고 있었다. 물론 폐결핵을 앓던 김환태는 미처 해방의 기쁨을 맛보기도 전에 서른다섯의 나이로 1944년에 요절하였다. 이렇게 문학적 태도는 사뭇 달라도 두 사람은 해방을 전후하여 조선 문단의 비평에 굵직한 두 획을 그었다. 첨예하게 맞선 두 비평가의 활동은 앞으로 한국 비평 문학이 발전하는 데 비옥한 토양이 되었다. 만약 이 두 비평가가 없었더라면 한국의 비평 문학의 꽃은 그만큼 초라해졌을 것이다.

그런데도 그동안 김동석에 대한 평가는 여간 인색하지 않았다. 가령 백철은 『신문학 사조사』(1980)에서 그에 관하여 아예 단 한 줄도 할애하지 않았다. 김윤식(金允植)은 『한국 근대문예비평사 연구』(1976)에서 김동석을 짧게 언급하되 자못 부정적으로 평가하였다. 김윤식은 김동석과 최재서를 싸잡아 "이들 비평가가 제법 하이브라우한 문학 감식가로서 평단에 영향력을 발휘하여, 편석촌(片石村)·정지용 투의 기법 평가에 역점을 두었다는 것, 이로 인한 많은 문학사적 평가의 왜곡과 에피고넨 조장에 공헌해 온 폐단을 맵게 지적해야 할 것이다"[4]라고 주장한다.

그러나 김윤식의 이러한 '매운' 평가는 그다지 설득력이 있어 보이지 않는다. 최재서와 김동석에 대한 평가는 말할 것도 없고 김기림과 정지용

---

4) 김윤식, 『한국근대문예비평사 연구』(서울: 일지사, 1976), 564~565쪽.

에 관한 그들의 비평이 문학사를 왜곡했다는 것은 더더욱 받아들일 수 없다. 이왕 말이 나왔으니 말이지만 최재서와 김동석은 김기림과 정지용의 작품의 장단점을 처음 올바르게 평가했을 뿐 아니라 후배 비평가들에게도 비평의 올바른 태도를 보여주었다. '에피고넨 조장'으로 말하자면 그것은 '폐단'이 아니라 차라리 '기여'나 '긍정적 효과'라고 해야 할 것이다.

김환태와 김동석은 차이가 큰 만큼 의외로 비슷한 점도 적지 않다. 가령 두 사람은 일본이 설립한 제국대학에 다녔다는 점에서 비슷하다. 김환태는 일본 후쿠오카 소재 규수제국대학 법문학부에서 영문학을 전공하였고, 김동석은 식민지 조선의 수도에 설립한 경성제국대학 법문학부에서 영문학을 전공하였다. 물론 중학교 시절부터 문학에 뜻을 둔 김환태와는 달리 김동석은 법학부에 입학했다가 문학부로 옮겨 영문학을 전공하였다. 두 사람 모두 졸업 논문 주제로 매슈 아널드를 선택했다는 것도 비슷하다. 또한 대학을 졸업한 뒤 김동석은 김환태와 마찬가지로 윌리엄 셰익스피어에 깊은 관심을 기울였다. 무엇보다도 두 사람은 좀처럼 소신을 굽히지 않고 자신의 비평관을 솔직하게 피력했다는 점에서도 서로 닮았다.

서정주는 「자화상」에서 시적 화자의 입을 빌려 "스물세 해 동안 나를 키운 건 팔 할이 바람이다"라고 노래한 적이 있지만 김동석을 키운 것은 팔 할이 경인선 기차였다. 1913년 9월 경기도 부천(현재 인천 숭의동 로터리 부근)에서 태어난 김동석은 무려 16년 동안 경인선을 타고 인천에서 경성 사이를 통학하였다. 경인선 기차 안에서 그는 일제의 만행과 식민지 조국의 암울한 민낯을 목격하면서 사회 개혁에 대한 의지를 키워나갔다. 경성 제국대학에서 함께 공부한 배호는 당시 김동석의 별명 중 하나가 '퓨리탄'이었다고 전한다. 그러면서 그는 영국 청교도를 뜻하는 이 별명이 김동석의 성격과 생활을 잘 표현한다고 지적하였다. 그만큼 김동석은 대학 시절부터 청교도가 칼뱅주의를 바탕으로 종교를 개혁하려고 했던 것처럼 마르크스주의를 무기로 한국 문단을 개혁하려는 의지가 강하였다.

1938년 김동석은 '내선공학(內鮮共學)'의 깃발을 내걸고 설립한 경성제국대학 문학과에서 영문학을 전공하여 10회로 졸업하였다. 당시 문학과 졸업생은 모두 18명이었다. 그는 대학 시절 문학에도 관심이 많아 문학 서클에서 활동하였다. 멤버 중에는 김사엽(金思燁), 오영진(嗚泳鎭), 이재수(李在秀), 방용구(龐溶九), 최재희(崔載喜), 그리고 앞에 언급한 배호 등이 있었다. 그들은 뒷날 국문학자, 극작가, 시나리오 작가, 영문학자, 철학자, 수필가와 시인 등으로 활약하였다.

김동석은 경성제국대학과 대학원을 졸업한 뒤 모교인 중앙고등보통학교 영어 교사를 거쳐 일제가 패망할 때까지 보성전문학교 교수로 재직하면서도 이렇다 할 문학 활동을 하지 않았다. 대학 3학년에 재학 중이던 1937년 《동아일보》에 「조선시의 편영(片影)」이라는 비평문을 처음 발표하여 비평가로서 능력을 보였다. 그러나 암울한 식민지 조선의 현실에 좌절하여 그는 더 이상 비평문을 쓰지 않고 영문학 연구에 전념하면서 시와 수필을 썼을 뿐이다. 실제로 김동석은 첫 비평집 『예술과 생활』(1947)의 후기에서 "나는 '일제'의 검열과 고문이 무서워서 남몰래 글을 써 모아놓고는 때를 기다렸던 것이다"[5]라고 밝힌다.

김동석이 비평가로 본격적으로 활동을 시작한 것은 비로소 식민지 조선이 일제의 지배에서 해방되고 나서부터였다. 그는 비평가 중에서는 보기 드물게 해방기에 집중적으로 활동하였다. 한편 김동석은 문학 못지않

---

5) 김동석, '평론집 『예술과 생활』을 내놓으며', 『김동석 평론집』(서울: 서음출판사, 1989), 190쪽.

게 정치에도 관심을 두었다. 그는 1946년 1월 발기되어 2월 결성한 민주주의민족전선에서 활약하였다. 조선공산당과 조선인민당이 결성한 이 단체는 남한의 모든 좌익계 정당과 사회단체의 총집결체로 한국민주당 등 우익계 세력에 맞섰다. 김동석은 조선문학가동맹에도 가담하여 활동하기도 하였다. 이 무렵 친하게 지내던 배호와 이용악(李庸岳) 등이 검거되자 1949~50년경 가족과 함께 월북하였다.

한국전쟁이 일어나자마자 김동석은 서울로 내려와 서울시당 교육부장을 맡았다. 이때 고려대학교 이인수(李仁秀) 교수를 설득하여 영어방송을 하게 하여 그를 사망에 이르게 한 장본인이 다름 아닌 김동석이었다. 중앙고보와 보성전문학교 제자로 한국전쟁 중 종군기자로 지낸 이혜복(李蕙馥)에 따르면 김동석은 1951년 12월 판문점에서 열린 휴전회담 때 북측 영어 통역원으로 등장하였고, 전쟁이 휴전에 들어간 뒤 그의 행적은 알려져 있지 않다.[6]

일제강점기에 활약한 문인들이 흔히 그러하듯이 김동석도 한 장르에 그치지 않고 여러 문학 장르를 비교적 자유롭게 넘나들며 활동하였다. 비록 짧은 기간이나마 시인·수필가·비평가로 활약한 그는 시집 『길』(1946), 수필집 『해변의 시』(1946), 김철수(金哲洙)와 배호와 함께 펴낸 공동 수필집 『토끼와 시계와 회심곡』(1946), 평론집 『예술과 생활』과 『부르조아의 인간상』(1949)을 출간하였다. 그러나 한국 문학사에서 김동석의 확고한

---

6) 이혜복, 《세대》 통권 15호(1964.08). 김동석과 연배가 비슷한 설정식(薛貞植)은 한국전쟁 중 자수 형식으로 인민의용군에 자원입대하여 1951년 3월부터 개성 판문점에서 시작된 휴전회담 조중(朝中) 대표단의 영어 통역관으로 근무하였다. 조선인민군 최고사령부 정치총국 제7부에 배속된 그의 계급은 인민군 소좌(소령)였다. 설정식은 북한 정부가 박헌영(朴憲永)과 임화 등 남로당 계열 인사를 숙청할 때 함께 숙청당하였다. 김욱동, 『설정식: 분노의 문학』(근간) 참고.

위치는 뭐니 뭐니 하여도 두 비평집에서 찾아야 한다.

사회주의 비평가 김동석

20세기 중반 한국 비평계의 천칭 한쪽 접시에는 김환태가 올려져 있고, 다른 쪽 끝에는 김동석이 올려져 있다. 김환태는 심미주의와 예술주의 비평을 대표하는 비평가인 반면, 김동석은 사회주의와 계급주의 비평을 대표하는 비평가다. 한편에서는 김환태가 "나는 예술지상주의자이다"라고 부르짖었고, 다른 한편에서는 김동석이 "의식은 존재의 반영인 것을 알라"[7]라고 부르짖었다. 여기서 천칭의 접시가 어느 쪽으로 기울어져 있는가 하는 것은 그렇게 중요하지 않다. 다만 중요한 것은 불과 얼음처럼 대척 관계에 있던 이 두 입장이 서로 갈등하고 긴장하면서 한국 비평계를 좀 더 건강하게 발전시키는 데 원동력이 되었다는 점이다.

김동석의 비평관이나 문학관은『예술과 생활』과『부르조아 인간상』에 잘 드러나 있듯이 한마디로 변증법적 유물론에 기반을 둔다. 그는 의식이 존재의 반영이라고 굳게 믿는다는 점에서는 유물론자요, 정명제(테제)와 반명제(안티테제)의 모순과 갈등을 지양하여 역사가 진보적으로 발전한다고 믿는다는 점에서는 변증법자다. 문학 비평가로서 김동석은 변증법적으로 발전하는 역사를 표상하는 세계관을 견지하느냐 그렇지 않느냐의 잣대로 작가의 문학성을 평가하려고 하였다. 김동석의 비평을 읽다 보면

---

7) 김동석, 「탁류의 음악: 오장환론」,『예술과 생활』(서울: 박문서관, 1947), 63쪽. 앞으로 이 책에서의 인용은 '예'라는 약자와 함께 쪽수를 본문 안에 직접 적기로 한다.

카를 마르크스의 『자본론』(1867)을 비롯하여 마르크스와 프리드리히 엥겔스의 『독일의 이데올로기』(1867), 블라디미르 레닌의 『제국주의론』(1917) 같은 저서의 그림자가 자주 어른거린다. 그만큼 김동석은 당시 문인 중에서는 어느 누구보다도 공산주의나 제국주의 이론을 잘 알고 있었다.

> 하늘에서 땅으로 내려온 독일 철학과는 정반대로 여기서 우리는 땅에서 하늘로 오르려고 한다. [⋯] 인간의 두뇌 속에 있는 온갖 환상적인 형성물은 그것이 역시 물질적, 경험적으로 확인되었고 또 물질적 여러 전제와 결부된 생활 과정의 필연적인 승화물이다. 그러므로 도덕·종교·형이상학 등의 이데올로기와 그것들에 조응하는 여러 가지 의식 형태는 이미 독립된 성질을 가진 외관을 보유하지 않는다. [⋯] 의식이 삶을 규정하는 것이 아니라 오히려 삶이 의식을 규정한다.[8]

마르크스와 엥겔스의 『독일의 이데올로기』에서 뽑은 한 대목이다. 위 인용문의 첫 문장 "하늘에서 땅으로 내려온 독일 철학과는⋯⋯"에서 '독일 철학'이란 두말할 나위 없이 헤겔의 관념철학을 말한다. 스스로 '헤겔의 충실한 제자'라고 말할 정도로 헤겔을 따르던 마르크스가 스승의 관념론을 부정하는 반면, 변증법을 계승하여 유물론적 변증법을 완성하였다. 땅에서 하늘로 오르려고 한다고 말하는 것은 정신적 산물은 어디까지나 물질적 기반에서 비롯한다는 것을 뜻한다. 마르크스는 『정치경제학 비판』(1859)의 서문에서도 "의식은 물질적 삶의 모순, 즉 사회적 상상력과

---

8) Karl Marx, *Selected Writings*, ed David McLellan (Oxford: Oxford University Press, 1977), pp. 164.

생산 관계의 갈등에서 설명하지 않으면 안 된다"[9]고 말한다. 물론 하부 구조와 상부 구조의 일방적 관계를 지나치게 강조하다 보면 자칫 '속류 마르크주의자'라는 낙인이 찍히게 될지도 모른다.

김동석은 헤겔과 칸트의 형이상학이나 관념에 알레르기적으로 민감하게 반응하였다. 김동석은 일제강점기는 말할 것도 없고 광복 후 한국의 모든 문제를 독일 관념철학자의 탓으로 돌린다. 이 무렵 한국 지식인들의 관념주의 편향을 김동석처럼 날카롭게 비판한 사람도 아마 찾아보기 어려울 것이다. 그는 "관념론자는 물질적인 것엔 아얘 흥미가 없는 것이다. 그렇지 않다고 우기는 관념론자가 있다면 이렇게 반문해 보라. 그들이 물질적인 것에 관심이 있다면 칸트의 『순수이성비판』은 읽되 똑같은 독일어로 씌어 있는 마르크스의 『자본론』은 왜 읽으려 하지 않느냐"(예: 170)고 나무란다. 그러면서 김동석은 독일 관념론의 영향을 받은 일본 학자들이 식민지 조선에 많은 몽유병자를 길러놓았다고 애석하게 생각한다. 다만 여기서 그가 잊고 있는 것은 일본 학자들의 영향을 받은 것으로 말하자면 공산주의나 사회주의 또는 아나키즘의 이론도 독일 관념론 못지않았다는 점이다.

어떤 의미에서 김동석의 이론은 1970년대 중앙아메리카와 남아메리카 지역 등 제3세계를 중심으로 들불처럼 번지던 해방신학과 비슷하다. 「기독의 정신」은 가히 라틴아메리카 신학자들보다 몇 십 년 앞서 부르짖은 그의 해방신학 선언문이라고 할 만하다. 구스타보 구티에레스를 비롯한 해방신학자들이 주장하는 사상이 한두 가지가 아니지만 그중에서도 기독교인의 구원은 내세뿐 아니라 현세에도 있다고 주장한 점은 아마 첫

---

9) 위의 책, 390쪽.

손가락에 꼽힐 것이다. 해방신학자들은 소수 자본가 같은 지배계급의 착취와 억압에 고통 받는 민중에게는 내세의 구원 못지않게 현세에서 경제, 정치, 사회 및 사상적 해방이 무엇보다도 중요하다고 생각하였다.

해방신학을 부르짖는 가톨릭 신부들이 자주 인용하던 성경은 "그는 그 팔로 권능을 행하시고 마음이 교만한 사람들을 흩으셨으니, 제왕들을 왕좌에서 끌어내리시고 비천한 사람을 높이셨습니다. 주린 사람들을 좋은 것으로 배부르게 하시고, 부한 사람들을 빈손으로 떠나보내셨습니다"(「누가복음」 1장 51~53절)라는 구절이다. 여기서 '제왕' 대신 '제국주의자'나 '자본주의자'로 바꾸어놓고, '비천한 사람' 대신 '피식민지 주민'이나 '프롤레타리아'로 바꾸어 놓으면 김동석이 주장하는 것과 거의 비슷하다.

김동석은 「기독의 정신」을 시작하기에 앞서 "거짓 예언자들을 살펴라. 그들은 양의 탈을 쓰고 너희에게 오지만, 속은 굶주린 이리들이다"(「마태복음」 7장 15절)라는 구절을 인용한다. 김동석은 앙드레 지드가 『전원 교향곡』(1919)에서 신약성경에는 빛깔의 개념이 없다고 말한 대목을 비판한다. 지드는 1차 세계대전에서 승리를 거둔 국가의 국민이기 때문에 약소민족과 피압박 민족의 지도자와 주민의 심리를 제대로 이해하지 못했다고 지적한다. 김동석은 신약성경이야말로 '시를 위한 시'가 아니라 한 편의 '민족을 위한 시'라고 말한다.

흥미롭게도 김동석은 예수 그리스도를 정치가, 심지어 혁명가로 간주하였다. 그는 일제의 혹독한 식민지 지배를 받은 조선인을 2천여 년 전 약소민족이요 피압박 민족이던 유태 민족에 빗대고, 민족해방을 위하여 온갖 시련과 고초를 겪은 조선의 독립운동가나 공산주의자를 유태 민족을 위하여 가시 면류관을 쓰고 십자가에서 처형당한 예수에 빗댄다. 실제로 일제는 공산주의자들을 김동석의 표현을 빌리면 "호열자보다 더 무서워" 하면서 혹독하게 다루었다. 김동석은 조선이 일제의 식민지 통치에서 벗어난 이후에도 사정은 크게 달라지지 않았다고 지적한다. 이 점과 관련하여 그는 "시방 조선은 2,000년 전 유태와 꼭 같다. 바리새와 사두개가 있고 군정이 있고, 헤로드의 무리가 있고 유다까지도 있다"(예: 83)고 말한다. 그렇다면 예수는 과연 누구일까?

> 일본 제국주의 밑에서 과연 누가 예수이었더냐. 머리에 가시관을 쓴 자 누구이며 붉은 옷을 입는 자 누구이냐. 그리고 이 예수의 얼굴에 침을 배앝고 이 예수를 십자가에 못 박은 자 누구이냐.
>
> 시방 대한기독교도들은 2,000년 유태의 기독만 내세우고 알짱 조선의 기독을 부정한다. 그것은 바리새들이 '구약의 메씨아만 내세우고 눈앞에 있는 예수를 부정한 것이나 꼭 마찬가지 짓이다. 우리는 약소민족이오 피압박민족이다. 그럼으로 예수를 약소민족이오 피압박민족인 유태를 해방하려다 놈들에게 붙잡히어 십자가에 못 박혀 죽은 혁명가였다는 것을 잊어서는 아니 될 것이다. (예: 85)

김동석이 말하는 '조선의 예수'는 일제강점기에 민족 해방을 외치다가 수난당한 혁명가를 말한다. 그는 "조선의 공산주의자들이 당한 일제 경찰의 악형은 결코 예수가 질머진 십자가 못지않았다"(예: 73)고 주장한다. 김동석이 '독립운동가'라고 하지 않고 군이 '혁명가'라고 말하는 데는 그럴 만한 까닭이 있다. 당시 공산주의자는 주로 해외에서 활약한 독립운동가과는 달리 식민지 종주국 일본이나 식민지 조선에서 활약하였다. 그러므로 혁명가는 독립운동가보다도 힘든 상황에서 민족 해방 운동을 전개했으며 체포되면 혹독한 고문을 받았기 때문이다.

그러고 보니 김동석이 왜 예수의 '혁명적 정열'과 '탁월한 지성'을 높이 평가하는지 알 만하다. 예수는 해외로 망명하지 않고 끝끝내 국내에서 투쟁하였다. 김동석은 헨리크 시엔키에비츠의 『쿠오 바디스』(1896)에서 사도 베드로가 예수에게 "주여! 어디로 가시나이까?"라고 묻자 예수가 "로마로 가느니라"고 대답하는 구절에 주목한다. 그러면서 예수의 대답은 폭군 네로가 무서워서 로마를 피하여 달아나는 베드로에게 주는 경고인 동시에 해외 망명객보다는 국내 혁명가 훨씬 더 애국자라는 사실을 보여주는 교훈이라고 김동석은 덧붙인다.

더구나 김동석은 해방신학에 걸맞게 천당의 개념도 새롭게 정의한다. 그에 따르면 천당이란 '무식한' 기독교도가 흔히 말하듯이 개인이 죽은 뒤에 가는 곳이 아니라 유태 민족이 해방되어 행복하고 평화롭게 살 수 있는 '역사적 장래'를 상징하는 곳이다. 김동석은 에르네스트 르낭의 『예수전』(1863)을 인용하면서 기독교의 천당 사상은 황금시대를 과거에 두는 것과는 달리 미래에 둔다는 점에서 세계사에서 '가장 빛나는' 사상이라고 지적한다.

한편 변증법적 유물론자인 김동석은 '하느님의 나라'는 마르크스가 『자본론』에서 말하는 '자유의 왕국', 즉 노동에서 해방되는 세상을 의미한다고 주장하기도 한다. 노동에서 해방된다는 것은 아무런 활동도 하지 않는다는 뜻이 아니다. 전처럼 여전히 대장간 일도 하고 목공 일도 하지만 동료들과 토론도 벌이고 정치도 하고 시도 짓는다는 뜻이다. 다만 그 활동은 위험하다거나 타율적이다거나 자본에서 소외된 것이 아니다. 이

것이 마르크스가 꿈꾸던 공산주의의 가장 높은 단계, 즉 필연에서 벗어나 자유로 이행한 세계다. 마르크스에 따르면 '자유의 왕국'은 궁핍이나 외적인 합목적성에서 해방될 때 비로소 찾아온다.

김동석은 식민지에서 해방된 조선에도 이러한 '자유의 왕국'이 찾아올 것을 열렬히 바라마지 않았다. 그는 입으로만 외치는 자유와 평등이 아니라 실질적으로 자유와 평등을 얻기 위해서는 무엇보다도 먼저 지배계급이 반성할 것을 촉구한다. 일제와 야합하여 동족을 착취하던 봉건 지주와 친일 세력이 민중과 더불어 '이마의 땀으로' 살아갈 때 참다운 자유와 평등의 나라가 될 것이라고 내다본다. 김동석은 "조선 민족이 해방되려면 승무를 잘 춘다든지 무녀도를 잘 그린다든지 하는 것이 선결 문제가 아니라 '일제' 36년 동안 압박과 착취를 당하던 노동자·농민·근로지식인 등 이른바 조선의 인민이 먼저 물질적으로 자유로운 나라가 되어야 할 것이다"(예: 98)고 말한다.

여기서 김동석이 굳이 승무와 무녀도를 언급하는 데는 그럴 만한 까닭이 있다. 조지훈(趙芝薰)의 「승무」와 김동리의 「무녀도」 같은 흔히 순수 문학으로 일컫는 작품을 넌지시 비판하기 위해서다. 김동석은 물질적 자유 없이는 어떠한 정신적 자유도 있을 수 없다고 잘라 말한다. 이 두 가지는 상호 배타적 관계가 아니라 어디까지나 상호 보완적 관계를 맺고 있기 때문이다. 『독일 이데올로기』에서 마르크스와 엥겔스가 말한 대로 김동석은 땅에서 하늘로 올라가는 것이 아니라 오히려 하늘에서 땅으로 내려오려고 하였다. 그처럼 김동석은 질펀한 대지에 깊이 뿌리를 박은 문학을 원했던 것이다.

이와 관련하여 김동석은 성경에서 자주 언급하는 빵의 의미를 새롭게 해석한다. 구약성경 「신명기」의 "사람은 빵만 가지고 사는 것이 아니라"(1 장 3절)라는 구절을 인용하면서 그는 "이 유명한 문구는 돈 많은 사람들을 훈계한 말이지 가난하고 피를 빨린 근로대중에게 신부나 목사나 기독교 지도자들이 설교할 때 이용하라는 말은 아니다"(예: 83)고 잘라 말한다. 김 동석은 토착 부르주아지가 대중의 관심을 빵 외의 다른 것에 돌리게 하는 진정한 이유는 자신들이 감추어 놓은 빵과 생선을 빼앗길까 두렵기 때문 이라는 것이다.

이처럼 김동석은 프롤레타리아 계층에게 기득권 세력에게 주눅이 들 거나 두려워하지 말라고 설득한다. 노동자와 농민은 '이마에 땀'을 흘려 빵과 생선을 구할 뿐 남의 것을 빼앗지는 않을 것이기 때문이다. 김동석은 혼란한 해방 정국에서 서로 지도자가 되려는 사람들에게 "팡(빵)을 달라. 일을 해주께 팡을 달라. 이들의 이 지극히 겸손하고 정당한 요구를 들어줄 수 없거든 아예 지도자 될 생각을 말라"(예: 83)라고 경고한다. 그러면서 그는 신약성경의 오병이어의 기적을 유물론적 관점에서 다시 해석한다.

김동석의 사회주의를 엿볼 수 있는 또 다른 글은 「학문론」이다. '조문 도석사가의(朝聞道夕死可矣)', 즉 아침에 도를 듣고 깨달으면 저녁에 죽어 도 괜찮다는 공자(孔子)의 말을 부제로 삼는 이 글에서 그는 이른바 '국대 안(國大案) 파동' 문제를 다룬다. 1946년 미 군정청 학무국이 일제강점기 의 여러 단과대학을 통폐합하여 단일 종합대학인 국립서울대학교를 설립 하겠다는 계획을 발표하자 2년 동안 통폐합 대상 학교들의 교수와 학생 들이 격렬히 반대하면서 학계는 큰 혼란에 빠졌다. 1945년 12월 모스크바 3상회의에서 한국의 신탁통치를 합의했을 때 우익과 좌익이 서로 나뉜 것처럼 국대안 문제에서도 좌익과 우익의 태도가 크게 엇갈렸다.

이 '국립서울대학교 안' 문제에 대하여 김동석은 "학문의 홰ㅅ불! 이 세기적 광명을 마다할 자 누구냐"라고 물은 뒤 "행여 이러한 불이 붙을가 겁을 집어먹고 불씨를 지니인 학자들을 짓밟으려는 자들이 있다"(예: 114)고 지적한다. 그러면서 그는 그 장본인은 광명과 진리와 진보를 두려워하는 봉건주의와 일제의 잔재라고 못 박아 말한다. 그들은 "암흑과 죄악과 완미(頑迷) 속에서만 번창할 수 있는 무리들"이라고 혹독하게 비판한다.

김동석은 당시 대부분의 좌파 지식인이 그러했듯이 '국대안'에 반대하였다. 민주주의 한국을 건설하는 마당에 관료 몇 사람의 머리에서 나온 이 계획을 밀어붙이는 것은 일본식 관료주의 발상으로 미국의 민주주의에도 어긋나는 논리라고 반박하였다. 김동석은 "진리를 위하야 살고 진리를 위하야 죽어야 하는 대학 교수와 학생까지 왜놈에게 눌려 지내던 그 비굴한 근성을 버리지 못할진대 민주주의 조선 건설은 까마아득하다 아니할 수 없다"(예: 116)고 역설한다.

김동석은 민주주의에 기초한 신생국가 한국의 성패는 다름 아닌 국대안의 철폐 여부에 달려 있다고 굳게 믿었다. 물론 단군을 내세우는 민족주의자들의 무리, 영어를 무기로 삼는 무리, 정당이나 군정청의 힘을 비는 무리, 열혈학생을 책동하는 무리 등 온갖 집단이 '국대안'을 시행하려고 하기 때문에 이에 맞선다는 것은 생각처럼 그렇게 쉽지 않다는 것을 그는 잘 알고 있었다.

그러나 김동석은 일제의 잔재에 맞서는 제2의 독립운동과 같은 차원에서 국대안을 철폐할 것을 주장하였다. "조선의 독립이 이념으로 약속되어 있지만 혁명가의 투쟁 없이 실현되기 어려운 거와 매한가지로 조선의 학문은 학자와 학생들의 투쟁 없이는 건설될 수 없다"(예: 118)고 역설한다. 그러면서 그는 학생들과 학자들에게 모름지기 혁명 투사가 되어 학문의 진보적 발전을 방해하는 불순분자를 숙청하라고 부추긴다. "싸움 없는 곳에 승리가 있을 수 없다. 과학은 승리의 기록이라는 것을 잊어서는 안 된다"(예: 119)고 주장한다.

김동석의 이 말에서는 마르크스와 엥겔스가 『공산당 선언』(1848)에서 "지금까지 현존하는 모든 인간 사회의 역사는 계급투쟁의 역사다"라고 천명한 말이 떠오른다. 그들은 "프롤레타리아가 혁명에서 잃을 것이라고는 사슬뿐이요, 얻을 것은 전 세계"라고 말하면서 지배계급이 공산주의 혁명 앞에서 벌벌 떨게 하라고 부추긴다.[10] 이렇듯 마르크스와 엥겔스는 노동자와 자본가의 이해관계에 따른 사회주의적 시각에서 계급투쟁을 파악하였다.

그러나 김동석은 국대안을 일본 제국주의의 유산을 물려받은 기득권 세력과 과학정신에 기초하여 대학을 설립하려는 세력의 이해관계에 따른 갈등으로 간주하였다. 여기서 투쟁은 경제적 계급이나 사회 구조보다는 이념이나 철학의 차이가 오히려 훨씬 더 중요한 변수로 작용한다. 실제로 인류 역사를 계급투쟁의 역사라는 명제는 『공산당 선언』 이후 여러 관점에서 재검토되면서 수정되어 왔다. 예를 들어 엥겔스는 계급 분화가 나타나지 않았던 초기의 공동체 사회를 염두에 둔 역사라고 수정하였다. 카를 카우츠키는 마르크스와 엥겔스가 말하는 계급투쟁의 일부는 사회적 신분 집단 사이의 투쟁이었다고 밝혔다.

---

10) Karl Marx and Friedrich Engels, *Selected Works*, Vol. One, trans. Samuel Moore (Moscow: Progress Publishers, 1969), pp. 98-137.
https://www.marxists.org/archive/marx/works/1848/communist-manifesto/

김동석도 한국에서 계급투쟁은 부르주아지와 프롤레타리아의 사이에서 일어나는 갈등이라기보다는 민족과 민족, 식민지 종주국과 피식민지 국가의 사이에서 일어나는 갈등으로 파악하였다. 김동석은 춘원 이광수의 『무정』(1918)의 대단원에서 요란하게 들리는 공장의 기계 소리를 언급하며 그 소리는 조선의 소리가 아니라 조선을 착취하는 일본 자본주의의 소리라고 지적한다. 그가 조선의 자본주의란 기껏 일본 '자본주의의 도금'에 지나지 않는다고 주장하는 것은 바로 그 때문이다.

'상아탑 정신'과 비평

김동석의 비평관은 '상아탑 정신'에서 가장 잘 나타나 있다. 그의 비평관을 '상아탑 정신'이라고 일컫는 것은 두말 할 나위 없이 그가 주재하여 어떤 때는 주간, 또 어떤 때는 월간으로 발행하던 잡지 《상아탑》 때문이다. 김환태가 비평가로 활약한 것은 1930년대 후반 겨우 6년 정도에 지나지 않는다. 이 점에서는 김동석도 김환태와 크게 다르지 않아서 그의 비평 활동도 1945~1950년의 짧은 시기에 집중되어 있다.

그러나 김동석은 조국이 일제의 식민지 통치에서 벗어나자마자 기다렸다는 듯이 본격적인 문학 활동을 전개하기 시작하였다. 그에게 《상아탑》은 평소 그의 진보적인 문학관을 피력하는 기관지요 나팔수였다. 그런데 그의 문학관은 해방 후 새롭게 생겨난 것이 아니라 경성제국대학 시절에 이미 자리 잡고 있었다. 『예술과 생활』이 출간될 때 배호는 서문을 쓰면서 "대학 시대부터 김 군의 문학론은 나의 모세관까지 젖어 있었던 까닭이다"[11]라고 밝힌다. 여기서 김동석의 문학론이란 사회주의에 기반을 둔 진보적 문학관을 가리킴은 두말할 나위가 없다.

'상아탑'은 의미 영역이 넓으므로 여기서 잠깐 이 용어를 짚고 넘어가는 것이 좋을 것 같다. 구약성경 「아가」의 "너의 목은 상아로 만든 탑 같고……"(7장 4절)라는 구절에서 볼 수 있듯이 상아탑은 본디 여성의 신체를 묘사하는 말이었다. 그 뒤 이 표현은 세속적인 미모의 여성 대신 성녀 마리아를 가리키면서 종교적 뉘앙스를 물씬 풍겼다. 그러다가 프랑스의 비평가 샤를 오귀스탱 생트뵈브가 낭만파 시인 알프레드 드 비니의 태도를 비평하며 이 용어를 사용하면서 문학 용어로 자리 잡았다. 비니의 은둔 생활에 대하여 생트뵈브는 "한낮이 되기도 전에 상아탑으로 들어갔다"고 말하였다. 그 뒤 상아탑은 현실 도피적인 학구적 태도나 속세를 떠나 조용히 예술을 사랑하는 태도를 뜻하는 용어로 널리 사용되었다. 그러니까 구약성경의 긍정적인 의미가 현대로 들어오면서 몽상가나 심지어 예술지상주의를 뜻하는 부정적인 의미로 바뀌었다.

한국문학으로 좁혀 보면 '상아탑'은 흔히 동인지 《백조》를 중심으로 한 시인들의 병적인 낭만주의와 그것과 관련한 창백한 감상주의를 기반으로 염세적이고 현실 도피적인 문학과 관련이 있다. 1920년 김억, 남궁벽(南宮璧), 오상순(吳相淳), 염상섭 등과 함께 문학지 《폐허》의 동인으로 활약한 황석우(黃錫禹)의 필명이 다름 아닌 '상아탑'이라는 사실도 이를 뒷받침한다. 김기림도 1931년 8월 《동아일보》에 발표한 「상아탑의 비극」에서 "나 먹은 매춘부여, 인제는 분칠하는 것을 그만두어라. 어떠한 화장

---

11) 배호, '서', 3쪽.

도 너의 얼굴 위의 주름살을 감출 수는 없을 것이다"[12]라고 자못 영탄조로 말한다. 여기서 '늙은 매춘부'란 감상적인 색채가 짙은 낭만주의 전통의 근대시를 가리킨다. 1933년 9월 박영희가 《조선일보》에 발표한 「퇴색해가는 상아탑: 신경향파 문학의 대두」에서도 상아탑에 대한 비판을 엿볼 수 있다.

그러나 김동석이 말하는 상아탑은 미인의 신체를 묘사하는 말이나 예술지상주의를 기술하는 용어와는 조금 차이가 난다. 앞에 언급한 『예술과 생활』 후기에서 "문학은 어떠한 종류, 어떠한 내용을 불문하고 상아탑적인 것에 지나지 않는다. 사실을 움직이는 데는 문학이 과학을 따를 수 없을 뿐 아니라, 과학과 일심동체가 되는 행동에 비해선 너무나 무력하다"(예: 191)고 말한다. 여기서 '상아탑'은 현실 세계와는 다른 예술 세계를 말하는 것 같다. 그는 "아편에 인이 배기듯" 문학을 떠나서는 허전해서 살아갈 수 없어서 상아탑을 떠났다가도 다시 슬그머니 그 속으로 '기어들어간다'고 밝힌다.

한편 김동석은 누추하고 저속한 현실에서 초연한 상태가 곧 상아탑이라고 말한다. '상아탑 정신'이란 지식인의 엄격한 양심과 비판의식에 기초를 두고 현실의 저속한 이해타산에 결코 타협하지 않은 채 진보적 지성으로 세상에 직접 뛰어드는 실천적 문학정신을 말한다. 김동석은 여러 글에서 무엇보다도 실천적 행동을 강조하며 당시 조선 지식계급에 줄 수 있는 가장 좋은 교훈으로 '무언실행(無言實行)'을 꼽는다. 그는 오직 구체적 행동으로 실천하는 사람만이 '현대의 기둥'이 될 수 있다고 주장한다. 만약 이러한 실천적 인물이 없이는 광복 후의 신생국가 한국이 일어설 수

---

12) 김학동·김세환 공편, 『김기림 전집 2: 시론』(서울: 심설당, 1988), 318쪽.

없다는 생각이 그의 뇌리에 깊이 박혀 있었다. 김동석은 문학도 이와 크게 다르지 않아서 실천적 작중인물이 등장하지 않는 현대 조선소설은 이렇다 할 의미가 없다고 밝힌다. 그가 "관념적인 소설가는 관념적인 정치가와 더불어 위험한 존재이다"(예: 147)라고 말하는 것은 바로 그 때문이다.

김동석이 경성제국대학을 졸업할 때 졸업 논문으로 매슈 아널드에 관한 글을 썼다는 점은 앞에서 이미 언급하였다. 그래서 그의 비평 이론은 이 영국 비평가에게서 직접 또는 간접 영향을 받을 수밖에 없었다. 김동석의 '상아탑 정신'은 한편으로는 아널드의 비평 정신과 깊이 맞닿아 있고, 다른 한편으로는 아널드 비평의 한계를 뛰어넘는다. 김동석은 속물적인 민중을 선도하는 것에 그치지 않고 계급 없는 이상주의 사회를 건설한다는 원대한 이상을 품었다는 점에서 아널드의 '인생의 비평'을 훨씬 넘어선다.

김윤식은 최재서와 김동석에 대하여 "이 두 평론가가 셰익스피어 전공의 영문학 아카데미샨이라는 점, 따라서 그들이 시에 대한 인식이나 평가 기준이 가장 확대된다 해도 M. 아널드를 넘어설 수 없다"[13]고 주장한다. 그러나 정지용이나 김기림과 관련한 언급과 마찬가지로 김윤식의 이 주장 또한 받아들이기 어렵다. 졸업 논문을 기준으로 삼는다면 최재서는 낭만주의를, 김동석은 아널드를 전공하였다.

더구나 김윤식이 두 비평가를 '아카데미샨'로 간주하는 데도 적잖이 무리가 따른다. 최재서가 친일 행동을 참회하는 뜻으로 평단에서 물러나 대학으로 돌아간 것은 해방 이후이고, 해방 전에는 인문사를 설립하여 《인문평론》과 《국민문학》을 발간하는 등 그의 활동은 아카데미션보다는

---

13) 김윤식, 위의 책, 564쪽.

오히려 저널리스트에 훨씬 더 가까웠다. 김동석도 보성전문학교 전임강사를 역임했지만 그 역시《상아탑》발간에서도 볼 수 있듯이 저널리스트 비평가로 간주하는 쪽이 더 맞다. 더구나 촌철살인의 문체로 독자의 정곡을 찌르는 것을 보면 그는 저널리스트 중에서도 가장 탁월한 저널리스트였다. 이렇게 온갖 화려한 수사를 구사하여 작품의 본질을 꿰뚫고 논지를 전개해 나가는 비평가로는 아마 이어령과 함께 김동석과 김기림이 단연 첫 손가락에 꼽힐 것이다.

김동석은 정치와 문화가 뒤죽박죽이었던 해방 공간에 용기 있게 '상아탑 정신'으로 혼돈과 무질서에 맞섰다. 현실 정치와는 일정한 거리를 유지하면서 그는 진보적이거나 급진적인 문학비평 활동을 전개하여 무기력하던 문단에 그야말로 신선한 충격을 주었다. 예수 그리스도를 "약소민족이오 피압박 민족인 유태가 낳은 위대한 혁명가"[14]로 평가하는 김동석은《상아탑》을 발판으로 삼아 예수가 산상수훈에서 외친 '소금의 역할'을 하려고 노력하였다. 적어도 이 점에서 이 잡지는 비록 규모는 작지만 혼탁한 당대 사회와 문단에 '빛과 소금'의 역할을 하려고 하였다.

《상아탑》은 1945년 12월 10일 창간되어 1946년 6월 25일까지 모두 7호를 발간하고 종간하였다. 주간이나 월간 잡지라고는 하지만 작게는 4쪽, 많아야 겨우 16쪽에 지나지 않아 잡지라고 보기에는 턱없이 부족하고 오히려 팸플릿이나 회보에 가깝다. 그러나 작은 고추가 맵다고 얼핏 보잘것없어 보이는 이 잡지가 한국 문단에 끼친 영향을 무척 크다. 김동석은 창간호에서 잡지의 사명을 이렇게 천명한다.

---

14) 김동석, 「민족의 양심」,《상아탑》6호. (1946.05.10.), 1쪽.

지식인이란 금단의 열매를 따 먹은 자이다. 자의식이 없을 수 없다. 이 '자의식' 때문에 시방 조선의 인텔리겐챠는 정치적으로 볼 때 부동(浮動)하고 있다. 때로는 경거망동하고 있다. 관념적으론 좌익이오 물질적으론 우익인 그들이 갈팡질팡하는 것은 일조일석엔 지양할 수 없는 모순이다. 혁명적인 인텔리는 저 역사적 순간인 8월 15일부터 농촌과 공장으로 들어가 화광동진(和光同塵)했고 반동적인 유식자는 이권을 위하야 민족을 배반했다. 다시 말하면 공산주의자이었던 인텔리겐챠는 감옥과 지하실에서 뛰어나와 대중과 손을 잡았고 대학·전문 출신 중 일본 제국주의가 골수에 배긴 자는 자본가와 대지주의 주구가 되었다.[15)]

위 인용문에서 무엇보다도 눈에 띄는 낱말은 '지양'과 '모순'을 비롯하여 '좌익', '우익', '혁명', '반동', '인텔리겐챠' 등이다. 이 용어만 보아도 김동석이 사회주의나 공산주의에 관심이 많은 비평가라는 사실을 쉽게 짐작할 수 있다. 앞에서 이미 지적했듯이 그는 광복 후 민주주의민족전선과 조선문학가동맹에 가담하여 비평가로 활동하였고, 문학대중화운동위원회의 위원을 역임하기도 하였다.

창간사의 결말에서 김동석은 여러 어려움에도 문화를 통하여 민족을 하나로 단결하면 반드시 서광의 날이 올 것이라고 낙관한다. 그는 "문화라는 것은 경제와 정치란 흙속에서 피는 꽃이기 때문에 상업주의가 단말마의 발악을 하고 있는 이때에 상아탑을 지키기는 불가능에 가깝다. 허지만 양심적인 문화인이 단결하야 경제적인 위협과 정치적인 압박과 싸워

---

15) 「문화인에게: 상아탑을 내며」,《상아탑》 창간호 (1945.12.10.), 1쪽. 『예술과 생활』, 191쪽. 앞으로 이 책에서의 인용은 '예'라는 약자와 함께 쪽수를 본문 안에 직접 적기로 한다.

나가면 반드시 조선의 인민이 지지할 때가 올 것이다"[16]라고 역설한다. 여기서 그가 말하는 '상아탑'이란 진리를 수호하는 전당을 뜻한다. 김동석은 사회를 이끌어가야 할 지식인들이 관념적으로는 좌익에 속해 있지만 물질적으로는 우익 행세를 하는 모습을 날카롭게 비판하면서도 희망의 끈을 놓지 않는다. 그가 상아탑을 발행하는 이유도 '갈팡질팡하는' 젊은 지식인들에게 방향성을 제시하기 위해서였다.

'상아탑'의 상징적 의미는 《상아탑》 6호 권두언이라고 할 「민족의 양심」에서 좀 더 뚜렷이 엿볼 수 있다. 창간호의 창간사와 마찬가지로 김동석은 성경에서 한 구절을 인용하면서 글을 시작한다. 그는 "너희는 세상의 소금이다. 소금이 짠 맛을 잃으면, 무엇으로 그 짠 맛을 되찾게 하겠느냐?"(「마태복음」 5장 13절)라는 산상수훈에서 인용한다. 그리고 나서 김동석은 "'일제'의 총칼 밑에서 상아탑을 사수한 문화인들도 또한 소금의 짠맛을 잃어가는 사람이 있다. 스스로 짠맛이 없이 어찌 남을 짜게 할 수 있으랴. '상아탑'의 예술가와 과학자는 누구보다도 먼저 민족 양심의 사표가 되라. '상아탑'은 양심의 상징이 되고자 한다"[17]고 천명한다.

한마디로 상아탑은 민족의 양심으로 사회의 부패를 막는 소금 같은 역할을 하려는 잡지였다. 물론 김동석은 "조선 문단이 인민의 심판을 받을 때가 오겠지만 순수의 상아탑을 사수한 예술가들이야말로 다행하다 하겠다"(예: 18)처럼 '상아탑'을 예술지상주의의 의미로도 사용할 때도 가끔 있다. 그런가 하면 김동석은 정지용이 미 군정청을 방문하고 나서 재직하던 이화여자전문학교로 돌아와 "'머니머니 해도 여기가 천당이지' 하고 이전

---

16) 위의 글, 1쪽.
17) 김동석, 「민족의 양심」, 1쪽.

(梨專)의 상아탑을 찬미했다"(예: 54)고 말하는 것을 보면 '상아탑'을 학문의 전당의 의미로도 사용한다. 물론 김동석은 곧바로 상아탑을 피난처로 알지 말고 "시탄(詩彈)을 내쏘는 토치카"가 되어야 한다고 지적한다.

그러나 김동석은 해방 후 혼탁한 사회와 문단을 정화하려는 목적에서만 《상아탑》을 발간한 것은 아니다. 문학사적 관점에서 보면 이 잡지는 사회의식을 불러일으키는 작품 못지않게 이른바 순수문학에 속하는 작품도 많이 실었다. 김동석이 의도했는지 의도하지 않았는지는 모르지만 이 잡지는 이론과 실천에 괴리가 있었다. 오장환의 시 「병든 서울」과 「종소리」와 김철수의 「눈 내리는 거리에: 학병의 운구를 따라가며」 같은 작품을 실어 사회의식을 고취시킨다.

한편 김동석은 《상아탑》에 청록파의 세 시인 조지훈의 「완화삼(玩花衫)」과 그 작품에 화답하는 박목월의 「나그네」과 「삼월」, 「봄비」, 「윤사월」, 조지훈의 또 다른 「낙화」, 박두진의 「따사한 나라여」와 「해」를 실었다. 이 밖에도 피천득(皮千得)의 「실험」과 「꿈」, 서정주의 「부활에 대하야: 일종의 자작시 해설」 등이 실려 있다. 《상아탑》은 겉모습은 보잘 것 없이 초라할지 모르지만 그 내용을 들여다보면 해방 후 우후죽순처럼 쏟아져 나온 어느 문예지 못지않게 알차다는 것을 알 수 있다. 무엇보다도 이 잡지에 실린 몇 편의 시는 한국 문학사에 기록될 만한 훌륭한 작품들로 꼽힌다.

지금까지는 주로 시 작품과 관련하여 언급했지만 《상아탑》에는 주목할 만한 산문 작품도 적잖이 실려 있다. 가령 김동석의 비평문을 비롯한 김동표(金東杓)의 「아동연극과 교육」과 박용구(朴容九)의 「연주가의 성실: 사적인 안병소론」 같은 논문이 그 좋은 예다. 대표적인 디아스포라 작가 중 한 사람인 김학철(金學鐵)의 단편소설 「상흔(傷痕)」도 눈에 띈다. 루쉰(魯迅)의 「고향」 같은 창작 단편과 「루쉰의 일생: 문학과 행동」과 궈모뤄(郭沫若)의 「예술가와 혁명가」 같은 번역 논문도 실려 있다.

그런가 하면 《상아탑》에 실린 글 중에는 함세덕(咸世德)의 「연극과 혁명: 〈폭풍의 거리〉를 보고」 같은 연극평과 김순오(金順五)의 「성격의 비극: D. H. 로렌스에 관하여」 같은 영문학 관련 논문도 관심을 끈다. 종간호인 7호에는 《삼사문학》을 주도하다가 광복 직전에 사망한 신백수(申百秀) 특집호로 꾸몄다.

산문시대와 비평

김동석의 비평에서 무엇보다도 자주 만나는 낱말은 '산문'이다. 그는 운문을 '귀글'로 부르고 산문을 '줄글'로 부른다. 그런데 그는 이 두 용어를 종래 사용하던 뜻과는 조금 다르게 사용한다. '귀글'란 한문의 시부(詩賦) 등에서 두 마디가 한 덩이씩 짝이 되도록 지은 글을 말하고, 줄글이란 한문에서 구나 글자 수를 맞추지 아니하고 죽 잇따라 지은 글을 말한다. 산문과 운문은 운율을 밟느냐 그렇지 않느냐의 기준에 따라 구분 짓는 것이 보통이다. 그러나 엄밀히 말하면 산문에도 산문율이라고 부르는 리듬감 있는 글이 있는 반면, 운문에도 무운(無韻)의 형식을 취하는 글도 있다. 그러므로 산문은 스토리 중심의 이야기를 논리적으로 전개하는 형식으로, 운문은 논리보다는 정서에 의존하는 형식으로 간주하는 것이 더 적절하다. 일상적인 표현 방식이나 언어 용법을 구사하느냐의 여부에 따라 운문과 산문을 구별 지으려는 학자들도 있다.

용어나 개념이야 어찌 되었든 김동석은 비평가라서 그럴 수도 있을 터이지만 유독 산문에 깊은 관심을 기울인다. "현대는 산문 시대이다"라는 폴 발레리의 말을 그는 자주 반복한다. "소설의 대로는 산문정신이다. 그리고 산문정신이란 '辭達而已矣'(말은 목적을 달하면 고만이다)라는 공자의 말로써 단적으로 표현할 수 있다"(예: 12)고 말한다.『논어』의 위령공편(衛靈公篇)에 나오는 구절로 말과 글이라는 것은 의사 표현의 수단 중 하나이므로 상대방에게 자신의 생각과 뜻만 정확하게 전달하면 그것으로 충분하다는 뜻이다. 공자는 남의 환심을 사려고 아첨하며 교언영색(巧言令色)하거나 글을 꾸며서 미사여구로 수식하지 말라고 가르친다.

이렇게 김동석이 산문을 강조하는 것은 어디까지나 좁게는 그의 비평관, 좀 더 넓게는 그의 문학관에서 비롯한다. 산문은 운문과 달라서 인간의 실생활과 밀접하게 관련되어 있다. 산문을 뜻하는 영어 '포로우스'는 본디 라틴어 '프로수스(prosus)'에서, 운문을 뜻하는 영어 '버스'는 라틴어 '베르수스(versus)'에서 갈라져 나왔다. '프로수스'는 앞으로 똑바로 나아가는 것을 뜻하고, '베르수스'는 농부가 쟁기로 밭갈이를 할 때 밭 끄트머리에서 이르러 다시 되돌아오는 것을 뜻한다.

그래서 폴 발레리는 운문을 춤추는 글에, 산문을 걸어가는 글에 빗대었다. 다 같이 발을 사용하는 동작이지만 무도와 보행 사이에는 큰 차이가 있다. 발레리는 언어에는 한 쪽에 음악이, 다른 쪽에 대수가 있다고 말하기도 하였다. 김동석은 복잡다단한 현대의 삶을 표현하는 데는 시에 사용하는 운문보다는 소설에 사용하는 산문이 훨씬 더 유용하다고 지적한다. 특히 그가 입버릇처럼 말하는 "인민에 의한, 인민을 위한, 인민의 문학"을 지향하려면 아마 산문은 필수불가결할 것이다.

　김동석이 이태준의 문장력을 높이 평가하면서도 그의 작품을 그다지 탐탐치 않게 생각하는 것은 바로 운문 경향 때문이다. '이태준의 문장'이라는 부제를 붙인 「예술과 생활」에서 김동석은 "말을 골라 쓰기로는 지용(芝溶)을 따를 자 없겠지만, 그는 시인이라 그것이 당연하다 하겠지만 소설가가 한 마듸, 한 줄 글에도 조탁을 게을리 하지 않는다는 것은 그리 쉬운 일이 아니다. 그러기에 상허(尙虛)의 글을 문장으로 치는 바이요, 누구나 그의 글을 아름답다 한다"(예: 11)고 주장한다. 김동석에 앞서 최재서는 "시에는 지용, 문장에는 태준"[18]이라고 말할 정도로 이 두 사람을 식민지 조선 문단을 대표하는 문인으로 평가하였다.

　김동석은 이태준의 단편소설이 대부분 시적이 아니면 수필적이라고 주장한다. 그의 장편소설도 신문에 연재하는 탓에 그러하겠지만 단편소설에 "물을 탄 것 같다"고 지적한다. 한마디로 김동석은 "상허는 장르로선 소설 형식을 취하였으되 그의 본질은 시인인 데 있다 해도 과언이 아니다"(예: 14)라고 주장한다. 이 점은 김동석이 지적하지 않더라도 이태준 자신도 이미 잘 알고 있던 터였다. 그는 『무서록(無序錄)』(1941)에서 이미 산문을 '수예화'하려는 욕교반졸(欲巧反拙)을 스스로 경계하는가 하면, 『문장강화』(1940)에서는 "실증, 실증, 이것은 산문의 육체요 정신이다"(예: 15)라고 부르짖었다. 물론 김동석에게 이태준의 이 말은 자칫 공허하게

---

18) 최재서, 「문학·작가·지성」, 『최재서 평론집』(서울: 청운출판사, 1961), 306쪽. 세계문학에 당당하게 내놓을 만큼 훌륭한 작가가 조선 문단에 과연 있는가라는 질문에 최재서는 "조선의 시인이나 작가 중에서 외국문학에 조선적 작가로서 소개할 만한 사람이 있다면 그것은 정지용과 이태준 두 사람일 것이다"라고 대답하였다. 그러면서 최재서는 '조선적 정서'와 '조선의 예술화'의 관점에서 보면 조선 문단에서 정지용과 이태준을 따를 만한 사람이 없다고 덧붙였다.

들릴 수밖에 없었을 것이다.

　이렇게 김동석이 산문을 선호한다는 것은 곧 시 장르보다는 소설 장르에 무게를 둔다는 것을 뜻한다. 물론 산문으로 쓴 시가 있는 것처럼 운문으로 쓴 소설이 없는 것은 아니다. 그러나 거친 역사의 맥박과 민중의 숨결을 담아내는 소설은 역시 산문으로 써야 제격이다. 김동석이 산문과 소설을 중시하는 것은 문학이란 어디까지나 구체적인 현실 세계, 즉 역사적 시간의 씨줄과 사회적 공간의 날줄이 짜낸 직물이기 때문이다. 그는 아름다운 문장만 가지고서는 도저히 소설이 될 수 없다고 잘라 말한다. 그는 "'생활'이라든가 '현실'과 유리된 소설은 꺾어다 병에 꽂은 꽃과 같아서 그 수명이 길 수는 없다. 하물며 자랄 수 있을가 보냐"(예: 11)라고 말한다. 그러므로 김동석은 현실적 생활과 가장 밀접한 관계가 있는 글 형식이 바로 산문으로 간주한다.

> 예술가가 취할 수 있는 태도는 결국 둘밖에 없다. 생활을 긍정하느냐? 부정하느냐? 다시 말하면 예술을 위한 예술이냐? 생활을 위한 예술이냐? 시냐? 산문이냐? 상허는 형식은 산문을 취하였으되 정신은 시인이었다. 「서글픈 이야기」나 「아담의 후예」나 「달밤」이나 다 주인공은 그 시대의 생활을 대표하는 인물이 아니다. 작가가 생활을 부정하는 데서 취재된 예술적인 인간들이다. (예: 15)

　이러한 현상은 비단 조선문학에만 그치지 않고 서양문학에서도 엿볼 수 있다. 단테 알리기에리와 프란체스코 페트라르카와 조반니 보카치오는 흔히 '근대 이탈리아문학의 아버지'로 일컫는다. 김동석이 가끔 언급하는 단테는 라틴어로 글을 쓰던 당대 지식인들과 달리 피렌체 방언으로『신곡』을 썼지만 여전히 운문의 형식을 취하였다. 페트라르카 역시 단테처럼『칸초니에레』에서 운문을 구사하여 유럽에서 근대 서정시의 골격을 갖추었다. 한편 조반니 보카치오는『데카메론』을 운문이 아닌 산문으로 써서 르네상스 산문 문학의 전통을 세웠다.

시와 산문의 대립 구도를 떠나 김동석은 모든 사회나 정치 현상을 이항대립적으로 파악하려고 한다. 예를 들어 그의 관점에서 보면 정치에는 오직 진보냐 반동이냐, 민주냐 반민주냐의 길밖에 없다고 단언한다. 그는 몇몇 사회자유주의자와 사회민주주의자들이 주장하는 한 이념 노선인 '제3의 길'이 들어갈 가능성을 아예 처음부터 배제한다. '민주주의'가 '자본주의'나 '사회주의' 또는 '공산주의'처럼 외연과 내포가 무척 넓은 막연한 개념이라는 사실을 인정하면서도 그는 이러한 이항대립적 태도를 좀처럼 버리지 못한다. 앞으로 자세히 다루겠지만 순수에는 '샛길'이 있을 수 없다고 말하면서 순수문학에 이르는 길을 차단해 버린다.

김동석이 산문에 그토록 큰 관심을 기울이는 것은 소설 장르에서 볼 수 있듯이 민중의 표현 수단이기 때문이다. 더러 예외가 없는 것은 아니지만 보카치오에게서 볼 수 있듯이 산문은 어디까지나 피지배 계급인 민중의 언어다. 희극 작가 몰리에르의『부르주아 신사』(1670)에서 주인공은 자신이 평생 산문으로만 말해 온 사실을 깨닫고 적잖이 놀라는 장면이 나온다. 한마디로 운문이 귀족 사회를 대표하는 글이라면 산문은 시민 사회를 대표하는 글이다. 물론 김동석은 '시민의 서사시'라고 할 소설이 시와 비교해 보면 '불순하기' 그지없다고 지적한다. 그러나 그에게는 이러한 '불순함'이야말로 운문의 순수성보다 오히려 사회 변혁의 기폭제가 될 수 있다.

여기서 잠깐 러시아 문학가에 대한 김동석의 태도를 짚고 넘어가는
것이 좋을 것 같다. 김동석은 이광수를 그토록 싫어하면서도 이광수가 존
경해 마지않던 레프 톨스토이를 무척이나 좋아한다. 그는 톨스토이를 언
급하면서 '대 톨스토이'라고 부르는 것을 보면 그가 얼마나 이 러시아 문
호를 좋아하는지 짐작할 수 있다. 톨스토이만큼 셰익스피어 작품에 관심
을 기울인 작가도 찾아보기 어렵다. 일흔 다섯 살이 될 때까지 톨스토이
는 영어 원문은 말할 것도 없고 러시아어와 독일어 번역으로 셰익스피어
의 모든 작품을 여러 번 탐독하였다. 그러나 톨스토이는 셰익스피어가 작
중인물의 성격에 걸맞게 언어를 효과적으로 구사하지 못한다고 결론지었
다. 이러한 톨스토이의 결론에 대해서도 김동석은 "세계 문학사에 있어서
새로운 시대를 가져온 노서아의 소설가 톨스토이의 이러한 주장을 일소
에 부칠 수는 없지 않은가"(부: 158)라고 말하면서 그의 손을 들어준다.

이와는 달리 김동석은 운문을 지양하지 못한 산문 작가라는 이유로
표도르 도스토옙스키와 이반 투르게네프를 별로 좋아하지 않는다. 김동
석은 "리얼리즘에서 볼 때 투르게네프와 도스토예프스키는 톨스토이에
멀리 미치지 못하는 것이다"(부: 159)라고 주장한다. 그것도 그냥 미치지
못하는 것이 아니라 '멀리' 미치지 못한다는 것이다. 한편 홍명희(洪命憙)
는 설정식과의 대담에서 '명랑하고 경쾌한' 프랑스문학보다는 '침통하고
사색적인' 러시아문학에 깊은 영향을 받았다 밝힌다. 그러면서 홍명희는
"대개 설교에 가까운 것이어서 톨스토이는 재미없거든. 처음에 젊은 사람
들이 보면 꼭 어떤 노인이나 선생이 설교하는 것 같아서……. 그리고 도
스토옙스키의 것으로는『죄와 벌』,『백치』가 [일본어로] 번역되었는데 참

좋더군"[19]이라고 말하였다.

그런데 여기서 한 가지 흥미로운 것은 김동석이 한국문학에서 산문이라고 다 같은 산문이 아니라고 주장한다는 점이다. 그는 『공산당 선언』에서 부르주아지가 정권을 잡자마자 봉건적 가치 등 모든 가치를 없애버리는 대신 교환가치를 절대시했다는 문장을 인용한다. 그리고 나서 그는 부르주아지가 문학에서 시를 부정하고 그 대신 산문을 우위에 두었다고 말한다. 김동석은 소설가 이광수를 토착 부르주아지를 대변하는 작가로 평가한다. 김동석은 이어 "이미 춘원은 부정되었다. 좌익의 산문이 탄생할 때는 왔다. 조선의 산문이 완전히 탈피해야 될 때는 왔다"(예: 18)고 말한다. 그렇다면 김동석은 한국의 산문을 '우익'의 산문과 '좌익'의 산문으로 구분 짓는 셈이다.

그러나 김동석은 우익 산문과 좌익 산문이 과연 어떻게 다른지에 대해서는 자세히 설명하지 않는다. 다만 그는 "서울에서 복작어리는 예술가들도 혁명의 폭풍 속에서는 순수할 수 없으리라. 좌냐? 우냐? 조선 문화는 시방 역사적 비약을 하느냐? 뒤로 물러서느냐? 이는 오로지 조선 문화인의 자기결정에 달려 있다"(예: 18~19)고 밝힐 뿐이다. 김동석은 우익 산문이 역사적 발전과 진보를 거역하면서 '뒤로 물러서는' 문학인 반면, 좌익 산문은 역사적 발전과 진보를 굳게 믿고 미래지향적으로 '비약하는' 문학이라는 점을 암시한다.

김동석은 황국문학에 앞장선 이광수의 산문은 말할 것도 없고 '상허'라는 호에서도 볼 수 있듯이 허무주의 색채가 짙은 이태준의 산문도 '좌

---

19) 「홍명희-설정식 대담기」, 설희관 편, 『설정식 문학전집』(서울: 산처럼 , 2012), 770, 772쪽.

익의 산문'에 들지 않는다고 지적한다.[20] 김동석은 당시 조선문화건설중앙협의회 산하 조선문학건설본부의 중앙위원을 맡고 있는 이태준에게 순수의 시적 산문을 버리고 이제 역사의 전환기를 맞이하여 이념의 산문으로 작품을 쓸 것을 권한다. 물론 김동석에게 가장 이상적인 문학은 시와 산문을 혼연일체로 사용하는 것이지만 이것은 거의 불가능에 가깝다.

예외 없는 규칙이 없다고 김동석은 산문 쪽보다 오히려 시 쪽에 손을 들어주는 때도 더러 있다. 영원성과 순수성을 지향하는 시와는 달리 산문은 시대에 민감하다. 그래서 그는 산문을 '시대 문학'이라고 부르기도 한다. 일제강점기 최재서가 일제에 야합한 반면, 정지용은 끝까지 문학가로서의 절개를 지킬 수 있었다. 김동석은 최재서가 친일 대열에 합류한 것은 주로 산문을 썼기 때문이고, 정지용이 친일에 가담하지 않은 것은 시를 썼기 때문이라고 주장한다. 그리고 보니 친일 문인 중에는 시인보다는 소설가나 비평가들이 유난히 많이 눈에 띈다. 이광수와 김동인을 비롯하여 유진오(兪鎭午), 김남천(金南天), 김기진, 염상섭, 채만식, 유치진, 이무영(李無影), 정인섭, 백철, 이헌구, 함대훈(咸大勳) 등 열 손가락이 모자랄 정도이다.

---

20) '상허'라는 호에 대하여 김동석은 "상허라는 호 자체가 '허'를 추구하는 이태준 씨의 예술관을 웅변적으로 말하고 있지 아니한가. 상허의 니힐리즘은 최근에 이르러 빠흐의 음악같이 '무한'을 바라보고 우화등선(羽化登仙)했다"(예: 16)고 밝힌다. '尚虛'는 『朱子語類』의 "水火氣也, 流動閃 其體尚虛"에도 나온다.

임화와 오장환

임화는 외국문학연구회 회원을 비롯한 비평가들한테서 신랄한 비판을 받았지만 정지용한테서도 비판을 받았다. 앞장에서 지적했듯이 임화가 정지용이 깊이 관여하던 잡지《가톨릭청년》을 비판하자 1933년 8월 정지용은《조선일보》에 "임화는 어떠한 경지에서 방황하는 존재인지 알 수 없다"고 날카롭게 비판한다. 임화가 어떠한 문학관이나 비평관에 서 있는지 분명하지 않다는 말일 것이다. 그러고 나서 정지용은 계속하여 외국 작가들이나 이론가들의 교조적 문학론을 '오리고 붙이고' 하는 데 종사하는 사람이라고 매도한다. 다시 말해서 임화의 사회주의 이론은 독창적인 것이 아니라 러시아와 일본의 여러 사회주의 이론가들의 '지령적 문학론'을 표절한 것과 크게 다르지 않다는 것이다.

그러나 임화의 시와 비평을 좀 더 본격적으로 비판하는 사람은 역시 김동석이었다. 그의 임화 비판은 외국문학연구회 회원이나 정지용의 비판과는 조금 성격이 다르다. 시기적으로는 조금 차이가 나지만 김동석과 임화는 다 같이 사회주의 문학 운동에 참여했기 때문이다. 임화는 일제강점기에는 마르크스주의 문학 운동을 표방한 '조선프롤레타리아예술가동맹(카프)'의 서기장을 지냈다. 해방이 되자마자 1945년 8월 16일 그는 김남천과 함께 '조선문학건설본부'의 간판을 내걸고 많은 문인들을 규합하였고, 1946년 2월에는 '조선문학가동맹' 주최로 제1차 전국문학자대회를 개최하는 데 주도적인 역할을 하였다. 1947년 11월 월북하여 한국전쟁까지 '조·소문화협회' 중앙위원회 부위원장으로 일하였다. '임화론'이라는 부제를 붙인 「시와 행동」에서 김동석은 "'문협'의 의장인 임화 씨가 정치적으로 민족 해방을 위하야 얼만한 역할을 하였는지 모른다"(예: 20)고 주장한다. 여기서 '문협'이란 조선문학건설본부를 결성한 뒤 그것을 모체로 다른 미술·음악·연극 같은 다른 분야의 예술 단체를 규합하여 발족한 '조선문화건설중앙협의회'를 일컫는 말이다.

임화가 '문협'에서 민족 해방을 위하여 얼마만큼의 역할을 했는지 잘 모르겠다는 김동석의 말은 그러한 역할을 거의 하지 않았다는 뜻으로 받아들여도 크게 틀리지 않는다. 더구나 김동석은 그의 정치적 역할은 잘 알 수 없되 그의 문학적 성과만은 잘 알고 있다고 밝힌다. 그러면서 김동석은 "시집『현해탄』을 통해서 본다면 그는 시인이면서 시인이 아니었다"(예: 20)고 말한다. 이러한 언급보다 시인에게 자존심 상하고 모욕적인 말은 아마 없을 것이다. 소설가나 극작가에게 시인이 아니라고 말하는 것은 이해가 가지만 시인에게 시인이 아니라고 말하는 것처럼 무례한 언사도 없다. 더구나 김동석은『현해탄』을 두고 "산문을 짤러서 시 모양 늘어놓은 시집 아닌 시집"(예: 28)이라고 밝히기도 한다. 그는 이러한 주장을 펴는 근거로「네거리의 순이」를 구체적인 실례로 든다.

눈바람 찬 불상한 도시 종로 복판에 순이(順伊)!
너와 나는 지나간 꽃 피는 봄에 사랑하는 한 어머니를
눈물 나는 가난 속에서 여의였지!
그리하여 너는 이 믿지 못할 얼골 하얀 오빠를 염려하고,
오빠는 가냘핀 너를 근심하는,
서글프고 가난한 그 날 속에서도,
순이야, 너는 마음을 맡길 믿음성 있는 이곳 청년을 가졌었고,

내 사랑하는 동무는……

청년의 연인 근로하는 여자 너를 가졌었다. (예: 20~21)

임화는 「네거리의 순이」를 1929년 1월《조선지광》에 처음 발표하였고, 이 작품은 1931년 조선프롤레타리아예술동맹 문학부에서 출간한 『카프 시인집』에 수록되었다. 그 뒤 임화는 1935년《삼천리》5월호에 다시 수정하여 발표하였고, 수정한 작품을 그의 첫 시집 『현해탄』(1938)에 수록하였다. 김동석이 "시집 『현해탄』을 통해서 본다면……"이라고 언급하듯이 위 인용문은 임화가 마지막으로 수정한 작품 중 둘째 연이다. 임화는 「네거리의 순이」를 발표한 지 한 달 뒤 다시 같은 잡지에 「우리 오빠와 화로」를 발표하였다.

그런가 하면 임화는 1935년 7월《조선중앙일보》에 이번에는 「다시 네거리에서」를 발표하였고, 해방을 맞아서는 「9월 12일: 1945년, 또다시 네거리에서」를 발표하였다. 그러므로 이 네 작품은 시적 화자, 피화자, 배경, 주제 등에서 내적 또는 개인적 상호텍스트적 관계를 맺고 있다. 다만 맨 앞의 작품이 대화체 형식을 취하고 두 번째 작품은 편지 형식을 취한다면 나머지 두 작품은 일반적인 서술 형식을 취한다는 점이 조금 다를 뿐이다.

김기진은 일찍이 「네거리의 순이」와 「우리 오빠와 화로」를 비롯한 임화의 작품을 '단편 서사시'로 규정지었다. 사실적이고 일정한 줄거리를 갖추고 있다는 점에서는 서사시의 전통을 이어받고 있는 반면, 장편 서사시와는 달리 길이가 짧다는 점에서 '단편'이라는 것이다. 「네거리의 순이」는 일제강점기에 "눈물 나는 가난 속에서" 어머니를 여읜 시적 화자와 그의 누이동생이 누이의 근로자 연인과 함께 겪는 비참한 이야기가 작품의 뼈대를 이룬다. 누이의 연인은 지금 노동운동을 하다가 체포되어 감옥에 있고, 화자는 "눈바람 찬" 한겨울 종로 거리 한복판에서 절망에 빠진 누이를 만나 위로하면서 좀 더 밝은 미래를 위하여 계속 노동운동에 매진할 것을 설득한다.

시적 화자는 누이의 연인처럼 노동자라기보다는 아무래도 사회의 모순을 절감하면서도 직접 노동운동에는 참여하지 않는 창백한 지식인으로 보아야 할 것 같다. 다섯째 연의 "남은 것이라고는 때 묻은 넥타이 하나뿐이 아니냐!"라는 구절은 이 점을 뒷받침한다. 넷째 연에서 화자는 누이에게 "순이야, 이것은…… / 너도 잘 알고 나도 잘 아는 멀쩡한 사실이 아니냐? / 보아라! 어느 누가 참말로 도적놈이냐?"라고 묻는다. 시적 화자는 계급투쟁의 필요성을 깨닫고는 있지만 막상 실제 행동으로는 옮기지 못한다는 점에서 실천성보다는 관념성이 앞서는 창백한 지식인이다.

김동석이 '프로 시인' 임화의 한계를 날카롭게 지적하는 것은 이렇게 실천성이 결여되어 있기 때문이다. 그는 임화가 사회주의를 관념적으로만 이해할 뿐 막상 구체적인 실천에까지는 이르지 못했다고 판단한다. 그렇다면 임화가 그동안 1920년대 카프 시절부터 해방 후 조선문학가동맹에서 활약한 것은 적어도 실천성의 기준에서 보면 크게 미흡하다. 마르크스주의의 핵심 개념 중 하나는 실천성이다. 카를 마르크스는 「포이어바흐에 관한 테제」에서 "지금까지 철학자들은 단지 세계를 여러 가지 방식으로 해석하기만 했지만 중요한 것은 세계를 변혁하는 것이다"라고 천명하였다. 사회 변혁에 무게를 싣는 이 테제로 마르크스주의는 관념 철학에 기초한 유심론과 확연히 갈라섰다. 김동석도 「시와 자유」에서 "시방 조선 민족은 자유를 꿈꿀 때가 아니라 자유를 위하여 행동할 때입니다"(예:

188)라고 역설한다.

임화의 작품에서 김동석은 무엇보다 센티멘털리즘을 문제 삼는다. "동지가 검거된 뒤면 ('그 여윈 손가락으로 지금은 굳은 벽돌담에다 달력을 그리겠구나!') 종로 네거리에서 순이를 부뜰고 울 것이 아니라 무슨 행동이 있어야 할 것이지 '불상한 도시'니 '눈물 나는 가난'이니 '얼골 하얀 오빠'니 '가냘핀 너'니 '서글프고 가난한 그 날'이니 하다가 '어서 너와 나는 번개처럼 두 손을 잡고, / 내일을 위하여 저 골목으로 들어가자' 했으니 막다른 골목으로 들어간 쎈티멜탈리슴이 아니고 무엇이냐"(예: 22~22)라고 날카롭게 비판한다. 김동석은 조선의 시도 이미 서른 고개를 넘었다고 밝히면서 신문학 초기의 지나친 감상주의에서 벗어날 때가 되었다고 지적한다.

김동석은 "누가 임화의 시를 일카러 '얻은 것은 이데오로기뿐이오 잃은 것은 예술이라' 하는가"(예: 22~22)라고 다그친다. 그런데 김동석의 문장에서 마지막 구절은 다름 아닌 박영희가 한 말을 인용한 것이다. 1931년 제1차 카프 검거 사건으로 수감되었다가 이듬해 봄 불기소 처분으로 풀려나 석방된 박영희는 카프의 좌경화에 회의를 품던 중 1933년 12월 마침내 카프를 탈퇴하였다. 이듬해 1934년 1월 그는 《동아일보》에 「최근 문예이론의 신전개와 그 경향」이라는 글을 기고하여 공개적으로 카프 탈퇴와 전향을 선언하면서 "얻은 것은 이데올로기요 잃은 것은 예술"이라는 유명한 문구를 남겼던 것이다. 박영희가 이렇게 폭탄선언을 한 1년 뒤 김기진은 "얻은 것은 이데올로기뿐이오 상실한 것은 예술 자신이 아니라 이 역사적 순간에 있어서 고조되어야 할 것은 이데올로기이어야 합니다"[21]라고 언급하지만 카프의 사회주의의 열정을 되살리기에는 역부족이었다.

---

21) 김기진, 「조선문학의 현단계」, 《신동아》 5권 1호(1935).

한국 시에서 센티멘털리즘을 경계한 것은 김동석에 앞서 김두용(金斗鎔)과 안막(安漠) 같은 카프의 전위적인 소장파들이었다. 그들은 임화의 작품에 예술파적이고 소부르주아적 센티멘털리즘이나 애상적 로맨티시즘으로 매도하였다. 이처럼 센티멘털리즘을 경계한다는 점에서는 프로문학과는 일정한 거리를 둔 김기림도 마찬가지였다. 허버트 리드의 영향을 받은 김기림은 센티멘털리즘이야말로 진정한 예술을 부정하는 허무적 행위로 평가한다. 1935년 4월 《시원》에 발표한 「감상에의 반역」에서 그는 "20세기인은 이미 센티멘털리즘은 흑노(黑奴)들의 미덕에 지나지 않는다는 것을 충분히 알았을 것이다. 지금쯤 슬픈 망향가를 부르는 못난이 니그로가 어디 있을까"[22]라고 말하면서 센티멘털리즘이 시대착오적이라고 지적한다. 김동석은 임화의 작품 중 "진실을 가장 잘 표현한" 작품으로 평가하는 「골프장」에서도 센티멘털리즘에서 좀처럼 벗어나지 못한다고 비판한다.

그러나 카프 비평가라고 하여 모두 임화의 센티멘털리즘을 경계한 것은 아니었다. 가령 김기진은 「우리 오빠와 화로」를 읽고 깊은 감명을 받았다. 「단편 서사시의 길로」에서 그는 이 작품에 대하여 "나는 눈썹 끝에 맺혀서 떨어지려 하는 눈물을 씻어버리고 이 시는 우리들의 시로서 얼마나 잘된 것인가 혹은 못된 것인가, 그리고 이 시의 무엇이 나를 감동하게 하였는가 그것을 분석하기로 결심하였다"고 밝힌다. 그러면서 김기진은 「우리 오빠와 화로」에 대하여 "진실로 조선의 ××××이 가져야 하면서도 보기 드문 여성의 절규에 가까운 감정과 감격에 넘치는 사건이 나로 하여금 눈물을 보게 하였다. 이것은 슬픈 눈물이 아니다. 이것은 뼈 없는

---

22) 김기림, 『김기림 전집 2』, 110쪽.

눈물이 아니다"라고 말한다.[23] '뼈 없는 눈물'이 진부한 센티멘털리즘이라면 적어도 '뼈 있는 눈물'은 단순히 센티멘털리즘으로 치부할 수 없다는 논리다.

「네거리의 순이」는 일본 제국주의 시대 조선인 노동자의 권익옹호를 위한 투쟁 의지를 표현한 시로 "한때 임화의 이름을 드날리게 한" 작품이다. 당시 카프 시인들의 작품이 으레 그러하듯이 이 시의 밑바닥에는 계급 투쟁 의식이 깔려 있지만 이데올로기만을 강조하던 초기의 목적시와는 달리 어느 정도 서정성을 지닌다. 임화는 《조선지광》에 처음 발표할 때는 "또 다음 일 계획하리"라는 구절을 『현해탄』에 수록할 때는 "내일을 위하여"로 살짝 고쳤다. 일제가 군국주의로 치달으면서 검열의 고삐를 좀 더 바짝 조였기 때문에 수정한 것으로 볼 수도 있지만, 어쩌면 혁명적 낭만주의를 염두에 두고 좀 더 미래지향적이고 낙관적인 세계관을 드러내기 위해서였는지도 모른다.

임화가 아무리 작품을 여러 번 고치고 또 고쳐도 김동석의 비평 기준에는 여전히 미흡하였다. 김동석은 이데올로기의 획득과 예술의 상실과 관련한 박영희의 말을 언급하고 나서 곧바로 "이 시 어느 구석에 잉여가치 학설과 유물사관이 숨어 있다는 말이냐"(예: 22)라고 따져 묻는다. 이 말은 앞에서 언급한 임화가 시인이면서 시인이 아니라는 말과 궤를 같이한다. 사회주의자나 공산주의자를 자처하는 임화에게 잉여가치설과 유물사관을 모른다고 말하는 것은 자유민주주의를 신봉하는 사람에게 자유와 평등과 법치주의의 개념을 모른다고 나무라는 것과 같다.

더구나 김동석은 임화의 작품에서 추상성과 관념성을 문제 삼는다. 김

---

23) 김기진, 「단편 서사시의 길로」, 《조선문예》 창간호(1929.05).

동석은 "'믿지 못할 얼굴 하얀' 임화! 그와 대조되는 행동인도 '용감한 사내' '근로하는 청년'이라 하였을 뿐 추상적이다. 알짱 구체적이라야 할 데가서는 추상적이 되어 버리는 것이 시집『현해탄』전체가 지니고 있는 흠이다"(예: 22)라고 지적한다. 김동석은 임화가 이렇게 추상적으로 작품을 쓰는 데는 일제의 엄격한 검열 탓도 있을 것이라는 점을 인정하면서도 계급을 위하여 울었다고 노래하는 것만으로는 시인도 될 수 없고 공산주의자도 될 수 없다고 지적한다. 김동석은 임화의 작품 중 비교적 형상화가 잘 된 시도 센티멘털리즘과 추상화에서 좀처럼 벗어나지 못한다고 주장한다. 가령 그는 이러한 경우를 보여주는 좋은 예로「골프장」을 꼽는다.

> 까만 발들이 바쁘게 지내간다.
> 이슬방울이 우수수 떨어지며
> 흙 새에 끼었던 흰 모래알이
> 의붓자식처럼 한 귀퉁이에 밀려난다.
> 그러면 어린 풀닢들이 느껴 운다. (예: 22~23)

임화가 이 작품에서 다루려는 주제는「네거리의 순이」나「우리 오빠와 화로」와 크게 다르지 않다. 기계 돌아가는 소리에 귀가 멍멍하고 위험한 공장에서 야외 골프장으로 배경을 옮겨왔을 뿐 여전히 계급적 갈등이 꿈틀거린다. '까만 발들'의 주인공은 두말할 나위 없이 "담뱃대 같은 공채"를 들고 골프를 치는 부르주아지이고, '어린 풀닢'은 축어적으로는 골프장의 잔디를 가리키지만 상징적으로는 골프공을 줍는 어린 소년들을 가리킨다. T. S. 엘리엇은 1차 세계대전 이후 서구 문명에 대한 공허감과 절망감을 묘사한 『황무지』(1922)에서 "풀은 웃고 있다"고 노래하면서 낙관주의에 대한 끈을 놓지 않는다. 그러나 임화에게 풀은 웃는 것이 아니라 흐느껴 울 뿐이다.

이 작품에서 "의붓자식처럼 한 귀퉁이에 밀려난다"에서 '의붓자식'도 자본주의의 사생아라고 할 프롤레타리아 계급을 가리킨다. 이러한 계급의식은 "아이들아, 너희들은 공을 물어오는 사냥개!"라는 구절에서 단적으로 드러난다. 김동석은 "흰 모래알이 의붓자식이 되고 풀잎들이 느껴 우는 세계 이런 세계는 시인의 관념 속에나 있지 실재할 수는 없다"(예: 23)고 지적한다. 폐결핵을 앓고 있던 임화가 골프장 밖에서 골프 치는 것을 지켜보는 모습을 상상하며 김동석은 "슬픈 임화, 가난한 임화, 병든 임화"라고 자못 연민의 감정을 실어 말한다.

그런데 여기서 한 가지 눈여겨볼 것은 김동석이 임화를 민족주의문학의 대부라고 할 이광수와 비교한다는 점이다. 김동석은 이광수가 지금까지 민족주의자인 척해 왔지만 실제로는 "호랑이를 그린다고 개를 그린 작가"와 다름없다고 폄훼한다. 그래서 이광수는 '병든 지식인'이어서 시를 쓰면 으레 센티멘털리즘의 포로가 되어 버린다고 지적한다. 그런데 극과 극은 통하듯이 김동석은 임화도 이 점에서는 이광수와 크게 다르지 않다고 지적한다.

김동석은 "공산주의자연(然)하는 임화의 시가 감상적인 이유는 그도 또한 병든 지식인이기 때문이었다"(예: 24)고 밝힌다. 김동석은 한마디로 "감격벽(感激癖)이 『현해탄』의 시들을 익기 전에 땅에 떨어진 풋사과의 꼴을 만들어 버리었다"(예: 26)고 주장한다. 여기서 김동석이 사용하는 '감격벽'이란 정지용이 「시의 위의(威儀)」에서 사용한 말이다. 정지용은 "시인은 빈핍(貧乏)하니까 정열을 유일의 것으로 자랑하던 남어지에 택없이 침울하지 않으면 슬프고 울지 않으면 히스테리칼하다"(예: 26)라고 말한 적이 있다.

이러한 진술을 증명이라도 하듯이 김동석은 임화가 『현해탄』에서 사용한 감탄부호와 의문부호를 하나하나 헤아려 본다. 임화는 이 시집에 수록한 시 한 편에 감탄부호를 4번 넘게, 시집을 통틀어서는 무려 200번 가까이 사용한다. 감탄부호의 대용으로 볼 수 있는 의문부호도 150번 넘게 나오고, '오오'라는 감탄사만 하여도 39번 정도 나온다. 이 밖에 '아아' 같은 감탄사를 계산에 넣는다면 그 수는 훨씬 많다. "원컨대 거리어! 그들 모두에게 전하여다오! / 잘 있거라! 고향의 거리여!"(예: 27)에서 볼 수 있듯이 김동석은 임화가 감탄부호와 의문부호와 더불어 명령형을 유난히 많이 사용한다고 지적한다. 김동석은 「다시 네거리에서」의 마지막에서 두 번째 연에서 뽑아 인용하지만, 맨 마지막 연에서도 "불쌍한 도시! 종로 네거리여! 사랑하는 내 순이야!"라고 감정을 자못 헤프게 털어놓는다.

김동석이 이렇게 임화의 작품을 신랄하게 비판하는 것은 계급주의라는 목적성에 크게 미치지 못하기 때문이다. 이러한 목적성은 김기진과 박영희를 중심으로 전개한 신경향파 문학에서 1925년에 결성한 카프에 이르기까지 비교적 일관성 있게 나타난다. 카프는 비록 두 번에 걸쳐 방향전환 논쟁을 거치면서 계급문학에서 목표의 성격은 조금 달라졌지만 목적성 그 자체가 없어진 것은 결코 아니었다. 김동석의 관점에서 보면 임화의 감상주의는 프롤레타리아 혁명을 앞당기는 데 이렇다 할 역할을 하지 못한다.

한편 김동석이 프롤레타리아 시인으로 가장 높이 평가하는 사람은 다름 아닌 오장환(吳章煥)이었다. 오장환은 서정주와 이용악과 함께 흔히 1930년대 조선 시단의 '3대 천재'로 일컬을 만큼 시적 재능이 뛰어났다. 일제강점기 오장환은 '낭만'과 '시인부락', '자오선'의 동인으로 활동하면서 서정적인 시와 동시 등을 발표했지만 광복 이후에는 현실 참여적인 작품을 주로 창작하였다. 그의 시적 활동은 김기림이 일찍부터 프로문학에 발을 들여놓은 것과는 적잖이 다르다. 김동석이 오장환을 높이 평가하는 것은 어쩌면 혹독한 일제 말기에 붓을 꺾지 않으면서도 친일의 길을 걷지 않은 몇 안 되는 시인 중의 한 사람였기 때문일 것이다.

김동석은 '오장환론'이라는 부제가 붙은 「탁류의 음악」에서 헤겔이 말하는 역사의 주체인 절대정신을 부정하는 대신 변증법적 유물론을 부르짖는다. 김동석은 "시나 소설이나 희곡은 밥과 옷을 작만한 연후에야 쓸 수 있는 것이다. 그래서 시방 역사의 주류는 행동이지 말은 아니다. 행동하는 사람만이 현대사의 주인공이 될 수 있을 것이다"(예: 59~60)라고 주장한다. 그러면서 그는 인류 역사는 처음부터 탁류의 역사라고 말한다. 특히 일본 제국주의 식민지 통치를 받은 조선의 과거 36년의 조선 역사는 '하수도 같은 역사'였다고 지적한다. 김동석은 한국 시단에서 이러한 탁류를 예술적으로 가장 잘 형상화하는 시인으로 오장환을 꼽는다.

조선 시인 가운데서 장환만치 역사의 탁류를 잘 표현한 시인도 없다. 기림이 가장 파악력이 있는 시인이로되 그의 논리가 너무 날카로워 역사를 오리고 저며서 초현실파의 그림처럼 되어 버리고 말았다. 지용은 너무 맑다. 송사리 한 마리 없게스리 너무 맑다.

조선처럼 물질적으로 가난하고 시인이 많은 나라도 없다. 그러나 그들의 대부분이 나비처럼 연약하다. 아름답지만 약하다. 역사는 탁류가 되어 도도히 흘러예거늘……강 언덕에 핀 꽃에 누어 떠가는 구름이나 바라다보는 시인들 —그 구름을 역사의 흐름으로 착각하지나 말았으면 좋으련만. (예: 61)

김동석의 논리대로 만약 오장환이 '탁류의 시인'이라면 그가 오장환과 함께 언급하는 김기림이나 정지용은 '청류의 시인'이라고 할 수밖에 없다. 김동석에 따르면 김기림의 모더니즘 시는 논리가 칼날처럼 너무 날카로워 시를 죽이고, 언어의 마술사라고 할 정지용의 시는 너무 맑아 송사리 한 마리 살 수 없다. 폴란드 출신의 영국 소설가 조지프 콘래드의 『로드 짐』(1900)에는 나비와 풍뎅이를 수집하는 무역상이요 모험가인 스타인이라는 인물이 등장한다. 이 작품에서 나비는 주위 세계와 조화를 이루며 살아가는 '자연의 걸작'으로 낭만적 꿈과 이상을 상징하는 반면, 풍뎅이는 가혹한 현실이나 무자비한 자연의 힘을 상징한다.

콘래드가 사용하는 상징을 빌려 말하자면 오장환이 풍뎅이와 같은 시인이라면 김기림과 정지용은 나비와 같은 시인이다. 적어도 김동석에 따르면 김기림과 정지용의 작품은 이 무렵 시인 대부분의 작품이 흔히 그러하듯이 나비처럼 아름답지만 연약하기 그지없다. 그리고 보니 김동석은 '예술부락' 시인들을 '꽃다운 호접'으로 분류한다. 그러면서 그들에게 "탁류 속에서 몸부림치는 물고기를 비웃는 나비들이여!"(예: 61)라고 조롱한다.

그런데 여기서 한 가지 흥미로운 것은 '예술부락' 시인 중에는 오장환도 들어 있었다는 점이다. 물론 당시 오장환은 아직 프롤레타리아 문학의 세례를 받고 전향하기 전이었다. 1936년 11월 김동리, 서정주, 오장환, 김달진(金達鎭), 여상현(呂尙玄), 함형수(咸亨洙) 등이 중심이 되어 창간한 시 중심의 문예 동인지《예술부락》은 겨우 두 호를 내고 종간하고 말았다. 그러나 광복 후 1946년 4월 동인들이 중심이 되어 조선문학가동맹에 맞서 '조선청년문학가협회'를 결성하였다.

일본 제국이 중일 전쟁을 일으킨 뒤 1938년 4월 국가총동원법을 선포하여 한반도와 타이완(臺灣) 등 일본 식민지에서 노동력과 물자 등을 수탈하려고 하자 오장환은 순수문학에서 벗어나 프롤레타리아 문학으로 성큼 다가섰다. 1938년《사해공론》에 발표한 「소야(小夜)의 노래」는 그의 문학관을 가르는 분수령 같은 작품이다.

무거운 쇠사슬 끄으는 소리
내 맘의 뒤를 따르고
여기 쓸쓸한 자유(自由)는 곁에 있으나
풋풋이 흰 눈은 흩날려
이정표(里程標) 썩은 막대 고이 묻히고
더러운 발자국 함부로 찍혀
오즉 치미는 미움
낯선 집 울타리에 돌을 던지니
개가 짖는다. (예: 63, 181)

두 번째 시집 『헌사』(1939)에 수록한 작품 「소야의 노래」의 첫 연이다. '무거운', '쓸쓸한', '썩은', '더러운', '낯선' 등 형용사들은 하나같이 부정적이다. 이 점에서는 동사도 크게 다르지 않아서 '끌다', '묻다', '찍다',

'치미다' 등도 긍정적 의미보다는 부정적 의미가 훨씬 더 강하다. 위에 인용하지 않은 둘째 연에서도 '차디찬', '처량히', '기울다', '흐트러지다', '울다', '얼다', '적시다', '무겁다' 같은 낱말을 구사한다. 둘째 연 마지막 행 "도형수(徒形囚)의 발은 무겁다"를 보면 이 작품의 시적 화자는 지금 형벌을 받고 있거나 억압적 상황에 놓여 있는 인물임에 틀림없다. 길을 가다가 남의 집 울타리에 돌을 던지는 행위를 보면 아마 전자보다는 후자일 것이다. 둘째 연의 첫 행 "어메야, 아직도 차디찬 묘 속에 살고 있느냐"에서 무덤 속의 어머니는 일본 제국주의에 빼앗긴 조국, 아니 모국을 상징함은 두말할 나위가 없다.

이 작품의 시간적 배경이 일제가 전쟁 준비에 광분하던 1930년대 말기라는 점을 고려하면 시적 화자가 피식민지 주민임을 쉽게 미루어볼 수 있다. 비록 "쓸쓸한 자유"일망정 자유가 곁에 있어 화자는 어디론가 가고 싶어도 "이정표 썩은 막대"가 눈 속에 파묻혀 있어 방향 감각을 상실한다. T. S. 엘리엇의 용어를 빌려 말하자면 당시 식민지 지식인이 흔히 느끼던 정신적 혼란과 방황을 보여주는 더할 나위 없이 좋은 '객관적 상관물'이다. 더구나 이정표를 뒤덮은 흰 눈 위에는 누군가가 먼저 걸어간 "더러운 발자국"이 아직 남아 있어 그들을 향한 미움과 분노가 가슴에 치밀어 오른다. 순수하고 아름답기 이를 데 없는 흰 눈에 더러운 발자국을 남긴 사람들이란 자신의 안일을 위하여 조국을 배반한 사람들일 것이다. 결국 화자가 울분을 달랠 수 있는 일이란 기껏 낯선 집 울타리에 돌을 던지는 소극적 행위뿐이다.

김동석도 지적하듯이 여기서 '낯선 집'은 식민지 종주국 주민인 일본인의 집이 분명하고 컹컹 짖는 '개'는 일제에 충실한 주구(走狗)를 의미한다. 김동석은 「시와 자유」에서 일본 제국주의가 아무리 악랄해도 시를 트집 잡아 시인을 잡아가지는 않았다고 지적한다. 그러한 근거로 그는 정지용의 「카페 프란스」, 이상화의 「빼앗긴 들에도 봄은 오는가」, 그리고 방금 언급한 오장환의 「소야의 노래」 등을 예로 든다. 그러나 김동석은 일제 강점기에 미처 검열의 높은 벽을 넘지 못한 채 사장되거나 광복 이후에야 비로소 빛을 보게 된 작품이 훨씬 더 많다는 점을 간과한다.

이렇게 김동석이 일제의 검열을 새삼 언급하는 것은 무헌(無軒) 유진오(兪鎭五)가 1946년 9월 1일 국제청년데이 기념대회장인 서울 훈련원 광장(뒷날 동대문 운동장)에서 「누구를 위한 벅찬 우리의 젊음이냐?」를 낭송한 뒤 경찰에 구금되었기 때문이다. 유진오는 9월 3일 '미 군정 포고령 위반죄'로 구속되어 군정재판에서 1년 징역형을 선고받고 9개월 정도 복역하였다. 이 사건은 해방 이후 시인이 필화 사건으로 구속된 첫 번째 사례로 당시 큰 화제가 되었다. 조선문학가동맹은 당국에 유진호의 구금을 항의하였고, 이와 관련하여 김동석은 "아름다운 조선의 시가 짓밟힐까 저어해서, 다시 말하면 조선의 시와 말과 민족을 사랑하는 마음에서 울어나온 것이 아니겠습니까"(예: 178)라고 밝힌다.

유진오는 1945년 11월 오장환의 추천으로 김상훈(金尙勳)이 주간을 맡던 《민중조선》 창간호에 「피리ㅅ소리」를 발표하며 시인으로 데뷔하였다. 그해 공산당의 전위 조직인 '공산청년동맹'에 가입한데 이어 1946년 1월 공산당에 입당하였고, 2월에는 조선문학가동맹에 가입하였다. 그는 강연장이나 집회장에서 시를 자주 낭독하여 흔히 '낭독 시인'으로 일컫기도 한다. 1946년 유진오는 김상훈, 김광현(金光現), 이병철(李秉哲), 박산운(朴山雲) 등과 함께 『전위 시인집』을 발간하는 등 해방 공간에서 활발하게 문학 활동을 하였다.

　김동석이 지적하듯이 태평양 전쟁이 종말을 향하여 치닫던 무렵 최재서와 현민 유진오는 대동아 공영권을 꿈꾸는 일제에 협력하여 '대동아문학자대회'에 참석하는 동안 오장환은 생활전선에 뛰어들어 노동판에서 막일을 하다 늑막염에 걸릴 정도였다. 가난과 싸우며 힘겹게 산 그는 이밖에도 두통, 황달, 늑막염, 신장병 등 온갖 병에 시달렸다. 병상에서 광복을 맞은 오장환은 김동석이 발행하던 《상아탑》 창간호에 「병든 서울」을 발표하면서 마침내 프롤레타리아 시인으로 변신한다. 「소야의 노래」에 대하여 김동석은 "이렇게 압박감을 이기지 못하던 장환. 아니, 조선 인민. 그 쇠사슬이 끊어진 찰나의 조선 역사를 가장 잘 노래한 것이 「병든 서울」이다"(예: 63)라고 지적한다. 그는 계속하여 "장환은 언제나 시대의 강물 속에 몸을 담그고 있었기에 이러한 '탁류의 음악'을 파악 표현할 수 있었던 것이다"(예: 63)라고 밝힌다. 다음은 김동석이 '걸작시'로 평가하는 「병든 서울」의 일부다.

　8월 15일 밤에 나는 병원에서 울었다.
　너희들은 다 같은 기쁨에
　내가 운 줄 알지만 그것은 새빨간 거짓말이다.
　일본 천황의 방송도,
　기쁨에 넘치는 소문도,
　내게는 곧이가 들리지 않았다.
　나는 그저 병든 탕아(蕩兒)로

홀어머니 앞에서 죽는 것이 부끄럽고 원통하였다.[24]

위 인용문은 모두 9연으로 된 「병든 서울」 중 여섯 번째 연이다. 오장환은 이 작품을 네 번째 시집 『병든 서울』에 표제작으로 수록하였다. 앞에서 언급했듯이 병실에서 해방을 맞이한 그는 개인의 슬픔과 광복의 기쁨이 교차하였다. 1인칭 시적 화자 '나'가 눈물을 흘리는 것은 '병든 탕아'로 시골에서 홀로 고생하는 어머니를 남겨 두고 먼저 죽는 것이 자식으로 부끄럽고 원통하기 때문이다. 이렇듯 화자의 감정은 어디까지나 개인적 차원에 머물러 있다.

둘째 연의 첫 행 "그러나 하루아침 자고 깨니 / 이것은 너무나 가슴을 터치는 사실이었다"부터는 점차 개인적 차원을 벗어나 공적 차원으로 옮겨간다. 말하자면 환자가 공기가 답답한 병실에 갇혀 있다가 오월 훈풍의 들판으로 뛰쳐나온 기분이다. 이 작품의 제목 '병든 서울'은 해방을 맞이하기 전 일제 식민지 지배를 받던 시기의 서울의 모습이라면, 광복 이후의 서울은 전혀 다른 모습으로 다가온다.

시적 화자는 "아름다운 서울, 사랑하는 그리고 정들은 나의 서울아"라고 부르짖는다. 화자는 격한 감정을 억제하고 현실에 대한 비판적 거리를 유지하며 해방된 조국이 나아가야 할 방향을 모색한다. 화자는 온갖 어려움과 시련이 가로놓여 있지만 비온 땅이 굳어지듯이 미래지향적인 자세

---

24) 오장환, 『병든 서울』(서울: 정음사, 1947). 김동석은 『부르조아 의 인간상』에 실린 「순수의 정체: 김동리론」에서 「병든 서울」 중 일부를 인용할 뿐 두 평론집에 직접 인용하지는 않는다. 위 인용문 3행의 '새빨간 거짓말'은 엄밀히 말하면 한국어 표현이 아니라 본디 일본어 표현 '真っ赤な嘘'을 번역할 것이다. 영어에서도 선의의 거짓말을 '흰 거짓말(white lie)'이라고 색깔로 표현하는 것과 같다. 오장환이 일제를 혐오하면서도 해방을 노래하는 작품에 일본어 표현을 구사하는 것이 아이러니이라면 아이러니다.

로 시련을 극복해 나갈 것을 다짐한다. 그래서 그는 "큰물이 지나간 서울의 하늘아 / 그때는 맑게 개인 하늘에 / 젊은이의 그리는 씩씩한 꿈들이 흰 구름처럼 떠도는 것을……"이라고 노래한다.

실제로 오장환의 미래에 대한 낙관주의는 이 무렵 많은 신진 시인들에게 큰 힘이 되었다. 1946년 조선문학가동맹에서는 '해방 기념 조선문학상' 수상작으로 이태준의 소설 「해방 전후」, 이용악의 시 「오월에의 노래」와 함께 오장환의 「병든 서울」을 '해방문학상'의 후보작으로 선정하였다.

> 병든 서울, 아름다운, 그리고 미칠 것 같은 나의 서울아
> 네 품에 아무리 춤추는 바보와 술 취한 망종이 다시 끓어도
> 나는 또 보았다.
> 우리들 인민의 이름으로 씩씩한 새 나라를 세우려 힘쓰는 이들을……
> 그리고 나는 외친다.
> 우리 모든 인민의 이름으로
> 우리네 인민의 공통된 행복을 위하여
> 우리들은 얼마나 이것을 바라는 것이냐.
> 아, 인민의 힘으로 되는 새 나라.[25]

오장환은 여섯 번째 연에서 '인민'이라는 낱말을 무려 네 번 되풀이하여 사용한다. 지금은 '동무'와 마찬가지로 사회주의 국가에서 주로 사용하는 말이 되어 버렸지만 '인민'은 그 전에는 널리 사용되던 말이었다. 국가의 구성원으로서 종속적 의미의 '국민'과 달리 '인민'은 그 자체로 독립

---

25) 위의 책.

된 국가구성 주체로서의 의미가 강하기 때문이다. 물론 봉건주의 시대에는 서양에서는 '신민', 동양에서는 '백성'이라는 용어가 널리 쓰였다. 또한 오장환은 위에 인용한 시에서 '우리'라는 1인칭 복수 대명사를 '인민'과 마찬가지로 네 번 사용한다. 두말할 나위 없이 공동체 의식을 강조하는 말이다. 이렇게 '나'에서 '우리'로 점차 확대되듯이 첫 한반도의 제유(提喩)라고 할 서울도 '병든 서울' → '아름다운 서울' → '미칠 것 같은 서울'로 계속 바뀌어 간다.

김동석은 오장환의 작품이 '병적인' 것처럼 보일지 모르지만 그것은 어디까지나 조선의 사회와 시대가 병들어 있기 때문이라고 지적한다. 그러면서 그는 오장환이 김상용의 「남으로 창을 내겠소」를 두고 했던 말을 새삼 언급한다. 오장환이 그에게 "새 노래는 공으로 들으랴오! 공것은 무척 좋아 하는군. 새 노래를 어떻게 공으로 듣는단 말인지"(예: 63)라고 말했다는 것이다. 김동석도 "사실 유한계급이 아니고는 새 노래를 공으로 들을 수 없을 것이요"(예: 63)라고 맞장구친다. 여기서 그가 굳이 김상용의 작품을 언급하는 것은 김상용과는 달리 오장환이 그동안 노동자 계급처럼 험난한 시대를 헤쳐 온 '탁류의 시인'이라는 점을 강조하기 위해서다.

그런데 김동석은 1940년대 당시 오장환 말고는 조선 문단에서 뛰어난 프롤레타리아 시인들을 좀처럼 발견하지 못하였다. 김동석은 "음악을 무시하고 경제학 논문 쓰듯이 시를 쓸 수 있다고 생각하는, 아니 꼭 그래야만 된다고 우기는 자칭 푸로 시인들"(예: 65)은 있어도 오장환 같은 시인을 찾기란 쉽지 않다고 지적한다. '자칭 푸로 시인들'에 대하여 그는 "정말 경제학을 안다면 그들은 그 시를 쓰고 있지는 않을 터인데, 시를 끝끝내 고집하려거든 장환의 시—탁류의 음악을 배우라"(예: 65)고 충고한다. 물론 오장환도 김동석의 기준으로 보면 완벽한 프로 시인으로는 미흡하다.

　김동석에 따르면 진정한 프로 시란 농민이나 노동자가 창작하는 작품을 일컫는데 그러한 작품은 조선의 상황에서는 아직 역부족이다. 노동자와 농민이 지식인들처럼 책을 읽고 글을 쓸 수 있는 사회, 즉 사회주의 국가가 되어야 비로소 진정한 프로 시는 탄생될 수 있다. 김동석은 "부르조아 민주주의의 혁명도 완수 못한 이 땅에서 사회주의 사회의 시가 나올 턱이 없다"(예: 65)고 말한다. 소설의 경우도 마찬가지여서 그는 오직 농민만이 농민 소설을 쓸 수 있고, 노동자만이 노동자 소설을 쓸 수 있다고 주장한다.

　김동석은 굴원(屈原)의 '거세계탁아독청(擧世皆濁我獨淸), 즉 온 세상이 다 혼탁할지라도 나는 홀로 깨끗하게 살리라는 「어부사(漁父辭)」 구절을 인용하면서 인류의 역사는 탁류지만 시인은 맑아야 한다고 말한다. 비록 탁류 속에서 살면서 혼탁한 세상을 노래할망정 시인 자신만은 세상과 타협하지 말아야 한다는 뜻이다. 이광수와 현민 유진오가 일제에 협력하고 전일본무산자예술동맹(NAPF) 후신인 일본프롤레타리아문화연맹(KOPF)에 가입한 김용제(金龍濟)가 뒷날 일본의 침략 전쟁과 대동아 공영권을 찬양하는 『아세아 시집』(1942)을, 그것도 일본어로 출간했다는 점을 언급하는 것을 보면 더더욱 그러한 생각이 든다.

　김동석은 현민 유진오에 대하여 '동반자 작가'니 심지어 '공산주의자'니 하고 말하지만 모두 그를 잘 몰라서 하는 소리라고 지적한다. "현민이 유물론자인 것은 사실이로되 처자를 먹여 살리겠다는 유물론이오 문학자로선 그의 주의주장은 정체불명이다"(예: 34)라고 주장한다. 김동석은 "조선 시단을 사수한 월계관은 상아탑파 시인 지용의 머리에 얹어 놔야 하지만 스스로 맑고 탁류 속에 있으면서 탁류를 노래한 시인으로는 장환을 엄지손가락 꼽아야 할 것이다"(예: 66)라고 말한다. '스스로 맑고 탁류 속에 있으면서'라는 구절은 탁류 속에서 살고 있으면서도 오장환은 정지용과는 달리 시인으로서 맑은 상태를 유지했다는 뜻이다. 정지용은 처음부터 워낙 청류 속에서 살면서 작품을 썼으니 굳이 논의 대상으로 삼을 필요가 없다는 논리다.

김기림과 정지용

김동석은 오장환의 작품 세계를 다루는 글에 '탁류의 회화'가 아닌 '탁류의 음악'이라는 제목을 붙였다. 오장환은 시에서 회화성보다는 음악성을 중요하게 생각하기 때문이다. 그런데 김동석에게 청각을 중시하는 음악성과 시각을 중시하는 회화성은 단순히 이미지의 차이라는 의미를 훨씬 뛰어넘는다. 음악성에 무게를 두느냐, 아니면 회화성에 무게를 두느냐 하는 것은 곧 사회주의 문학과 예술주의 문학을 가르는 중요한 잣대가 되기 때문이다.

김동석은 「금단의 과실」에서 조선 문단에서 회화성에 기반을 두고 예술주의 문학을 부르짖은 대표적인 시인과 비평가로 김기림을 꼽는다. 김동석은 그를 작품 속에 좀처럼 얼굴을 드러내지 않는 '차듸찬 미인'이라고 부른다. 그러던 그가 광복을 맞이하자 「우리들의 8월로 돌아가자」라는 시를 가지고 갑자기 나타나면서 비로소 얼굴을 드러냈다는 것이다.

한편 김동석은 김기림을 에덴동산에서 하와와 함께 선악과를 따 먹은 아담에 빗대기도 한다. 그가 해방 전에 썼던 장시 『기상도』(1936)나 시집 『태양의 풍속』(1939)에 수록한 시를 남부럽게 생각하면서 무화과나무 잎으로 시라는 치부를 가리려고 했기 때문이다. 김동석은 김기림이 금단의 과일을 따 먹은 지성인이라서 시마다 자의식이 흘러넘친다고 지적한다. 김동석은 "시란 빨가벗고 에덴동산을 산보하는 아담과 이브다. 선악과를 따 먹은 현대인이 자기를 송두리째 내뵈는 시를 쓰기란 지극히 곤란한 일이다"(예: 43~44)라고 말한다.

　그러나 김동석이 막상 김기림의 작품에서 무엇보다도 문제 삼는 것은 그의 문학적 변신이나 자의식이 아니라 그가 유독 강조하는 시의 회화성이다. 김동석은 김기림이 그동안 시란 회화라고 주장해 왔다는 점에 주목하면서 1940년 12월 《인문평론》에 발표한 「1930년대 도미(掉尾)의 시단 동태」를 언급한다.

　　청각의 문명은 '기사 로맨스'나 민요와 함께 흘러가고 시각의 문명, 촉각의 문명이 대두해서 지상의 면모를 일변시켰다. 그러다가 입체파의 이론에 의해서 더욱 고조된 조소(彫塑)의 정신은 다름이 아니라 19세기 말엽 이래 인류를 엄습해 온 불안 동요 속에서 안전을 찾는, 다시 말하면 조형 예술로서 고정하려는 의욕의 발현이 아닐까? (예: 41~42)

　김기림은 「1930년대 도미의 시단 동태」를 『시학』(1947)의 일부로 2장 '30년대의 소묘'에 수록하였다. 김동석이 음악성과 회화성을 이데올로기의 관점에서 보는 반면, 김기림은 문명의 관점에서 파악한다. 김기림은 르네상스를 분수령으로 시각 문명이 청각 문명을 몰아내고 그 자리를 대신 차지하였고 파블로 피카소를 비롯한 입체파의 '조소의 정신'이야말로 회화성의 극치라고 지적한다.

김동석이 미처 인용하지는 않았지만 위 인용문 바로 다음에 김기림은 T. E. 흄의 불연속적 세계관을 언급하며 이 세계관을 "동요 속에서 안정을 찾는 열렬한 현대 그것의 소리"였다고 평가한다. 그러면서 그는 계속하여 "회화적인 사상파(寫象派)는 그래서 흄의 이론의 온상에 눈뜰 수 있었던 것이다. 음악적인 것, 그것은 비유적으로는 사라져 가는 것, 불안한 것, 동요하는 것이다. 회화적인 것, 그것은 영속하는 것, 고정하는 것이다"[26]라고 주장한다. 김기림이 이러한 주장을 펴는 근거로 제시하는 시인이 바로 김광균(金光均)이다. 그는 시집 『와사등』(1939, 1946)에서 「광장」의 첫 몇 행을 인용한다.

비인 방에 호올로
대낮에 체경을 대하여 앉다.

슬픈 도시엔 일몰이 오고
시계점 지붕 위에 청동(青銅)비들기
바람이 부는 날은 구구 울었다.[27]

김광균은 「광장」에서 현대 도시 문명 속에서 개인이 느끼는 고독감과

---

26) 김기림, 『김기림 전집 2』, 69쪽.
27) 위의 책, 68~69쪽. 김기림이 인용하는 부분은 3행부터이고, 1연은 이 책의 저자(김욱동)가 작품의 이해를 돕기 위하여 추가하였다.

불안감을 회화적 이미지로 형상화한다. 이 작품에 대하여 김기림은 "[김 광균이] 전하는 의미의 비밀은 임화 씨도 지적한 것처럼 그 회화성에 있 는데 사실 그는 소리조차를 모양으로 번역하는 기이한 재주를 가졌다"[28] 고 지적한다. 실제로 시적 화자가 한낮에 몸 전체를 비추어 볼 수 있는 큰 거울을 마주보고 앉아 있는 모습이 눈앞에 선하게 떠오른다. 셋째 행 "슬 픈 도시엔 일몰이 오고"에서도 서쪽 도회 빌딩 너머로 해가 뉘엿뉘엿 지 는 모습도 감각적으로 피부에 와 닿는 것 같다. 시간은 '대낮'에서 '황혼' 으로 이동하고 공간은 '비인 방'에서 '광장'으로 이동한다.

위에 인용하지는 않았지만 김광균은 다음 연에서도 "늘어선 고층", "서걱이는 갈대밭", "열없는 표목(標木)", "조으는 가등(街燈)" 등 시각적 이미지를 구사한다. 김기림이 청각 이미지를 시각 이미지로 '번역'했다고 말하는 것은 아마 셋째 연의 마지막 행 "소리도 없이 모색(暮色)에 젖어" 를 두고 하는 말인 듯하다. 그러나 이러한 공감각은 「외인촌」의 "분수처 럼 흩어지는 푸른 종(鐘)소리"나 「가로수」의 "파―란 기폭(旗幅)이 바람에 부서진다"에서 좀 더 좋은 예를 찾을 수 있다.

물론 「광장」에는 시각적 이미지가 압도적으로 나타날 뿐이지 김광균 은 이 작품에서 다른 이미지를 사용하기도 한다. 가령 마지막 두 연 "엷은 베옷에 바람이 차다 / 마음 한 구석에 벌레가 운다. // 황혼을 쫓아 네거리 에 달음질치다 / 모자도 없이 광장에 서다"에서는 촉각 이미지와 동적 이 미지를 엿볼 수 있다. "마음 한 구석에 벌레가 운다"니 "시계점 지붕 위에 청동비둘기 / 바람이 부는 날은 구구 울었다"니 하는 구절은 청각 이미지 이다. 김광균은 이렇게 온갖 이미지를 구사함으로써 현대 도회의 비인간

---

28) 위의 책, 69쪽.

적인 풍경뿐 아니라 더 나아가 시적 화자의 을씨년스러운 내면 풍경도 함께 묘사한다.

김동석이 김기림을 탐탁치 않게 생각하는 데는 여러 이유가 있을 터이지만 김기림이 '탁류의 음악가'라고 할 오장환을 부정적으로 평가하는 것도 한몫을 하였다. 오장환의 『헌사』에 대하여 김기림은 "[이 시집의] 세계는 거진 『와사등』의 세계와는 대조적으로 시각적 이미지보다도 청각적 이미지에 차 있는 것을 본다. 회화라기보다는 차라리 음악의 세계다"[29] 라고 지적한다. 그러면서 그는 계속하여 김광균의 세계가 '희랍적 명확성'이라면 오장환의 세계는 그에 맞서는 '게르만적 방탕'이요 '카오스'라고 말한다. 한마디로 『와사등』은 '성년의 시'인 반면 『헌사』는 '청년의 시'에 지나지 않는다고 결론짓는다.

김동석은 김기림의 바로 이 문장을 문제 삼고 나선다. 김동석은 "모더니스트 편석촌은 김광균의 『와사등』을 '성년의 시'로 추키고 오장환의 『헌사』를 '청년의 시'로 깎아내렸다"(예: 42)고 지적한다. 그러면서 김동석은 김광균이 「설야(雪夜)」를 발표한 뒤 음악을 잃었다는 것은 성인이 되어서 그런지는 모르겠지만 그만큼 시를 상실한 것과 다름없다고 조롱 섞인 말투로 주장한다.

시는 본질이 우주를 한 개의 흐름이요 율동이라 보고 동시에 그렇게 파악하는 것이 때문에 시는 어느 시대고 역사의 음악이지 토막토막 잘라 논 논리는 아니다. 「설야」의 음악을 버리고 기림의 주장대로 회화적이 되려다 시를 상실한 광균. [⋯] 시를 끝끝내 고집하려거든 장환의 시—탁류의 음악을 배우라. (예: 65)

---

29) 위의 책, 70쪽.

김동석은 시가 회화가 될 수 없다는 것은 고트홀트 레싱이 『라오콘』 (1766)에서 이미 해결한 문제가 아니냐고 따져 묻는다. 그러면서 김광균이나 김기림의 작품이 회화적이 되는 원인은 시에서 정서보다는 논리를 추구하려는 주지주의적 성격 때문이라고 지적한다. 레싱은 '회화와 시의 한계에 대하여'라는 부제가 붙은 『라오콘』에서 고대 그리스의 조각과 로마의 시를 비교하고 분석하면서 조형 예술과 문학의 본질과 차이를 밝혔다. 바티칸 미술관 소장의 「라오콘 군상」의 해석을 근거로 레싱은 소재의 선택과 취급 방법의 관점에서 공간적·병렬적 예술인 조형 미술과 시간적·계열적 예술인 문학의 차이를 다루었다. 레싱에 따르면 회화를 포함한 조형미술은 공간과 공간 사이의 대상의 형태를 표현하고, 문학은 시간과 시간 사이의 행동의 형태를 표현한 점에서 크게 다르다. 그는 공간이 화가와 조각가의 영역이라면 시간은 시인의 영역이라고 규정짓는다.[30]

김동석은 2차원적인 회화나 3차원적인 조각품을 언어로 구성하려는 것은 현대인이 논리를 과신하기 때문이라고 주장한다. 모더니스트요 주지주의자인 김기림은 당시 조선 문인 중에서 누구보다도 논리를 믿던 시인이다. 김동석은 논리를 믿고 시가 음악이 아니라 회화라고 주장하는 것은 시에게 오히려 해롭다고 밝힌다. 그러면서 그는 "데포르마숑을 통해서 보히는 서반아인의 적나ㅅ한 정열─정열'이 어폐가 있다면 '인간'이라고 하자. 논리를 가지고는 기하학적 도형은 될지 몰라도 회화가 될 수 없다. 하물며 시는 회회가 아닌 것을"(예: 41)이라고 반박한다.

---

30) 김동석은 시를 비롯한 문학이 회화가 될 수 없다고 주장하는 근거로 레싱의 『라오콘』을 언급하지만 레싱 못지않게 아르투르 쇼펜하우어를 염두에 둔 것인지도 모른다. 아르투르 쇼펜하우어는 『의지와 표상으로서의 세계』(1818, 1859)에서 "모든 예술은 음악의 상태를 동경한다"고 말하였다.

김동석은 레싱으로도 모자라는지 이번에는 이원조(李源朝)에게 도움을 청한다. 이원조는 김기림에게 주는 「시의 고향」에서 "나는 언젠가 「현대시의 혼란」이란 적은[작은] 글 가운데서 현대시가 해조(諧調)를 잃어버린 것은 현대인이 감정의 조화를 가지지 못한 때문이라고 한 일이 있읍니다마는 해조란 것이 본래 음악적인데 비해서 현대시가 너무나 회화적인 이마야쥬를 박궁(迫窮)한 나머지 맛침내는 운문이 아니어도 조타는 범람(汎濫)한 결론에까지 이르지 않았는가 합니다"(예: 44)라고 말한 적이 있다. 그러면서 이원조는 "편석촌 형! 시의 고향은 형이 앞서 부르짖던 모던이즘의 군호가 아니라 우리 여러 사람이 다 같이 느끼는 이 심정의 세계—거기는 '공동묘지'이기도 하고 '못[池]'가이기도 한가 봅니다"(예: 44~45)라고 밝힌다.

김동석은 김기림이 시에서 유난히 회화를 강조하는 데는 크게 두 가지 이유가 있다고 지적한다. 첫째, 김기림은 시를 과학으로 간주한다. 그러나 김동석은 숫자가 없고 방정식이 없는 과학은 자연과학은 아닐 것이라면서 김기림의 과학을 '자의식의 과학'이라고 조롱한다. 그는 김기림의 작품을 두고 "지성의 곡예 같은 시는 시도 아니오 과학도 아니다"(예: 47)라고 혹독하게 비판한다.

둘째, 김기림은 언제나 행동하는 인간이 되고 싶은데 음악이 행동의 원리가 될 수 없다. 김동석은 『기상도』 제3부 '태풍의 기침(起寢) 시간'에서 태풍은 바시 해협에서 머리를 수그린 채 바위 위에 걸터앉아 있는 헐벗고 늙은 한 뱃사공과 마주친다. 그가 태풍에게 파우스트라고 부르면서 어디로 가고 있느냐고 묻자 괴테를 찾아다니는 중이라고 대답한다. 그러자 뱃사공은 "괴테는 자네를 내버리지 않았나"라고 다시 묻고, 태풍은

"하지만 그는 내게 생각하라라고만 가르쳐 주었지 행동할 줄은 가르쳐 주지 않았다네. 나는 지금 그게 가지고 싶으네"라고 대답한다.

김동석의 주장에서 무엇보다도 문제가 되는 것은 음악과 회화, 청각 이미지와 시각 이미지를 지나치게 이항대립적으로 구분 짓는다는 점이다. 그는 시란 어느 시대이든 역사의 음악일 뿐 논리는 아니라고 주장하지만, 음악이 지배적인 시대가 있는가 하면 이와는 반대로 회화가 지배적인 시대가 있게 마련이다. 문예 사조도 이와 크게 다르지 않아서 이성을 중시하는 고전주의가 한 시대를 풍미한 뒤에는 감성을 중시하는 낭만주의가 일어난다. 고전주의와 낭만주의는 비록 이름은 달리하여도 변주를 거쳐 다시 반복하게 된다. 예술이 변증법적 과정을 거쳐 발전한다고 주장한 헤겔은 일찍이 예술사를 '상징적', '고전적', '낭만적'이라고 일컫는 세 단계로 구분 지었다. T. E. 흄은 잘 알려진 「낭만주의와 고전주의」라는 논문에서 "낭만주의의 백년을 지난 뒤에 우리는 다시 고전주의의 부활을 맞이한다"[31]고 밝혔다. 낭만주의는 청각 이미지에 무게를 실은 반면, 고전주의는 시각 이미지에 무게를 두었다.

한편 정지용에 대한 김동석의 평가는 김기림에 대한 평가보다는 조금 덜 신랄하다. '정지용론'이라는 부제를 붙인 「시를 위한 시」에서 김동석은 먼저 "조선 문단에서 순수하기로는 아직까지 정지용을 따를 자 없다. [⋯] 내 손으로 내 목을 매달 듯 조선말을 말살하려던 작가와 평론가가 있는 이 땅에서 한평생 조선 시를 부뜰고 느러질 수 있었다는 데는 지용 아

---

31) T. E. Hulme, *Speculations: Essays on Humanism and the Philosophy of Art*, ed. Herbert Read (London: Routledge, 2000) p. 113. 최재서는 주지주의 문학 이론을 전개하면서 이 문장을 여러 차례 즐겨 인용한 바 있다.

니면 어려운 무엇이 있다"(예: 48)고 먼저 운을 뗀다. 일본 제국주의의 강압 밑에서 누가 과연 '순수한 행동인'이었는지는 좀 더 두고 따져보아야 할 터이지만 정지용이 '가장 순수한 정신'의 소유자인 것은 틀림없다는 것이다. 그리고 나서 김동석은 "춘원처럼 뜨건 체 하는 사람이 아니면 현민처럼 미지근한 사람들이 횡행하는 조선 문단에서 이렇게 깨끗할 수 있었다는 것은 축하하지 않을 수 없다"(예: 48~49)고 지적한다.

김동석은 정지용의 순수성을 가장 쉽게 엿볼 수 있는 작품이 동심의 세계를 노래한 동요라고 주장한다. 그중에서도 김동석은 이러한 경우를 보여주는 좋은 예로 1927년 8월 《조선지광》에 발표한 「태극선(太極扇)」을 꼽는다. 본디 '태극선에 날니는 쑴'으로 되어 있었지만 『정지용 시집』(1935)에 수록할 때 현재의 제목으로 고쳐서 실었다.

> 이 아이는 고무뿔을 따러
> 힌 산양(山羊)이 서로 부르는 푸른 잔듸 우로 달리는지도 모른다.
>
> 이 아이는 범나비 뒤를 그리며[그리여]
> 소스라치게 위태한 절벽 갓을 내닷는지도 모른다.
>
> 이 아이는 내처 날개가 돋혀
> 꽃잠자리 제자를 슨 하늘로 도는지도 모른다.
>
> '이 아이가 내 무릎 우에 누은 것이 아니라'

새와 꽃, 인형 납병청 기관차들을 거나리고
모래밭과 바다, 달과 별 사이로
다리 긴 왕자(王子)처럼 다니는 것이려니,

'나도 일즉이, 점두록 흐르는 강가에
이 아이를 뜻도 아니한 시름에 겨워
풀피리만 찢은 일이 있다.'

이 아이의 비단결 숨소리를 보라.
아이의 씩씩하고도 보드라운 모습을 보라.
이 아이 입술에 깃드린 박꽃 웃음을 보라.

'나는, 쌀, 돈셈, 지붕 샐 것이 문득 마음 키인다.'

반디ㅅ불 하릿하게 날고
지렁이 기름불만치 우는 밤,
모와 드는 훗훗한 바람에
슬프지도 않은 태극선 자루가 나붓기다. (예: 50~51)

김동석은 「태극선」에 대하여 할 말이 많은 듯이 다른 작품들은 일부만 인용하면서도 유독 이 작품만은 전문을 인용한다. 정지용은 이 작품에서 한편으로는 유년의 세계와 성인의 세계를 노래하고, 다른 한편으로는 시와 산문, 음악과 회화, 꿈과 현실의 교차를 노래한다. 김동석은 어린이들에게는 시뿐 아니라 세계 자체가 꿈이라고 지적한다. 지그문트 프로이트는 일찍이 "꿈은 무의식으로 가는 왕도"라고 말했지만, 꿈이 인도하는 길은 비록 위장된 형태로나마 구체적인 현실 세계이기도 하다. 「태극선」의 시적 화자 '나'는 어린이의 순수한 세계를 노래하다가 갑자기 "나는, 쌀, 돈셈, 지붕 샐 것이 문득 마음 키인다"고 노래한다. 정지용의 작품을 유난히 좋아하던 윤동주(尹東柱)는 이 구절에 밑줄을 긋고 "생활의 협박장이다"라고 검은 글씨로 써 놓았다.

「태극선」에 대하여 김동석은 "지용은 시인이기 때문에 현실을 괄호 속에 넣고 '꿈'을 전면에 내세웠다. 시인이란 요컨대 어린이의 세계를 찬미하는 자다"(예: 52)라고 말한다. 그러면서 김동석은 영문학을 전공한 정지용이 셰익스피어를 덮어놓고 누구보다도 매슈 배리를 좋아한다고 언급한다. 배리란 김동석이 "영원한 동심의 심볼"이라고 일컫는 『피터 팬』(1904, 1911)의 작가다. 김동석은 정지용이 "현대의 바리새교라고 할 수 있는 화석이 되어 버린 천주교" 신자가 된 것도 어쩌면 어린이와 같이 순수하지 않고서는 천국에 갈 수 없다고 가르친 복음서 구절 때문인지도 모른다고 밝힌다. 어찌 되었든 『정지용 시집』의 본질은 동심에 있다는 것이 김동석이 내린 결론이다.

이렇게 정지용을 추켜세우고 난 뒤 김동석은 그의 순수성에 의문을 제기한다. 정지용은 천주교 성당에서 '재외 혁명동지에게'라는 부제를 붙인 「그대들 돌아오시니」를 임시정부 요원들 앞에서 낭독하였다. 이 작품은 좌익과 우익을 함께 아우르는 목적으로 창간한 일간신문 《신조선보(新朝鮮報)》에 실린 뒤 역시 좌우익을 가르지 않고 조선문화건설중앙협의회에서 간행한 시집 『해방기념 시집』(1945)에 수록되었다.

백성과 나라가

이적(夷狄)에 팔리우고

국사(國祠)에 사신(邪神)이

오연(傲然)히 앉은 지

죽엄보다 어두운

오호 삼십육 년!

그대들 돌아오시니

피 흘리신 보람 찬란히 돌아오시니! (예: 53)[32]

정지용이 일본 제국을 고대 중국인들이 사용하던 '이적'으로 표현하고 아마테라스오미카미(天照大神)를 '사신'으로 부르는 것이 흥미롭다. 아무리 해방의 기쁨과 임시정부 요원을 환영하는 찬가나 헌시라고는 하지만 평소 침착하던 정지용답지 않게 격앙된 어조로 노래한다. 9연 34행으로 이루어진 비교적 짧은 작품에서 영탄법과 반복법을 구사하고 느낌표를 무려 7번 사용함으로써 감정을 헤프게 털어놓는다. 만약 정지용이 벅찬 감정을 절제하여 표현했더라면 아마 더 큰 감명을 주었을지도 모른다.

아니나 다를까 김동석은 「그대들 돌아오시니」를 진정한 민족해방의 노래와는 거리가 먼 "좀 위태위태한 시"로 평가한다. 그는 "지용이 성당엘 다니든 '임정'을 지지하든 종교는 담배요 지용도 정치적 동물이니까 눈감아 준다 하드라도 '시'를 교회당까지 끌고 들어가 눈코 달린 정치가

---

32) 처음 두 행과 마지막 후렴구 두 행은 독자의 이해를 돕기 위하여 이 책의 저자(김욱동)가 추가한 것이다.

에게 헌납한다는 것은 순수하다 할 수 없다"(예: 53~54)고 비판한다. 그런데 종교는 '담배'라고 하는 구절이 애매하다. 1843년에 카를 마르크스는 "종교는 인민의 아편이다"라고 말한 적이 있다. 김동석은 어쩌면 '아편'이라고 할 것을 '담배'로 잘못 말했을지도 모른다.

물론 김동석은 정지용의 '변신'을 그렇게 신랄하게는 비판하지 않는다. 조선에서 시만 가지고 살아가는 것은 무리라는 사실을 김동석도 누구보다도 잘 알고 있었기 때문이다. 그러나 그는 정지용의 시적 재능을 잘 알고 있기에 그가 순수의 옷을 더럽히는 것을 안타깝게 생각하였다. 어수선하던 해방 정국에서 무슨 용무에서인지는 몰라도 정지용은 언젠가 한 번 미 군정청을 방문한 적이 있다. 정지용이 "'공기가 탁하고 복작어리는 광경이 지옥이야 지옥. 머니머니 해도 여기가 천당이지' 하고 이전(梨專)의 상아탑을 찬미했다"(예: 54)는 일화를 전한다.

김동석은 시인이라면 상아탑을 피난처로 알아서는 안 된다고 지적하면서 상아탑은 "시탄(詩彈)을 내쏘는 토치카"가 되어야 한다고 밝힌다. 그러면서 그는 정지용이 《문장》을 통하여 배출한 조지훈, 박두진(朴斗鎭), 박목월 같은 청록파 시인이 바야흐로 "쪽빛보다 더 푸른 시"를 창작하고 있다고 부연한다. 김동석은 자신의 주장을 증명이라도 하듯이 정지용이 이화여자전문학교 교수가 되어 생활이 안정되니 시가 나오기 어렵다고 고백한 오장환의 말을 언급하기도 한다. 김동석은 『청춘무성』(1940)을 언급하며 당시 이화여전 강사로 근무하던 이태준도 그러할 가능성이 크다고 암시한다.

김동석은 정지용의 정치 참여에 적잖이 의구심을 드러내었다. 정지용이 그동안 민중의 삶과는 거리가 먼 생활을 해왔을 뿐 아니라 그가 쓴 작품도 다분히 예술주의적 경향이 짙었기 때문이다. 그러한 그가 광복을 맞이하여 환국한 임정 정치가들 앞에서 시를 읊는다고 정치적 변신이 이루어지는 것은 아닐 것이다. 김동석은 조선시대 500년에 일제 식민지 지배 36년 동안 "고혈을 빨린 조선에서" 정지용이 시를 읊고 친구들과 술을 마실 수 있었던 것도 따지고 보면 모두 민중의 덕분이라고 말한다. 그는 정지용에게 "그대가 맞이한 몇 사람 정치가보다도 이마에 땀을 흘려 낫을 잡는 사람, 헴머[해머]를 휘두르는 사람이 시인을 밥 먹이고 옷 입히지 않았던가"(예: 56~57)라고 묻는다.

정지용은 「그대들 돌아오시니」의 낭송에서도 볼 수 있듯이 해방 후 김기림이나 이태준처럼 좌파 계열의 문학 단체인 조선문학가동맹에서 중앙집행위원으로 활약하는 등 점차 사회주의 노선에 발을 들여놓았다. 우파 계열의 문학 단체와는 달리 조선문학가동맹에서는 ① 일본 제국주의 잔재의 소탕, ② 봉건주의 잔재의 청산, ③ 국수주의의 배격, ④ 진보적 민족 문화의 건설, ⑤ 조선문학의 국제문학과의 제휴 등의 깃발을 내세웠다.

이 무렵 김동석이 간행하려던 잡지 이름이 '상아탑'이라는 것을 듣고 정지용은 그에게 "상아탑이요? 인민전선이 펼쳐졌는데 《상아탑》이 무사할가요"(예: 57)라고 물었다. 이 문장을 읽노라면 정지용과 김동석의 입장이 전도된 듯한 느낌마저 든다. 이 점을 의식한 듯이 김동석은 앞에서 언급한 오장환의 시 「병든 서울」에서 "우리 모든 인민의 이름으로 / 우리네 인민의 공통된 행복을 위하여 / 우리들은 얼마나 이것을 바라는 것이냐. / 아, 인민의 힘으로 되는 새나라"를 인용한다.

그러면서 김동석은 "그러나 지용이여 안심하라. 상아탑은 인민의 나라에도 있다. 좌익 소아병자의 시 아닌 시를 보고 인민의 나라에는 '시'가 없을 거라고 지래 짐작을 말지니 노동자 농민 속에서 '시'가 용솟음쳐 나올 때—그것은 먼 장래의 일이기는 하지만—가느러지고 자자들었던 조선의 시가 우렁차게 삼천리강산에 메아리 질을 것이다"(예: 57~58)라고 역설한다. 김동석은 정지용에게 백록담처럼 '맑은 샘'이어서 어차피 대하장강(大河長江)의 탁류를 이루지 못할진대 차라리 '차고 깨끗하게' 남아 있으라고 우정 어린 충고를 한다.

순수와 비순수의 정체

겨우 5년 남짓 이루어진 김동석의 비평 활동은 크게 작가·작품론과 문학론의 두 유형으로 나뉜다. 그의 문학론 중에서도 김동리(金東里)를 비롯한 작가들과 벌인 순수문학 논쟁은 가장 널리 알려져 있다. 김동석의 비평 활동이 해방기 문단에서 주목을 받은 것은 바로 조선문학가동맹의 진보적인 민족 문화의 논리에서 순수문학을 지향하던 김동리와 펼친 논쟁 때문이었다. 김동리에 대한 김동석의 비판은 1947년 11월《신천지》에 발표한「순수의 정체」에서 본격적으로 이루어지만 이미「비판의 비판」에서도 부분적으로 엿볼 수 있다.

「비판의 비판」은 '청년 문학가에게 주는 글'이라는 부제에서도 드러나듯이 김동석이 조선청년문학가협회(청문협)를 비판 대상으로 삼은 글이다. '비판의 비판'이라고 한 것은 이 협회가 조선문학가동맹을 먼저 비판하고 나섰으므로 그것에 대한 반론의 성격을 띠기 때문이다. 1946년 4월 김동리를 비롯한 소장파 우익 문인들은 한 해 전에 설립한 보수적인 조선문필가협회의 미온적 활동에 반발하여 종로 YMCA 강당에서 청문협 결성대회를 가졌다. 이 단체에는 김동리, 조지훈, 박두진, 박목월(朴木月), 서정주, 최태응(崔泰應), 조연현(趙演鉉), 곽하신(郭夏信), 김광주(金光洲), 곽종원(郭鍾元), 박용구(朴容九) 등이 참여하였다. 그 뒤 이 단체는 지방별로 유치환, 김상옥(金相沃), 김춘수(金春洙), 김현승(金顯承), 오영수(嗚永壽) 등이 참여하여 전국적인 규모로 확대되었다. 광복 이후 순수문학 전통을 확립한 청문협은 1947년 전국문화단체총연합회로 발전하면서 해체되었다.

조선청년문학가협회는 해방 공간에서 좌익 문인 단체의 활동에 정면으로 맞선 가장 활발한 조직이었다. 그들은 좌익 진영의 문학관을 비판할 뿐 아니라 한 발 더 나아가 우익 진영의 전조선문필가협회의 민족주의적 경향도 함께 비판하였다. 청문협은 이렇게 좌우 진영을 모두 비판하면서 신생국가 한국에서 문학이 나아가야 할 길을 제시하려고 노력했다는 데 의의가 있다. 그들은 ① 자주독립 촉성에 문화적으로 헌신하고, ② 민족 문학의 세계사적 사명을 완수하며, ③ 일체의 공식적·예속적 경향을 배격한 채 진정한 문학정신을 옹호한다는 것을 강령으로 내세웠다. 이러한 강령은 곧 좌익 문학에 대한 투쟁적 선언과 크게 다름없었다. 김동리와 조연현 등은 이 단체와는 별도로 좌익의 프롤레타리아문학 이론에 대항하여 1930년대 순수문학의 전통을 계승하여 나갔다.

김동석은 무엇보다도 먼저 조선청년문학가협회의 창립 선언을 문제삼는다. 청문협이 창립 선언에서 "문학정신을 유린하고 다시 나아가 사조와 정국에 대한 천박한 해석과 조급한 판단으로 말미암아 직접 간접으로 조국과 민족의 해체와 파괴에 급급할 뿐"(예: 96)이라는 진술은 문학을 사회 변혁의 수단으로 삼으려고 하던 김동석으로서는 도저히 받아들일 수 없었을 것이다. 그는 청문협의 주장이야말로 "사조와 정국에 대한 천박한 해석과 조급한 비판"이라고 아니할 수 없다고 맞선다. 김동석은 조국과 민족을 해체하고 파괴하는 데 앞장선 것은 좌파 문인들이 아니라 오히려 순수문학을 주창하는 우파 문인들이라고 주장한다.

더구나 김동석은 조선청년문학가협회의 선언 중에서 문학가의 정치적 역할에 관한 진술에 대해서도 날카롭게 비판한다. 청문협은 "농부는 농사에 전력하고 상인은 상도에 성실하며 공인은 공업에 매진할 거와 같이 문인은 또한 문학 분야를 지켜야 할 것이다"(예: 98~99)라고 지적한다. 이렇게 그들은 3천만 동포가 모두 정치에 나설 필요가 없다는 점을 분명히 한다.

청문협의 이러한 주장에 대하여 김동석은 청문협이 정치와 경제를 잘 모를뿐더러 아는 것이라고는 문학밖에 없으니 그렇게 말하는 것이라고 매도하며 그들이 오히려 '민족적 과오'를 범한다고 날카롭게 비판한다. 여기서 그가 민족적 과오라고 하는 것은 청문협이 자주독립 촉성에 문화적으로 헌신한다고 천명했기 때문이다. 김동석은 그들 배후에 정치적 인형사(人形師)가 숨어 있을 것이라고 주장한다.

이승만(李承晩)의 독립촉성중앙협의회와 김구(金九)의 신탁통치반대 국민총동원위원회가 통합하여 대한독립촉성국민회를 결성하였고, 청문협은 창립 선언에서 촉성회를 인정하였다. 김동석은 "개념 없는 직관은 시각 장애인이다"라는 임마누엘 칸트가 『순수이성비판』(1781, 1787)에서 한 말을 인용하며 문청협의 정치적 무의식을 비판한다. 김동석의 판단으로는 청문협 회원들이 경제학의 기본도 모를뿐더러 유물사관을 의식적으로 배격하면서 순수문학으로 '독립촉성'을 하려는 불순한 의도를 품고 있다.

김동석이 조선청년문학가협회 회원들을 '샌님'이라고 부른다는 점도 찬찬히 눈여겨보아야 한다. '생원님'의 준말이기도 한 '샌님'은 얌전하고 고루한 사람을 놀림조로 이르는 말이다.[33] 한마디로 철이 없다는 뜻이다. 그것은 임화가 외국문학연구회 회원들을 '도련님'이라고 부른 것과 궤를 같이한다. 김동석은 유교적 교양이나 놀고먹던 양반계급의 버릇 같은 봉건제도의 후예들인 샌님들이 일제가 온갖 방법으로 '더럽힌 조선'을 증오하는 양심의 소유자라고 질타한다. 그것으로도 모자라 김동석은 청문협 회원들이 서구의 관념철학에 세뇌되어 불치병을 앓고 있다고 지적하기도 한다. 칸트에 이어 김동석은 이번에는 현대처럼 역동적 시대에 공적 영역에서 이론가란 한낱 반동에 지나지 않는다는 엥겔스의 말을 인용하기도 한다.

한편 김동리는 1946년 4월 《청년신문》에 발표한 「조선문학의 지표」라는 글에서도 조선문학가동맹을 신랄하게 비판한다. '현단계의 조선문학의 과제'라는 부제를 붙인 이 글에서 그는 좌파 이론가들을 '비라' 논객이라고 부른다.

> 민족문학 수립의 단계에 있어 특히 성찰을 요하는 것은 민족정신이나 조선적 성격과 이즈음에 소위 '봉건적' 혹은 '일제적'이라는 것과에 대한 개념적 혼선이다. 조국과 민족의 해체와 파괴를 기도하는 시류(時流) 논객들의 소견에 의하면 조선 사람이 가진 일체의 과거의 것이나 민족적 문화적 전통에 속하는 것은 모도 다 '일제적' 혹은 '봉건적' 잔재라는 것이다. 나는 이러한 비라 논객

---

33) 김동석은 1946년 12월 《신천지》에 발표한 「조선문화의 현단계」에서 이름을 밝히지는 않지만 누가 보더라도 현민 유진오가 틀림없는 문인을 무려 다섯 번에 걸쳐 '샌님'이라고 경멸적으로 부른다. "'처어칠의 여송연과 채필'에 얼이 빠진 샌님들은……(예: 161)이라고 말하는 것을 보면 유진오뿐 아니라 그와 비슷한 관념주의적 문인들도 '샌님'의 범주에 넣는다.

들의 기도에 도저히 찬성할 수 없다. (예: 105)

위 인용문을 읽어 보면 김동리는 누가 보아도 김동석을 염두에 두고 쓴 것임을 알 수 있다. 실제로 김동석은 "조선에 있어서 시방 가장 시급한 것은 일본 제국주의 잔재의 소탕과 봉건주의의 청산이다"(예: 107)라는 문장에서처럼 '봉건적'이나 '일제적'이라는 낱말을 마치 민요의 후렴구처럼 자주 사용해 왔다. 이 두 표현에 그림자처럼 늘 붙어 다니는 것이 김동석이 즐겨 사용하는 "500년하고 36년 동안"이다. 김동석은 헨리크 입센의 『인형의 집』(1879)에서 노라가 가부장제의 집을 뛰쳐나갔듯이 이제 조선인은 봉건제도와 일제의 잔재라는 집을 뛰쳐나가야 한다고 주장한다.

김동리가 김동석을 비롯한 좌파 이론가들을 '비라 논객'으로 매도하는 것은 그들의 글이 팸플릿 같은 전단을 통한 선전 선동에 가깝기 때문이다. 그러나 김동석의 글은 비록 내용에는 과격한 데가 있어도 논리가 아주 정연하다. 그처럼 자신의 입장을 논리정연하게 전개하는 비평가도 찾아보기 쉽지 않다. 그러므로 김동석을 '비라 논객'으로 매도하는 것은 그다지 적절해 보이지 않는다. 김동리의 비판을 의식이라도 한 듯이 김동석은 조선문학가동맹도 민족만 생각하다가 자칫 문학을 소홀히 한 느낌이 없지 않다고 고백한다.

김동리에 대한 김동석의 비판은 이번에는 안회남(安懷南)을 다루는 「부계의 문학」에서도 엿볼 수 있다. 김동석은 안회남을 '샌님'으로 부르면서 비판하는 자리에서 김동리를 함께 공격한다. 김동석은 신소설 『금수회의록』(1908)의 작가 안국선(安國善)의 아들인 안회남이 가부장적인 봉건 의식에서 벗어나지 못한다고 비판한다. 그러면서 김동석은 안회남의 태도가 "8·15 전에 허공에서 구름을 잡으려다 8·15를 당하여 절망에 빠진 김동리 등 이른바 순수문학파가 비행기로 하강하신 대한인들의 충복이 됨으로써 자기들의 공허한 문학정신을 수호할 수 있다고 착각하는 것이나 진배없다"(부: 18)고 지적한다. 결국 김동석은 양수겸장으로 두 작가를 공격하는 셈이다.

한편 김동석은 역시 안회남을 다루는 「비약하는 작가」에서도 김동리를 걸고넘어진다. 일제 때 민중의 역사를 외면한 채 자아 속에 칩거하던 안회남이 조선문학가동맹에 가입하면서 작가로서 비약한 반면, 이른바 순수문학을 부르짖는 작가들은 오히려 후퇴하고 있다는 것이다. 김동석은 "김동리 같은 작가들이 비약은커녕 뒷걸음 치고 있는 사실이 그것을 말하고 있지 아니한가?"(부: 34)라고 묻는다. 그러면서 김동리를 비롯한 현민 유진오와 김광균 등에게 안회남을 본받을 것을 간곡히 권한다.

김동석이 김동리를 좀 더 본격적으로 비판하는 것은 1947년 11월 《신천지》에 발표한 「순수의 정체」에서다. 아예 '김동리론'이라는 붙인 이 글에서 그는 김동리를 이광수나 현민 유진오 같은 재사라고 먼저 운을 뗀다. 그러고 나서 그는 "우리 문단이 이미 춘원 등의 재사를 일제한테 빼앗긴 것도 원통한데 김동리를 이제 또 '순수'라는 허무한 귀신에게 빼앗긴다는 것은 애석한 일이라 아니할 수 없다"(부: 37)고 밝힌다. 김동석은 식민지 조선의 문인들이 마치 거북이 몸을 단단한 등딱지 속에 감추듯이 객관적인 역사에서 벗어나 '순수'라는 이름으로 주관 세계로 도피한 것에 대해서는 어느 정도 이해한다. 그러나 일본 제국주의가 물러난 지 한두 해가 지난 지금 여전히 순수문학이라는 등딱지 속에 머물러 있다는 것은 도저히 용서할 수 없는데 이러한 대표적인 작가가 다름 아닌 김동리라는 것이다.

김동석은 김동리가 지향하는 순수문학의 경향을 그의 단편집 『무녀
도』(1947)에 실린 「혼구(昏衢)」에서 찾는다. 김동리는 이 작품을 1940년 2
월 《인문평론》에 처음 발표하였다. 작품집 맨 마지막에 수록되어 있는 이
작품은 제목이 자못 상징적이다. 이 작품은 제목 그대로 주인공이 후미진
곳에 있는 주막을 찾아 캄캄한 어둠 속으로 걸어가는 모습으로 끝을 맺는
다. 김동석은 주인공 강정우의 모습이야말로 작가 김동리의 모습과 크게
다르지 않다고 지적한다. 작가와 주인공에 대하여 김동석은 "변증법적으
로 발전하는 역사를 표상할 세계관을 가지고 있지 못하기 때문에 암중모
색을 하면서—사실은 그것도 주관적인 비동(非動)의 동(動)이다.—제3세
계관을 찾고 있는 것이다"(부: 38)라고 지적한다. 여기서 그는 '비동의 동'
이라는 모순어법적 표현을 사용하지만 '반동'이라는 말로 바꾸어 놓아도
의미가 크게 달라지지 않는다.

그러나 김동리는 김동리대로 이러한 비판을 의식이라도 하듯이 강정
우 같은 인물을 적극 옹호하고 나선다. 「신세대의 정신」에서 그는 작중인
물이나 작가의 세계관은 외부에서 오는 것이 아니라 어디까지나 생명과
개성에서 비롯하는 것이라고 역설한다.

> 나의 강정우들이 이 시대 이 현실에 대한 적극적 의지와 신념을 갖지 못했다
> 고 하면 우선 일면의 견해임엔 틀림없을 것이다. 그러나 그러한 적극적 의지
> 와 신념이라 할 것이 각자의 생명과 개성의 구경(究竟)에서 나는 것이 아니고
> 어떤 외래의 이데올로기나 시대적 조류의 그것이라면 이것은 대체 무엇을 의
> 미하는 것인가. 한 시대나 현실에 대한 작가의 진정한 의지와 신념이란 이미
> 인생 자체에 대한 그것이 아니면 안 된다. (부: 3839)

김동리가 말하는 "어떤 외래의 이데올로기나 시대적 조류"란 두말할 나위 없이 김동석을 비롯한 프로문학 비평가들이 주장하는 계급투쟁의 이념이거나 광복 후 어수선한 시기에 풍미하던 사회주의 물결을 말한다. 한편 "생명과 개성의 구경"이란 이러한 이념과 시류에서 벗어난 창조 행위를 일컫는다. 이 점에 대하여 김동리는 "대개 인간의 생명과 개성의 구경을 추구한다 함은 보다 더 고차적인 인간의 개성과 생명의 개조를 의미하는 동시 그것의 창조를 지향하는 정신이기도 한 것이다"[34]라고 지적한다.

김동리는 한 시대나 현실에 대한 작가의 진정한 의지와 신념이란 이러한 외부 이념이나 한 시대에 일시적으로 유행하는 사상이 아니라 삶에 대한 작가의 진지한 성찰에서 비롯해야 한다고 주장한다. 그는 "이 땅의 경향문학이 '물질'이란 이념적 우상의 전제 하에 인간의 개성과 생명을 예속 내지 봉쇄시켰다"(부: 47)고 주장한다. 김동리의 이러한 주장은 김동석이 인용하지 않은 다음 문장에서 좀 더 뚜렷하게 엿볼 수 있다.

인간의 개성과 생명을 추구하여 얻은 한 개의 도달점이 이 모화란 새 인간형의 창조였고 이 모화와 동일한 사상적 계열에 서는 일물로선 「산제(山祭)」의 태평이가 그것이다. 모화나 태평이들이 이 시대 이 현실에 대하여 별반 의의를 가지지 못함은 내 자신이 잘 알고 있으나, 그러나 인간이 생명과 개성의 구경을 추구하여 영원히 넘겨보군 할 그러한 한 개의 길이라고 나는 믿는 것이다.[35]

---

34) 김동리, 「신세대의 정신: 문단 '신생면'의 성격, 사명, 기타—」, 《문장》(1940.05), 90쪽.
35) 위의 글, 91~92쪽.

김동리가 외부의 추상적 이념이나 시류의 이념이 아닌 인간의 개성과 생명을 추구하여 창조해 냈다는 점에서는 「혼구」의 강정구도 「무녀도」의 모화나 「산제」의 태평이와 크게 다르지 않다. 김동리가 이렇게 창조해낸 인물들은 그들 나름대로 작가와 시대가 낳은 자식들이다. 물론 그는 김동리에서 볼 수 있는 순수문학도 '무저항의 저항'으로서는 나름대로 의미가 있을지 모른다고 조금 유보를 둔다. 그러나 김동석은 그들이 변증법적을 발전하는 미래지향적 인물들이 될 수 없다고 비판한다. 우물 안 개구리처럼 당시 세계정세를 깨닫지 못하고 유물사관을 의식적으로 배격하는 김동리로서는 당연한 결과라는 것이다. 김동석은 여기서 김동리를 우물 안에 있을망정 개구리에 빗대지만 『부르조아의 인간상』의 머리말에서는 아예 '올챙이 문학가'로 매도한다.

　　김동리가 말하는 "생명과 개성의 구경"과 관련하여 무엇보다도 중요한 것이 리얼리즘을 둘러싼 문제다. 영문학에 심리주의 리얼리즘의 전통을 굳건히 세운 헨리 제임스는 리얼리즘이란 본디 용적이 큰 배와 같아서 어떠한 개념이나 이론도 포함할 수 있다고 말한 적이 있다. 비록 이 점을 염두에 두더라고 김동석과 김동리가 보는 리얼리즘 사이에서 타협점을 찾기란 무척 어렵다. 김동석에게 리얼리즘은 넓은 의미의 사회주의 리얼리즘을 말하는 것이라면, 김동리에게 리얼리즘은 차라리 낭만주의에 가깝다. 김동리의 태도는 1940년 3월 《문장》에 발표한 「나의 소설 수업: 리얼리즘으로 본 당대 작가의 운명」에서 뚜렷하게 드러난다.

　　작자의 주관과 아무런 교섭도 없는 현실(객관)이란 어떠한 경우에도 그 작가적 리얼리즘과는 아무런 상관도 없는 것이다. 한 작가의 생명(개성)적 진실에서 파악된 '세계(현실)'에 비로소 그 작가적 리얼리즘은 시작하는 것이며, 그 '세계'의 여율(呂律)과 그 작자의 인간적 맥박이 어떤 문학적 약속 아래 유기적으로 육체화하는 데서 그 작품(작가)의 '리알'은 성취되는 것이다. 그러므로 아무리 몽환적이고 비과학적이고 초자연적인 현상이라도, 그것은 가장 현실적이고 상식적이고 과학적인 다른 어떤 현실과 꼭 마찬가지로 어떤 작가에 있어서는 훌륭히 리알리즘이 될 수 있는 바이다. (부: 46)

위 인용문에서 김동리가 주장하는 리얼리즘은 ① 인민성, ② 계급성, ③ 당파성, ④ 이념성, ⑤ 전형성에 무게를 싣는 사회주의 리얼리즘은 말할 것도 없고 일반적 의미의 부르주아 리얼리즘과도 자못 거리가 멀다. 특히 아무리 몽환적이고 비과학적이고 초자연적인 현상이라고 할지라도 얼마든지 리얼리즘이 될 수 있다는 주장은 당시 조선 문단에서는 좀처럼 받아들여지기 어려웠을지 모른다. 김동석은 김동리의 이러한 주장을 "로맨티씨슴을 리얼리슴이라 견강부회하는 김동리다운 논법"(부: 48)이라고 매도한다. 그는 김동리가 세계관은 말할 것도 없고 심지어 문학이 무엇인지도 모른다고 인신공격에 가까운 비판을 한다.

그러나 좀 더 객관적 입장에서 평가한다면 김동석 쪽보다는 아무래도 김동리 쪽에 손을 들어주어야 할 것 같다. 리얼리즘이 삶의 실재에 충실하고 사실적이어야 한다면 외적 현상 못지않게 내적 현상에도 충실하고 사실적이어야 한다. 방금 언급한 헨리 제임스는 외적 현상의 묘사에 충실한 동시대의 리얼리즘 작가 마크 트웨인이나 윌리엄 하우얼스와는 달리 심리적인 내면세계의 묘사에 충실하였다. 제임스는 자신이 주창하는 '심리적 리얼리즘'이 하우얼스의 '가정적 리얼리즘'이나 트웨인의 '지역적 리얼리즘'보다 훨씬 더 삶의 실재에 가깝다고 판단하였다.

김동석은 양수겸장으로 안회남과 한데 묶어 김동리를 비판하듯이 이번에는 김동리와 한데 묶어 박영희를 공격한다. 김동석은 "얻은 것은 이데올로기요 잃은 것은 예술"이라고 선언하며 카프에서 전향한 박영희의 평론집『문학의 이론과 실제』(1947)를 비판 대상으로 삼는다. 이 책의 서문에서 박영희는 "목상(木像)을 인간으로 바꾸어 놓아 […] 문학이 질식 상태에 빠졌던 것은 문학적 기술 문제보다도 사상 문제에 그 원인이 있는 것이다"(부: 48)라고 지적한다.

여기서 박영희가 말하는 '사상 문제'란 몇몇 비평가들이 마르크스주의의 '중압과 구속'에서 좀처럼 벗어나지 못하는 태도를 말한다. 그도 김동리처럼 좌파 문인들이 마르크스주의의 이념에 매몰되어 삶의 실재를 '있는 그대로' 사실적으로 보지 못한다고 날카롭게 비판한다. 그러자 김동석은 "무슨 뻔뻔스런 소리냐"고 격렬하게 반응하며 이른바 순수문학 옹호자들이 일본 제국주의에 협력한 친일 전력을 넌지시 언급한다. 그는 "가야마 미츠로(香山光郞)가 '황민문학'에 정신(挺身)하고 이시다 겐조(石田耕造)가 '국민문학'에 집중하여 조선문학이 질식 상태에 빠졌던 것이 맑시즘의 죄란 말인가?"(부: 48)라고 따져 묻는다. 방금 앞서 그는 박영희에 대해서 "총력연맹의 요시무라 고도(芳村香道)인지 박영희인지가……"라고 하면서 창씨개명을 문제 삼듯이 여기서도 이광수와 최재서의 창씨개명을 문제 삼는 것이다. 이렇듯 김동석은 기회 있을 때마다 '순수문학의 비순수성'을 상기시킨다.

셰익스피어의 현대성

경성제국대학 시절 김동석이 주로 관심을 기울인 영문학 분야는 매슈 아널드와 윌리엄 셰익스피어였다. 그런데 그의 셰익스피어 연구는 전통적 연구와는 조금 성격이 달라서 흔히 '문화연구'로 알려진 비평과 아주 비슷하다. 문화연구는 1960년대 말엽부터 영국 버밍엄대학교의 '현대문화연구소(CCCS)'를 중심으로 영국의 다문화 사회에서 사회 변화의 수단으로서의 대중문화와 하위문화의 역할을 논의하는 과정에서 태어났다. 레이먼드 윌리엄스, 리처드 호가트, 스튜어트 홀 같은 마르크스주의 비평가들과 연구자들이 주축을 이룬 이 연구소에서는 처음부터 통학문적 연구와 실천성을 강조하였다. 말하자면 정치성, 당파성, 운동성, 지향성은 문화연구의 수레를 끄는 네 바퀴였다.

김동석의 셰익스피어 연구를 알아보기 위해서는 여기서 잠깐 스튜어트 홀의 문화 개념을 살펴볼 필요가 있다. 문화이론의 집을 짓는 데 홀은 마르크스주의 문화이론을 비롯하여 안토니오 그람시의 헤게모니 이론, 루이 알튀세르의 미디어 이론 등을 주춧돌로 삼는다. 홀은 무엇보다도 먼저 문화를 해석의 투쟁 공간으로 정의 내린다. 미디어는 삶의 실재를 반영하는 데 그치지 않고 한 발 더 나아가 실재를 '생산'하고 또한 지배적인 문화 질서를 '재생산'하기도 한다. 그래서 홀은 문화를 단순히 심미적 현상으로 간주하지 않고 저항과 동의가 교차하고 헤게모니와 이데올로기가 표출하는 복잡한 영역으로 간주한다. 다시 말하면 그는 미디어를 통하여 유통되는 의미와 이미지를 해체하여 나이, 계급, 인종, 젠더, 이념 등에 기반을 둔

정체성이 어떻게 지배적인 재현과 교하는지 밝혀내는 데 주력한다.[36]

홀을 비롯한 문화연구가들이 이론적 체계를 갖추기 30여 년 전에 김동석이 이러한 관점에서 이미 셰익스피어 작품을 분석하려고 시도했다는 것이 여간 놀랍지 않다. 김동석의 셰익스피어 연구는 시기적으로 영국보다 20~30년 앞지른다는 점에서 주목할 만하다. 물론 그의 문화연구는 오늘날의 문화연구처럼 정교하게 다듬어지지는 않았지만 놀랍게도 기본 골격에서는 그 이론과 크게 다르지 않다.

김동석이 영국의 문호에 대하여 쓴 글은 '셰익스피어의 산문'이라는 부제를 붙인 「시극과 산문」과 '폴스타프론'이라는 부제를 붙인 「부르조아의 인간상」의 두 편이다. 이 두 글은 두 번째 평론집의 4분의 1이 넘을 만큼 상당히 중요한 비중을 차지한다. 더구나 김동석은 머리말에서 "내가 이 평론집에서 문학을 비평하는 방법이나 태도는 상아탑적이 아니다. 아니,『예술과 생활』에서보다도 오히려 일보 전진했다고 자부한다"(부: 3)고 밝힌다.

그러고 보니 김동석이 『부르조아의 인간상』의 머리말에서 왜 "민족의 거대한 사실에 대하야는 의식으로 눈을 감고 피하야 문학만 가지고 이러니저러니 하다가 개미가 쳇바퀴 돌 듯 아무 발전이 없는 문학주의자들의 꼴을 보라"(부: 3)라고 말하는지 알 만하다. 김동석은 이렇게 김환태 같은 순수문학을 부르짖는 비평가들과는 다른 시각에서 문학 작품을 분석하고 비평한다는 점을 분명히 한다. 실제로 김동석의 셰익스피어 연구는 80년 가까운 시간이 지난 지금 읽어도 조금도 낡았다는 느낌이 들지 않는다. 그

---

36) Stuart Hall, "Encoding and Decoding," in *the Television Discourse* (Birmingham: University of Birmingham Centre for Cultural Studies, 1973), pp. 507~517.

만큼 그는 문학비평에서 시대를 앞서는 선각자적인 비평안을 지니고 있었던 것이다.

김동석은 "아름다운 것은 영원한 기쁨"이라는 존 키츠의 유명한 시구를 먼저 인용하고 난 뒤 셰익스피어의 예술은 그가 사망한 지 300년이 넘는 세월이 지난 오늘날에도 변함없이 인류에게 큰 기쁨을 준다고 말한다. 일찍이 셰익스피어와 같은 시대를 산 극작가 벤 존슨은 그를 '시대를 초월한 작가'라고 일컬은 적이 있다. 김동석은 영국의 봉건사회의 산물인 셰익스피어의 작품이 자본주의 사회는 말할 것도 없고 심지어 사회주의 사회에서도 큰 인기가 있다는 점에 주목한다.

이렇게 셰익스피어가 큰 인기를 끌고 있는 이유에 대하여 김동석은 셰익스피어의 예술이 키츠나 존슨의 말처럼 시대를 뛰어넘는 어떤 영원하고 보편적인 가치를 지니고 있기 때문이라고 지적한다. 적어도 이 점에서 김동석은 문화연구가들과는 태도를 달리한다. 문화연구가들은 문학의 보편적 가치를 좀처럼 인정하려고 하지 않는다. 그들에게 문학의 가치란 영구불변한 것이 아니라 역사적 시대와 사회적 공간에 따라 얼마든지 달라질 수 있다.

김동석은 조선에서도 셰익스피어의 연극이 상연될 날을 기대하며 그러기 위해서는 무엇보다도 먼저 "진격한 연구와 우수한 번역"이 선행되어야 한다고 주장한다. 김동석이 「비극과 산문」을 쓴 것은 해방 후 이듬해 1946년이었다. 한국에서 최초로 셰익스피어 연극을 공연한 것은 한일병합이 일어난 1910년으로 일본어로 『햄릿』을 무대로 올린 것이 최초였다. 한국어로 셰익스피어 연극이 처음 공연된 것은 1925년 경성고등상업학교 어학부가 공연한 『줄리어스 시저』였고, 그 뒤를 이어 1929년 이화여자

전문학교의 학생극단이 『베니스의 상인』을 공연하였다. 1920년대에 찰스 램이 산문으로 풀어쓴 『셰익스피어 이야기』가 부분적으로 번역되어 읽히 다가 1923년 《개벽》의 학예부장으로 활약하던 현철(玄哲)이 일본어 번역 에서 중역한 『하믈레트』가 첫 완역본으로 나왔다.

김동석은 국내 비평가로서는 처음으로 셰익스피어 작품에서 산문 의 역할과 기능에 주목하였다. 그는 셰익스피어의 37편 희곡의 총 행수 105,866행 중 28,255행이 산문으로 희곡 전체의 26퍼센트 정도를 차지한 다고 지적한다. 물론 이러한 통계는 김동석 자신이 직접 계산한 것은 아니 고 셰익스피어 학자 모튼 루스의 『윌리엄 셰익스피어 작품 핸드북』(1906) 에 따른 것이다. 어찌 되었든 20세기를 '과학의 세기'요 '산문의 시대'라 고 입버릇처럼 말해 온 김동석은 셰익스피어 작품에서 산문이 차지하는 몫이 무척 중요하다고 역설한다. 김동석은 모든 희곡 작품에서 셰익스피 어가 귀족 계급에게는 운문으로 말하게 하고, 시민계급이나 하층계급에 게는 산문으로 말하게 한 점에 주목한다. 그러면서 봉건사회가 무너질 때 운문과 시도 함께 무너지면서 산문이 대신 운문의 자리를 차지했다고 지 적한다.

그러나 이러한 관행이 언제나 엄격하게 지켜진 것은 아니었다. 가령 『햄릿』에서 햄릿이 자신을 찾아온 로젠크란츠와 길덴스턴에게 "인간이 란 참으로 걸작이 아닌가! 이성은 얼마나 고귀하고, 능력은 얼마나 무한 하며, 생김새와 움직임은 얼마나 깔끔하고 놀라우며, 행동은 얼마나 천사 같고, 이해력은 얼마나 신 같은가!"(2막 2장)라고 말하는 장면에서는 운문 이 아닌 산문을 구사한다. 『리어 왕』에서도 『햄릿』과 마찬가지로 주인공 리어 왕이 점차 정신 상태가 혼미해 감에 따라 운문을 버리고 산문을 사용하기도 한다.

셰익스피어가 활약하던 영국의 르네상스 시대에는 극작가들이 희곡에 운문과 산문을 섞어 사용하는 것이 문학적 관습이었다. 셰익스피어를 분수령으로 그 이전 극작가들은 주로 운문을 썼고, 그 이후 극작가들은 주로 산문을 썼다. 셰익스피어가 운문과 함께 산문을 구사한 것은 시기적으로 그 분수령에 놓여 있었기 때문이다. 셰익스피어가 희곡에 운문과 산문을 섞어 사용한 것은 이러한 관행 말고도 계급과 신분, 선과 악, 작중인물의 성격과 심리, 기분 등을 구분 짓기 위해서였다. 또한 운문이나 산문만을 일관되게 사용할 때 관객이 느끼는 단조로움에 변화를 주기 위한 전략이기도 하였다.

김동석은 셰익스피어의 운문과 산문 사용을 특히 작중인물의 신분과 계급, 온전한 정신 상태의 여부를 가늠하는 잣대로 사용한다. 가령 신분이 높은 4대 비극의 주인공들, 즉 햄릿을 비롯하여 리어 왕, 오셀로, 맥베스 같은 인물은 주로 운문으로 말하는 반면, 어릿광대 폴스타프를 비롯한 신분이 낮은 인물들은 주로 산문으로 말한다. 또한 정신 상태가 정상인 인물에게는 운문을 구사하게 하고, 정신이 혼미한 인물에게는 산문을 구사하게 한다.

김동석은 두 번째 평론집에 '부르조아의 인간상'이라는 제목을 붙였다. 여기서 '부르주아의 인간상'이란 다름 아닌 셰익스피어의 작품에서 가장 불가사의하고 희극적인 등장인물 중 하나인 존 폴스타프를 말한다. 폴스타프는 『헨리 4세』 1부와 『헨리 4세』 2부, 『윈저의 유쾌한 아낙네들』 등에 주로 등장하는 인물이다. 그는 신분이 기사라고는 하지만 중년이 지난 인물로 비만한 몸에 외모도 신통치 않고 재산도 없으며 주거지도 일정하지 않다. 폴스타프에게는 허풍쟁이, 거짓말쟁이, 기생충, 바보, 폭식가, 술주정꾼, 난봉꾼, 악한, 겁쟁이 등 온갖 별명이 붙어 다닌다. 그런데도 셰익스피어는 그의 작품은 말할 것도 없고 세계문학사를 통틀어 가장 호감 가는 등장인물 중 한 사람으로 창조하였다.

헨리 4세의 아들이며 왕위 계승자인 핼 왕자는 폴스타프와 함께 술을 마시며 많은 시간을 지낸다. 두 등장인물은 사회적 신분의 차이가 크지만 신분의 벽을 뛰어넘고 서로를 좋아하며 매우 친하게 지낸다. 엘리자베스 1세는 셰익스피어에게 폴스타프를 주인공으로 한 희곡을 쓰도록 부탁하였고, 그가 여왕의 부탁을 받아들여 쓴 작품이 바로 『윈저의 유쾌한 아낙네들』이다. 폴스타프는 『헨리 5세』에서 사망하는 것으로 언급된다. 중세 농경사회의 카니발 전통에 뿌리를 둔 민속 영웅이라고 할 어릿광대 폴스타프는 엘리자베스 시대 연극에서 흔히 볼 수 있는 상호모순적이고도 역동적인 역할을 보여주는 대표적인 인물이다.

이렇게 산문을 사용하는 셰익스피어의 작중인물 중에서도 김동석이 특히 주목하는 인물은 다름 아닌 폴스타프다. 김동석도 언급하듯이 18세기 말엽 모리스 모건이 이미 폴스타프를 긍정적 인물로 옹호한 이후 적지 않은 비평가들이 그의 겉모습 뒤에 숨어 있는 참모습을 발견해 왔다. 민중의 대변자라고 할 폴스타프는 상류계급을 우롱하고 그들의 비행과 악을 폭로한다. 그래서 대중은 그가 무대에 나타나면 환호성을 지르며 갈채를 보내 왔다.

셰익스피어가 사극을 쓰게 된 동기 중 하나는 엘리자베스 시대 민중의 왕성한 정치적 관심 때문이었던 것으로 알려져 있다. 그의 비극이 도덕적이고 윤리적인 인간에 대한 관심에서 생겨났고 희극이 사회적 인간에 대한 관심에서 비롯되었다면, 역사극은 인간의 정치적 행위나 권력에 대한 호기심 때문에 창조되었다. 셰익스피어는 사극의 형식을 빌려 ① 역사란 무엇인가, ② 정치는 인간에게 어떠한 영향을 미치는가, ③ 권력이란 무엇인가, ④ 인간 사회의 질서는 어떻게 유지되어야 하는가 등의 문제에 관심을 기울였다.

김동석도 모건의 주장에 따라 폴스타프를 셰익스피어 연극에서 "최대 희극 인물"일 뿐 아니라 어쩌면 세계 연극사에서도 "가장 큰 희극 인물"일 것이라고 지적한다. 그래서 김동석은 셰익스피어 연극에 등장하는 희극적 인물이 사용하는 산문을 통틀어 '폴스타프의 산문'이라고 부른다. 그러면서 그는 "쉐익스피어가 엘리자베스 귀족사회의 부정적인 면을 사실적으로 표현한 것이 '폴스타프의 산문'이오 인간 정신의 부정적인 면을 사실적으로 표현한 것이 '리어 왕의 산문'이다"(부: 135~136)라고 지적한다.

한편 김동석은 '리어 왕의 산문'이라는 표현에서 볼 수 있듯이 셰익스피어는 이성을 상실한 작중인물에게 운문 대신 산문으로 말하도록 했다는 점을 주목한다. 리어 왕은 왕위를 유지하고 정치적 권위를 행사할 때는 운문을 사용하지만, 왕위를 잃고 미치광이가 되다시피 하여 폭풍우 속에서 황야를 방황할 때는 산문을 사용한다. 이 점과 관련하여 김동석은 "시인 쉐익스피어는 이성을 잃은 사람, 즉 미친 사람에게는 한 줄의 시도 부여하지 않았다. 쉐익스피어 극에 있어서 정신 이상이 생긴 사람은 반드시 산문으로 말하게 되어 있다"(부: 134~135)고 지적한다. 김동석은 이러한 경우를 보여주는 가장 좋은 예로 리어 왕과 오필리어가 미친 장면, 햄릿과 에드거가 미친 시늉을 하는 장면, 맥베스 부인이 몽유병자로 등장하는 장면을 든다. 또한 오셀로는 이아고로부터 아내 데스데모나가 간통을 범했다는 소식을 듣고 감정이 격해지자 갑자기 산문으로 외치고는 의식을 잃고 쓰러진다.

김동석은 정신착란의 여부를 판가름하는 산문이 셰익스피어 작품에서 또 다른 의미를 지닌다고 주장한다. 햄릿이 과연 정신착란을 일으키고 있느냐 그렇지 않으냐 하는 것은 그동안 비평가들 사이에서 큰 논쟁거리였다. 그런데 김동석은 『햄릿』 3막 2장과 5막 2장에서 햄릿이 친구 호레이쇼에게 산문이 아닌 운문으로 말한다는 점을 근거로 보면 덴마크의 왕자는 정신착란을 일으키는 척할 뿐 실제로 정신착란증에 걸리지는 않았다고 주장한다.

더구나 김동석은 셰익스피어 희곡에서 산문이 정상적인 정신 상태의 유무뿐 아니라 술에 취한 상태인지 아닌지를 가늠하는 잣대가 된다고 지적한다. 셰익스피어는 술에 취한 인물의 말은 산문으로 표현하는 반면, 술에 취하지 않는 인물의 말은 운문으로 표현하기 일쑤다. 예를 들어 『태풍』에서 괴물 칼리반은 운문을 사용하는 반면, 취한인 스테파노는 산문을 사용한다. 셰익스피어 자신은 술을 좋아했지만 작중인물들이 술을 마시는 것은 좋지 않은 행동으로 치부했다는 것이 흥미롭다.

셰익스피어는 정신이상이나 정식착란이라고까지는 할 수 없어도 이성을 남용하거나 왜곡하는 행위를 일삼는 작중인물에게도 산문을 사용하도록 한다. 예를 들어 『오셀로』의 이아고와 『리어 왕』의 에드먼드는 이러한 경우를 보여주는 대표적인 인물이다. 김동석은 그들의 산문 사용이 리어 왕의 분노라든지, 햄릿의 고민이라든지, 로미오와 줄리엣의 열정적 사랑이라든지, 프로스페로의 체관이라든지, 오셀로의 격정이라든지 하는 감정을 표현할 때 사용하는 운문과는 사뭇 대조적이라고 지적한다. 이 점과 관련하여 김동석은 "이아아고우[이아고]나 에드먼드의 이성은 산문으로 표현하야써 '인간성'의 안티테에제인 '악'이라 단정한 것이 쉐익스피어다"(부: 140)라고 주장한다. 실제로 셰익스피어는 『베니스의 상인』에서 바사니오의 친구 로렌조의 입을 빌려 "몸에 음악이 배여 있지 않은 자 아름다운 소리의 조화에도 감동하지 않는 자 / 그런 자는 반역, 음모, 약탈을 하기 쉽다"(5막 1장)고 말한다.

김동석은 폴스타프가 근대 자본주의 사회의 주인공인 부르주아지를 대변하는 인물로 묘사하는 것은 의심의 여지가 없지만 '폴스타프의 산문'에 너무 지나치게 의미를 부여하는 것은 옳지 않다고 경계한다. 셰익스피어의 작품은 어디까지나 영국의 귀족 사회가 낳은 산물임을 잊어서는 안 된다고 지적한다. 김동석은 독일계 미국인 역사학자요 사회학자인 카를 아우구스트 비트포겔이 "쉐익스피어는 국왕과 귀족의 팡(빵)을 먹고 있었다. 그는 자기를 먹여주는 주인의 노래를 목청을 다하야 노래 부른 것이다"(부: 145)라고 한 말에 주목한다. 그러나 김동석은 셰익스피어가 귀족의 말을 운문으로 표현하는 반면 상민의 말을 산문으로 표현한 것이라든지, 중심인물치고 귀족 아닌 사람이 없는 것이라든지 하는 점에서 보면 작중인물의 '계급성을 웅변적으로' 말해 준다고 주장한다.

김동석은 폴스타프가 민중의 대변자 못지않게 부르주아지의 상징으로 간주하기도 한다. 그는 폴스타프에서 근대 자본주의 사회의 주인공인 부르주아지의 모습을 구체적으로 엿볼 수 있다고 지적한다. "주색을 좋아하며 얼굴에 개기름이 흐르는 이 배불뚜기 폴스타프야말로 과연 자본가의 전형이라 할 것이다"(부: 146)라고 주장한다. 김동석은 부르주아 문학을 대변하는 산문을 다시 부정하여 새로운 가치를 표현하는 리얼리즘의 출현으로 발전시켜야 한다고 밝힌다. 그가 바라는 리얼리즘이란 다름 아닌 '인민적 리얼리즘' 또는 '인민적 휴머니즘'의 문학을 말한다.

김동석이 「시극과 산문」에서는 계급 문제를 주고 다루었다면 「부르조아의 인간상」에서는 인종과 관련한 문제를 주로 다룬다. 그가 논의 대상으로 삼는 작품은 다름 아닌 『베니스의 상인』이다. 김동석은 로마법으로 유명한 독일의 법학자 루돌프 폰 예링의 『정의를 위한 투쟁』(1872)에서 셰익스피어를 공격하고 샤일록을 옹호하는 한 대목을 인용한다. 예링은 이 책에서 "대체 피 없는 살이 있는가? 안토니오의 몸에서 한 파운드의 살을 버히는 권리를 샤일러크에게 시인한 재판관은 그와 동시에 그것 없이는 살일 수가 없는 피도 또한 버힐 것을 그에게 시인한 것이다"(부: 150~151)라고 주장한다. 그러면서 예링은 셰익스피어가 베니스의 법률을 왜곡했을 뿐 아니라 유대인 전체를 인종적으로 차별한 것이라고 주장한다.

이 점에서는 김동석의 태도도 예링의 태도와 크게 다르지 않다. 김동석은 뉴욕 월가의 금융 자본가들이야말로 샤일록의 후예라고 부른다. 유대인인 하인리히 하이네가 『베니스의 상인』을 관람하면서 옆 좌석에 앉아 있던 영국인 관객이 샤일록이 불쌍하다고 울던 일을 회고한 적이 있다. 김동석은 하이네가 "그 울음이야말로 18세기 동안 천대 받던 민족이 당한 수난을 안고 있는 가슴에서만 울어나올 수 있는 울음이었다"(부: 151)고 설명했다는 것이다.

한편 영국의 비평가 아서 퀼러-쿠치는 「셰익스피어의 기교」에서 안토니오를 비판한다. 그는 안토니오와 바사니오 같은 그 주변 인물들이 생산은 하지 않고 소비만 하는 한낱 '기생충적 존재'에 지나지 않다고 지적한다. 또한 그들에게는 인정이라고는 조금도 찾아볼 수 없다는 것이다. 그러나 김동석은 퀼러-쿠치의 주장에 대해서는 아마 셰익스피어 시대 관객이 그와는 다르게 생각했을지도 모른다고 유보를 둔다. 『베니스의 상인』의 재판 장면에서는 1935년 나치가 통과시킨 뉘른베르크 법이 떠오른다고 지적하는 비평가들도 있다.

인종 차별로 말하자면 김동석이 언급하지는 않았지만 『오셀로』도 『베니스의 상인』 못지않다. 오셀로는 베니스의 공작 궁정에서는 유능하고 지략 있는 장군으로서 침착함과 자기 통제가 돋보이는 인물이지만 실제로는 동료들이나 부하들로부터 '검은 무어인'이라는 천대를 받는다. 첫 장면에서 이아고가 로데리고와 대화를 나누면서 오셀로를 '야생마'니 '늙은 검은 숫양'이니 '음탕한 무어인'이니 하고 가히 인종차별이라고 할 발언을 서슴지 않는 것을 보면 베네치아 사회에서 그를 '타자'로 간주하는 것이 틀림없다.

'무어인'이란 본디 아랍계 이슬람교도들로서 이베리아 반도와 북아프리카에 살았던 사람들을 가리키는 말이다. 이 말은 '검다'는 뜻의 라틴어 '마우루스(maurus)'에 뿌리를 두고 있다. 동지중해를 차지하여 동방무역으로 막대한 부를 축적하던 당시 베네치아 공화국은 외국인에게는 해군을 맡기지 않았다. 그래서 오셀로는 이방인 취급을 받지 않을 수 없었다. 오셀로에게는 이러한 인종차별로도 모자라 무어인으로서 지나치게 성적으로 난잡하다는 성 이데올로기까지 덧씌워져 있다.

김동석은 미처 언급하지 않지만 셰익스피어의 작품에 등장하는 인물들은 젠더 문제에서도 성감수성이나 성인지도가 떨어진다. 예를 들어 『햄릿』에서 덴마크의 왕자는 "약한 자여, 그대의 이름은 여자로다"(『햄릿』 1막 2장)라고 말한다. 아버지가 의문의 죽음을 당한 뒤 숙부와 재혼한 어머니를 원망하며 내뱉는 말이다. 그런데 햄릿의 이 말에는 서슬 퍼런 가부장 질서가 도사리고 있다. 급진적 페미니즘의 한 갈래라고 할 '희생자' 페미니즘에서는 여성이 힘이 없고 연약하여 가부장 질서의 도움이 없다면 스스로를 지탱할 수 없는 존재라고 간주하는 태도에 쐐기를 박는다. 이렇게 여성을 약한 존재로 고착화하는 것이야말로 가부장 질서를 더욱 공고하게 고착화하기 때문이다.

셰익스피어는 『리어 왕』에서도 코델리어의 시체를 보자 리어는 "살인 자요 반역자들인 너희들은 천벌을 받아라! / 나는 이 애를 구해 줄 수 있었는데, 이젠 영원히 죽어버렸구나! / 코델리어, 코델리어, 잠시 기다려다오. 앗! / 너 지금 뭐라고 했느냐? / 네 목소리는 언제나 부드럽고 / 온화하고 나직했지. 여자의 목소리는 그래야 하지"(5막 3장)라고 말한다. 리어 왕은 다른 장면에서도 딸들이 목소리가 큰 것을 무척 싫어 하는 것으로 언급된다. 무심코 흘려버릴 수 있을 수도 있지만 리어 왕의 이 말에도 서슬 퍼런 가부장 질서가 도사리고 있다. 여성이란 목소리가 나지막하고 다소 곳해야 한다는 것은 한낱 남성 중심의 가부장 사회가 만들어낸 신화에 지나지 않는다. 리어 왕의 말은 조선시대부터 전해 내려오는 "여자 목소리가 담장을 넘어서는 안 된다"는 속담과 궤를 같이하는 것으로 여성을 길들이기 위한 가부장적 남성 담론일 뿐이다.

한편 셰익스피어는 계급주의자인 데다 인종차별주의자요 젠더 감수성이 부족한 인물일 뿐 아니라 더 나아가 제국주의자로도 볼 수 있다. 그의 희곡 작품이 팽창주의의 길로 접어든 대영제국의 산물로 제국주의의 이데올로기를 반영한다. 그래서 지금까지 그의 작품에서 제국주의적 또는 식민주의적 의미를 읽어 낸 비평가나 학자가 적지 않다. 가령 "셰익스피어를 인도와 바꾸지 않겠다"고 선언한 토머스 칼라일부터가 제국 영국의 문화적 오만을 여실히 보여준다. 인도처럼 식민지를 경험한 독자들이 셰익스피어의 작품에서 제국주의적이고 식민주의적 언급을 찾아내기란 그렇게 어렵지 않다.

제국주의적 세계관은 여러 작품에 두루 나타나지만 셰익스피어의 이러한 경향을 가장 뚜렷하게 엿볼 수 있는 것은 역시 『폭풍우』이다. 이 희비극은 다름 아닌 김동석이 '태풍'으로 언급하는 작품이다. 나폴리의 왕 알론소 일행이 폭풍우를 만나 난파하여 도착하는 섬에는 1여 년 전 밀라노의 공작이었다가 동생 안토니오에게 자리를 빼앗기고 어린 딸 미란다와 도망쳤던 프로스페로가 살고 있다. 프로스페로가 처음 이 섬에 도착했을 때 이곳에는 시코락스라는 여자 마법사가 지배하고 있었다. 그러나 프로스페로는 그녀를 물리치고 그녀의 아들이기도 한 '야만인' 칼리반과 많은 요정을 노예나 부하로 삼는다. 이 작품에서 제국주의 또는 식민주의 문제와 관련하여 주목 받는 것은 프로스페로와 원주민 칼리반의 주종 관계 때문이다.

'칼리반'이라는 이름이 식인종을 뜻하는 '캐니벌'에서 유래한다는 사실부터가 자못 상징적이다. 칼리반을 처음 만난 알론소의 어릿광대는 "이게 뭐람? 인간이야? 생선이야? 죽은 거야? 산 거야? 생선이네. 생선 냄새가 나거든. 그것도 잡은 지 오래된 생선 냄새야. 싱싱하지 않은 말린 대구 같은데. 참으로 괴상한 생선인걸!"(2막 2장)이라고 말한다. 심지어 어릿광대는 이 '괴물'을 영국으로 데려가면 한밑천 잡을 것이라고 생각한다. 실제로 영국이 세계 곳곳에 식민지를 건설하던 시절 원주민들을 영국에 데려다가 서커스단의 동물처럼 구경거리로 삼아 돈벌이를 하기도 하였다.

김동석 비평의 특징은 이항대립적으로 사유한다는 점이다. 이러한 사유 방법은 논지를 분명히 드러내는 데는 자못 효과적일지 모르지만 으레 어느 한쪽에 무게의 중심을 싣는다는 점에서는 적잖이 한계가 있다. 김동석은 운문이냐 산문이냐, '예술을 위한 예술'이냐 '생활을 위한 예술'이냐의 양자택일 중에서 후자 쪽에 훨씬 더 큰 가치를 둔다. 김동석이 인용하듯이 박두진은 「새벽 바람에」에서 "서로 갈려 올라가도 봉우린 하나 / 피 흘린 자욱마다 꽃이 피리라"(예: 109)라고 노래한다. 김동석이 미처 인용하지 않은 첫 연 "칼날 선 서릿발 짙푸른 새벽, / 상기도 휘감긴 어둠은 있어"를 보면 칼날처럼 날카로운 이항대립도 서로 화해하면서 조화와 균형의 길을 모색하게 될지도 모른다.

이렇게 극단적으로 주장을 전개하려는 나머지 김동석은 논리적으로 자기모순에 빠질 때가 더러 있다. 그의 모순당착은 임화에 대한 비판에서 뚜렷하게 엿볼 수 있다. 김동석은 "임화는 시를 목적으로 하지 않고 수단으로 썼다"(예: 28)고 지적한다. 그러나 지금까지 김동석이 주장해 온 것에 비추어 보면 이 말은 자못 헷갈린다. 시를 목적으로 삼고 '시를 위한 시'를 쓰는 시인은 흔히 '예술주의자'로 부른다. 한편 도덕의 함양이나 사회 변혁이라는 분명한 목적을 염두에 두고 작품을 쓰는 시인은 '공리주의자'로 부른다. 임화는 문학 작품을 목적으로 삼지 않고 수단으로 썼으므로 김동석의 관점에서 보면 예술주의 시인이 아니라 어디까지나 공리주의 시인이 되어야 한다.

그런데도 김동석이 시를 수단으로 삼았을 뿐 계급투쟁의 목적으로 삼지 않았다고 임화를 비판하는 것은 자기모순이라고 아니할 수 없다. 물론 그러한 목적을 과연 달성했느냐, 달성하지 못했느냐 하는 문제는 접어 두고라도 임화가 분명한 목적을 염두에 두고 작품을 쓴 것만은 틀림없기 때문이다. 김동석은 "분명히 태초에 행위가 있었다……"는 임화의 「지상의 시」마지막 행을 인용하면서 "시는 분명히 말이지 행위는 아니다"(예: 28~29)라고 못 박아 말한다. 여기서 김동석은 공리주의 문학 쪽보다는 예술주의 문학 쪽에 손을 들어준다. 김동석은 임화가 비록 시인으로서는 실패했을지언정 조선문화건설중앙협의회의 의장으로 문학 정치가로서의 역할을 기대해 마지않는 이유도 바로 여기에 있다.

김동석은 한 글에서는 "시는 시를 위해서만 존재할 수 있는 것이다"(예: 54)라고 말하는가 하면, "시는 표현을 떠나서 존재하는 것이 아니니 표현으로서 실패한 글을 화산 같은 '내부 세계'에서 터져 나왔다 해도 시라 할 수 없다"(예: 27)고 말하기도 한다. 그런가 하면 김동석은 또 다른 글에서도 "문학가의 생명인 문학까지도 버리고 민족해방의 전사가 된다면 그런 사람은 행동만으로도 충분히 문학가의 영예를 가질 수 있는 것이다"(예: 101)라고 말한다. 그러나 김동석은 이렇게 문학이 그 나름의 가치와 존재이유가 있다고 인정하면서도 "순수문학은 문학이 아닐 뿐더러 민족을 해치는 것이다"(부: 217)라고 주장한다. 또한 그는 김동리를 비롯한 청년 문학들에게 "청춘의 과오가 문학의 범주를 일탈할 때 응당 사회적인 비판을 받아야 할 것이다"(예: 96)라고 충고한다.

그런가 하면 김동석은 역사적인 실제 사실과 조금 다르게 과장하여 진술하기도 한다. 가령 그는 "8·15의 혁명은 조선 민족을 해방했다. 바야흐로 지구는 통터러 '인민의 손으로 인민을 위한 인민의 세계가 되려 한다"(예: 101)고 말한다. 일제의 압제에서 벗어나 다시 독립을 되찾을 수 있었던 것은 한반도 안팎에서 끈질기게 펼쳤던 독립 운동의 공로가 무척 컸다. 그러나 광복은 2차 세계대전에서 연합군의 승리가 가져다 준 선물이기도 하였다. 김동석은 아마 광복의 원인보다는 앞으로 광복이 가져줄 혁명적 변화를 염두에 두고 한 말인지도 모른다.

물론 어수선한 해방 공간에서 미래를 예측할 수 없었을 터이지만 김동석의 낙관주의는 예상에서 크게 빗나갔다는 점도 눈여겨볼 필요가 있다. 그는 "좌도 아니오 우도 아닌 논리적인 세계를 구축하려 한다면 토지 혁명의 정당성을 누가 주장하며 삼상회의 결정에 의한 민주주의 임시 정부를 누가 요구할 것인가"(예: 172)라고 묻는다. 만약 북한처럼 토지 개혁을 하지 않으면 봉건주의의 뿌리는 그대로 남아 있을 것이고, 모스크바 삼상회의 결정을 받아들이지 않으면 일본 제국주의의 여독(餘毒)은 민족을 좀먹을 것이라고 내다보았다. 실제로 1946년 3월 북한은 남한보다 먼저 토지 개혁을 단행하였다. 그러나 김성호(金聖昊)는 "북한의 토지 개혁은 일체의 토지를 국유화하고서 농민에게는 경작권만 주어 경작료(현물세)를 수취하는 국가 지주제 내지 국가 소작제의 창출 이외에 다른 것이 결코 아니다"[37]라고 지적한다. 더구나 조선민주주의인민공화국 정부가 수립되자 국가 지주제나 국가 소작제마저도 모든 토지가 국유화되면서 토지 개혁의 의미가 퇴색하거나 아예 없어져 버렸다.

김동석은 프리드리히 엥겔스가 영국 여성작가 마거릿 하크니스에게 보낸 편지를 언급한 적이 있다. 이 편지에서 엥겔스는 오노레 드 발자크가 『인간 희극』(1829~1948)에서 정치적으로는 부르봉 왕가를 지지하는 귀족이었지만 자신의 신분이나 계급을 뛰어넘어 작품을 썼다는 점을 높이 평가하였다. 엥겔스는 작가로서의 이러한 태도야말로 '가장 위대한 리얼리즘의 승리'라고 찬사를 보냈다. 김동석의 비평에서 무엇보다도 아쉬운 것

---

37) 김성호, 「농지개혁 연구」, 《국사관논총》(국사편찬위원회) 25집(1991.09.30).

을 꼽는다면 엥겔스처럼 좀 더 넉넉한 비평안으로 문학을 바라보는 안목
이 부족하다는 것이다.

제3장

김기림과 절충주의 비평

한국 문학사를 통틀어 편석촌(片石村) 김기림(金起林)처럼 그렇게 여러 장르를 자유롭게 넘나들며 활약하면서 업적을 남긴 비평가도 찾아보기 쉽지 않다. 그는 문학 비평가, 시인, 소설가, 희곡 작가, 수필가, 번역가 등 종횡무진으로 활약하였다. 김기림처럼 장르의 벽을 허물고 작품 활동을 한 문인을 든다면 아마 설정식 정도가 꼽힐 것이다. 1908년에 태어나 한국 전쟁이 일어난 1950년에 납북될 때까지, 좀 더 구체적으로 말하면 일제강점기 15여 년과 해방 후 5년 동안 그는 이렇게 여러 장르에 걸쳐 그야말로 눈부시게 활약하였다.

김기림은 1930년 9월 《조선일보》에 'G·W'라는 필명으로 「가거라 새 생활로」와 「가을의 태양은 플라티나의 연미복을 입고」라는 작품을 발표하면서 시인으로 데뷔하였다. 그러나 이보다 몇 달 앞서 같은 해 7월 그는 같은 신문에 문학 평론 「시인과 시의 개념」을, 이듬해 1월에는 「피에로의 독백」을 발표하였다. 1931년 7월 김기림은 《동아일보》에 「현대시의 전망:

상아탑의 비극」을 발표하여 비평가로서의 입지를 다졌다. 1931년 1~3월 그는 《조선일보》에 「떠나가는 풍선」과 「천국에서 왔다는 사나이」라는 희곡을 각각 발표하였다. 그런가 하면 1933년 겨울 김기림은 이번에는 《신동아》에 「어떤 인생」을, 《조선일보》에 「번영기」를 발표하여 단편소설 작가로 문단에 이름을 올렸다.

김기림은 「나도 시나 썼으면」이라는 수필에서 "내가 일 년에 두서너 개씩 시를 썼기로서니 그것이 한 사람의 개인 독자라도 가지고 있다고 외람히 생각한 일은 없오. 겨우 열 명 내외의 친구들이나 읽어줄까 말까 하는 정도일 줄을 잘 알고 있소"[1]라고 겸손하게 말한 적이 있다. 물론 이 말을 액면 그대로 받아들일 독자는 그다지 많지 않을 것. 두 번째 시집 『태양의 풍속』(1939)에 수록된 초기 작품을 비롯하여 첫 시집 『기상도』(1936)와 세 번째 시집 『바다와 나비』(1946)에 수록된 작품, 시집에 수록되지 않고 새로 발굴된 60편 가까운 작품에서 김기림은 시인으로서의 재능과 역량을 한껏 발휘했기 때문이다. 물론 덜 익은 술처럼 아직 시로 충분히 형상화되지 않은 작품도 적지 않지만 몇몇 작품에서는 그의 탁월한 시적 재능을 충분히 엿볼 수 있다. 시인이란 어디까지나 좋은 작품으로써만 평가받을 뿐 작품의 평균치로 평가받지 않는 법이다.

그러나 문학가로서의 김기림의 위치는 역시 시보다는 문학비평에서 찾아야 한다. 이와 관련하여 김기림을 서지학적 연구에서나 비평에서 선구적인 역할을 한 김학동(金澤東)은 김기림의 비평 작업을 높이 평가한다. 그는 "김기림의 비평 활동은 그의 시작 활동 못지않게 우리 근대 시사에

---

1) 김기림, 「나도 시나 썼으면」, 김학동·김세환 공편, 『김기림 전집 5: 소설·희곡·수필』(서울: 심설당, 1988), 369쪽. 앞으로 이 책에서의 인용은 본문 안에 권수와 함께 쪽수를 직접 적기로 한다.

서 중요한 의미를 갖는다. 그는 1930년대 초로부터 비롯되는 영미문학 이론의 도입에 있어서 최재서와 함께 선구적인 위치에 서 있었을 뿐만 아니라, 한국 모더니즘 시 운동을 주도하기도 한 것이다"[2]라고 지적한다.

그렇다면 김학동은 왜 김기림의 비평 활동을 한국의 근대 시사와 관련시키는 것일까? 이 물음에 대한 답은 아마 그의 비평이 주로 시 분야에서 이루어졌다는 점에서 찾아야 할 것 같다. 김기림은 『시론』(1947)의 머리말에서 "나는 정신상 가장 발랄한 나이를 이러한 암담한 시대에 소모한 것이 새삼스레 아까웁다. 가장 불행한 시간에 우리는 시를 쓰고 시를 생각하였던 것이다. 초라한 대로 지나간 날, 나의 사색과 모색의 발자취일 것만은 틀림없다"(2: 9)고 밝힌다. 여기서 '시를 생각했다'는 것은 곧 시에 관한 비평문을 썼다는 것을 뜻한다. 어찌 되었든 김기림은 비단 한국의 근대 시사에 그치지 않고 근대 비평사에서도 괄목할 업적을 남겼다. 그러므로 그가 한국 문학사에 남긴 업적이나 영향은 시보다는 오히려 비평 분야에서 찾아야 할 것이다.

김기림은 1921년 보성고등보통학교를 중퇴하고 일본에 건너가 도쿄의 릿쿄(立教)중학을 거쳐 1926년 니혼(日本)대학 문학예술과에 입학하여 외국문학을 전공하였다. 잠시 《조선일보》 학예부 기자로 근무한 그는 1936년 다시 일본에 건너가 이번에는 일본이 세 번째 제국대학으로 센다이(仙臺)에 설립한 도호쿠제국대학에서 영문학을 전공하였다. 앞으로 그가 전개할 비평은 니혼대학과 도호쿠제대에서 받은 문학 교육이 크나큰 영향을 끼쳤음은 두말할 나위가 없다.

---

2) 김학동, 「김기림 시론의 시사적 의미」, 김학동·김세환 공편, 『김기림 전집 2: 시론』(서울: 심설당, 1988), 387쪽. 앞으로 이 책에서의 인용은 본문 안에 권수와 함께 쪽수를 직접 적기로 한다.

언어 예술로서의 문학

　문학의 여러 방면에 걸쳐 활약한 김기림은 어느 문학가보다도 언어에
자못 큰 관심을 기울였다. 동시대 비평가로서 그만큼 언어에 깊은 관심을
기울인 사람도 찾아보기 쉽지 않다. 그의 문학관 밑바닥에는 문학이란 언
어 예술이라는 생각이 굳게 자리 잡고 있다. 문학이 언어 예술이라는 말
은 소금이 짜다고 말하는 것처럼 지극히 상식적으로 들리지 모르지만 자
칫 이 사실을 잊고 활동하는 문학가가 의외로 많다. 그것은 마치 공기 없
이는 한순간도 살지 못하면서도 공기의 소중함을 까맣게 잊고 지내는 것
과 같다.

　그런데 문학의 여러 장르 중에서도 언어가 가장 핵심적인 역할을 하
는 곳은 다름 아닌 시다. 문학이 언어 예술이라면 시는 언어 예술 중에서
도 가장 대표적인 언어 예술의 꽃이다. 좀 더 정확히 말해서 언어를 가장
효율적으로 구사해야 하는 장르가 바로 시다. 김기림은 『시론』(1947)에서
시는 곧 언어를 재료로 만든 예술 작품이라고 잘라 말한다.

　　시의 제작의 재료는 '말'이다. 그것은 단순히 소리나 글자의 모양을 한 기호가
　　아니고 우리의 경험을 대표하고 조직하고 전달한다. 다시 말하면 우리들의 의
　　식의 활동을 대표한다. 역사적·사회적 규제를 받는다는 명제는 말이 역사적·
　　사회적 규제에서 자유로울 수 없다는 명제의 동의반복(同意反復)이다. (2:30)

　김기림은 언어란 단순한 기호가 아니라 인간의 경험을 조직하고 전달
하는 사회적·역사적 산물이라고 지적한다. 이러한 언어관은 언어가 인간

의 의식과 사고, 세계관 등을 결정한다는 언어 결정론과 비슷하다. 빌헬름 홈볼트는 일찍이 인간 사고의 내용과 구조를 형성하는 것이 언어라고 주장하였다. 그에 따르면 한 언어를 사용하는 민족은 그 언어가 부여하는 공통의 세계관을 획득하게 마련이라는 것이다. 홈볼트에 이어 미국의 언어학자 에드워드 사피어와 그의 제자 벤저민 워프도 인간이 모국어가 정해 놓은 선(線)을 따라 자연을 분석할 뿐 아니라 언어의 힘으로 사고를 형성한다고 지적하였다. 언어가 언어 공동체 안에서 의사소통의 수단으로 쓰이는 것은 바로 그 때문이다.

더구나 김기림은 언어란 의사소통의 수단일 뿐 아니라 '역사적 문화재'라고 지적한다. 'I. A. 리처즈를 중심하여'라는 부제를 붙인 『시의 이해』(1950)에서 그는 "민족이 오래인 세월을 두고 공동생활을 해오는 동안에 그 민족의 온갖 경험과 지식과 지혜를 부어, 두고두고 쌓아올린 역사적 문화재다. 시인은 그러한 민족의 공유재산을 자기의 연장으로 이용하는 것이다"(2: 198~199)라고 밝힌다. 또한 김기림은 한 민족의 언어란 그 민족 전통의 소산이라고 말하기도 한다. 그러면서 그는 전통이란 한 집단이 역사를 거쳐 오는 동안 그 구성원들이 함께 투자해 온 공동재산이라고 말한다. 김기림이 전통과 전통의 산물인 언어를 '민족의 지문(指紋)'에 빗대는 것은 바로 그 때문이다. 사람마다 지문이 서로 다르듯이 민족마다 언어가 저마다 다르다는 뜻이다. 김기림은 "시를 언어의 한 형태라고 할 때에 그 말은 시란 사람과 사람의 사회적·심리적 교섭 위에 성립된다는 뜻이다"(2: 21)라고 주장한다.

이렇게 언어를 사회적·역사적 또는 심리적 산물로 간주한다는 점에서 김기림의 언어관은 러시아의 문예 이론가 미하일 바흐친의 언어 이론과 아주 비슷하다. 언어 기호를 '계급투쟁의 싸움터'로 간주하는 바흐친은 언어란 다양한 이데올로기가 서로 충돌하고 갈등하고 투쟁하는 공간이라고 주장하였다. 그는 "이데올로기적인 것은 곧 기호이고, 기호가 없이는 이데올로기도 없다"[3]고 잘라 말한다.

1910년대부터 러시아 형식주의자들과 더불어 활약했지만 1929년 정치적 이유로 체포되어 유배 생활을 한 바흐친은 1960년대 초엽 모스크바의 '고리키 세계문학연구소'의 젊은 학자들이 재발견할 때까지 서유럽에서는 말할 것도 없고 심지어 그의 모국에서도 잘 알려져 있지 않았다. 그러다가 1960년대 중엽 쥘리아 크리스테바 같은 프랑스 구조주의 이론가들이 바흐친의 저작을 처음 소개하면서 서유럽과 미국에 널리 알려지기 시작하였다. 그런데도 김기림이 1940~1950년대 바흐친의 언어 이론을 알고 있었다는 것이 자못 놀랍다. 물론 김기림이 러시아 이론가의 저작을 직접 읽었다기보다는 아마 식민지 지식인으로 살면서 언어에 남다른 관심을 기울이면서 나름대로 통찰력을 길렀기 때문일 것이다.

김기림은 이렇게 역사적 시간의 씨줄과 사회적 공간의 날줄로 짠 직물이라고 할 시가 시인의 개성을 표현하는 것이 아니라 사회의 어떤 가치를 만들어낸다고 주장한다. 그래서 그는 시를 개성의 표현으로 간주하는 낭만주의 문학관을 좀처럼 받아들이려고 하지 않는다. 그는 "시란 가치의 형성이고 뿐만 아니라 그것은 좁은 개성의 울타리를 넘어서 한 시대의 보편적인 문화에 늘 다리를 걸쳐 놓고 있는 것이다"(2: 67)라고 지적한다.

예로부터 시는 흔히 소리와 의미의 두 요소로 이루어져 있다는 것이

---

3) V. N. Voloshinov (Mikhail Bakhtin), *Marxism and the Philosophy of Language*, trans. Ladislav Matejka and I. R. Titunik (Cambridge, MA: Harvard University Press, 1986), p. 9.

통설이다. 그러나 에즈러 파운드는 시의 두 요소에 한 요소를 덧붙여 ①
의미, ② 소리, ③ 모양의 세 요소로 구성된다고 주장하였다. 의미란 가상
적(可想的)인 요소를 말하고, 소리란 가청적(可聽的)인 요소를 말하며, 모
양이란 가시적(可視的) 또는 가관적(可觀的) 요소를 말한다. 파운드는 이
세 요소에 각각 ① 멜로포이아, ② 파노포이아, ③ 로고포이아라는 이름을
붙였다.[4] 그런데 파운드가 이렇게 로고포이아, 즉 시의 가시적 또는 가관
적 모습을 추가한 데는 그럴 만한 까닭이 있다. 서구 문학사에서 이미지즘
의 창시자라고 할 파운드는 시에서 무엇보다도 시각적 요소를 중요하게
생각했기 때문이다.

　그러나 김기림은 낭만주의자들의 음악적 요소를 거부하듯이 이미지
스트들의 회화적 요소도 거부한다. 그는 "시는 본질적으로 음의 순수 예
술인 음악도 아니며, 형의 순수 예술인 조각이나 회화도 아니며, 그리고
의미의 완전하고 단순한 형태인 수학일 수도 없다"(2: 74)고 지적한다. 그
는 이 세 요소가 유기적으로 서로 조화롭게 결합할 때 비로소 훌륭한 시
가 태어날 수 있다고 생각한다. 김기림이 기회 있을 때마다 지(知)·정(情)·
의(意)를 구분지어 생각하는 요소 심리학의 병폐를 지적하는 것과 궤를
같이한다.

　김기림이 굳이 시의 세 요소에서 가장 중요하게 생각하는 것이 있다
면 아마 의미일 것이다. 그는 "말이 우리들의 자전이나 어휘의 창고 속에
감금당하여 있는 동안은 무진장의 가능을 포함하고 있으나 한 개의 정지
의 상태며 따라서 가사(假死) 상태다. 그것이 시인의 호흡을 받아 활동하
게 될 때에 비로소 숨 쉬기 시작한다"고 말한다. 김기림은 시란 새로운 현

---

4) Ezra Pound, *How to Read* (London: Desmond Harmsworth, 1931), p. 25.

실의 창조요 구성이라고 지적하면서 이렇게 새로이 출현한 현실의 재생산은 한 새로운 '의미의 통일이며 조직'이 된다고 밝힌다.

김기림이 이렇게 언어에 깊은 관심을 기울인다는 것은 1936년 12월 두 번째로 일본 유학 중이던 센다이에서 쓴 수필 「수방설신(殊方雪信)」에서도 엿볼 수 있다. 이국땅에서 한 해를 마감하면서 느끼는 소감을 적은 이 글에서 그는 독일의 나치 독일의 선전장관 요제프 괴벨스와 스웨덴의 여류 학자 엘렌 케이의 사회적 자유주의와 스페인의 내전 등 세계 곳곳에서 일어난 굵직한 사건을 회고한다.

김기림은 세계정세에서 식민지 조선으로 눈으로 돌려 1936년 베를린 하계 올림픽에서 손기정 선수가 마라톤 경기에서 금메달을 받아 조선인을 흥분의 도가니로 몰아넣었던 획기적 사건을 언급한다. 그러면서 그는 손기정(孫基禎) 선수가 거둔 승리에는 지나치게 흥분하면서도 같은 해 문화 영역에서 이룬 성과에 대해서는 너무 무관심한 것을 안타깝게 생각한다. 김기림은 "우선 우리는 너무 흥분한 스포츠맨이었던 것을 부끄러워한다. 엔간히 흥분하는 것도 좋다. 감격하는 것도 좋다. 하지만 우리 언어학자가 세계학회에 가서 문화 조선의 한 모를 널리 인상 주고 온 일에 대해서는 어째서 그다지도 냉담했을까. 지금 생각해 하면 그런 일에도 좀 더 흥분해도 좋았을 것 같다"(5: 316)고 지적한다.

여기서 김기림이 언급하는 언어학자란 당시 연희전문학교 교수였던 눈솔 정인섭을 말하고, 세계학회에서 문화 조선의 한 모습을 널리 알린 일이란 정인섭이 덴마크에서 열린 제4차 국제언어학자대회에 참석하여 한글의 우수성을 알린 것을 말한다. 와세다(早稻田)대학에서 영문학을 전공한 정인섭은 영문학을 비롯한 외국문학 못지않게 언어학과 민속학에도 관심이 많았다. 조선어학회에 참여하여 최현배(崔鉉培)를 비롯한 한글학자들과 함께 한글 연구와 보급, 로마자 표기법 개발에 힘썼다. 국제언어학자대회에 참석한 일이 빌미가 되어 정인섭은 1942년 조선어학회 사건 때 옥고를 치르기도 하였다.

조선어학회에서 정인섭의 역할이 가장 돋보이는 작업은 '한글 맞춤법 통일안'에 이어 '외래어 표기법 통일안'을 만든 것이다. 후자와 관련하여 정인섭은 "이것은 내가 36년 덴마크에서 열린 '국제언어학자대회'에 참석하여 여러 권위자와 국내 일반 여론을 들어 확정된 것을 41년에 공포한 것이다"[5]라고 밝힌다. 그는 1936년 8월 코펜하겐에서 열린 국제언어학자대회에 참가하여 한글의 우수성을 널리 알리고 세계 각국에서 온 언어학자들에게 외래어 표기법에 관하여 자문을 구하였다.

그런데 이 대회에는 대회 위원장 오토 예르페르센 교수를 비롯하여 음운학의 세계적인 권위자인 러시아 태생의 오스트리아 언어학자 니콜라이 트로베츠코이 같은 학자들이 참석하여 눈길을 끌었다. 이 대회에서 정인섭은 한글이 조직적이고 유기적인 음성학적 특성을 지닌 과학적 언어라는 점을 강조하였다. 또한 그는 인도유럽어가 굴절어이고 중국어가 고립어인 반면, 한글은 첨가어라는 언어적 특성도 지적하였다. '첨가어'란 교착어와 같은 뜻으로 의미를 지닌 낱말 또는 어간에 문법적 기능을 지닌 요소가 차례로 결합함으로써 문장 속에서의 문법적인 역할이나 관계의 차이를 나타내는 언어를 말한다. 한국어를 비롯하여 터키어, 일본어, 핀란드어 따위가 이 유형에 속한다. 실제로 당시 정인섭이 국제언어학자대회에서 거둔

---

5) 정인섭, 「한글과 한국문학」, 『이제는 하고 싶은 이야기』(서울: 신원문화사, 1980), 60쪽. 김욱동, 『눈솔 정인섭 평전』(서울: 이숲, 2020), 181~182쪽.

국위 선양은 김기림의 지적대로 손기정의 업적 못지않았다.

최근 2021년 국제적으로 저명한 학술잡지《네이처》에 발표한 한 논문이 한국어가 트랜스유라시아 어족이 기원이라는 이론을 발표하여 관심을 끌었다. 이 연구에는 독일을 비롯하여 미국, 러시아, 한국, 중국, 일본 등 10국가의 언어학자, 고고학자, 유전생물학자 41명이 참여하였다. 트랜스유라시아 어족이란 알타이 어족을 말하는 것으로 이 연구는 한국어의 기원이 지금까지 알려진 것보다 훨씬 이전 신석기 시대로 거슬러 올라간다고 주장한다. 학술지에 따르면 한국어는 투르크어, 몽골어, 일본어와 함께 9000년 전 지금의 중국 동북부 랴오허(遼河)에 살던 농경민에서 비롯했다는 것이다.

정인섭에게서 볼 수 있듯이 언어 발달과 자국문학의 성장에는 자국의 언어학자와 문학 연구가 못지않게 외국문학 연구가의 역할이 적지 않다. 그런데도 김기림의 지적대로 스포츠맨의 업적에는 지나치다 싶을 만큼 찬사를 보내면서도 눈에 잘 드러나지 않는 문학가의 성과에 대해서는 인색하다 못하여 냉담하기까지 하다. 김기림은 자국문학의 발전에 외국어와 외국문학이 얼마나 중요한 역할을 하는지 다시 한 번 역설한다. 그는 특히 모국어와 자국문학의 발전에 외국문학 연구가의 역할이 무척 크다고 지적한다.

이 점에 있어서 개개의 작가에게는 외국문학의 연구가 지극히 필요할 것이다. 언어의 혁명은 미지의 다른 언어의 수입에 의하여 수행되는 것이라는 견지에서 외국어의 필요를 역설한 파운드의 말에 나는 동의한다. 이러한 점에서 이 나라에 있어서 외국문학 연구자의 임무는 매우 큰 것이며 그 의의도 깊을 줄 안다.

그런데 이들 우수한 외국문학 연구자의 활동이 대부분은 극예술연구회의 사업에 국한되어서 문학의 모든 영역에서 그 활동을 볼 수 없는 것은 매우 섭섭한 일이다.[6]

김기림이 외국어의 필요성과 관련하여 에즈러 파운드를 언급하는 데는 그럴 만한 까닭이 있다. 파운드는 모국어인 영어 말고도 고대 그리스어와 라틴어를 비롯하여 무려 8개 외국어를 구사할 수 있었다. 이 밖에도 그는 중국어와 일본어와 아랍어를 어느 정도 이해할 수 있었다. 초기 모더니즘 운동을 이끈 파운드는 모국어가 발달하려면 외국어의 수입이 무엇보다도 절실하다고 느꼈다. 서구 시인을 통틀어 파운드만큼 언어의 특성을 살려 작품을 창작하려고 애쓴 사람도 찾아보기 쉽지 않다. 그의 서사시 『칸토스』(1917~1962)는 언어의 다성성을 유감없이 발휘한 작품이다.

위 인용문의 두 번째 단락에서 김기림이 "우수한 외국문학 연구자의 활동"을 언급하는 대목을 좀 더 찬찬히 주목해 볼 필요가 있다. 여기서 그가 말하는 '외국문학 연구자'란 일반적 의미의 연구자가 아니라 구체적으로 외국문학연구회 회원들을 가리킨다. 도쿄에서 외국문학을 전공하던 조선인 유학생들은 1920년대 중엽 외국문학을 좀 더 체계적으로 연구하

---

6) 김기림, 「수필·불안·가톨리시즘」, 김학동·김세환 공편, 『김기림 전집 3: 시론』(서울: 심설당, 1988), 110쪽. 앞으로 이 책에서의 인용은 본문 안에 권수와 함께 쪽수를 직접 적기로 한다. 한편 최재서는 외국문학연구회가 외국문학 소개에 치중할 뿐 제대로 소화하지 못한다고 지적하면서 '호적 없는 문학 연구'로 매도하였다. 그는 "이 사회에 있어서 외국문학 연구가는 호적이 없다. 그럼에도 불구하고 외국문학 연구가는 문단에 있어서 너무도 우세하다. 그 결과는 외국문학의 소화불량증이다. 외국문학을 소개만 되었지 하나도 소화되지는 않는다"고 지적한다. 최재서, 「문단우감(文壇偶感) 3: 호적 없는 외국문학 연구가」, 《조선일보》(1936.04.26).

고 소개할 목적으로 외국문학연구회를 조직하고 기관지《해외문학》을 발간하였다. 이 연구회를 창립한 회원들은 방금 앞에서 언급한 정인섭을 비롯한 외국문학 전공자들이었다.

외국문학연구회 회원들은《해외문학》창간호 권두사에서 "무릇 신문학의 창설은 외국문학 수입으로 그 기록을 비롯한다. 우리가 외국문학을 연구하는 것은 결코 외국문학 연구 그것만이 목적이 아니오, 첫째에 우리 문학의 건설, 둘째로 세계문학의 호상 범위를 넓히는 데 잇다"[7]고 천명한다. 안타깝게도 재정 문제를 비롯한 여러 사정으로《해외문학》은 2호 발간으로 끝나고 말았지만 연구회의 활동은 회원들이 유학을 마치고 귀국한 뒤에도 계속 이어졌다. 그들은 대학과 신문사와 방송사, 문단 등에 포진하여 일제강점기 풍전등화 같은 조선 문화의 불빛을 밝히고 해방 후에는 학계와 문화계에서 괄목할 만한 활동을 전개하였다. 한마디로 연구회 회원들이 한국 문학사에서 끼친 업적은 무척 크다.

위 인용문 두 번째 단락을 좀 더 찬찬히 눈여겨보아야 한다. 김기림은 "우수한 외국문학 연구자의 활동"이 극예술연구회의 일에 국한된 나머지 조선문학의 영역에서 제대로 활동하지 않는 것이 매우 섭섭하다고 말한다. 앞에서도 밝혔듯이 여기서도 '외국문학 연구자'란 두말할 나위 없이 외국문학연구회 회원들을 말한다.

실제로 외국문학연구회 회원들은 1929년대 말과 1930년대 초에 귀국한 뒤 경성에서 연극계 선배 윤백남(尹白南)과 홍해성(洪海星)을 영입하여 신극 운동 단체 극예술연구회를 발족하였다. 이 연구회와 관련하여 정인섭은 한 인터뷰에서 "1931년, 해외문학파들이 세계문학을 소개하는 데

---

7) '창간 권두사',《해외문학》창간호(1927.01), 1쪽.

는 출판보다는 연극이 호소력이 있다고 생각, 무대예술로 승화시킨 겁니다"[8]라고 말한 적이 있다. 출판을 통한 문화 보급과 향상은 당시 문맹률이 아주 높은 조선의 현실에서 한계가 있을 수밖에 없었다. 일본 국세조사 결과에 따르면 1930년 조선인 문맹률은 무려 77퍼센트가 넘었다. 그러나 활자 매체에 기반을 둔 문학 작품과는 달리 연극은 문맹률과는 상관없이 일반대중에게 좀 더 쉽게 다가갈 수 있는 종합예술이었다. 정인섭을 비롯한 연구회 회원들은 극예술연구회를 어디까지나 외국문학연구회의 자매단체로 간주하였다.

이처럼 일제강점기에 외국문학을 전공한 사람 중에서 김기림과 정인섭만큼 모국어에 그렇게 깊은 관심을 기울인 문인도 찾아보기 어렵다. 비평가 못지않게 시인으로 활약한 김기림으로서는 한국어의 음성 조직이나 리듬에 주목하지 않을 수 없었을 것이다. 그는 "언어의 타락 뒤에는 반드시 모랄의 타락이 배경이 되어 있다"(5: 238)고 굳게 믿었다. 1934년 7월 《조선일보》에 연재한 비교적 긴 평문 「현대시의 반전」에서 김기림은 한국어의 음성적 특징이 일본어와는 다르다고 지적한다.

> 우리말의 운율은 가나(假名)와 같이 장단으로만 이루어지는 것이 아니고, 차라리 억양에 의하여 생기는 것이 아닌가 한다. 이 시를 읽어 보아도 그 운율은 상하로 굴곡이 많은 것을 알 것이다. 그런 의미에서 우리말은 고저와 장단에 있어서 각각 풍부한 가능성을 가지고 있어서 매우 음영이 다채한 말이라고 생각하며 그것을 증명할 사람은 금후의 젊은 시인이라고 생각한다. (2: 331)

---

8) 정인섭, 「만나고 싶었습니다」 『이제는 하고 싶은 이야기』, 205쪽.

위 인용문에서 김기림이 말하는 '이 시'란 정지용의 「귀로(歸路)」를 말한다. 그는 이 작품을 비롯한 여러 시를 근거로 한국어의 운율은 일본의 가나와는 달리 장단 못지않게 고저의 억양에 기반을 둔다고 주장하였다. 이렇게 장단이나 고저를 지닌 한국어는 시를 창작하는 언어로서의 가능성이 일본어 같은 다른 언어보다 훨씬 더 크다. 김기림은 한국어의 이러한 음성 조직의 특성을 간파했지만 앞으로 '젊은 시인들'이 나타나 그것을 좀 더 과학적으로 증명해 줄 것을 바라마지 않는다.

그런데 김기림의 기대에 부응하여 실제로 그러한 시인이 등장하여 한국의 음성적 특성을 증명하였다. 다만 그는 '젊은 시인'이 아니라 김기림보다 오히려 세 살 많은 정인섭이었다. 영문학자, 한글학자, 민속학자, 아동문학가, 번역가 등 정인섭은 팔방미인으로 활약했지만 또한 시인이기도 하다. 해방 후 그는 런던대학교에서 한국학을 강의하는 한편 이 대학의 대학원 음성학과에 입학하여 본격적으로 이 분야를 전공하였다. 조선어학회 회원으로 그동안 외래어 표기법과 로마자 표기법에 관심이 많던 그로서는 음성학을 좀 더 체계적으로 연구한 것은 어찌 보면 당연하다.

한편 정인섭은 1936년 코펜하겐에 열린 국제언어학자대회에 이어 1952년 7월 런던에서 열린 제7차 국제언어학자대회에도 참석하였다. 이 대회에서 그는 「한글·한문·일어의 글자 비교」라는 논문을 발표하였다. 이 논문에서 그는 한자나 일본 가나와 비교하여 한글 자모가 훨씬 우수하다고 주장하였다. 그 근거로 그는 한글 자모는 로마자처럼 홀소리(모음)와 닿소리(자음)를 서로 분리할 수 있을 뿐 아니라 아래받침(종성)까지 옆으로 풀어서 쓰면 타자기도 아주 쉽게 이용할 수 있다고 지적하였다. 그러자 한글을 그렇게 풀어쓰기를 하려면 차라리 로마자로 대치하는 쪽이 오히려 더 편리하지 않겠느냐고 반론을 펴는 외국 학자들도 있었다. 그 반론에 정인섭은 이렇게 반박하였다.

종성을 아래로 붙여두는 것이 한글에는 어간이 잘 구별되고, 또 낱말의 품사가 분명해져서 세계에서 오직 하나인 독특한 글자가 된다고 했다. 즉 표음과 표의를 겸하는 이상적인 글자로 하려면 현재대로 종성을 아래에 붙여 모아쓰기로 해야 된다는 것이다. 그리고 타자기는 그 특징에 알맞도록 연구해 내면 되지 않느냐 했다. 아닌 게 아니라 그 후 한글 타자기는 모아쓰기로도 이미 해결되어 있다.[9]

여기서 정인섭은 문자를 흔히 표음문자와 표의문자 두 유형으로 분류하는 관행을 깨고 표음 문자는 다시 '음절문자'와 '음소문자'로 세분할 수 있다고 주장하였다. 음절문자는 하나의 문자가 하나의 음절에 대응하는 경우인 반면, 음소문자는 하나의 문자가 하나의 음소에 대응하는 경우다. 언어학자들은 한국어를 음소 문자로, 일본어를 음절 문자로 분류한다. 음절 문자는 음소 문자에 비하여 글자의 수가 더 많이 필요하다. 그 때문에 언어학자들은 음절문자보다는 음소문자를 더 발달된 체계로 간주한다. 물론 일본어처럼 음절의 수가 많지 않은 언어에서는 음절 문자를 사용하여도 큰 불편은 없다.

또한 정인섭은 로마자처럼 한글 자모를 펼쳐 쓰지 않고 종성은 종성대로 모음 아래 붙여 두는 것이 어간과 품사를 구별하는 데 도움이 된다고 지적한다. 그의 말대로 세계의 모든 언어에서 오직 한글만이 초성(첫

---

9) 정인섭, 「런던대학」, 『못다한 인생』, 225~226쪽. 김욱동, 『눈솔 정인섭 평전』, 252~255쪽.

소리)·중성(가운뎃소리)·종성(끝소리)을 결합하여 독특한 음절을 만들어낼
수 있다. 더구나 한글 자모를 모아서 쓰기를 해야만 표음문자(소리글자)와
표의문자(뜻글자)의 두 기능을 모두 갖출 수 있다는 정인섭의 주장은 참으
로 탁견이라고 아니할 수 없다. 표의문자인 중국어와는 달리 한국어는 대
표적인 표음문자다. 그러나 그는 한글이 모아쓰기를 통하여 표의적인 성
격도 어느 정도 드러낼 수 있다고 지적한다. 뒷날 정인섭은 「읽기 어려운
전보문」이라는 글에서 런던의 국제언어학자대회에서 발표한 내용을 다
시 한 번 언급하면서 풀어쓰기 대신 모아쓰기를 할 것을 부르짖는다.

> 우리 민족 문화의 전통 중에서 가장 자랑스럽고 또 우수한 가치를 지닌 것은
> 한글이요, 또한 그 자모가 모아쓰기로 돼 있다는 것이다. 나는 새삼스럽게 한
> 글의 닿소리의 글자 모습이 음성학적 진리에 가깝고 또 홀소리의 모습이 천
> 지인(天地人)의 창조력의 상징을 하고 있다는 원리를 말하고자 하는 것이 아
> 니다. 다만 그것들이 모아쓰기를 해야 빨리 표의를 겸한다는 것을 말하며 현
> 재 체신부에서 풀어쓰기를 사용하는 전보문이 얼마나 불편하고 알기 어려울
> 뿐만 아니라 잘못 읽혀지기 쉽다는 것을 지적하고자 한다.[10]

한글을 모아쓰기로 할 것이냐, 아니면 풀어쓰기로 할 것이냐 하는 문
제를 두고 정인섭은 연희전문학교에 함께 근무하던 한글학자 최현배와
적잖이 다투었다. 정인섭은 몰아쓰기를 주장한 반면, 최현배는 풀이쓰기
를 주장하였다. 정인섭은 몰아쓰기를 함으로써 한글이 표의문자의 가능
성이 있다고 지적했지만 김기림은 이보다 한 발 더 나아가 한글이 어떤

---

10) 정인섭, 「읽기 어려운 전보문」, 『이제는 하고 싶은 이야기』, 264~265쪽.

의미에서는 표의문자라고 주장한다. 1949년 3월《신세대》에 발표한 문체에 관한 글에서 김기림은 한국어에 대하여 "글자가 두 갈래요, 어휘와 어투가 또한 두 갈래 세 갈래다. 그것이 더군다나 표의문자와 표음문자, 고립어와 교착어, 그렇게 형태가 다른 이질의 혼합이다"[11]라고 말한다. 표음문자인 한국어가 표의문자의 가능성을 처음 언급한 것은 정인섭이지만 이 점에서는 김기림도 같은 주장을 펼친다.

더구나 김기림은 정인섭보다 한 발 더 나아가 한국어가 고립어와 교착어의 혼합이라고 주장하는 것도 자못 의외다. 한국어는 언어 계통학에서 보면 중국티베트어군처럼 고립어이지만 유형학적으로는 우랄알타이어군의 교착어에 속한다. 김기림은 계속하여 한국어의 혼합이나 혼혈의 특성을 좀 더 정확하게 규명하지 않고서는 한국어와 문체를 무리 없이 순화할 수 없다고 지적한다.

정인섭은 런던대학교 교환교수를 마치고 이번에는 대구고등보통학교에 다닐 때 교장이었던 일본인 학자 다카하시 도루(高橋亨)의 초청으로 덴리(天理)대학에 교환교수로 근무하였다. 그때 정인섭은 대학의 음성 실험실에서 기계를 이용하여 그의 관심 분야 중 하나인 한국어 파열음을 연구하였다.

그런가 하면 정인섭은 나라(奈良)·교토(京都)·오사카(大阪) 등 관서지방의 일본어가 도쿄의 표준어와는 억양에서 다르다는 점을 밝혀내기도 하였다. 그에 따르면 도쿄 표준어의 낱말 억양이 수평조(水平調)인 반면, 관서지방 방언의 억양은 한 음절 안에 고저의 변동이 일어나는 변동조(變

---

11) 김기림, 「새 문체의 갈 길」, 김학동·김세환 공편, 『김기림 전집 4: 문장론』(서울: 심설당, 1988), 173쪽. 앞으로 이 책에서의 인용은 본문 안에 권수와 함께 쪽수를 직접 적기로 한다.

動調)다. 정인섭은 일본음성학회 고베 지부 주최로 열린 학회에서 이 연구 결과를 발표하여 일본 학계의 주목을 받았고, 이 연구를 일본 학회지에 두 차례에 걸쳐 발표하였다. 1954년 봄 학기부터 정인섭은 교토대학 대학원의 언어학과에서 한글 강좌를 맡기 시작하였다. 그는 이 학교에서 새로 구입한 소나그래프로 음성 실험을 계속하였다.

정인섭은 일본에서 교환교수를 마치고 귀국하여 중앙대학교 대학원 원장으로 재직하던 1964년 10월부터 일 년 동안 미국 국무성 초청으로 주요 대학을 순회하면서 강연이나 강의를 하였다. 1965년 1월 정인섭이 세 번째로 강의한 학교는 뉴욕주 버팔로 소재 뉴욕 주립대학교였다. 그런데 그가 이 대학에서 얻은 가장 값진 수확이라면 역시 음성학 실험을 통하여 한국어 음성적 자질에 관하여 놀라운 사실을 발견한 것이었다. 이 대학의 화술 및 연극학과에 젊은 교수가 최신 소나그래프로 음성 실험을 한다는 사실을 알아낸 정인섭은 젊은 교수의 도움으로 이 기계를 이용하여 한국 악센트를 연구하여 기존의 학설을 뒤집을 만한 놀라운 결과를 얻었다. 그는 "결론적으로 말해서 '우리말 악센트는 고저 악센트다'라는 결론을 얻은 것이다. 과거 오랫동안 한글의 악센트가 강약 악센트같이 오해되어 온 데 대해서 실로 중대한 경종을 울리는 것이었다"[12]고 밝힌다.

새로운 발견에 한껏 고무된 정인섭은 이 실험 결과를 좀 더 확실하게 입증하기 위하여 이번에는 앤아버 소재 미시간대학교 커뮤니케이션 센터를 방문하여 그곳에서 다시 소나그래프 실험을 해 보았다. 그런데 실험 결과는 버팔로에서 얻은 것과 동일하였다. 정인섭은 뒷날 버팔로의 무척 추운 날씨에 하숙방에서 홀로 음파 분석을 하면서 고생했지만 '새로운 진

---

12) 정인섭, 「뉴욕주립대학」, 『못다한 인생』, 241쪽.

리'를 발견했다는 생각에 그러한 고생도 거뜬히 견딜 수 있었다고 회고하였다. 한국어에는 장단 못지않게 고저의 음운 조직이나 운율적 자질이 있다는 사실은 그의 말대로 획기적인 발견이었다. 이로써 정인섭은 "우리말의 운율은 가나와 같이 장단으로만 이루어지는 것이 아니고, 차라리 억양에 의하여 생기는 것이 아닌가 한다"는 김기림의 주장을 과학적으로 증명했을 뿐 아니라 그것을 좀 더 정교하게 다듬었던 것이다.

고갈 또는 소진 의식

문학에서 소재의 고갈이나 소진과 관련한 문제는 비단 근현대에 이르러 처음 제기된 것이 아니다. 과거에 살았던 작가들보다는 근현대 작가들이 이러한 고갈이나 소진을 한결 더 첨예하게 깨닫게 된 것은 사실이지만 이 문제는 아주 오래전에도 심각한 문제로 대두되었다. 가령 18세기 영국 작가 에드워드 영은 일찍이 예술이라는 지구는 이미 탐험되었으며 중요한 발견 또한 모두 이루어졌다고 지적한 적이 있다. 그는 과거의 위대한 작가들이 모두 '예술적 수확'을 거두어 들였기 때문에 18세기 작가들은 이제 이삭을 줍기도 만만치 않게 되었다고 절망감을 털어놓았다.

그러나 문학에서 '고갈 의식'을 좀 더 첨예하게 부각시킨 작가는 바로 미국 소설가 존 바스다. 그는 포스트모더니즘의 선언문이라고 할 「고갈의 문학」과 「재생의 문학」에서 후대 작가들이 느끼는 문학 소재의 소진과 고갈을 좀 더 본격적으로 언급한다. 바스는 에드워드 영보다 한 발 더 나아가 이러한 소재의 고갈이나 소진은 까마득히 멀리 인류 역사와 더불어 이미 시작했다고 지적한다. 그러면서 바스는 서력기원 전 2천 년경의 문서, 그러니까 아직 현존하는 기록으로는 가장 오래된 텍스트라고 할 이집트의 파피루스 고문서에서 그 예를 찾는다. 이 고문서에는 "만일 내가 아직 알려지지 않은 구절, 어느 누구도 아직 한 번도 사용한 적이 없으며 반복한 적도 없는 낯선 말, 선조가 사용하여 아직 진부해지지 않은 그러한 말을 사용할 수만 있다면 얼마나 좋을까"[13]라는 구절이 적혀 있다는 것이다. 이렇듯 작가들이나 시인들이 느끼는 작품의 소재에 대한 고갈 의식은 후대에 내려오면 올수록 더 첨예해질 수밖에 없다.

한편 김환태는 김기림보다 몇 달 앞서 문학의 고갈을 처음 언급하여 관심을 끌었다. 「나의 비평의 태도」에서 김환태는 "비평가는 위대한 문학은 벌써 건설된 전당이라는 신념을 파악하고 안연(晏然)할 수는 없다. 만일에 창조가 아직도 행해지고 있다는 것을 알지 못한다면, 그는 고전 건축의 폐단에 사람을 인도하는 안내인에 지나지 않을 것이다"[14]라고 지적한다. 그러면서 김환태는 우리가 윌리엄 셰익스피어를 읽는 것은 영국 르네상스 시대의 과거를 읽는 것이 아니라 어디까지 현재의 생명을 읽는 것이라고 주장한다. 김환태는 참다운 문학가라면 이미 '건설된 전당'에 절망할 것이 아니라 그것을 창작의 발판으로 삼아야 한다고 주장한다.

이렇듯 김기림은 에드워드 영보다는 무려 두 세기, 존 바스보다는 반세기 앞서, 한국 문인으로서는 김환태에 이어 처음 문학의 '고갈 의식'을 제기하여 관심을 끌었다. 김기림은 『시론』에 수록된 「오전의 시론」에서 "붓을 잡을 때마다 통절히 느끼는 것은 오늘에 사는 작가나 시인처럼 불

---

13) John Barth, *The Friday-Book: Essays and Other Nonfiction* (New York: Putnam, 1984), p. 206.
14) 김영진 편, 『김환태 전집』(서울: 현대문학사, 1972), 17쪽.

행한 사람은 없다는 것이다"(2: 155~156)라고 말한다. 그러면서 그는 계속하여 "실로 벌써 말해질 수 있는 모든 사상과 논의와 의견이 거진 선인들에 의하여 말해졌다"(2: 156)고 불만을 털어놓는다. 그래서 김기림은 후대 문인들이 선배 문인들이 이미 말한 내용을 다른 방식으로 말하는 길밖에는 없다고 지적한다.

그런데 존 바스가 말하는 '고갈 의식'은 문학의 종점이 아니라 문학의 출발점이다. 현대 작가들은 비록 선배 작가들이 이미 작품의 소재를 소진하거나 고갈했다고 할지라도 언제든지 그것을 새로운 방식으로 새롭게 재창작할 수 있다. 문학에서 중요한 것은 소재와 내용이라기보다는 오히려 소재와 내용을 다루는 형식과 기교이기 때문이다. 문학사의 발전은 문학이라는 그릇에 담긴 내용물의 역사가 아니라 그 내용물을 담는 그릇과 그 방식의 역사다.

이 점과 관련하여 김기림은 후배 작가에게 "남아 있는 가능한 최대의 일은 선인이 말한 내용을 다만 다른 방법으로 설명하는 정도"라고 말하지만 그 정도는 그가 생각하는 것보다 훨씬 크다. 그는 "낡은 일을 낡은 방법으로 언제까지든지 써 가면서 아무렇지도 않게 생각하고 있는 작가나 시인을 내가 행복스럽다"(2: 156)고 지적한다. 그러나 그는 이 말을 반어적으로 사용하고 있어 액면 그대로 받아들이다가는 자칫 본뜻을 놓치기 쉽다. 낡은 소재에 낡은 형식으로 작품을 쓰는 작가야말로 불행한 사람이라는 뜻이다.

문학의 소재가 이미 고갈되거나 소진되었다는 생각은 앞에서 언급한 이집트의 파피루스 고문서의 기록자도 절감한 현상이다. 또한 구약성경 「전도서」 저자도 "이 세상에 새 것이란 없다. '보아라, 이것이 바로 새 것이다' 하고 말할 수 있는 것이 있는가? 그것은 이미 오래 전부터 있던 것, 우리보다 앞서 있던 것이다"(1장 9~10절)라고 밝힌다. 후대의 작가들은 선배 작가들이 이미 사용한 나머지 소재가 비록 넝마처럼 낡았을지는 모르지만 그 소재를 새로운 기교와 형식으로 재창조하는 것이 자신들의 임무라고 깨닫는다. 이것이 바로 포스트모더니즘의 창작 태도다. 서구에서조차 포스트모더니즘을 언급하기 몇 십 년 전에 김기림이 모더니즘 이후에 다가올 문학 사상이나 이론을 미리 예고한 것이 여간 놀랍지 않다.

한편 달리 생각해 보면 문학의 소재란 마치 샘물과 같아서 완전히 고갈되는 법이 없다. "샘이 깊은 물은 가뭄에 아니 그쳐서, 내[川]를 이뤄 바다에 가노니"라는 「용비어천가(龍飛御天歌)」의 그 유명한 노래 가락처럼 문학의 소재도 깊은 샘처럼 좀처럼 마르지 않는다. 선배 작가들이 오래전부터 많이 사용해 온 탓에 소재가 고갈되고 소진되는 것은 부정할 수 없는 사실이지만 시대가 변하면서 또 다른 새로운 소재가 계속 나타나기 때문이다. 후대 작가들이 아무리 소재에 대한 고갈 의식을 느껴도 I. A. 리처즈의 지적대로 현대에는 현대 시인이 아니고서는 쓸 수 없는 소재가 따로 있게 마련이다.

영국문학과 관련하여 김기림이 여러 글에서 지적하듯이 1920년대는 T. S. 엘리엇의 시대이고, 1930년대는 W. H. 오든과 스티븐 스펜더와 C. 데이루이스의 시대였다. 엘리엇에 대하여 김기림은 "일찌기 20세기의 신화를 쓰려고 한 『황무지』의 시인이 겨우 정신적 화전민의 신화를 써놓고는 그만 구주의 초토 위에 무모하게도 중세기의 신화를 재건하려고 한 전철은 똑바로 보아 두었을 것이다"(2: 33)라고 지적한다. 한편 김기림은 영문학에서 오든과 스펜더와 데이루이스가 큰 힘을 얻던 1930년대 전반기에 조선문학은 시의 과학적 요구에 처음 눈뜬 시기일 뿐 아니라 이러한 요구를 깨닫고 실천을 모색한 시대로 규정한다. 그러면서 김기림은 이상(李箱)의 「위독(危篤)」을 '적절한 현대 진단서' 또는 '우울한 시대 병리학'으로 평가한다.

김기림은 1935년 9월 《조선일보》에 연재했다가 뒷날 해방 후 『시론』에 수록한 「속 오전의 시론」에서도 현대 사회의 모든 것이 문학의 소재가 될 수 있다고 역설한다. 특히 시인과 작가는 하루가 다르게 변하는 20세기 '분주한 문명의 전개'에서 눈을 돌려서는 안 된다고 밝힌다.

창녀의 목쉰 소리, 기관차의 메커니즘, 무솔리니의 연설, 공동변소의 박애사상, 공원의 기만, 헤겔의 변증법, 전차와 인력거의 경주―우리들의 주위를 돌고 있는 이 분주한 문명의 전개에 대하여는 그들은 일체 이것들을 비시적(非詩的)이라고 하여 얼굴을 찡그리고 돌아선다. 오늘의 시인에게 요망되는 포즈는 실로 그가 문명에 직면하는 것이다. 그래서 거기서 그의 손에 부닥치는 모든 것은 그의 재료가 될 수 있다. 그러나 그는 항상 그 속에서도 그 현란하고 풍부한 재료에 압도되지 않기 위하여 강인한 감성과 건실한 지성의 날을 갈아야 될 것이다. (2: 183~184)

이렇게 김기림은 현대 시인에게 시의 소재를 역설할 뿐 아니라 자신의 주장을 몸소 실천에 옮기도 하였다. 가령 그가 "1930년 가을로부터 1934년 가을까지의 동안 나의 총망한 숙박부"라고 부른 시집 『태양의 풍속』(1934)만 하여도 그러하다. 이 시집에 수록한 작품의 대부분은 김기림이 위 인용문 첫머리에서 열거하는 '문명의 전개'를 다룬다. 그러면서도 그는 이 시집의 서문이라고 할 「어떤 친한 '시의 벗'에게」에서 "내일은 이 주막에서 나를 찾지 마라라. 나는 벌서 거기를 떠나고 없을 것이다"라고 밝힌다.

김기림은 자신의 작품이 "저 동양적 적멸로부터 무절제한 감상의 배설"도 아니고, "분 바른 할머니인 19세기적 비너스"와의 결별이라고 지적한다. 그러면서 그는 계속하여 "너는 나와 함께 어족과 같이 신선하고 기빨과 같이 활발하고 표범과 같이 대담하고 바다와 같이 명랑하고 선인장과 같이 건강한 태양의 풍속을 배호자"라고 권한다.[15] 이 말은 과거에 과거의 시가 있고 현재에 현재의 시가 있듯이 미래에는 미래의 시가 있다는 의미로 받아들일 수 있다. 그런데 오늘의 시이든 내일의 시이든 시에서 가장 중요한 것은 혼란스러운 삶에 질서를 부여해 주는 문학이다. 김기림은 "시인의 임무란 경험의 뭉치에 질서와 연락을 붙여주는 일"(2: 268)이라고 잘라 말한다.

김기림은 어느 문학 장르보다도 시를 살아 움직이는 생물처럼 역동적인 것으로 간주한다. 산다는 것은 곧 움직이는 것이라고 말하는 그는 "시는 언제든지 정지할 줄 모르는 움직이는 정신 속에서 살아야 한다는 것은 얼마나 무서운 일이냐"(2: 156)라고 묻는다. 살아 있다는 것은 어느 한 곳에 멈추어 있지 않고 앞으로 계속 나아간다는 것을 뜻한다. 시인은 이렇게 미래를 향하여 계속 나아가면서 구체적인 현실 속에서 새로운 가치를 창조할 수 있기 때문이다.

이렇게 현실에서 가치를 창조하다 보면 시는 천상의 별처럼 고고하

---

15) 김기림, 『태양의 풍속』, 김학동·김세환 공편, 『김기림 전집 1: 시』(서울: 심설당, 1988), 15~16쪽. 앞으로 이 책에서의 인용은 본문 안에 권수와 함께 쪽수를 직접 적기로 한다.

고 순수할 수만은 없고 질퍽한 대지에 발을 딛고 서서 누추한 현실과 거친 역사의 숨결을 표현하지 않을 수 없다. 김기림이 "시라고 하는 것은 아무리 순수한 상태에서도 그것은 불결한 흡지(吸紙)의 일종을 면치 못한다. 어떠한 경우에도 그것은 시대의 반점(斑點)을 발라 가리고[가지고] 있다"(2: 157)고 말하는 것은 바로 그 때문이다. 김기림이 말하는 '불결한 흡지'나 '시대의 반점'이란 문학 작품이 담고 있는 시대정신이나 세계관을 말한다.

김기림은 시인이 이렇게 역사적 시간과 사회적 공간의 제약을 받는 현실을 해석하는 행위를 '문명 비판'이라고 부른다. 이렇게 문명 비평의 관점에서 살아서 꿈틀거리며 '불결한 흡지'와 '시대의 반점'의 역할을 마다하지 않는 시 정신을 그는 '오전의 시학'이라고 부른다. '오전의 시학'과는 달리 '오후의 시학'은 살아서 움직이지 않고 죽어 있거나 가사 상태에 있다. "지상의 모든 것으로부터 허공에로 눈을 돌리고 아름다운 황혼이나 찬란한 별들의 잔치에 참여하려고 하는" 시학, "대낮에 피로한 오후의 심리"에 관심을 기울이는 시학이 바로 그가 경계해 마지않는 '오후의 시학'이다.

과학적 시학 또는 시의 과학

김기림은 시를 읽는 방법에 누구보다도 깊은 관심을 기울인 비평가였다. 『시의 이해』의 머리말에서 그는 '시의 건강한 소화술'에 대하여 언급한다. 그는 시를 읽는 독자를 ① 거죽만 핥는 독자, ② 대충 씹어 삼키는 독자, ③ 알맹이 속맛마저 맛보는 독자 등 크게 세 부류로 나눈다. 두말할 나위 없이 김기림이 가장 이상적인 시의 독자로 간주하는 것은 다름 아닌 세 번째 부류다. 수박 겉 핥기식으로 시를 읽은 독자도, 염소 같은 반추동물처럼 대충 씹어 삼키는 식으로 시를 읽는 독자도 바람직하지 않다. 가장 이상적인 독자라면 토마토처럼 껍질과 알맹이까지 모두 씹어 먹듯이 시를 그렇게 음미해야 한다.

그런데 시의 껍질을 깨고 그 속에 들어 있는 '알맹이 속맛'을 맛보기 위해서는 단순히 감상의 차원에서 벗어나 시를 지적 대상으로 삼아야 한다. 여기서 대두되는 문제가 시에 대한 과학적 접근 방법이다. 1948년 김기림은 스코틀랜드의 저명한 생물학자 존 아서 톰슨의 『과학개론』(1911)을 번역하면서 역자 서문에서 "우리가 느끼는 가난 가운데에서도 '과학의 가난'은 아마도 우리의 가장 큰 불행의 하나일 것이다"[16]라고 밝힌다.

해방 전 경성(鏡城)고등보통학교 교사로 근무하던 시절 김기림은 학생들에게 톰슨의 저서를 읽어 볼 것을 권하였다. 전문 분야가 문학인 김기림이 광복을 맞이하고 새 공화국을 수립하던 해에 『과학개론』을 번역하여 출간한 것은 그럴 만한 이유가 있었다. 그는 "우리의 '새나라' 건설의 구상은 과학의 급속한 발달과 계몽을 한 필수 사항으로 고려에 넣어야 되었다"(6: 153)고 밝힌다. 하루바삐 근대화를 이룩해야 하는 신생 국가 한국에서 과학이야말로 근대화를 이끄는 견인차 역할을 할 수 있기 때문이다.

김기림의 이러한 태도는 "과학 지식과 기술의 앙양 보급과 아울러 과학사상─과학적 정신, 과학적 태도, 과학적 사고 방법─의 계몽은 우리들

---

16) 김기림, 김학동·김세환 공편, 『김기림 전집 6: 문명비평·시론·설문답·과학개론』(서울: 심설당, 1988), 153쪽. 앞으로 이 책에서의 인용은 본문 안에 권수와 함께 쪽수를 직접 적기로 한다.

의 '새나라' 건설의 가장 중요한 과업의 하나임에 틀림없다"(6: 154)고 말하는 데서 단적으로 엿볼 수 있다. 그런데 과학의 가난은 비단 실생활에 그치지 않고 문학과 예술에서도 크게 다르지 않다. 그가 문학 연구가로서 굳이 톰슨의 저서를 번역한 것도 조금이나마 문학 분야에서도 과학 정신을 불어넣기 위해서였다.

김기림이 비평가로서 이룩한 업적 중 하나는 이렇게 시학을 과학의 수준으로 끌어올렸다는 데 있다. 그는 그동안 넓게는 '문학의 과학', 좁게는 '시의 과학'을 꾸준히 주창해 왔다. 비평이 문학 작품의 향수와 취미에서 출발해야 한다고 주장하면서도 단순히 감상에 머무는 것만으로는 결코 충분하지 않다고 지적한다. 감상주의란 비평이 아닌 감상의 기술에 지나지 않기 때문이다. 김기림은 감상주의를 뛰어넘는 방법으로 내세우는 것이 다름 아닌 과학적 비평, 즉 비평의 과학이다. 그는 "비평은 실로 가장 진지한 과학적 태도와 방법 위에서만 가능하다"(2: 29)고 밝힌다.

김기림이 과학적 시학을 정립하는 데는 두말할 나위 없이 I. A. 리처즈가 산파 역할을 맡았다. 김기림은 니혼대학 예술과에 재학 중 졸업하기 1년여 전부터 리처즈의 이론을 읽었던 것으로 알려져 있다. 김기림은 리처즈를 '시적 십자군'이라고 부른다. 십자군이 중세 라틴 교회의 공인을 받은 원정대가 교황의 권력을 찾기 위하여 이슬람 군대와 레반트 지역의 지배권을 놓고 벌어진 종교 전쟁이라면, 리처즈가 벌인 전쟁은 시를 과학의 전횡과 횡포로부터 구하기 위하여 벌인 문학 전쟁이라고 할 수 있다.

김기림은 과학과 시가 각각의 독자적 권리를 가지고 병존한다고 주장한 점에서 리처즈의 공로가 크다고 지적한다. 그러면서도 김기림은 새로운 과학적 시학의 집이 심리학과 사회학의 두 기둥 위에 굳건히 서 있어야 하고, 비평은 철학이기 전에 먼저 과학이어야 한다고 주장한다. 『문학개론』(1946) 첫머리에서도 김기림은 "문학의 사실을 기술하는 과학은 심리학과 사회학의 두 지주 위에 서야 할 것이라고 생각하고 있다"(3: 12)고 밝힌다.

그러나 김기림은 과학적 비평을 주창하면서도 과학에 완전히 의존하지는 않는다. 리처즈의 시학에 이론적 근거를 둔 『시의 이해』에서 그는 "비평가란 그러므로 40퍼센트의 과학자와 30퍼센트의 감상자와 또 30퍼센트의 감정인(鑑定人)이 한데 섞인 기이한 존재라고 할 것이다"(2: 272)라고 밝힌다. 그러면서 그는 리처즈를 비롯하여 허버트 리드와 윌리엄 엠프슨의 실증주의에 기반을 둔 과학적 이론도 프랜시스 베이컨에서 시작하여 데이비드 흄을 거쳐 존 스튜어트 밀에 계승되어 내려온 영국 경험론의 한 갈래로 본다. 영국의 실증주의와 경험론은 궁극적으로 헤겔의 독일 관념 철학에 대한 반작용으로 볼 수 있다.

김기림은 시인을 무엇보다도 언어의 마술사요 언어의 사제로 높이 평가한다. 물론 소설가나 희곡 작가 같은 산문 작가도 언어를 매체로 삼는다는 점에서는 크게 다르지 않을 터이지만 특히 시인에게 언어는 훨씬 더 중요할 수밖에 없다. 시인은 단순히 현실을 표현하거나 묘사하는 것 이상의 숭고한 임무가 있기 때문이다.

예로부터 시인은 삶에 거울을 비추는 사람보다는 진흙으로 질그릇을 빚는 도공 같은 사람으로서의 임무를 부여받아 왔다. 서양에서 시를 뜻하는 'poetry'가 '만든다' 또는 '창조하다'를 뜻하는 고대 그리스어 'poein' 또는 'poiein'에서 유래한다는 것은 잘 알려진 사실이다. 동양 문화권에서도 '詩'라는 한자는 서양의 개념과 크게 다르지 않다. 『강희자전(康熙字典)』에 따르면 이 글자는 의미 요소인 '말씀 언(言)'에 발음 요소인 '모실 시(寺)'를 합쳐 만든 형성자다. 말[言]을 가공하고 손질하는[寺] 것이 바로 시(詩)라는 뜻이다. 물론 '시(寺)'를 고대 중국에서 말씀을 담당하던 관아로 보는 학자도 있다. 이렇게 말을 갈고 다듬어 인간의 정감을 표현해 내는 문학 장르가 바로 시다.

그렇다면 김기림은 시의 성격을 어떻게 규정짓는가? 그는 시를 자연 발생적 시와 주지적 시의 두 갈래로 나눈다. 전자는 소박한 표현주의적 태도를 취하는 반면, 후자는 좀 더 의식적인 창조 행위로 간주한다. 시인의 임무에 대하여 김기림은 독일 관념철학의 개념을 빌려와 자연 발생적 시를 '자인(존재)'에, 주지적 시는 '졸렌(당위)'에 빗댄다. 자연과 문화가 서로 대립하는 것처럼 자연 발생적 시는 의식적이고 의도적으로 창작한 주지적 시와 서로 첨예하게 대립한다는 것이다. 그래서 김기림은 시인이 문화의 전면적 발전 과정에서 '가치 창조자'로서 참가해야 한다고 지적한다. 가치를 창조한다는 것은 곧 의식적이고 의지적인 행위다. 그는 "시는 나뭇잎이 피는 것처럼 샘물이 흐르는 것처럼 자연스럽게 쓰여져서는 안 된다. 피는 나뭇잎, 흐르는 시냇물을 지배하는 것은 자연의 법칙이다. 가치의 법칙은 아니다. 시는 우선 '지어지는 것'이다. 시적 가치를 의욕하고 시도하는 의식적 방법론이 있지 않으면 아니 된다"(2: 79)고 말한다.

김기림은 가치의 법칙에 따르지 않고 무의식적으로 시를 쓰는 사람을 시인으로 부르는 대신 '단순한 감수자(感受者)'라고 부른다. 그는 그러한 시인이 '가두에 세워진 호흡하는 카메라'에 지나지 않는다고 밝힌다. 그러면서 그는 카메라가 시인이 아니듯이 그도 시인은 아니라고 말한다. 여기서 김기림은 카메라의 비유를 들지만 백여 년 전 스탕달은 소설을 큰 길거리에 돌아다니는 거울에 빗댄 적이 있다. 거울이든 카메라든 대상을 있는 그대로 객관적으로 묘사하거나 표현할 뿐 가치 창조자로서의 역할을 할 수는 없다. 김기림은 한마디로 "시인은 단순한 표현자·묘사자에 그치지 않고 한 창조자가 아니면 아니 된다"(2: 79)고 주장한다.

한국 신문학의 발전 과정에 관심이 많던 김기림은 신문학을 자연발생적 시(문학)에서 주지적 시(문학)로 발전한 과정으로 파악한다. 신문학 초기 일본을 거쳐 뒤늦게 서유럽의 낭만주의와 19세기 세기말 문학을 받아들인 조선의 문인들은 센티멘털리즘에 흠뻑 빠져 있었다. 그러다가 신문학은 점차 센티멘털리즘에서 젖을 떼고 주지주의로 이유식을 시작하였다. 김기림은 "퇴폐와 권태와 무명(無明) 속에서 허덕이는 현대시를 현재의 궁지에서 건져내 가지고 태양이 미소하고 기계가 아름다운 음악을 교향하는 가두로 해방하지 않으면 아니 되리라"(2: 88)라고 천명한다.

동시대에 활약한 어느 비평가보다도 김기림은 지나친 지성을 경계하면서도 동시에 지나치게 감정에 탐닉하는 것을 경계하였다. 그는 비만이 건강에 해로운 것처럼 지나친 감정도 시를 비롯한 문학에 해롭다고 밝힌다. 그는 "감정의 비만이 곧 감상이다. 시를 이러한 비대증에서 건져내서 그것에게 스파르타인과 같은 건강한 육체를 부여하는 것이 오늘의 시인의 임무다"(2: 112)라고 말한다.

김기림은 조선문학에서 근대시의 순수화 과정은 시의 상실의 과정과 다름없다고 주장한다. 여기서 시란 신문학기의 센티멘털리즘을 말하고, 시의 순수화 과정이란 기교주의를 가리킨다. 김기림은 조선문학에서 '과거의 시'와 '새로운 시'를 이항 대립으로 구분 짓는다.

과거의 시	새로운 시
독단적	비판적
형이상학적	즉물적
국부적	전체적
순간적	경과적
감정의 편중	정의와 지성의 종합
유심적	유물적
상상적	구성적
자기중심적	객관적 (2: 84)

위 도식에서 '감정의 편중'과 '정의와 지성의 종합'의 항목을 좀 더 자세히 살펴보기로 하자. 김기림이 시에서 무엇보다도 경계하는 센티멘털리즘은 지나치게 감정을 표현하는 태도를 말한다. 그는 참다운 시인이라면 감정에 치중하는 대신 감정과 의지와 지성을 적절히 통합해야 한다고 지적한다. 이광수는 일찍이 「문학의 가치」에서 "대개 정적(情的) 분자를 포함한 문장을 문학이라 하면 대오(大惡)는 무(無)하리라"라고 말하면서 정을 기초로 한 문학의 가치를 중요시하였다. 그러면서도 그는 문학이 감정만으로는 부족하여 사상이 필요하다고 보았다. 그는 "문학이란 특정한 형식 하에 인(人)의 사상과 감정을 발표한 자를 칭함이니라"라고 밝힌다.[17] 적어도 이 점에서 김기림의 문학관은 이광수의 문학관과 크게 다르

---

17) 이광수, 「문학의 가치」, 「문학이란 하(何)오」, 『이광수 문학전집 1』(서울: 삼중당, 1962) 504, 507쪽. 그는 이전에는 이지(理智)만을 중요하게 생각했지만 "근세에 지(至)하여 인(人)의 심(心)은 지정의(知情意) 삼자(三者)로 작용되는 줄을 지(知)하고 차(此) 삼자에 하우(何優)·하열(何劣)이 무(無)히 평등하게 오인의 정신을 구성함을 각(覺)하며······"(508쪽) 라고 밝힌다. 이광수에 대한 김

지 않다.

시인의 임무가 가치를 창조하는 것이라면 그는 도대체 어떤 가치를 창조해야 할까? 김기림은 비록 정도에서는 차이가 있을망정 구체적인 삶의 현실과 관련한 가치를 만들어내야 한다고 지적한다. 그에게 삶과 유리된 문학이란 이렇다 할 존재이유나 가치가 없다. 그리고 보니 김기림의 문학관은 매슈 아널드에게서 영향 받은 바 자못 크다.

아널드는 유명한 논문 「시의 연구」에서 시를 한마디로 '삶의 비평'으로 간주한다. 시란 인간의 삶에 대한 전반적인 평가이고, 시인은 삶을 분석하고 삶에 대하여 분명하게 논평하는 사람이다. 시인은 시에서 다양한 관점에서 인생에 다양한 관념을 적용한다. 그러한 관념을 강력하게 적용하면 할수록 그 효과는 그만큼 커지게 마련이다. 한마디로 아널드는 시란 시인이 경험하고 알고 있는 대로 삶을 해석하는 행위라고 규정짓는다.

김기림이 본질적으로는 주지주의 입장에 서 있으면서도 T. E. 흄과 T. S. 엘리엇을 좀처럼 받아들이지 않는 것은 그들이 문학의 인간적 가치에 비교적 무관심했기 때문이다. 김기림은 흄이 처음 이론적 체계를 세우고 엘리엇이 계승하여 발전시킨 신고전주의에 적잖이 의문을 품는다. 엘리엇은 「전통과 개인의 재능」에서 시를 '감정의 자연스러운 발로'라고 한 윌리엄 워즈워스의 낭만주의 시론에 맞서 "훌륭한 시는 개성의 표현이 아니라 개성으로부터의 도피여야 한다"고 주장하며 몰개성 시론을 주창하였다.[18] 그러나 김기림은 시인의 개성을 중시하지 않는다는 점을 들어 고

기림의 평가는 부정적이다. 김기림은 "일찌기 춘원은 조선에서 유일 최대한 작가로 생각되었을 때가 있었다. 그러나 그것은 조선 문단이란 집단적 존재가 확립되기 전인 그의 독무대였을 때 아무도 없는 골짜기에서 대장 노릇을 하는 것은 누구에게도 쉬운 노릇이다"(3: 203)라고 말한다.

18) T. S. Eliot, *Selected Essays* (New York: Harcourt, Brace, 1950), p. 10.

224

전주의를 오히려 '비인간적'인 문예사조로 비판한다.

한국 신문학의 반성

한국 비평가 중에서 김기림처럼 좁게는 한국의 신시 또는 신체시, 좀 더 넓게는 한국의 신문학을 그렇게 비판적으로 평가하는 사람도 찾아보기 드물다. 개화기 시가의 한 유형인 신체시는 한국 근대시에 이르는 과도기적인 시가 형식을 말한다. 최남선 1908년 11월 《소년》 창간호에 발표한 「해에서 소년에게」를 최초의 신체시로 보는 것이 학계와 문단의 통설이다. 1896년 이승만(李承晚)이 《협성회보》에 발표한 「고목가(枯木歌)」에서 신체시의 역사를 찾는 학자도 있다. 그렇다면 신체시는 그 역사를 아무리 일찍 잡는다고 하여도 좀처럼 19세기 말엽을 넘어서지 못한다.

김기림은 한국의 신시를 제대로 이해하려면 무엇보다도 먼저 19세기의 서양시를 알아야 한다고 지적한다. 『시론』에서 그는 19세기 서양의 작품을 '슬픈 패배자의 노래'라고 부르면서 본질적으로 귀족의 의식과 가치관을 반영한 것에 지나지 않는다고 주장한다. 그래서 그는 당시 문학은 "궁정과 장원과 지나간 날의 신화에 대한 달콤한 회고와 향수에서 언제고 깨려고 하지 않았다"(2: 31)고 말한다. 김기림에 따르면 19세기 서양 시는 한마디로 과거지향적으로 구체적인 현실과는 적잖이 괴리되어 있었다.

19세기 서양 시에 대하여 김기림은 계속하여 "그것은 알지 못하는 이국에 대한 동경으로 나타나서 세기말에는 동양에 대한 꿈을 불타게 했다"(2: 31)고 밝힌다. 라빈드라나트 타고르가 세계 문단에서 주목받고 마침내 동양인 최초로 노벨 문학상을 받은 것도 따지고 보면 서구의 이러한 분위기와 맞물려 있었기 때문이라고 지적한다. 타고르의 『기탄잘리』(1910)와 오마르 하이얌의 『루바이야트』(1859) 같은 동양의 작품이 "영국이 세기말 시인들과 끌어안고 우는 동안 인도와 근동에는 영국의 지배가 날로 굳어 갔던 것이다"(2: 31)라고 주장한다.

김기림은 한국의 신시가 자생적인 것이 아니라 어디까지나 이 무렵의 박래품처럼 바다를 건너 들어오거나 대륙을 거쳐 들어온 것이었다고 지적한다. 그것도 서구에서 직접 들여오는 직수입 방식이 아니라 일본이나 청나라를 거쳐 들여오는 간접수입 방식이었다는 것이다. 그런데 간접수입 방식보다도 더 큰 문제는 서구에서는 이미 한물 지난 문예사조나 문예 전통, 말하자면 신상품이 아닌 이월상품이나 중고품을 들여왔다는 데 있었다.

이 점과 관련하여 김기림은 "우리 신시 운동의 당초에 선구자들이 수입한 것은 바로 이러한 19세기의 전통이었다. 상징파의 황혼 센티멘털 로맨티시즘……. 그것들은 다시 말하면 센티멘털리즘으로 어느 정도까지는 개괄할 수 있는 도피적인 패배적인 회고적인 인생 태도를 대표했다"(2: 31)고 지적한다. 여기서 '센티멘털 로맨티시즘'이라는 용어는 김기림도 지적하듯이 허버트 리드가 「근대시의 형식」에서 처음 사용한 용어다. 김기림도 리드처럼 센티멘털리즘을 예술을 부정하는 허무적 행위로 평가한다. 김기림은 "20세기인은 이미 센티멘털리즘은 흑노(黑奴)들의 미덕에 지나지 않는다는 것을 충분히 알았을 것이다. 지금쯤 슬픈 망향가를 부르는 못난이 니그로가 어디 있을까"(2: 110)라고 말한다. 또한 그는 이러한 시대착오적 현상을 "20세기의 기계체조장에서 토인의 춤을 추는 그 우스꽝스러운 교태"(2: 31)에 빗대기도 한다. 요즈음 같았으면 김기림의 말은 아마 '정치적으로 부적절한' 언급이라는 비판을 받았을 터이지만 그가 말하려는 의도는 분명하다.

이렇듯 한국의 신문학은 서구의 근대를 집약적으로 받아들일 수밖에 없었다. 김기림이 이러한 주장을 제기할 당시 신문학의 역사는 갑오개혁 이후부터 계산하여도 30여 년을 넘어서지 못한다. 그렇다면 유럽을 비롯한 서양에서 수 세기에 걸쳐 시행착오를 거듭하며 이룩한 근대를 19세기 말 조선에서는 하루아침에 받아들여야 했다는 데 있었다. 이렇게 근대를 서둘러 압축적 형태로 받아들이다 보니 제대로 소화 과정을 거칠 수 없었고, 그 과정에서 왜곡될 수밖에 없었다. 이 점과 관련하여 김기림은 "실로 여러 세기에 걸쳐 발전한 결과로 얻은 열매를 우리는 극히 짧은 동안에 모방 또는 수입의 형식을 거쳐 속성해야 하는 동양적 후진성"(2: 47)을 면치 못했다고 지적한다. 이렇게 20세기 초엽 조선에서 신문화 도입은 지나치게 짧은 기간에 축약하여 받아들였고 이 과정에서 왜곡된 점이 적지 않았던 것이 사실이다.

예를 들어 소설 장르에서는 ① 인도주의(휴머니즘), ② 사실주의(리얼리즘), ③ 자연주의, ④ 계급주의, ⑤ 인상주의, ⑥ 심리주의 등이 거의 동시에 들어오다시피 하였다. 한편 시 장르에서는 ① 낭만주의, ② 상징주의, ③ 사회주의 리얼리즘, ④ 모더니즘 등이 도입되었다. 이렇게 서구 문학과 이론을 서둘러 받아들이다 보니 미처 제대로 소화하지 못하고 받아들여야만 하였다. 김기림의 표현을 빌리자면 "자못 창황하게 바삐바삐 소화된 상태에서, 혹은 체한 대로"(2: 47) 받아들이지 않을 수 없었다. 조선의 신문학이 서구의 문예사조를 이렇게 급급하게 받아들이기에 여념이 없을 때 서구에서는 벌써 다른 사조의 옷으로 갈아입고 있었다.

　그러면 오늘의 우리 문학은 근대정신을 완전히 붙잡았으며 그것을 체현하였
는가. 그래서 20세기적 단계에까지 도달하였는가. 이렇게 스스로 물어볼 때
에 유감이나마 우리 생활과, 사고, 사고와 생활 사이에는 중세와 근대의 틈바
귀가 그대로 남아 있는 구석이 있으며, 또 한 정신 속에도 봉건사상과 인문주
의가 동서(東棲)하며 한 작가나 시인의 문학 속에 19세기와 20세기가 뒤섞여
있으며 한 상징시인 속에 낭만파와 민요시인과 유행가수가 겹쳐 있는 것조차
도처에서 쉽사리 구경한다. 이러한 혼돈과 아나르시는 대체 어디서 오는 것
일까. (2: 47)

　김기림은 조선 신문학이 중세에서 완전히 벗어나지 못한 채 중세와 근
대의 틈바구니에 어정쩡하게 끼어 있다고 지적한다. 그래서 한 문학 정신
안에 봉건주의와 인문주의가 공존하고 심지어 한 작가나 시인에게서도 여
러 문예사상을 엿볼 수 있다. 방금 앞에서 서구 근대문명의 이입을 소화 작
용에 빗댔지만 조선 신문학은 소화불량에 걸려 있었던 것과 크게 다름없
다. 너무 성급하게 음식을 섭취한 것처럼 문화적 체증에 걸릴 수밖에 없었
다. 섭취하여 제대로 소화하지 못한 음식은 신체에 영양분이 될 수 없듯이
이렇게 간접수입 방식으로 서둘러 받아들여 조선의 것으로 체현하지 못한
서구문학도 조선문학에 온전하게 피와 살이 되지 못했을 것이다.
　위 인용문 후반부에서 "한 상징시인 속에 낭만파와 민요시인과 유행
가수가 겹쳐 있는 것"을 주위에서 쉽게 볼 수 있다는 대목을 좀 더 찬찬
히 눈여겨 볼 필요가 있다. 김기림은 조선 신문학의 소화불량 현상이나 혼

란을 보여주는 가장 대표적인 문인으로 안서 김억을 염두에 두는 것 같다. 1913년 게이오기주쿠(慶應義塾) 영문과에 입학한 김억은 도쿄에서 조선인 유학생들이 발간하던 잡지《학지광(學之光)》에 시「이별」등을 발표하여 창작 활동을 시작하였다. 학업을 중도에 포기하고 귀국한 뒤 그는 1916년 모교 오산학교에 교사로 부임하면서 낭만주의 성향의《폐허》와《창조》동인으로 활동하였다. 김억은 서구의 상징시를 처음으로 조선 문단에 소개하여 1920년대 초반 상징주의 시풍이 정착하는 길을 활짝 열어 놓았다. 1920년대 중반부터는 한시의 번역이나 민요 발굴 등 전통적인 정서에 관심을 쏟았는가 하면, 1930년대 말엽에는 '김포몽'이라는 예명으로 대중가요 가사를 짓기도 하였다.[19]

위 인용문 마지막 문장에서 김기림은 이러한 '혼돈과 아나르시'가 도대체 어디서 비롯하는가 하고 묻는다. '아나르시'란 무정부주의로 흔히 잘못 번역 되어 사용하여 온 아나키즘을 가리키는 일본어(アナルシ)다. 김기림은 조선 신문학기의 혼란스러운 상태를 가리키려고 이 용어를 사용한다. 그런데 이 질문에 대한 답은 앞에서 이미 지적했듯이 신문학기 조선 문단이 서구에서 몇 백 년 걸쳐 이루어진 것을 불과 몇 십 년에 받아들였다는 사실에서 찾아야 한다. 김기림이 조선의 신문학을 '애늙은이'에 빗대는 것이 흥미롭다. 조선의 신문학은 태어난 지 얼마 안 되는 어린애인데도 이미 노인의 모습을 하고 있다. 그가 "우리 신시의 여명기는 나면서부터도 황혼의 노래를 배운 셈이다"(2: 55)라고 밝히는 이유가 여기에 있다.

---

19) 김억에 대한 김기림의 평가도 이광수에 대한 평가처럼 그렇게 호의적이지 않다.「신민족주의 문학 운동」에서 김기림은 "안서 선생이 아무리 노여워하셔도 시는 민중과 절연 상태에 있는 것은 어찌 할 수 없습니다. 민중이 요구하는 것은 직재적(直裁的)인 구체적인 행동적인 것입니다"(2: 229)라고 밝힌다.

이러한 신문학에 대한 반성은 김기림에 앞서 1920년대 중반부터 이미 조선프롤레타리아예술가동맹(카프)의 계급주의적 경향문학을 부르짖던 문인들에게서도 찾아볼 수 있다. 카프문학은 사상이 없다는 이유로 신문학을 반격하였다. 그러나 1930년대에 들어와 카프문학은 모더니즘 계열의 문학가들에게 다시 반격을 받았다. 모더니즘은 문학을 이념의 도구로 삼는다는 이유를 들어, 즉 김기림의 표현을 빌리자면 '편내용주의', 즉 내용에 편중되었다는 이유로 카프문학을 신랄하게 비판하였다. 그는 작품 분석은 게을리 한 채 '소부르 작가'니 하며 작가의 출신 성분이나 문학관을 문제 삼는 것은 '비평가로서는 자살 행위'이며, 그러한 비평가는 문학 비평가가 아닌 '호적리(戶籍吏)'와 같다고 날카롭게 꼬집는다. 김기림은 카프의 프로문학 비평처럼 작품에서 점점 멀어지면서 작가 쪽으로 치우치는 비평이야말로 '비평의 비극'이라고 지적한다.

1933년 염상섭은 박영희의 단편 소설 「사냥개」와 이익상(李益相)의 「흙의 세계」 같은 작품의 예술성을 문제 삼으며 카프의 계급주의 문학에 처음 비판의 포문을 열었다. 이와 때를 같이하여 1933년 8월 김기림과 정지용과 이태준을 비롯한 문인 아홉 명이 카프에 맞서 구인회를 결성하였다. 앞 장에서 다룬 김환태도 비록 창립 멤버는 아니지만 뒤에 이 모임에 참여하였다.

카프와 관련하여 여기서 잠깐 구인회에 대하여 좀 더 자세히 짚고 넘어가는 것이 좋을 것 같다. 구인회는 1930년대 초엽 일본 제국주의에 의한 카프 강제 해산을 목도하고 민족주의 문학의 퇴조의 분위기에서 싹이 텄다. 이 두 진영에 속하지 않은 작가들은 그 어느 때보다도 조선문학의 새로운 방향성을 모색하려고 애썼다. 외국문학을 통하여 서구 지향적인 문학관을 견지하던 구인회의 멤버들은 모더니즘이나 그와 비슷한 문학 유파에서 예술적 자양분을 섭취하였다. 북한 사회과학원 문학연구소에서 펴낸 『조선문학통사: 현대편』(1959)에 따르면 일본 제국주의는 카프를 강제로 해산시키는 반면, "반동 문화단체인 '구인회'와 '해외문학파'를 극도로 비호하면서 그들의 활동을 백방으로 보장해 주었다"[20]고 주장한다.

어떤 의미에서 구인회는 카프의 프로문학에 대한 비판적 반작용의 성격이 없지 않았다. 그것은 북한에서 구인회를 부르주아적인 '반동 문화단체'로 규정한다는 점에서 단적으로 엿볼 수 있다. 방금 앞에서 언급한 『조선문학통사』에서 집필자는 "이 시기에 리태준은 반동 문학단체 '9인회' (1933년 8월)를 조직해 가지고 '해외문학파'와 마찬가지로 예술지상주의 문학의 중간 로선 등을 고창하면서 카프문학을 반대하여 진출하였다"[21]고 밝힌다. 그러면서 계속하여 이태준이 창작 활동에서 반동적 사상을 전파했을 뿐 아니라 다른 문학 활동을 통해서도 일제의 이익에 복무했다고 주장한다. 더구나 집필자는 이태준이 《문장》을 통하여 "오늘의 리승만 괴뢰에게 충성을 다하는 일련의 반동 문학가들"을 양성했다고 주장한다. 반동 문학가들을 양성했다는 것은 그가 이 잡지의 편집인과 소설 추천위원으로 활동하면서 최태웅(崔泰應), 곽하신(郭夏信), 임옥인(林玉仁) 같은 신인들을 배출한 것을 두고 말하는 것이다.

구인회는 경향주의나 계급주의 문학에 맞서 순수문학을 추구한다는

---

20) 북한 사회과학원 문학연구소 편, 『조선문학통사: 현대편』(평양: 사회과학출판사, 1959), 104쪽. 인용 쪽수는 도서출판 인동에서 펴낸 '북한문예연구자료 3' 『조선문학통사』(1988)에 따른 것이다. 이 책의 집필자에 대하여 언어문학연구소 문학연구실에서는 머리말에서 "이 『문학통사』는 우리 문예학자 집단이 집체적으로 서술한 첫 시도"(7쪽)라고 밝힌다.

21) 위의 책, 169~170쪽.

취지로 설립하기는 했지만 어떤 특정한 문학 노선을 내세우지는 않았다. 3~4년 동안 한 달에 두세 차례의 모임과 서너 번의 문학 강연회,《시와 소설》이라는 기관지를 한 번 발행했을 뿐이다. 그들은 카프의 문학 행위를 직접 비판하기보다는 오히려 문학의 기교를 갈고 닦는 데 관심을 기울이는 등 간접적 방법으로 비판하였다. 당시 신인이거나 중견 작가였던 구인회 회원들은 궁극적으로 조선 문단에 '순수예술 옹호'라는 분위기를 형성하는 데 적잖이 이바지하였다.

구인회의 이러한 성격은 김기림의 「문단 불참기」를 보면 좀 더 분명하게 드러난다. 이 글에서 그는 구인회는 어떤 문단 의식을 천명한 모임이 아니라 일종의 사교 모임이요 담론의 장에 지나지 않았다고 밝힌다. 박태원과 이상이 주로 대화를 이끌어 나갔다. 아홉 명 중에서도 김기림은 특히 이태준과 박태원, 이상과 가까이 지냈다. 그는 "우리는 때때로는 비록 문학은 잃어버려도 우의만은 잊지 말았으면 하고 생각할 때가 있다. 어떻게 말하면 문학보다도 더 중한 것은 인간인 까닭이다"(5: 421)라고 말한 적이 있다.

정지용, 이상, 백석

김기림은 일제강점기에 활약한 대표적인 조선 시인으로 별다른 유보 없이 정지용과 이상과 백석(白石) 세 사람을 꼽았다. 김기림은 한마디로 "지용에게서 아름다운 어휘를 보았고, 이상에게서 이미지와 메타포어의 탄력성을, 백석에게서 어두운 동양적 신화를 찾았다"(2: 377)고 밝힌다. 물론 정지용의 시적 재능을 처음 본격적으로 주목한 비평가는 김기림과 더불어 양주동(梁柱東)과 최재서였다. 그러나 정지용의 모국어 구사력을 누구보다도 높이 평가한 비평가는 역시 김기림이었다. 김기림은 정지용을 모더니즘의 세례를 받은 언어의 마술사로 간주한다. 『시론』에서 그는 "최초의 모더니스트 정지용은 거진 천재적 민감으로 말의 주로 음의 가치와 이미지, 청신하고 원시적인 시각적 이미지를 발견하였고 문명의 새 아들의 명랑한 감성을 처음으로 우리 시에 이끌어 들였다"(2: 57)고 높이 평가한다.

또한 김기림은 정지용이야말로 한국 시에 '현대의 호흡과 맥박'을 불어넣은 최초의 시인으로 평가하기도 한다. 1935년 한 해 조선 문단을 회고하는 글에서 김기림은 『정지용 시집』이 곧 출간된다는 소식을 전하면서 이 시집은 한국 문학사에서 피라미드 같은 위치를 차지하게 될 것이라고 내다본다. 그러면서 그는 한국 시단은 이제 "정지용 이전과 정지용 이후라는 말이 명실(名實) 함께 확립될 것이라고 믿는다. 그래서 금후의 시인은 적어도 정지용 이전에서 헤매는 도로(徒勞)는 면할 것이다"(2: 366)라고 주장한다. 그것은 마치 서구에서 현대소설을 흔히 제임스 조이스를 분수령으로 그 이전과 그 이후로 나누는 것과 비슷하다.

더구나 김기림은 정지용의 외모에서도 시적 재능을 발견한다. 이 점에 대하여 김기림은 "고상한 교양과 세련된 감성을 표시하는 검정 넥타이를 단정하게 매고 우단이 아니라 밤빛 라사 망토로써 그 불결한 주위로부터 자신을 가리려는 듯이 몸을 두른 한 사람의 시인이 저 센티멘탈 로맨티시즘의 잡초와 관목이 우거진 1920년대의 저물음의 조선 시단이라는 황무지를 걸어가는 모양을 상상만 해 보아도 우린 유쾌하다"(2: 370)고 말한다.

김기림은 시인 못지않은 온갖 화려한 수사를 구사하여 정지용을 "물제비처럼 단아한 감성"을 지닌 시인, "이 불발(不拔)의 기사(騎士)", 그리고 "새로운 시의 지평선으로 향해서 황야를 돌진했던 시인" 등으로 일컫는다. 김기림은 계속하여 『정지용 시집』이야말로 낡은 시와 새로운 시, 심지어 '시 아닌 시'와 '진정한 시'의 경계를 뚜렷하게 구분 짓는 분수령이라고 지적하기도 한다.

포도(鋪道)로 나리는 밤안개에
엇개가 저윽이 무거웁다.

이마에 촉(觸)하는 쌍그란 계절의 입술
거리에 등불이 함폭! 눈물 겹고나.

제비도 가고 장미도 숨고
마음은 안으로 상장(喪章)을 차다

거름은 절로 듸딜 데 듸디는 삼십ㅅ적 분별
영탄도 아닌 불길한 그림자가 길게 누이다

밤이면 으례 홀노 도라오는
붉은 술도 불으지않는 적막한 습관이여![22]

───────────────────────────
22) 권영민 편, 『정지용 전집 1: 시』(서울: 민음사, 2016), 77쪽. 정지용은 이 작품을 《가톨닉청년》 5호 (1933.10)에 처음 발표한 뒤 『정지용 시집』(시문학사, 1935)에 수록하였다.

정지용의 「귀로」에서 김기림은 시 세계 전체에 관류하는 모티프를 찾는다. 그것은 바로 마지막 연 "영탄도 아닌 불길한 그림자가 / 길게 누이다"에서 엿볼 수 있는 삶에 대한 애수 어린 영탄이다. 김기림은 이러한 영탄을 정지용의 또 다른 작품 「해변의 오전 2시」의 "서러울 리 업는 눈물을 소녀처럼 짓자"라는 구절에서도 발견한다. 김기림은 정지용의 시를 읽을 때마다 이러한 '영탄의 감염'에서 좀처럼 벗어날 수 없다고 솔직히 고백한다. 그러면서 김기림은 영탄은 "근대문명으로부터 쫓겨난, 영혼의 고향을 잃은 근대인의 영구한 고독에서 오는 것인지 모른다"(2: 331)고 밝힌다.

그러나 김기림은 정지용의 영탄이 신문학 초기 시에서 흔히 볼 수 있는 '음분(淫奔)한 센티멘털리즘'과는 질적으로 다르다고 지적한다. 이러한 센티멘털리즘은 비단 19세기 말엽과 20세기 초엽에 그치지 않고 정지용이 활약하던 시대에도 여전히 남아 있었다. 김기림은 "끝없는 고적(孤寂), 향토를 사랑하는 순정, 병든 청춘의 헌희(獻欷), 그리고 까닭 모르는 젊을 때의 눈물, 방랑하는 영혼"(2: 367) 등을 모윤숙(毛允淑)의 『빛나는 지역』(1933)에서 뚜렷이 엿볼 수 있다고 주장한다. 그런데 김기림만큼 센티멘털리즘의 유혹을 그토록 경계해 마지않는 비평가도 아마 찾아보기 어려울 것이다. 적어도 이 점에서 그는 박용철과는 대척점에 있다고 밝힌 적이 있다.

김기림은 정지용의 「귀로」에서 영탄의 모티프와 함께 은유의 아름다움을 발견하기도 한다. 가령 김기림은 어디론가 떠나가 버린 '제비'나 숨어 버린 '장미'는 지나가 버린 아름다운 청춘과 행복, 즉 이제는 다시 돌아갈 수 없는 과거를 보여주는 은유이고, '마음 안에 차는 상장(喪章)'도 잃어버린 모든 것과 분열과 환멸에서 느끼는 근대인의 좌절과 절망을 보여주는 아름다운 은유라고 지적한다.

정지용이 이 작품에서 구사하는 은유로 말하자면 첫 연 첫 행의 포도 위로 내리는 '밤안개'는 30대에 접어든 시적 화자의 정신적 혼미와 미망을 보여주는 더할 나위 없이 좋은 은유다. 둘째 연의 첫 행 "이마에 촉하는 쌍그란 계절의 입술"은 「춘설(春雪)」의 첫 연 "문 열쟈 선뜻! / 먼 산이 이마에 차라"처럼 여름에서 가을로 바뀌면서 시적 화자의 이마에 닿는 차갑고 쓸쓸한 감촉을 가리킨다.[23] 이 두 표현에서는 정지용이 시각 이미지를 촉각 이미지로 바꾸는 놀라운 솜씨를 엿볼 수 있다. 그러나 밤안개가 비처럼 내리는 도회의 아스팔트길에서 느끼는 '계절의 입술'은 화자의 쓸쓸하고 적막한 심정, 한 발 더 나아가서는 세월의 무상함을 보여주는 은유이기도 하다.

그런가 하면 김기림은 정지용이 「귀로」에서 아름다운 은유 못지않게 온갖 이미지를 효과적으로 구사하는 점에 주목하기도 한다. 정지용은 이미지 중에서도 청각 이미지를 구사하는 솜씨가 뛰어나다. 김기림에 따르면 정지용은 이 작품에서 한국어 특유의 운율적 자질이라고 할 고저의 억양에서 비롯하는 독특한 서정성을 한껏 살렸다. 예를 들어 '무거웁다', '눈물 겹고나', '차다', '누이다' 같은 각 연의 마지막 동사에서 고저의 억양을 느낄 수 있다는 것이다.

한편 정지용처럼 모더니즘 계열에 속하면서도 김광균은 청각적 음악성보다는 시각적 회화성에 무게를 둔다. 김기림이 예로 드는 "분수처럼 흩어지는 푸른 종소리"(「외인촌」)라든지, "파란 기폭(旗幅)이 바람에 부서

---

23) 김기림은 「고향 (나)」에서 "아버지의 친구를 경멸했다는 그 악덕한 소년도 / 루바슈카를 입은 얼굴이 흰 청년도 맞날 수 없어서 / 북쪽의 12월이 이마에 차다"(1: 360)라고 노래한다. 그는 이 작품을 '관북기행(關北紀行) 단장(斷章)'이라는 제목으로 1936년 3월 《조선일보》에 발표하였다. 정지용이 「춘설」을 《문장》에 발표한 것이 1939년 4월이니 김기림의 작품이 무려 3년이나 앞선다.

진다"(「가로수」)라든지, 또는 "바람이 부는 날은 구구 울었다"(「광장」)라든지 하는 구절이 그러하다. 이러한 김광균의 이미지 구사에 대하여 김기림은 "그가 전하는 의미의 비밀은 임화 씨도 지적한 것처럼 그 회화성에 있는데 사실 그는 소리조차를 모양으로 번역하는 기이한 재주를 가졌다"(2: 69)고 지적한다. 그가 오장환의 시를 '청춘의 문학'이라고 부르는 반면, 김광균의 작품을 '성년의 문학'이라고 부르는 것은 바로 그 때문이다.

이렇듯 김기림은 정지용의 언어 구사력을 아주 높이 평가한다. 김기림이 문학의 여러 장르 중에서도 특히 시가 언어에 각별히 주목한다는 점은 앞에서 이미 밝혔다. 그런데 그는 한국 시인 중에서 정지용만큼 시에서 언어의 의미를 처음 첨예하게 의식했을 뿐 아니라 언어 구사력에서도 뛰어난 시인을 찾아보기 드물다고 지적한다.

> 그는 무엇보다도 우선 언어를 재료로 하고 성립되는 것이라는 것을 명확하게 인식하고 시의 유일한 매개인 이 언어에 대하여 주의한 최초의 시인이었다. 그래서 우리말의 각개의 단어가 가지고 있는 무게와 감촉과 광(光)과 음(陰)과 형(形)과 음(音)에 대하여 그처럼 적확한 식별을 가지고 구사하는 시인을 우리는 아직 알지 못한다. 그뿐 아니라 단어와 단어의 특이한 결합에 의하여 언어의 향기를 빚어내는 우수한 수완을 씨는 가지고 있었다. (2: 62~63)

김기림은 정지용이 단순히 모국어를 효과적으로 구사하는 것에 그치지 않고 한국어의 무게와 감촉뿐 아니라 빛과 어둠, 모양과 소리도 적확하게 식별할 수 있는 능력이 있다고 지적한다. 이를 달리 말하면 정지용은 모국어에서 유의어를 인정하지 않는다는 것이 된다. 낱말에 저마다의 무게, 감촉, 빛, 어둠, 모양, 소리가 있다면 다른 낱말로써는 동일한 의미를 표현할 수 없기 때문이다. 그렇다면 정지용은 귀스타브 플로베르의 일물 일어설(一物一語說)을 시에 적용한 셈이다. 플로베르는 조르주 상드에게 보낸 편지에서 "한 사물을 표현하는 데는 꼭 한 방법, 그것을 말하는 데는 꼭 한 낱말, 그것을 수식하는 데는 꼭 한 형용사, 그것에 생기를 불어넣는 데는 꼭 한 동사가 있을 뿐이다"[24)]라고 말하였다.

정지용은 모국어 중에서도 순수한 토박이말을 찾아 구사하되 언제나 토박이말에만 의존하지는 않는다. 방금 앞에서 인용한 「귀로」의 첫 구절 "이마에 촉하는 쌍그란 계절의 입술"에서도 볼 수 있듯이 그는 '닿다'라 는 토박이말이 있는데도 굳이 '촉(觸)하다'라는 한자어를 사용한다. 그가 사용하는 시어의 저울에 달아 보면 '닿다'보다는 '촉하다'가 더 무게가 나 가기 때문이다. 이러한 예는 1933년 9월 《가톨닉청년》 4호에 발표한 「갈 릴레아 바다」에서도 쉽게 엿볼 수 있다.

나의 가슴은
조그만 '갈닐네아 바다'.

째업시 설네는 파도는
미(美)한 풍경을 일울 수 업도다.[25)]

24) Gustave Flaubert and George Sand, *Correspondence of Gustave Flaubert and George Sand* (London: Harvill Press, 1921), p. 290.
25) 권영민 편, 『정지용 전집 1: 시』, 328쪽.

238

둘째 연의 두 번째 행에서 정지용은 '아름다운'이라는 낱말 대신 사용한 '미한'이라는 낱말이 적어도 현대 독자들에게는 적잖이 낯설게 느껴진다. 이 점과 관련하여 김기림은 「새말 만들기」에서 "일찌기 우리 가운데서 아마 섬세하고 예리한 어감을 갖기로 제일인자인 시인 정지용 씨가 '아름다운'이라는 말에서 만족 못하고 '미한'이라는 새말을 그의 시 「갈릴리 바다」에서 시험한 일이 있다"(4: 211)고 밝힌다. 성난 파도처럼 풍파를 일으키는 시적 화자의 가슴에는 오히려 '아름다운'이라는 닳고 닳아서 속이 훤히 드러나 보이는 형용사보다는 차라리 '미한'이라는 낯선 낱말을 구사하여 러시아 형식주의자들이 말하는 '낯설게 하기' 기법을 시도한 것일 수도 있다. 식민지 시대를 살던 1930년대 초엽 독자들에게는 어쩌면 '아름다운 풍경'보다는 '美しい 風景'이라는 일본어 표현이 훨씬 더 익숙했을지도 모른다.

정지용을 두고 김기림은 "어린 반역자들의 유일한 선구자"니 "조선 시단에 고만한 이단자"니 하고 부른다. 그러면서 그는 정지용이 "전연 빛다른 시풍"으로 한국 시에 굵직한 획을 그었다고 주장한다. 김기림이 이렇게 정지용을 그토록 높이 평가하는 이유 중 하나는 그가 모국어에 자의식을 느끼고 모국어의 모든 특성을 하나도 빼놓지 않고 모두 음미하려고 했기 때문이다. 이러한 특성은 당시 다른 시인들에게서는 좀처럼 찾아볼 수 없었다.

실제로 정지용은 일상어를 시어로 즐겨 사용한다는 점에서는 낭만주의 시인과 비슷하다. 그러나 일상어의 낱말과 낱말을 서로 결합하여 독특한 효과를 자아내는 솜씨는 모더니즘 시인과 닮았다. 이렇게 정지용은 언어를 가장 효과적으로 구사하는 데는 낭만주의와 모더니즘을 굳이 구별

짓지 않는다. 김기림은 정지용이 일상대화의 어법을 그대로 시에 끌어들여 생기 넘치고 자연스러운 내적 리듬을 창조했다고 밝힌다. 이와 관련하여 김기림은 "시인 정지용 씨의 우리말에 대한 공헌은 차라리 시정과 들에 아무렇지도 않게 딩굴어 다니는 말의 진주들을 진흙과 먼지 속에서 집어 닦아 빛을 내서 보여준 데 있을 것이다"(4: 212)라고 지적한다. 김기림은 정지용이 시 장르에서 이룩한 놀라운 업적을 홍명희(洪命熹)가 소설 장르에서 성취한 것에 빗댄다. 『임꺽정』(1939)은 자타가 공인하는 '한국어의 보고(寶庫)'로 평가받는다. 이 작품이 1939년 단행본으로 출간되었을 때 광고 문구는 "그 어휘의 풍부한 것은 조선어의 대언해(大言海)로서 지식인은 반드시 1책을 궤상에 비치하라"였다. 한국문학을 연구하는 한 일본인 학자는 이 작품이 일제강점기를 거치면서 사라져가는 조선어와 문화를 소설 속에 보존하기 위한 시도였다고 지적한 적이 있다.

한편 김기림은 정지용에 이어 이상이 한국 시에서 차지하는 위상을 높이 평가한다. 이상의 때 이른 죽음을 애도하는 글에서 김기림은 "상의 죽음은 한 개인의 생리의 비극이 아니다. 축쇄된 한 시대의 비극이다"(5: 416)라고 말한다. 그러면서 그는 "상을 잃고 나는 오늘 시단이 갑자기 반세기 뒤로 물러선 것을 느낀다"(5: 416)고 고백한다. 이상이 사망하여 한국 시단이 그 자리에 그대로 멈추어 선 것이라면 몰라도 도대체 왜 반세기나 후퇴했다고 말하는 것일까. 그만큼 이상이 한국 시단에서 차지하는 몫이 무척 크다는 뜻일 것이다.

김기림은 이상이 조선 문단에서 제대로 평가받지 못했을 뿐 아니라 그다지 잘 알려져 있지 않은 시인이라고 말하면서 그의 작품은 한국시의 역사에서 독특한 위치를 차지한다고 밝힌다. 김기림은 먼저 이상의 시 작품에서 난해성을 지적한다.

그의 시의 대부분 우리가 가지고 있는 난해하다는 시의 부류에 속한다. [⋯] 이 시에는 우선 아무런 의미가 없는 것을 발견할 것이다. 모든 인도주의자를 실망시키도록 이 시인은 이 시에서 우선 표현하려는 의미나, 전달하려고 하는 무슨 이야기를 미리부터 정해 놓고 그것을 표현 또는 전달하려고 계획하는 않았다. 또한 19세기를 통하여 우리들의 시사(詩史)를 적시고 있던 눈물겨운 로맨티시즘과 상징주의의 감격도 애수도 또한 아무 데도 남아 있지 않다. 그 무엇인가를 음모하고 상징하는 새벽의 전통도, 추방인과 이민들의 서러운 동무인 황혼의 애수도, 구도인의 마음을 만족시키던 밤의 신비의 한 방울도 이 시는 가지고 있지 않다. (2: 328)

김기림은 이상의 작품에서 중요한 특징 중 하나로 무엇보다도 먼저 난해성을 지적한다. 그가 언급하는 나머지 특징은 다름 아닌 이 난해성과 직간접으로 관련된 문제다. 가령 이상 시의 무의미성만 하여도 그러하다. 물론 엄밀히 말해서 아무런 의미가 없는 시란 존재하지 않는다. 다만 시인이 의미를 명시적으로 드러내지 않을 뿐이다. 역설적으로 말하자면 얼핏 무의미해 보이는 것이 바로 그 시의 의미라고 할 수도 있다. 흔히 '20세기의 양심'으로 일컫는 조지 오웰은 예술이 정치와 무관해야 한다는 견해 자체가 이미 정치적 태도라고 말한 적이 있다. 이상의 시 작품이 난해해 보이는 까닭은 다른 시인의 작품처럼 의미를 쉽게 파악할 수 없기 때문이다.

위 인용문에서 김기림이 말하는 "눈물겨운 로맨티시즘과 상징주의의 감격[과] 애수"란 신문학 초기 현해탄을 건너 들어온 유럽의 낭만주의와 세기말에 젖은 작품을 가리킨다. "그 무엇인가를 음모하고 상징하는 새벽의 진통"이란 아마 1920년대 중엽부터 1930년대 초엽 조선 문단을 풍미하던 계급주의 문학을 말하는 것 같다. "추방인과 이민들의 서러운 동무인 황혼의 애수"란 김동환의 서사시 『국경의 밤』(1925)과 이용악의 『분수령』(1937)에서 볼 수 있는 유이민(流移民)의 비참한 생활을 노래한 작품을 가리킨다. "구도인의 마음을 만족시키던 밤의 신비"란 모르긴 몰라도 아마 라빈드라나트 타고르의 영향을 받은 한용운(韓龍雲)의 작품을 두고 하는 말처럼 들린다.

그런데 김기림은 이상의 작품이 방금 언급한 시인들의 작품과는 전혀 다르다고 주장한다. 김기림은 이상의 작품에서 "대낮의 해변과 같은 명랑한 표정"을 발견한다. 다시 말해서 이상의 작품은 '오후의 시학'이 아니라 '오전의 시학'을 대표하는 작품이다. 이상의 시가 난해하고 무의미하게 보이는 것은 종래의 시인들과는 전혀 다르게 언어를 구사하기 때문이다. 전통적인 시인들은 언어를 표현 수단으로 삼았지만 이상에게 언어는 표현 수단을 뛰어넘어 오히려 그 자체로 목적이 되기도 한다. 그래서 김기림은 이상의 시의 특징을 초현실주의에서 찾는다. 그는 이상이야말로 "우리들 중에서 누구보다도 가장 뛰어난 슈르리얼리즘의 이해자"(2: 329)라고 주장한다. 많은 독자가 이상의 시가 난해하다고 느끼는 것은 그의 시를 전통적인 방식으로 읽으려고 하기 때문이다. 그의 작품은 낭만주의나 사회주의 리얼리즘 또는 신비주의의 문법으로는 해독하기는커녕 제대로 감상할 수도 없을 것이다.

상은 오늘의 환경과 종족과 무지 속에 두기에는 너무나 아까운 천재였다. 상은 한 번도 잉크로 시를 쓴 일은 없다. 상의 시에는 언제든지 상의 피가 임리(淋漓)하다. 그는 스스로 제 혈관을 짜서 '시대의 혈서'를 쓴 것이다. 그는 현대라는 커다란 파선(破船)에서 떨어져 표랑(漂浪)하던 너무나 처참한 선체 조각이었다. (5: 416)

위 인용문에서 특히 눈여겨볼 것은 김기림이 이상의 작품을 "시대의 혈서"로 규정짓는다는 점이다. 김기림의 지적대로 이상은 온몸으로 일제 강점기라는 암울한 시대를 살다가 스물여섯의 젊은 나이로 요절하였다. 마르틴 하이데거가 '시인의 시인'으로 일컬은 프리드리히 횔덜린은 "이 궁핍한 시대에 시인은 무엇을 위해 사는 것일까? / 그러나 시인들은 성스러운 한밤에 이 나라에서 저 나라로 나아가는 바쿠스의 성스러운 사제 같다고 그대는 말하네"라고 노래한 적이 있다. 이상이야말로 일제강점기라는 궁핍한 시대에 '바쿠스의 성스러운 사제' 역할을 했다고 볼 수 있다.

더구나 김기림은 이상이 마르셀 프루스트나 제임스 조이스처럼 인간의 무의식의 내면세계에 주목한 점을 높이 평가한다. 프루스트나 조이스 같은 서유럽의 모더니즘 작가들은 지그문트 프로이트의 세례를 한 차례 강하게 받았다. 김기림은 이상의 작품에서 한국 문학사에서는 처음으로 심리주의 문학을 발견한다.

대체 우리 문학이야 언제 이러한 의미의 외부 관찰의 철저한 실현을 경험한 적이 있었던가. 내부 세계의 분석을 더 어쩔 나위 없는 막다른 골목까지 몰고 가 본 적이 있었던가. 언제 아찔아찔한 정신의 단애(斷崖)에 올라서 본 적이 있었던가. 이른바 영혼의 심연에 마주서 본 적이 있었던가. (3: 181)

김기림이 던지는 일련의 수사적 질문에 대한 답은 두말할 나위 없이 조선 문단에서는 그러한 적이 한 번도 없었다는 것이다. 그러기는커녕 오히려 한국문학은 그동안 "그저 적당한 곳에서 적당히 꾸려서 차려놓은 것이 시요 소설"(2: 181)이었다고 지적한다. 너무나 "인습과 편의에 찬 분위기에 휩싸여" 있던 한국문학에 이상의 출현은 그야말로 하나의 신선한 충격이요 경이였다. 김기림은 이상이 한국문학, 더 나아가 동양문학에 주는 충격이 무척 컸다고 주장한다. 그래서 이상의 문학이 그동안 "동양에 대한 반역"으로 비판받고, "악덕의 시인" 또는 "데카당의 작가"로 부당하게 평가받았다는 것이다.

한편 김기림은 정지용과 이상과 더불어 백석의 작품을 높이 평가한다. 김기림은 정지용의 경우처럼 백석의 작품 세계를 평가하기에 앞서 그의 옷차림이나 겉모습을 언급한다. 연둣빛 더블브레스트 옷차림에 곱실거리는 검은 머리를 휘날리며 광화문통 네거리를 걸어가는 청년을 바라보며 김기림은 예술의 메카 파리의 몽파르나스 언덕을 떠올린다. 그 청년이 다름 아닌 백석이다. 김기림은 그의 첫 시집이자 유일한 시집인『사슴』(1936)에서 조선 시단에서 '유니크'한 면을 발견한다. 백석은 이 시집을 출간해 줄 출판사를 구하지 못하여 자비를 들여 100부 한정판으로 찍었다고 전해진다. 윤동주(尹東柱)는 이 시집을 구하지 못하여 노트에 작품을 필사할 할 만큼 백석은 해방 전 천재 시인으로 이름을 날렸다.

김기림은 "시집『사슴』의 세계는 그 시인의 기억 속에 쭈그리고 있는 동화와 전설의 나라다. 그리고 그 속에서 시로 속임 없는 향토의 얼굴이 표정한다"(2: 372)고 밝힌다. 그는 계속하여 "그렇건마는 우리는 거기서 아무러한 회상적인 감상주의에도 불어오는 복고주의에도 만나지 않아서 이 위에 없이 유쾌하다"(2: 372)고 말한다. 김기림은 백석이 다루는 소재는 충분히 애상적인 센티멘털리즘에 빠질 수 있는데도 교묘하게 회피해 나간다고 찬사를 보낸다. 그의 작품에서는 "차라리 거의 철석(鐵石)의 냉담에 필하는 불발(不拔)한 정신"을 발견할 수 있기 때문이다. 이 '불발한 정신'이야말로 신문학기의 낭만주의나 1920년대 중반의 내용 편향주의적인 카프문학과 확연히 구분 지을 수 있는 현대성이다. 그러면서 김기림은 백석을 정지용이나 이상처럼 넓은 의미에서 모더니즘 계열의 시인으로 자리매김한다.

문학 장르의 확산

김기림이 비평가로서 이룩한 또 다른 업적이라면 전통적인 문학 장르의 영역을 확장했다는 점을 빼놓을 수 없다. 그는 일제강점기에 활약한 어떤 비평가보다도 문학 장르를 전통적인 굴레에서 벗어나게 하는 데 온 힘을 기울였다. 김기림은 새 술은 새 부대에 담아야 하듯이 새로운 시대는 언제나 새로운 문학 형식을 요구한다고 생각해 왔다. 시가 이렇게 시대적 요구에 부흥하다 보면 전통적 형식에서 벗어나지 않을 수 없을 것이다. 그래서 김기림은 시를 '시대적 방언'이라고 부른다. 시대에 따라 언어가 달라지듯이 시도 시대에 따라 그 형식이 변할 수밖에 없기 때문이다.

예를 들어 길이가 짧은 서정시는 지금까지 인간의 감정과 사상을 충분히 표현할 수 있었지만 복잡다단해진 현대 사회의 삶을 담아내는 그릇으로는 충분하지 않을 수도 있다. 현대에 이르러 서정시 대신 장시가 요구되는 까닭이다. 실제로 김기림은 『기상도』(1936) 같은 장시를 창작하였다. 이 시집의 서문에서 그는 "한 개의 현대의 교향악을 계획한다. 현대 문명의 모든 면과 능각(稜角)은 여기서 발언의 권리와 기회를 거절당하는 일이 없을 것이다"[26]라고 밝힌다. 현대 문명의 모든 모습을 충실히 표현하려면 아무래도 길이가 짧은 서정시로써는 부족할 것이다.

김기림은 장시에서 한 발 더 나아가 산문시나 산문 예술의 가능성을 탐색하기도 하였다. 그는 "시는 맨 처음 사제관과 예언자의 생활 수단이었다. 그 후에 그것은 또 다시 궁정에 횡령되었다가 부르조아에게 몸을 팔았다. 그러나 민중의 성장과 함께 시는 민중에게까지 접근하여 갔다"(2: 303)고 밝힌다. 그는 계속하여 시의 리듬이란 어디까지 귀족적이며 형식주의적이라고 지적한다. 그러면서 민중이 사용하는 자연스러운 일상어의 상태에서 아름다움과 조화를 발견할 수 있는 곳은 다름 아닌 산문 예술이라고 말한다. 김기림은 한 발 더 나아가 이제는 자유시마저 버릴 때가 왔다고 주장하기에 이른다.

한편 문학비평과 수필 같은 장르도 시와 소설과 희곡의 세 장르에 밀려 주변부 장르로서밖에는 대접을 받지 못하였다. 비평과 수필 같은 주변부 문학 장르를 중심부로 옮겨놓으려면 김기림의 표현 그대로 전통적인 문학의 정의를 "뽀개 놓아야 할" 필요성이 있다. 물론 당시 문학비평이 전혀 없었다는 것은 아니다. 가령 최재서와 김환태를 비롯하여 정인섭, 임화, 이헌구, 김문집, 백철, 이원조, 홍효민 같은 비평가들이 활약하였다. 그러나 비평은 여전히 시나 소설, 희곡 같은 장르와 비교하면 푸대접을 받다시피 하였다.

---

26) 김기림, '서언', 「기상도」《중앙》 3권 4호(1935.04).

이러한 상황에서 김기림은 20세기를 '비평의 시대'로 못 박으면서 당시 빈사 상태에 놓여 있던 조선 문단의 비평에 활력을 불어넣었다. 그는 「비평과 감상」에서 "20세기는 분명히 소설의 시대는 아니다. 시의 시대는 더군다나 아니다. 그것을 비평의 시대라고 할 때 그 말은 틀림없이 역사가 한 반성기에 있다는 것을 반증하는 것일지도 모른다"(2: 35)고 지적한다. 역사가 반성기에 있다는 것은 곧 그동안 비평을 정당한 문학 장르로 대접하지 못한 것에 대한 뉘우침을 뜻한다. 이렇듯 김기림은 소설이나 시의 추수(追隨)에서 해방되어 비평의 독자적인 영역을 개척하고 그 존재 이유를 확보하려고 노력하였다.

김기림은 「속 오전의 시론」의 일부인 「질서와 시간성」에서도 "사실에 있어서 20세기는 소설의 시대도 아니고, 시의 시대는 더군다나 아니고, 비평의 시대임은 누구나 지적할 수가 있는 것이다"(2: 185)라고 다시 한 번 강조한다. 그러면서 그는 계속하여 "비평적인 시대에 가장 적합하고 유용한 무기는 틀림없이 지성이다"(2: 185)라고 말한다. 그런데 김기림은 현대의 시인을 과거의 시인과 구별하는 것도 지성의 역할이라고 지적한다. 물론 여기서 지성은 목적으로서의 지성이 아니라 어디까지나 수단이나 방법으로서의 지성이다.

이렇게 김기림은 기회 있을 때마다 지성을 강조하는 까닭에 그동안 주지주의 시인이나 비평가라는 평가를 받아 왔다. 앞에서 이미 지적했듯이 김기림은 주지주의적 시 작품을 '졸렌(당위)의 세계'에 속한 것으로 파악한다. 주지적 또는 주지주의의 시는 '자인(존재)의 세계'에 속한 자연발생적인 낭만주의 시와는 대립적 관계에 있다. 그는 "시인은 문화의 전면적 발전 과정에 의식한 가치 창조자로서 참가하여야 할 것이다"(2: 79)라고 말하는데 여기서 '의식(意識)'은 주지주의의 핵심적 개념이다.

　김기림은 무엇보다도 먼저 조선 문단의 비평계가 안고 있는 문제점을 지적한다. 수필 「길을 가는 마음」에서 그는 1930년대 중반 경성 시민들이 권투 경기에 '거의 탈선적 열광'을 보인 적이 있다고 말한다. 그러면서 흑인 보비의 이름은 나폴레옹의 이름과 맞먹는다고 밝힌다. 여기서 그가 말하는 보비는 아마 영국 이스트런던의 캐닝타운 출신 프로 권투선수 보비 블랙을 말하는 것 같다. 어찌 되었든 김기림이 여기서 권투를 언급하는 것은 당시 식민지 조선에서 피로에 지친 도시인에게 활력을 불러일으키는 역할을 했기 때문이다. 그는 "우리 문단에서는 평론이라는 것은 우선 싸움이 아니면 아니 되는 듯한 인상을 주는 것도 이러한 곳에들 그 원인이 있는 것이 아닐까"(5: 427)라고 밝힌다.

　김기림은 문학 비평가란 문학 작품을 평가하기 전에 먼저 '향수자', 즉 예술적인 아름다움이나 감동을 음미하고 즐기는 사람이 되어야 한다고 지적한다. 그는 문학 작품을 읽는 일을 등한시한 채 문학이나 작품에 관한 글을 읽는 것이 바람직하지 않다고 역설한다. 다시 말해서 '무엇을' 읽을까 하는 문제는 '어떻게' 읽을까 하는 문제보다 앞서야 한다. 문학 독자에게 비평의 대상이 아니라 감상의 대상으로 다가오기 때문이다. 이 점에서는 비평가도 여느 독자와 크게 다르지 않아서 김기림은 감상의 근거는 시론도 비평의 기준도 아닌 '취미'라고 밝힌다. 여기서 그가 말하는 '취미'란 아름다운 대상을 감상하고 이해하는 힘을 뜻하거나, 아니면 감흥을 느끼어 마음이 당기는 멋을 뜻한다.

　한편 김기림은 이론 비평보다는 실제 비평 또는 실천 비평에 무게를 두었다. 그는 독자나 비평가가 문학 작품보다 문학에 관한 이론서에 경도

되는 것을 경계한다. 『문학개론』 첫 장 '어떻게 시작할까'에서 그는 "문학에 '관한' 저작을 읽은 것이 줏대가 되고 문학 작품을 읽는 것이 그에 따르는 일이 된다면 이는 건전치 못한 문학 교양이의 길이다"(3: 11)라고 지적한다. 심지어 그는 독자나 비평가에게 소중하고 가치 있는 것은 독일의 문호 요한 볼프강 폰 괴테나 러시아 영화의 거장 프세볼로트 푸돕킨이 아니라 그들의 작품 『파우스트』나 〈아시아의 폭풍우〉(1928)라고 주장한다. 다시 말해서 그는 작가보다는 작품이 선행되어야 한다고 역설한다.

김기림은 I. A. 리처즈 같은 서구 이론가들의 이론을 폭넓게 소개하면서도 이론 그 자체보다는 실제 비평에 초점을 맞춘다. 좀 더 정확하게 말하자면 그는 이론 비평과 실제 비평이 서로 경쟁하지 않고 균형과 조화를 꾀하기를 바란다. 『시론』의 3장 '감상에의 반역' 중 「시의 르네상스」에서 김기림은 특히 조선 문단에서 실제 비평이 부족한 점을 안타깝게 생각한다.

우리가 세워야 할 유용한 비평이란 어떤 비평이었던가. […] 그것은 대부분이 문학 일반 혹은 시의 일반적인 이론의 제창이었다. 그 대신 실제의 작품을 주밀하게 분석 비교 평가하는 실제적 비평은 얼마나 드물었던가. 문학 이론의 수입 제창도 물론 있어야 할 일이었다. 그러나 그것이 작품에 대한 실제의 비평과 발란스를 잃고 성행할 때 문학의 발전과 관계를 가지지 못하고 이론만이 혼자 따로 나가서 유희하고 있게 되기 쉬웠다. 우리 사이에 과잉될 정도로 많이 제시되는 문학 이론은 실제로 문학 작품에 어느 정도로 채용되어 성과되었던가. (2: 126~127)

김기림이 「시의 르네상스」를 쓴 것은 1938년이다. 적어도 그가 판단하기로는 당시 조선문학에서 문학 이론이 지나치다고 할 정도로 성행하였다. 예를 들어 정인섭, 이헌구, 이하윤(異河潤), 김진섭(金鎭燮) 같은 외국문학연구회 회원들의 비평은 주로 실제 비평보다는 이론 비평에 가까웠다. 그러나 김기림은 연구회 회원보다는 어쩌면 최재서나 김환태의 비평 활동을 염두에 둔 것 같다. 그러나 엄밀히 따지고 보면 이론에 대한 경도는 김기림 자신에게도 마찬가지로 해당한다. 이 무렵 그 역시 실제 비평보다는 이론 비평이 훨씬 더 큰 비중을 차지하였다.

어찌 되었든 김기림은 실제 비평가로서 비평가의 임무란 문학 작품과 독자 사이에서 징검다리 역할을 하는 것이라고 주장한다. 현대 생활이 과거와는 비교도 하지 못할 만큼 복잡해지면서 문학 작품의 내용도 다양하고 난해할 수밖에 없다. 김기림은 기회 있을 때마다 비평가란 "예술과 민중의 중개자"라고 밝힌다. 그는 "심원하고 미묘하고 유현한 장식의 저편에서 잠자고 있는 예술을 민중의 앞에 주석하여 해명함으로써 민중을 예술에게 접근시키려고 하는 것이 비평가의 일이외다"(5: 411)라고 지적한다. 여기서 그가 사용하는 '장식'이라는 말은 문학의 형식이나 기교의 뜻으로 받아들일 수 있다. 현대 문학 작품이 복잡해지면서 형식이나 기교가 더욱 정교하게 발전했다는 말이다.

그러나 김기림은 되도록 객관적으로 중개자의 역할을 수행하려고 하지만 때로는 어쩔 수 없이 주관에서 완전히 자유로울 수 없다는 사실을 솔직히 인정한다. 그는 "비평 행위는 비평 자체가 아무리 과학적이라고 선언하며 혹은 심리적이라고 객관적이라고 자칭할지라도 그것은 자기 혹은 자기 유파의 예술 또는 자기가 '있었으면' 하고 바라는 바 예술의 옹호입니다"(5, 411)라고 밝힌다. 김기림이 옹호하는 예술은 본질에서는 주지주의나 모더니즘이지만 시간이 지나면서 점차 민중지향적인 사회주의 문학관으로 옮겨갔다.

1947년 1월 새해를 맞아《국학》에서 몇몇 문인들에게 청년 문학자의 당면 임무를 묻는 설문조사를 한 적이 있다. 이 물음에 김기림은 "오늘의 현실 속에서 인민이 무엇을 느끼며 고민하며 갈망하는가를 그 진실한 모양대로 모든 것 그리고 그 속에서 값있는 생활의 길을 탐구하는 일이라고 생각한다"(6: 150)고 밝힌다. 그는 또한 "시를 아름답게 하는 것은 아름다운 인간, 아름다운 행동, 아름다운 생활에 대한 불타는 그리움과 추구밖에 또 무엇이냐"(2: 178)고 수사적 질문을 던진다.

그렇다면 실제 비평은 비평가보다는 직접 시를 쓰는 시인만이 할 수 있는 것은 아닐까? 아니면 비평가와 시인을 겸할 수는 없을까? T. S. 엘리엇은 실제 비평은 시를 창작하는 사람이 좀 더 잘 할 수 있다고 생각하였다. 그러나 김기림은 시인은 '무딘 시의 비평가'일 때가 많다고 지적하면서 비평은 어디까지나 전문 비평가가 맡는 것이 적절하다고 주장한다. 물론 시 작품을 비평하는 비평가는 시인을 겸할 수 있다. 엘리엇이 그러하였고, 허버트 리드가 그러하였다. 조선 문단으로 좁혀보더라도 김기림을 비롯하여 양주동, 임화, 정인섭 등은 시인이자 비평가였다. 그래서 김기림은 리드가 비평가와 시인을 한데 결합하여 '비평가-시인(critic-poet)'이라는 신조어를 만들어낸다는 점에 주목한다. 다만 시인을 겸한 비평가라도 어디까지나 과학 정신에 따라 "실험실로 들어가는 과학자와 같은 경건하고 냉정한 태도로써" 비평에 임해야 한다고 지적한다.

그런데 김기림은 서로 대척점에 있다고 할 판단비평과 분석비평 중에서 어느 한쪽을 택하기보다는 두 쪽 모두 중요하다고 주장한다. 다만 문학 작품을 비평하는 순서가 다를 뿐이다. 그는 "판단은 물론 비평의 최후의 직능이지만 판단하기 전에 우선 한번은 대상을 분석·설명하는 최초의 직능을 비평은 잊어서는 아니 된다고 생각한다"(3: 123)고 밝힌다. 김기림은 비평가가 문학 작품을 먼저 면밀히 분석하고 해석한 뒤 최종적인 판단을 내리는 것이 타당하다고 지적한다.

문학 장르 확산에 대한 김기림의 관심은 비평 못지않게 수필에서도 엿볼 수 있다. 시나 소설이나 희곡이 그동안 문학 장르의 적자 취급을 받아 왔다면 수필은 비평처럼 그동안 문학 장르에서 서자 취급을 받아 오다시피 하였다. 물론 문단에서 수필이 전혀 쓰이지 않은 것은 아니다. 김기림도 지적하듯이 김동석, 김진섭, 이양하, 김용준(金用俊), 마해송(馬海松), 김철수, 배호, 노천명(盧天命) 같은 문인들이 단행본 수필집을 간행할 정도로 수필은 나름대로 자리를 지키고 있었다. 그러나 김기림은 수필집 『바다와 육체』(1948)의 머리말에서 수필 장르가 "문학의 대가족제 속에서는 서자가 아니면 사생아처럼 눈총을 맞는다"(5: 169)고 말한다. 그러면서 수필이 문학의 적자로 대접받아야만 기행문이나 일기 같은 다른 기록 문학도 문학 장르로 정당한 대접을 받을 수 있을 것이라고 밝힌다.

김기림이 얼마나 수필을 높이 평가하는가 하는 것은 1933년 《신동아》 9월호에 발표한 「수필을 위하여」에서 쉽게 엿볼 수 있다. 이 글에서 그는 "아무것도 주지 못하는 한 편의 소설을 읽은 것보다는 오히려 함부로 쓰여진 느낌을 주는 한 편의 수필은 인생에 대하여 문명에 대하여 어떻게 많은 것을 말하는지 모른다"(3: 109)고 밝힌다. 그러면서 그는 "나는 차라라[차라리] 수필이야말로 소설의 뒤에 올 시대의 총아가 될 문학적 형식이 아닌가 하고 생각한다"(3: 109)고 지적한다. 김기림은 『바다와 육체』의 머리말에서도 "하여간에 나는 문학의 정의야 어찌 되었든 간에 저 2급 이하의 소설이나 시쯤은 더러 잃어버리더라도 몽테뉴의『수상록』, 파스칼의『팡세』, 가까이는 아랑의『단상』들은 간직하고 싶다. 더군다나 영미문학에 있어서 수필의 지위란 도저히 홀홀이 할 수가 없지 않은가"(3: 169)라고 밝힌다. 김기림은 영문학에서 대표적인 수필 작가로 찰스 램과 윌리엄 해즐릿을 꼽는다.

김기림이 수필에서 무엇보다 중요하게 생각하는 가치나 우월성은 문장, 좀 더 구체적으로 말해서 문체다. 문장이나 문체는 다른 장르와 비교하여 수필에서 가장 찬란한 빛을 내뿜는다. 그가 문학이란 언어 예술이고 언어 예술에서 가장 소중한 것은 문장 또는 문체로 간주한다는 점은 앞에서 이미 밝혔다. 김기림은 여러 번 문학에서 중요한 것은 '무엇'을 말하느냐 하는 것보다는 '어떻게' 말하느냐 하는 것, 즉 내용보다는 형식이라는 T. S. 엘리엇의 말을 자주 인용한다. 김기림은 작자의 개성적인 스타일이 어느 문학 장르보다도 가장 명료하게 나타나는 것이 바로 수필이라고 지적한다.

한편 김광섭은 김기림과는 조금 다르게 이렇다 할 형식을 갖추고 있지 않다는 점에서 수필의 특징을 찾는다. 김광섭은 "무형식이 그 형식적 특징"인 문학이 곧 수필이라고 규정짓는다. 김광섭은 "수필이란 글자 그대로 붓 가는 대로 써지는 글"이라고 정의한다. 더구나 그는 수필이 "다른 문학보다 더 개성적이며 심경적(心境的)이며 경험적"이라는 데 수필의 특징이 있다고 밝힌다.[27] 흔히 수필 장르를 규정짓는 '자유로운 형식'이나

---

27) 김광섭,「수필 문학 소고」,《문학》(1934.01). 한편 김광섭이나 김기림과는 달리 임화는 수필을 그다지 탐탁하게 보지 않았다. 가령 임화는 "저널리즘이 수필을 요구하고 문학의 수요자 측은 단(短)한

'무형식의 형식'은 김광섭에서 비롯한다. 김광섭과 마찬가지로 김기림이 수필 문학에 거는 기대는 무척 크다. 김기림은 앞으로 조선문학에서 수필이 차지하게 될 몫이 결코 작지 않을 것이고 '시대적 총아'가 될 것이라고 내다본다.

> 향기 높은 유머와 보석과 같이 빛나는 윗트와 대리석 같이 찬 이성과 아름다운 논리와 문명과 인생에 대한 찌르는 듯한 풍자와 아이러니와 파라독스와 그러한 것들이 짜내는 수필의 독특한 맛은 우리 문학의 의미의 처녀지가 아닐까 한다. 앞으로 있을 수필은 이 위에 다분히 근대성을 섭취하여 종횡무진한 시대적 총아가 되지 않을까.
>
> 전술한 김진섭 씨와 같은 이는 외국학의 냄새가 나는 매우 철학적인 수필을 쓰며, 이은상 씨는 동양류의 고전미가 풍부한 점에서 그 특성이 있고, 모윤숙 씨는 또한 매우 시적인 아름다운 수필을 쓴다. 요사이는 얼마 볼 수 없지마는 이태준 씨와 같은 이는 아마 누구보다도 수필다운 수필을 쓰는 분일 것이다. (3: 110)

위 인용문에서 김기림이 김진섭, 이은상, 모윤숙을 언급하면서도 미처 밝히지는 않은 수필가들이 더러 있다. 가령 영문학자 이양하는 자연 친화적인 수필을 쓰고 피천득은 신변잡기적인 수필을 써서 수필 문학을 한 단계 끌어올렸다. 김진섭과 이양하와 피천득은 저마다 독특한 스타일로 한국 수필 문학의 세 봉우리를 차지하는 것으로 평가받는다. 김환태는 김진

것을 요구하는 것만은 사실"이라고 인정하면서도 "소설가나 시인의 내적 요구"에 따른 문학 장르는 아니라고 지적한다. 「문예 좌담회」, 《조선문학》(1933.10.16).

섭을 "우리 수필단의 제일인자"로 여간 높이 평가하지 않는다.[28]

한편 김진섭의 수필의 특징으로 '완곡한 해학과 점착성 있는 문장'을 꼽는 김환태는 작가의 내면생활을 엿볼 수 있다는 점에서 수필의 특징을 찾는다. 김환태는 "수필과 기행문은 소설이나 희곡 같은 문학의 딴 형식에 비해서 훨씬 더 작가의 내면생활의 직접적 표현이며, 따라서 그 속에 적나라한 감정의 유로(流露)가 있고 체계화하지 않은 순수한 사상이 있다"[29]고 밝힌다. 즉 다른 장르와는 달리 수필에서는 비교적 짧은 시간에 필자의 '알몸뚱이 마음'과 직접 부딪칠 수 있다는 것이다.

더구나 김기림의 예측을 입증이라도 하듯이 1938년 10월에는 박문서관에서 한국 최초의 순수 수필 전문잡지《박문(博文)》을 간행하였다. 최영주(崔泳柱)가 편집인 겸 발행인을 맡은 이 잡지는 1941년 1월 창간되어 통권 23호로 종간될 때까지 조선문학에 수필 장르를 본격적인 궤도에 올려놓는 데 크게 이바지하였다. 편집인은 발간사에《박문》은 조고만 잡지이나, 이 잡지는 박문서관 기관지인 동시에 각계 인사의 수필지로서 탄생된 것이다"라고 밝힌다. 그러면서 편집인은 계속하여 "우리는 이 조고만 책이 점점 자라나서 반도 출판계에 큰 자리를 차지할 때가 속히 오기를 기다립니다"라고 말한다.[30] 이 잡지는 발간사의 약속대로 조선을 대표하는 문화인들을 망라하여 필자를 선정하였다.

예를 들어《박문》에 수필을 발표한 필자로는 이광수와 김동인을 비롯하여 홍명희, 김억, 양주동, 김광섭, 임화, 최재서, 이태준, 박태원, 노천명,

---

28) 김환태, 「수필·기행집 평: 조선문학전집 제3회 배본」, 『김환태 전집』, 301쪽.

29) 앞의 글, 302쪽.

30) '발간사', 《박문》 창간호(1938.10).

이효석(李孝石), 김남천, 김기진 한설야(韓雪野), 송영, 최정희(崔貞熙) 등이다. 이 밖에도 김동석, 유치진, 유진오, 손진태(孫晉泰), 이희승(李熙昇), 홍난파(洪蘭坡), 마해송, 조풍연(趙豊衍) 등 내로라하는 문인과 학자들이 수필을 발표하였다. 그런가 하면 이 잡지에는 조윤제(趙潤齊)의 「조선문학의 고전」이나 이병도(李丙燾)의 「삼국사기 해설」 같은 수필보다는 오히려 논문에 가까운 글도 더러 실려 관심을 끌었다.

앞에서 김기림이 수필의 가장 중요한 특징으로 문체를 언급했지만 그의 작품에서 그 구체적인 실례를 들어보는 것이 좋을 것 같다. 1936년 3월 《조광》에 발표한 짧은 수필 「길」은 그의 많은 수필 작품 중에서도 문체가 눈길을 끈다. 이 글에서는 온갖 비유가 그야말로 보석처럼 찬란한 빛을 내뿜는다.

나의 소년 시절은 은빛 바다가 엿보이는 그 긴 언덕길을 어머니의 상여와 함께 꼬부라져 돌아갔다.

내 첫사랑도 그 길 위에서 조약돌처럼 집었다가 조약돌처럼 잃어버렸다.

그래서 나는 푸른 하늘 빛에 호져 때없이 그 길을 넘어 강가로 내려갔다가도 노을에 함북 자주 빛으로 젖어서 돌아오곤 했다.

그 강가에는 봄이, 여름이, 가을이, 겨울이 나의 나이와 함께 여러 번 다녀갔다. 까마귀도 날아가고 두루미도 떠나간 다음에는 누런 모래둔과 그리고 어두운 내 마음이 남아서 몸서리쳤다. 그런 날은 항용 감기를 만나서 돌아와 앓았다.

할아버지도 언제 난지를 모른다는 마을 밖 늙은 버드나무 밑에서 나는 지금도 돌아오지 않는 어머니, 돌아오지 않는 계집애, 돌아오지 않는 이야기가 돌아올 것만 같아 멍하니 기다려 본다. 그러면 어느새 어둠이 기어와서 내 뺨의 얼룩을 씻어준다. (5: 195)

김기림이 일곱 살 때 어머니를 여의고 첫사랑을 떠나버린 슬픈 경험을 회고하여 쓴 수필이다. 그는 어머니의 시체를 실은 상여를 따라 언덕길을 걸어가며 일찍 죽음과 고독과 허무를 배웠다. 그의 어머니는 그가 보통학교에 입학하던 해, 그러니까 여덟 살이 채 되기도 전에 사망하고 아버지는 살림을 돌보아 줄 사람이 필요하다고 하여 계모를 얻으려고 하였다. 이 사실을 알아차린 김기림의 누이는 보름 동안 어머니의 무덤에 가서 울다가 그만 병이 나서 사망하였다. 1933년 5월 《신동아》에 발표한 또 다른 수필에서 김기림은 "어머니와 누이는 어린 시절의 나의 기쁨의 전부를 그 관 속에 넣어 가지고 가 버렸오. 지나가 버린 것은 모조리 아름답고 그립소. 가버린 까닭에 이다지도 아름답게 보이고 그리운가"(5: 308)라고 밝히기도 한다.

「길」은 수필이라기보다는 차라리 한 편의 산문시를 떠올리게 하는 작품이다. 아예 시로 간주하는 비평가들도 있고 시처럼 연(聯)을 구분하여 다섯 단락으로 나누어 싣는 텍스트도 있다. 시로 간주하든 수필로 간주하든 김기림은 이 작품에서 시인으로서의 재능을 유감없이 발휘한다. 무엇보다도 먼저 그가 제목으로 삼은 '길'은 김기림에게 어머니와 누이와 첫사랑을 떠나보낸 슬픔과 상실의 공간이다. 어떤 의미에서는 그 길은 마르틴 하이데거의 말처럼 황량한 우주에 '던져진' 존재로 살아가야 하는 형이상학적 고아인 인간이 걸어가야 할 실존의 인생행로다. 또한 "은빛 바다가 엿보이는 그 긴 언덕길"은 인간의 원초적인 고독과 근원적인 허무를 상징하는 길이기도 하다.

김기림은 「길」에서 이미지즘 시인들을 무색하게 할 만큼 명징한 이미지를 구사한다. '은빛 바다'를 비롯하여 '푸른 하늘 빛', 저녁노을의 '자주빛', '누런 모래둔', 울긋불긋하게 장식한 상여는 시각 이미지다. 특히 상여는 시각 이미지일 뿐 아니라 청각 이미지이기도 하다. 요령잡이가 요령을 흔들며 앞소리를 메기면 상여를 맨 상두꾼들이 뒷소리를 받는다. 은빛 바다가 엿보이는 시골 언덕길을 따라 어머니의 상여 뒤를 걸어가는 김기림과 독자의 귓가에 요령소리와 상여 소리가 낭랑하게 들리는 듯하다.

첫 문장 "소년 시절은 […] 어머니의 상여와 함께 꼬부라져 돌아갔다"니 "봄이, 여름이 […] 여러 번 다녀갔다"에서 김기림은 의인법 구사와 함께 시간 개념을 공간 개념을 바꾸는 놀라운 솜씨를 보여준다. 까마귀와 상여도 은빛 바다와 함께 죽음과 상실감과 깊이 연관되어 있다. "내 마음이 남아서 몸서리쳤다", "감기를 만나서," 마을 밖 버드나무가 "언제 난지를 모른다"고 말하는 것은 빼어난 은유법이나 의인법이다.

마지막 문장 "어느새 어둠이 기어와서 내 뺨의 얼룩을 씻어준다"에서는 김기림의 언어 구사는 더할 나위 없이 무척 빼어나다. 할아버지도 언제부터 자란지 모른다는 늙은 버드나무는 마을 어귀에 서서 오래 전부터 변화무쌍한 인간사를 지켜보는 산 증인이요 자연의 환유나 제유다. 또한 이 나무는 과거와 현재를 잇고 현재와 다가올 미래를 잇는 가교 역할을 맡기도 한다. 한마디로 김기림은 「길」에서 상징과 이미지와 의인법 같은 온갖 시적 장치를 한껏 구사하여 인간의 원초적인 고독을 형상화하는 데 성공을 거두었다.

김기림이 비평과 수필을 문학 장르에 포함시킬 것을 주장한다면 그는 또한 영화에도 깊은 관심을 기울인다. 그는 직재성·현실성·구상성이 뛰어난 소설이 등장하면서 추상성·암시성·귀족성의 특성을 지닌 시를 위협하더니 이제 영화가 나타나서 시는 말할 것도 없고 소설의 자리마저 위협한다고 지적한다. 그는 현대 사회에서 문학이 점차 영향력을 잃어가는 반면, 영화가 문명 시대의 새로운 총아로 떠오른다고 주장한다. 그래서 김기림은 "폴 발레리가 지배하고 있는 세계 또는 장 콕토가 알려지고 있는 세계는 실로 망망한 태평양의 괌도보다 더 큰 것이라고 누가 말할 수 있습니까"(5: 410)라고 수사적 물음을 던진다. 현대 사회에서 시의 영향력은 태평양에 떠 있는 작은 섬보다도 크지 않다는 말이다. 김기림이 시를 '청중에 없는 음악'과 '관객 없는 무용'에 빗대는 것은 바로 그 때문이다.

영화는 예술 중에서 일곱 번째로 태어났다고 하여 흔히 '제7 예술'로 일컫는다. 김기림은 이제 영화가 여러모로 화자매체에 의존하는 문학을 능가하는 단계에 이르렀다고 지적한다. 이미지(영상)를 구현하는 점에서 영화는 소설보다 훨씬 앞지른다. 김기림은 「청중 없는 음악회」에서 영화의 위력에 대하여 "시가 대영제국의 란스베리 공작부인과 담소할 때에 키네마는 칼캇타의 무식한 방직여공의 가난한 마음을 위로하고 있습니다. 시는 결국 귀족과 승려의 문학이었고, 소설은 시민의 문학이었으며, 키네마는 더 한층 내려가서 제4계급의 반려가 되고 있습니다"(5: 413)라고 밝힌다. 여기서 김기림이 굳이 대영제국의 공작부인과 캘커타의 방직여공을 언급하는 것은 당시 인도가 영국의 식민지 지배를 받고 있었기 때문이다. 당시 민중에 깊은 관심을 기울이던 김기림에게 영화는 이제 '새로운 영웅'으로 부상하였다.

김기림이 이렇게 영화에서 새로운 예술의 가능성을 발견하는 것은 개인보다는 집단과 깊이 연관되어 있기 때문이기도 하다. 영화에서 다루는 소재는 흔히 한 개인의 삶보다는 집단생활인 경우가 대부분이다. 영화가 소비에트 연방에서 꽃을 피운 것은 결코 우연한 일이 아니다. 영화를 민중을 교육하는 가장 중요한 매체로 파악한 블라디미르 레닌은 일찍이 영화가 러시아 혁명에서 가장 중요한 예술이라고 지적한 바 있다. 영화 전문가들은 1905년의 러시아 혁명을 다룬 세르게이 예이젠시테인의 〈전함 포템킨〉(1925)을 영화 역사에서 가장 뛰어난 작품으로 꼽는다. 이 점을 염두에 두기라도 한 듯이 김기림은 "'집단과 그 생활'. 이곳에는 시네마의 영역이 무한히 크다"(2: 318)고 밝힌다.

주지주의와 모더니즘

김기림의 비평에서 해결해야 할 과제 중 하나는 '주지주의'라는 용어를 어떻게 해석할 것인가 하는 문제다. 한국의 근현대 문학사에서 이 용어만큼 개념에서 큰 혼란을 주는 용어도 아마 없을 것이다. 이러한 용어의 혼란은 김기림뿐 아니라 최재서나 김환태의 비평에서도 크게 다르지 않다.[31] 김기림은 "모든 형이상학은 […] 그 의미의 다의성 속에 언제고 숨으려 한다"(2: 12)고 밝힌다. 비록 이 점을 염두에 두더라도 다의성 속에 숨어 있는 주지주의의 개념을 정확히 밝히지 않고서는 한국 근현대 비평을 말하기란 무척 어렵다. 이 용어는 한국 근현대 비평에서 키워드 중의 하나이기 때문이다. 가령 어떤 사람은 주지주의를 고전주의의 개념으로 사용

---

31) 주지주의의 논의에 대해서는 김욱동, 『최재서: 그의 삶과 문학』(서울: 민음사, 2023) 참고.

하는가 하면, 또 어떤 사람은 모더니즘의 개념으로 사용한다.

　주지주의에 대하여 국어사전에서는 "감정이나 정서보다는 지성 또는 이지를 앞세우는 경향이나 태도"로 풀이되어 있다. 그러면서 T. S. 엘리엇과 올더스 헉슬리가 이러한 경향이나 태도를 보여주는 대표적인 인물이라고 덧붙인다. 김기림은 『시학』 1장 '방법론 시론' 중 「시와 언어」에서 "주지주의의 시에 있어서조차 그것이 관련하는 것은 지식이 아니고 지성(예를 들면 영상의 신기(新奇)·선명(鮮明)이라든지 메타포어·세타이어·유머의 인지 등)에서 오는 내부적 만족이다"(2: 26)라고 지적한다. '영상의 신기'란 이미지스트들이 말하는 이미지의 기발하고 선명함을 말한다. 은유·풍자·유머 등은 하나같이 문학 작품의 내용보다는 형식과 관련한 기법이다. 그렇다면 김기림이 파악하는 주지주의란 이미지즘이나 모더니즘을 가리키는 것과 크게 다르지 않다.

　그런데 김기림은 이러한 용어의 혼란을 극복하는 데 실마리를 준다. 그의 이론을 가장 잘 엿볼 수 있는 곳은 바로 그의 『시학』이다. 이 책의 첫 장 '방법론 시론' 중 「시와 언어」에서 그는 "고전주의적 주지주의적인 의도 아래서 설계된 시가 있다. 가령 엘리엇과 T. E. 흄이 주장하는 기하학적 예술의 동류(同類)가 될 시가 그렇다"(2: 25)고 말한다. 여기서 '고전주의적 주지주의'라는 표현이 주지주의의 개념을 풀 수 있는 소중한 단서가 된다. '고전주의적 주지주의'라는 용어에는 이 용어 말고 또 다른 주지주의, 이를테면 '낭만적 주지주의'가 있다는 말로 받아들일 수 있기 때문이다.

　김기림의 진술은 문맥으로 미루어보면 '주지주의'는 아무래도 '모더니즘'과 동의어에 가깝고, '고전주의적'은 주지주의의 특징을 설명하는 것으로 간주해야 할 것 같다. 다시 말해서 '고전주의적 주지주의'란 18세기 신고전주의의 전통을 이어받은 모더니즘으로 보아야 한다. 방금 김기림은 고전주의가 T. E. 흄과 엘리엇이 주장하는 기하학적 예술에 뿌리를 두고 있다고 지적한다. 그러면서 그는 계속하여 "『스페큐레이션(思辨)』이라는 제목을 가진 책이 대전 이후의 영국 주지주의의 구약전서가 된 것은 우연한 일이 아니다"(2: 34)라고 말한다. '휴머니즘과 예술철학에 관한 에세이'라는 부제가 붙어 있는 이 책에서 흄은 낭만주의와 고전주의를 이렇게 명쾌하고도 간략하게 규정짓는다.

> 한 견해에 따르면 인간은 본질적으로 선량하되 환경에 의하여 타락할 뿐이다. 다른 견해에 따르면 인간은 본래 제약을 받지만 질서와 전통에 의하여 그런 대로 고상한 어떤 인물로 발전한다. 한쪽의 경우 인간 본성은 우물과 같고, 다른 쪽의 경우 그것은 두레박과 같다. 인간을 우물, 가능성으로 가득 찬 저수지로 보려는 견해를 나는 낭만주의라고 부른다. 인간을 아주 한정되고 고정된 피조물로 간주하는 견해를 나는 고전주의라고 부른다.[32]

낭만주의가 인간의 무한한 가능성을 믿는 사조라면 고전주의는 이에 맞서 인간의 한계성을 깨닫고 질서와 전통의 힘으로 좀 더 나은 상태를 지향하려는 문예 사조다. 흄은 순진하게 인간의 무한한 가능성을 믿는 낭만주의보다는 인간의 유한성을 받아들이는 고전주의에 손을 들어주었다. 그래서 김기림은 낭만주의 대신 '휴머니즘'이라는 용어로 바꾸어 사용해

---

32) T. E. Hulme, *Speculations: Essays on Humanism and the Philosophy of Art*, ed. Herbert Read (London: Kegan Paul, Trench, Truber., 1924), p. 112. 김기림은 위 인용문 중 마지막 두 문장을 뭉뚱그려 "사람을 충분한 가능성의 저축기(貯蓄器)처럼 생각하는 견해를 나는 '로맨틱'이라고 부르고 사람을 매우 유한한 한정된 생물로 보는 것을 '클라시칼'이라고 부른다"(2: 163)로 번역한다.

도 상관없다고 말한다. 그의 이러한 태도는 『시론』 3장 '감상에의 반역' 중 「시의 방법」에서 좀 더 구체적으로 드러난다. 그가 이 글을 1933년 4월 《신동아》에 처음 발표할 때는 「시작(詩作)에 있어서의 주지적 태도」라는 제목을 사용하였다.

> 시인은 시를 제작하는 것을 의식하지 않으면 아니 된다. 시인은 한 개의 목적
> =가치의 창조로 향하야 활동하는 것이다. 그래서 의식적으로 의도된 가치가
> 시로써 나타나야 할 것이다. 이것은 소박한 표현주의적 방법에 대립하는 전
> 연 별개의 시작상(詩作上)의 방법이다. 사람들은 흔히 그것을 주지적 태도라
> 고 불러왔다. (2: 78~79)

위 인용문에서도 김기림이 말하는 '소박한 표현주의'가 정확하게 무엇을 가리키는지 분명하지 않다. 신문학기에 조선 문단을 휩쓴 '감상적 낭만주의'와 세기말 전통을 가리키는 듯하다. 낭만주의를 포함한 '소박한 표현주의'는 시인의 의식보다는 감정에 영향을 받는 문학 전통이기 때문이다. 이러한 전통에 맞서는 시작 태도가 다름 아닌 주지주의라는 것이다.

김기림은 낭만주의와 고전주의의 대립이란 곧 인간성과 비인간적인 지성의 대립이라고 밝힌다. 그는 계속하여 "이 제한 없는 인간성의 신뢰는 부정적인 육체적인 악마와 통한다"(2: 163)고 말한다. 그렇다면 그는 도대체 왜 인간성에 대한 무한한 신뢰를 육체적인 악마로 매도할까? "의인은 없다. 한 사람도 없다"(「로마서」 3장 10절)는 성경 구절에서 볼 수 있듯이 모든 인간을 죄인이라고 규정짓는 기독교 교리를 염두에 둔 것 같다. 적어도 김기림에 따르면 이렇게 육체적인 악마의 속성을 지닌 낭만주의에 재

갈을 물려 질서와 형상을 부여해 주려는 문예 사조가 바로 리얼리즘의 옷으로 갈아입고 나타난 신고전주의다.

한편 김기림은 고전주의를 낭만주의의 대립 개념으로만 파악하지 않는다. 1935년 4월 《조선일보》에 처음 발표했다가 『시학』에 제목을 살짝 바꾸어 「고전주의와 낭만주의」로 수록한 글에서 김기림은 "고전주의와 로맨티시즘은 단순히 문예사조 상의 반대 개념일 뿐이 아니라 예술가의 마음속에서도 두 가지의 정신은 끊임없는 투쟁을 계속하고 있다"(2: 163)고 주장한다. 그에 따르면 낭만주의와 고전주의는 상호 배타적으로 존재한다기보다는 오히려 상호 보완적 관계를 맺는다.

이와 관련하여 김기림은 고전주의의 지성을 골격에 빗대는가 하면 낭만주의의 휴머니즘을 근육과 혈액에 빗댄다. 인간의 육체는 골격과 근육과 혈액의 세 요소로 구성되어 있게 마련이다. 또 다른 비유를 든다면 낭만주의는 육체에, 고전주의는 정신에 빗댈 수 있다. 육체와 정신이 따로 독립하여 존재할 수 없듯이 이 두 문예사조도 공존하게 마련이다. 김기림은 "로맨티시즘은 질서 속에 조직됨으로써 고전주의에 접근해가고 고전주의는 또한 그 속에 육체의 소리를 끌어들임으로써 로맨티시즘에 가까워간다. 이 두 선이 연결되는 그 일점에서 위대한 예술은 탄생되는 것이라고 생각한다"(2: 163)고 주장한다. 김기림이 궁극적으로 지향하는 예술 세계는 고전주의라는 수척한 지성에 낭만주의라는 생명력을 불어넣은 통합적 우주다. 김기림은 자신이 두 가지의 '극지의 중간지대'를 생각해 낸 최초의 이론가라는 데 자못 긍지를 느낀다.

그렇다면 김기림을 감성을 무시한 채 오직 지성을 골격으로 삼는 '고전주의적 주지주의자'로만 평가하는 것은 자칫 그의 문학관을 잘못 받아들일 가능성이 크다. 그는 여러 글에서 낭만주의 못지않게 고전주의를 경계한다. 예를 들어 1935년 10월 《조선일보》에 처음 발표했다가 『시학』 5장 '오전의 시학' 중 「의미와 주제」로 수록한 글에서 그는 흄과 엘리엇의 고전주의에 회의를 품는다. 김기림은 고전주의를 '근대의 말기적인 인간 거부'의 문학 사조로 매도한다.

> 예를 들면 무기적(無機的)인 예술, 기하학적 선(線) 등을 존중하여 불연속성 의 이론을 세운 T. E. 흄과 그의 고전주의를 전수한 T. S. 엘리엇의 개성 도피 의 설이 바로 그것이라고 생각한다. 이것은 물론 인간성과 뚜렷하게 대립하 는 근대 문명의 메카니즘과 신통하게 부합하는 설이다. 그러므로 그들의 고 전주의는 근대 문명의 반영일지언정 비판자는 될 수 없다. (2: 174)

위 인용문에서 김기림은 엘리엇의 개성 도피의 이론, 즉 이른바 몰개 성 이론을 문제 삼는다. 엘리엇은 「전통과 개인의 재능」에서 시란 정서 의 표현이 아니라 정서로부터의 도피이며 개성의 표현이 아니라 개성으 로부터의 도피라는 점을 분명히 하였다. 또한 그는 1928년 『성스러운 숲』 (1920)을 재출간하면서 붙인 서문에서도 시란 그 자체의 생명을 지니고 있으며, 그 부분 부분은 시인의 정연한 전기적 자료와는 아무런 관계가 없 는 그 무엇을 형성한다고 말한다.

엘리엇은 계속하여 시인에게는 표현할 개성이 있는 것이 아니라 특정 한 매체가 있고, 시인은 그 매체로써 온갖 인상과 경험을 특수하고도 예기 치 않은 방식으로 결합해야 한다고 지적한다. 김기림은 엘리엇의 '정서로 부터의 도피'와 '개성으로부터 도피'를 언급하며 "시인은 단 한 벌의 옷밖에 가지 못한 황정승의 아내처럼 그의 개성으로써 착색된 그의 시풍이라는 옷만 입고 다녀야 한다는 옛날의 시학을 곧이들어서는 안 된다"(2: 80)고 경고한다.

더구나 위 인용문에서 김기림이 '무기적 예술'을 언급하는 것은 흄이 서구 르네상스 이후 휴머니즘에 비판적 태도를 취하기 때문이다. 흄은 이 세계를 단일한 유물론적 세계로 보지 않고 ① 무기적 세계, ② 유기적 세계, ③ 윤리적·종교적 세계로 구분 짓는다. 항목 ①은 수학과 물리학 같은 과학의 무기적 세계이고, 항목 ②는 문학과 심리학과 역사학이 주로 다루는 유기적 세계이며, 항목 ③은 초월적인 종교와 윤리의 세계다. 그런데 이 세 세계 사이에는 연속성이 없는데도 그것을 마치 연속성이 있는 것처럼 혼동하여 종교와 윤리에서 혼란이 일어난다고 흄은 주장한다.

그렇다면 모더니즘은 낭만주의와는 어떠한 관계를 맺고 있으며 고전주의와 또 어떠한 관계를 맺고 있는가? 모더니즘은 낭만주의 전통을 계승하는가, 아니면 고전주의 전통을 계승하는가? 이 물음에 답하기란 생각처럼 그렇게 간단하지 않다. 모더니즘은 그리스 신화에 등장하는 야누스처럼 서로 다른 두 얼굴을 하고 있기 때문이다. 모더니즘에는 '고전주의적' 모더니즘과 '낭만주의적' 모더니즘의 두 갈래로 크게 나뉜다. 이를 달리 말하면 디오니소스적 특징을 지니는 모더니즘이 있는가 하면, 이와는 반대로 아폴론적 특징을 지니는 모더니즘이 있다. 초기 모더니즘에서는 디오니소스적 특징이 좀 더 뚜렷이 드러나는 반면, 후기 모더니즘에서는 아폴론적 특징이 좀 더 분명히 나타난다.

영국 조지아 시대의 시인 러셀스 에버크롬비가 동시대 시인들에게 윌리엄 워즈워스의 낭만주의 시 전통으로 다시 돌아가자고 부르짖었다. 그러자 에즈러 파운드는 이에 격분하여 "모든 것을 새롭게 하자"는 깃발을 높이 쳐들고 예술적 급진주의를 내세웠다. 그러나 파운드의 급진주의는 흄과 마찬가지로 어디까지나 고전주의 전통의 테두리 안에서 이루어졌다. 이렇게 20세기에 이르러 모더니즘의 이름으로 낭만주의와 고전주의의 대립이 다시 한 번 일어났던 것이다.

마틴 애덤스와 휴 케너를 비롯한 이론가들은 모더니즘을 고전주의의 연장선상에서 파악한다. 그들은 상징주의를 낭만주의의 제2의 파장으로 간주하는 것처럼 모더니즘을 고전주의의 제2의 파장으로 간주한다. 프레드릭 칼은 아예 "모더니즘은 19세기 초엽의 낭만주의와의 단절이다" 또는 "모더니즘은 초기 낭만주의가 없었더라면 결코 존재하지 않았을 것이다"[33]라고 잘라 말한다. 이러한 주장을 펴는 이론가들은 ① 냉철한 합리주의, ② 반어적 회의주의, ③ 형식주의에의 경도 등에서 두 문예 사조의 공통점을 찾는다.

한편 또 다른 이론가들은 모더니즘을 어디까지나 낭만주의 전통의 계승이나 그 연장선에서 파악하려고 한다. 예를 들어 노스럽 프라이를 비롯하여 에드먼드 윌슨, 프랭크 커모드, 앨프리드 알바레즈, 심지어 좌파 진영의 죄르지 루카치 등이 이러한 주장을 펴는 대표적인 이론가들이다. 비교적 최근에는 헤럴드 블룸, 제프리 하트먼 또는 J. 힐리스 밀러 같은 '예일학파'로 흔히 일컫는 해체주의자들도 모더니즘을 낭만주의 전통의 맥락에서 파악하려고 한다. 그중에서도 그동안 모더니즘에 깊은 관심을 기울여 온 윌슨은 모더니즘을 "낭만주의 조류의 두 번째 밀물"로 간주한다.

---

33) Frederick R. Karl, *Modern and Modernism: The Sovereignty of the Artist 1885~1925* (New York: Athenaeum, 1985), p. 408.

먼로 스피어스도 『디오니소스와 도시』(1970)라는 책에서 모더니즘을 아폴론적으로 이해하려는 이론가들에 맞서 디오니소스적 특징을 내세운다.

이렇게 디오니소스적 특징이 있는 모더니즘은 여러모로 낭만주의와 적잖이 닮았다. 무엇보다도 이 두 사조는 줄잡아 1백 년 차이를 두고 세기말의 전환점에서 시작하였다. 더구나 낭만주의와 모더니즘은 과거의 전통이나 인습과 급진적으로 단절을 꾀한다는 점에서 가히 혁명적이라고 할 만하다. 또한 이 두 사조는 좁게는 범유럽적, 더 넓게는 국제적 현상이라는 점에서도 서로 비슷하다. 모더니즘은 1930년대 일본과 식민지 조선을 비롯한 동아시아에서도 큰 힘을 떨쳤다.

그러나 낭만주의와 모더니즘의 공통점은 뭐니 뭐니 하여도 주관성을 중시하고 자의식을 강조한다는 데서 찾을 수 있다. 모더니즘 계열의 작가들과 시인들은 낭만주의자들과 마찬가지로 외적 실재보다는 내적 실재, 객관적 진리보다는 주관적 진리에 훨씬 더 무게를 싣는다. 그동안 적지 않은 이론가들이 예술적 자의식을 '낭만주의적 질병'으로 간주한 것은 그 때문이다.

물론 낭만주의와 모더니즘은 공통점 못지않게 차이점도 적지 않다. 가령 낭만주의자들이 자발성에 기초한 작가의 자기표현을 중시한다면, 모더니즘은 오히려 작가의 몰개성을 강조한다. T. S. 엘리엇은 앞에서 언급한 「전통과 개인의 재능」에서 "한 예술가의 진보란 끊임없는 자기희생이요, 끊임없는 개성의 멸각이다"[34]라고 주장한다. 최재서는 엘리엇의 이러한 주장을 '20세기 문학의 혁명적 선언'이라고 지적한 적이 있다. 실제로 이 주

---

34) T. S. Eliot, "Tradition and the Individual Talent," *Selected Essays: 1917~1932* (New York: Harcourt, Brace, 1950), p. 7.

장을 흔히 모더니즘의 선언문처럼 받아들이는 이론가들이 적지 않다.

그러나 엘리엇의 전반적인 이론에 비추어 보면 이 문장은 애매하고 모호할뿐더러 자기모순임이 드러난다. 어떠한 예술가도 개성이 없이는 예술 작품을 창작할 수 없기 때문이다. 물론 여기서 그가 말하는 개성이란 일반적 의미의 개성이 아니라 낭만주의자들이 말하는 주관적 개성이나 낭만적 요소를 포함하는 개성이다. 최재서는 그것을 '기질적 개성' 또는 '낭만적 개성'으로 불렀다.[35] 그러므로 정서의 도피나 개성의 멸각과 관련한 문장은 엘리엇이 시 창작에서 정서의 과잉을 경계하는 말로 받아들이는 것이 좀 더 합리적이다.

그렇다면 첨예하게 맞서는 모더니즘을 바라보는 두 태도 중에서 과연 어느 쪽이 더 설득력이 있을까? '고전주의적' 모더니즘을 받아들여야 할까, 아니면 '낭만주의적' 모더니즘을 받아들여야 할까? 여러 관점에 비추어볼 때 아무래도 '고전주의적' 모더니즘보다는 '낭만주의적' 모더니즘을 좀 더 '모더니즘다운' 모더니즘으로 간주해야 할 것 같다. 모더니즘은 고전주의적 특성을 지니는 것은 틀림없지만 그 기본 정신은 역시 낭만주의 전통에 깊이 뿌리를 두고 있기 때문이다.[36]

더구나 모더니즘을 고전주의의 논리적 계승이나 연장으로 파악할 때 무엇보다도 문제가 되는 것이 리얼리즘과의 관계다. 낭만주의에 대한 비판적 반작용으로 출발한 리얼리즘은 낭만주의 이전에 풍미하던 고전주의의 유산을 거의 대부분 물려받았다. 문예사조란 마치 시계추처럼 진자 운

---

35) 최재서, 「비평과 모랄의 문제」, 『최재서 평론집』(서울: 청운출판사, 1961), 12~26쪽.

36) 이 점에 대해서는 김욱동, 『모더니즘과 포스트모더니즘』 개정증보판(서울: 현암사, 2004), 40~49쪽 참고.

동을 거듭하며 발전해 오게 마련이다. 서양에서는 그동안 고전주의에서 낭만주의, 낭만주의에서 리얼리즘, 리얼리즘에서 모더니즘, 모더니즘에서 다시 포스트모더니즘으로 발전해 왔다. 고전주의의 정신은 리얼리즘이 계승하여 발전한 반면, 낭만주의의 정신은 모더니즘이 계승하여 발전하였다. 문예사조는 이렇게 교차반복을 거듭하며 발전해 오지만 그 반복은 단순한 기계적 반복이 아니라 되풀이할 때마다 조금씩 새롭게 수정하고 보완하는 점증법적 반복이다.

한국 근현대 문학사에서 모더니즘도 식민지 시대 다른 문예사조처럼 유럽에서 직접 받아들이기보다는 일본을 거쳐 간접수입 방식으로 들어왔다. 이러한 과정에서 모더니즘은 굴절되거나 왜곡될 수밖에 없었다. 일본의 영향을 받은 식민지 시대나 해방 후에도 한국에서 모더니즘은 주로 낭만주의보다는 고전주의의 맥락에서 이해해 온 것이 사실이다. 그래서 모더니즘은 감성 대신 지성에 바탕을 두는 주지주의와 동의어로 사용하다시피 하였다. 가령 같은 함경북도 출신에다 경성고등보통학교에서 스승과 제자로 만나 누구보다도 김기림을 개인적으로 잘 알던 이활(李活)은 모더니즘을 주지주의와 거의 동의어로 사용한다.

T. S. 엘리엇이나 허버트 리드(Herbert Read, 1983~1968, 영국의 시인·비평가)처럼 정서 본위의 빅토리아조 스타일의 시를 밀어내고, 이지와 정서가 뒤섞여 사는 오늘 속에서 이를 지휘하는 지성의 조직에 의거, 감성을 뿌리나 가지의 기능에서 잎사귀의 기능으로 전락시킨 주지주의를 우리 스스로 소화하여, 20세기에 지각한 우리 자신의 수면(睡眠)을 깨우는 데, 한 몫을 맡아야 한다고

지적 도량을 발휘한 시기, 그것이 우리의 1930년대 후반의 지적 기류였다.[37]

이활은 주지주의를 "지성의 조직에 의거, 감성을 뿌리나 가지의 기능에서 잎사귀의 기능으로 전락시킨" 지적 기류, 즉 넓은 의미의 모더니즘과 동일한 개념으로 파악한다. 다만 주지주의를 과연 식민지 조선의 문인들이 "스스로 소화하여" 지적 도량으로 삼았는지는 좀 더 따져보아야 한다고 지적한다. 일본에서는 이미 1920년대 말엽 아베 도무지(阿部知二)와 하루야마 유키오(春山行夫)가 주지주의 이론을 소개하였다.

식민지 조선에서는 이하윤이 1931년 9월 《동아일보》에 「새로운 《시와 시론》, 《시의 연구》를 읽음」이라는 글을 기고하여 일본의 주지주의 문학을 처음 소개하였다. 그가 읽었다는 이 두 잡지 중 《시와 시론(詩と詩論)》은 1928년(쇼와 3)에 창간한 시 전문 잡지로 하루야마가 편집을 맡았다. 일본에서 이 잡지는 주지주의와 모더니즘 운동을 처음 소개한 것으로 평가받는다. 이하윤에 이어 외국문학연구회에서 활약한 정인섭과 이헌구 등도 주지주의 문학을 소개하였다. 백낙원(白樂園)은 1933년 10월 《매일신보》에 기고한 「심리주의 문학과 주지주의 문학」에서 아예 제목에서 이 '주지주의'라는 용어를 내걸었다.

그러나 이활이 엘리엇이나 리드가 흔히 '테니슨 시대'로 일컫는 빅토리아 시대의 시를 '밀어냈다'고 말하는 점에 주목해야 한다. 19세기 후반부(1830~1901)에 풍미한 빅토리아 시대에는 그 어느 때보다 종교와 과학의 갈등이 첨예하게 대립하던 시기였다. 당시 시인들은 감각적 요소에 무게를 두었고 전반적으로 염세주의적인 세계관을 보여주었다. 빅토리아

---

37) 이활, 『정지용·김기림의 세계: 역사의 물살에 흘러간 비극의 문학』(서울: 명문당, 1991), 192쪽.

시대 시인들 낭만주의 시대 시인들처럼 자연에 그렇게 신비감을 느끼지 않았다. 이상주의자요 '예술을 위한 예술'을 믿었던 낭만주의 시인들과 비교하여 빅토리아 시대 시인들은 자못 사실주의적이어서 자연을 그렇게 이상화하지도 않았다. 빅토리아 시대는 시기적으로 소설 장르에서 리얼리즘이 풍미하던 시대와 맞먹는다. 그러므로 소설의 리얼리즘이 시 장르에 나타난 것이 다름 아닌 빅토리아 시대 시였다. 빅토리아 시대 시인들은 낭만주의 시를 밀어내었고, 엘리엇이나 리드 같은 모더니스트들은 빅토리아 시를 밀어내었다.

이렇게 이미지즘과 주지주의를 낭만주의의 대립 개념으로 간주하는 것은 김학동도 마찬가지였다. 김기림의 작품에 대하여 그는 "[그의] 초기 시들이 식민지 치하에 쓴 것들로, 그 이전의 병적이고 감성적인 경향에서 벗어나, 이미지즘과 주지주의의 시학을 세우려는 데 있었다면,『새노래』시편들은 광복 후 서구의 산업혁명을 받아들여 새로운 세워질 '새나라'를 예찬한 것이다"[38]라고 지적한다. 지금까지 한국 학계와 문단에서는 이활이나 김학동의 주장이 모더니즘에 관한 통설로 받아들여 오다시피 하였다.

김기림은 1939년 10월 최재서가 주재하던《인문평론》에「모더니즘의 역사적 위치」라는 글을 발표하였다. 일제강점기에 조선인 비평가가 모더니즘에 관하여 쓴 비평문으로는 가장 본격적인 글이다. 그는 제목에 걸맞게 한국 신시사(新詩史)의 관점에서 모더니즘의 역사적 위치를 밝힌다. 김기림은 낭만주의와 상징주의, 그가 '센티멘털 로맨티시즘'으로 부르는 세기말의 말류를 한국 신시의 여명기로 파악한다. 그런데 이 두 시 전통이 늦어도 1920년 중반쯤에는 끝나야 하는데도 너무 오랫동안 문단을 지배

---

38) 김학동, 『김기림 연구』(서울: 새문사, 1988), 78쪽.

하면서 한국 시에 부정적 결과를 낳았다고 주장한다. 서유럽에서는 이미 한물 지난 사조를 뒤늦게 받아들였을 뿐 아니라 1920년대 중엽까지 그 영향권에 놓여 있었다는 뜻이다.

김기림은 낭만주의와 상징주의 시대를 몰아낸 것이 카프의 계급주의 문학이고, 계급주의 문학을 다시 몰아낸 것이 바로 모더니즘이라고 지적한다. 그는 "20년대 후반은 물론 경향파의 시대였으나 30년대의 초기부터 중쯤까지의 약 5, 6년 동안 특이한 모양을 갖추고 나왔던 모더니즘의 위치를 역사적으로는 어떻게 규정해야 할 것인가"(2: 53)라고 묻는다. 그가 모더니즘이 조선 문단에 '특이한 모양'으로 나타났다고 말하는 것은 아마 서유럽에서 직접 받아들이지 않고 일본 문단을 통하여 간접적으로 받아들였기 때문일 것이다. 김기림은 1930년대 중반쯤에 이르러서는 좁게는 모더니즘, 더 넓게는 조선의 신시 전체가 질적 변화를 겪었다고 지적한다. 그런데 그는 모더니즘이 처음부터 순조롭게 발전하지 못한 것을 외적 원인과 함께 조선 문단의 내적 요인의 탓으로 돌린다.

김기림은 모더니즘이 한때의 단순한 사건이 아니라 역사적 필연성에서 비롯한 문예사조라는 사실을 역설한다. 물론 그는 '영구한 모더니즘'이라는 말은 듣기만 하여도 몸서리쳐진다고 말하면서 다른 문예 사조처럼 모더니즘도 시대에 달라 성격이 달라질 수밖에 없다고 밝힌다. 시대의 변화에 특히 민감한 모더니즘은 20세기 문명과 밀접하게 관련되어 있다. 김기림은 조선 문단에서 '20세기 문학'을 의식적으로 추구한 것은 비로소 모더니즘에 이르러서라고 지적한다.

김기림은 모더니즘의 특징을 크게 두 가지로 파악한다. 첫째, 모더니즘은 근대 문명과 더불어 새로운 시민 질서에 관심을 기울였다. 이 점에서 모더니즘은 '문명의 아들'이요 '도회의 아들'이라고 부른다. 그는 이 문예 사조에 이르러 비로소 "문명 속에서 형성되어 가는 새로운 감각·정서·사고가 나타났다"(2: 56)고 밝힌다. 모더니즘 시인들과 작가들은 작품의 소재를 자연이 아닌 도시에서 찾았고, 신선한 감각으로 음풍영월이 아닌 문명의 여러 모습을 노래하였다.

둘째, 김기림은 모더니즘이 무엇보다도 언어의 가치에 주목했다는 사실을 지적한다. 좀 더 구체적으로 말해서 모더니즘 전통에 속한 시인들은 "말의 음으로서의 가치, 시각적 영상, 의미의 가치, 또 이 여러 가지 가치의 상호작용에 의한 전체적인 효과를 의식하고 일종의 건축학적 설계 아래서 시를 썼다"(2: 56)고 밝힌다. 예를 들어 모더니즘 시인들은 말의 함축적 의미를 확충하였고, 문명의 속도에 걸맞은 새 리듬을 찾아내었으며, 기차·비행기·공장 같은 현대 문명의 시어를 발견하였다. 한마디로 그들은 문학의 내용보다는 언어의 가치를 비롯한 형식에서 혁명적 변화를 꾀하였다. 앞에서 이미 언급했듯이 김기림은 정지용을 조선 문단에서 최초의 모더니스트로 높이 평가한다. 정지용의 뒤를 이어 김광균, 신석정(辛夕汀), 장만영(張萬榮), 박재륜(朴載崙), 조영출(趙靈出) 같은 젊은 시인들이 모더니즘 전통을 이끌어 나갔다.

그러나 김기림은 1930년대 중반부터 조선 문단의 모더니즘이 두 가지 요인으로 위기를 맞았다고 진단한다. 첫째, 모더니즘 시인들이 언어의 가치를 지나치게 남용한 나머지 오히려 '언어의 말초화'에 따른 타락이 생겨났다. 둘째, 일본 제국주의는 점차 군국주의로 치닫기 시작하면서 현대 문명에 심각하게 어두운 그림자를 짙게 드리웠다. 이러한 상황에서 당시 시인들은 시를 '기교주의적 말초화'에서 끌어내는 반면, 문명에 대한 시적 감수의 태도를 버리고 문명 비판 쪽으로 태도를 바꾸어야 하였다. 즉 언어는 이제 좀 더 사회성과 역사성에 무게를 두어야 하였다. 김기림은 "전시단적(全詩壇的)으로 보면 그것은 그 전대의 경향파와 모더니즘의 종합이었다. 사실로 모더니즘의 말경에 와서는 경향파 계통의 시인 사이에도 말의 가치의 발견에 의한 자기반성이 모더니즘의 자기비판과 거의 때를 같이하여 일어났다"(2: 57~58)고 지적한다.

이 새로운 길은 이루기 어려운 험난한 길이어서 시인들은 그 길을 포기할 수밖에 없었다. 김기림은 정지용이 모더니즘의 첫 테이프를 끊었다면 이상은 모더니즘의 마지막을 화려하게 장식했다고 지적한다. 김기림은 "가장 우수한 최후의 모더니스트 이상은 모더니즘의 초극이라는 이 심각한 운명을 한 몸에 구현한 비극의 담당자였다"(2: 58)고 주장한다.

더구나 김기림은 「모더니즘의 역사적 위치」에서 식민지 상황에서 조선의 모더니즘이 유럽이나 미국처럼 집단적 시 운동의 모습을 제대로 갖추지 못한 채 "오직 대부분은 부분적으로만 모더니즘의 징후를 나타냈다"(2: 57)고 지적한다. 또한 유럽이나 미국의 시인들과는 달리 조선의 시인들이 모더니즘 운동을 의식적으로 시도하거나 전개한 것이 아니고 오직 시인의 감수성에 따른 '천재적 발현'인 경우가 많았다고 밝힌다. 여러 정황으로 미루어볼 때 적어도 조선문학 초기에는 고전주의적 모더니즘보다는 아무래도 낭만주의적 모더니즘에 가까웠다.

정지용을 비롯하여 신석정과 장만영의 작품에서도 고전주의의 분위기보다는 낭만주의의 분위기를 쉽게 읽을 수 있다. 정지용은《백조》나《폐허》계열의 센티멘털 로맨티시즘과는 거리가 멀지만 낭만주의에서 그렇게 멀리 떨어져 있지 않다. 그가 서양의 이미지스트들처럼 맑은 시냇물에서 갓 건져낸 돌처럼 명징한 이미지를 구사한다는 것과는 또 다른 이야기다. 그런데 낭만주의적 모더니즘은 정지용보다는 신석정에게 훨씬 짙게 드러난다. 신석정에 대하여 김기림은 "현대 문명의 잡답을 멀리 피한 곳에 한 개의 유토피아를 음모하는 목가 시인"(2: 63)으로 평가한다. 그러면서 "그가 꿈꾸는 시의 세계는 전연 개성적인 것이다. 그는 목신(牧神)이 조는 듯한 세계를 조금도 과장하지 아니한 소박한 리듬을 가지고 노래한다"(2: 63)고 지적한다. 실제로 신석정의 시 세계는 T. S. 엘리엇의 몰개성 시론과는 적잖이 다르다.

김기림 자신도 시 창작과 비평에서 모더니즘 운동에 크게 이바지하였다. 그의 모더니즘도 넓은 의미에서는 고전주의적 모더니즘보다는 낭만주의적 모더니즘에 가깝다. 『시학』 3장 '감상에의 반역' 중 「시와 인식」에서 그는 "시는 새로운 현실의 창조요 구성이다"(2: 75)라고 잘라 말한다. 이러한 시의 관념은 여러모로 낭만주의와 비슷하다. 낭만주의에서 상상력은 가장 핵심적 개념으로 상상력이 없이는 어떠한 창조도 불가능하다. 낭만주의자에게 상상력은 곧 시의 원동력일 뿐 아니라 새로운 정신세계를 구축하는 데 절대불가결한 요소다.

더구나 김기림이 '최후의 모더니스트'로 평가하는 이상의 작품에서는 초현실주의의 특징을 쉽게 엿볼 수 있다. 김기림은 지그문트 프로이트의 "정신분석학은 20세기의 가장 큰 문학 운동의 하나인 초현실주의에 이론적 기초를 주었다"(2: 134)고 지적한다. 1차 세계대전 이후 프랑스를 중심으로 일어난 전위예술 시인들처럼 이상은 이성과 합리주의에 반기를 들고 비합리적 인식과 잠재의식과 무의식 세계를 추구하는 데 온 힘을 쏟았다. 이상은 인간의 원초적인 욕망이나 욕구가 논리적인 통제를 받기 이전의 상태에서 꿈틀거리는 무의식의 세계에 주목하였다. 그래서 이상의 작품에서는 꿈과 현실, 의식과 무의식, 지상과 천상, 본질과 현상을 구분 짓기란 무척 어렵다.

자기반성과 새로운 문화 건설

김기림은 일제강점기에 일본 제국주의가 저지른 조선의 문화 침탈에 대하여 비판의 고삐를 늦추지 않았다. 태평양 전쟁 동안 일제가 저지른 만행이 한두 가지가 아니지만 그는 특별히 문화 침탈에 주목한다. 김기림은 "이번 대전의 마지막 해 몇 해 동안 적이 이 땅에서 저지른 문화의 악마적 침략과 파괴 속에서 우리 시도 그 표현의 전통적 수단이었던 말을 약탈당하였고 자유로운 시의 정신은 학살당하였던 것이다"(2: 136)고 지적한다. 평소 절제된 문장을 구사하던 그가 '악마적 침략과 파괴', '약탈', '학살' 같은 낱말을 구사하는 것을 보면 일제의 만행에 대한 그의 분노가 어떠한지 쉽게 미루어볼 수 있다.

일본 제국주의의 식민지 굴레에서 벗어난 이후 친일 청산 문제는 비단 정치와 사회 분야의 문제만이 아니고 문학과 예술 분야에서도 해결해야 할 큰 과제였다. 일제가 국군주의의 전시 체제로 정비하고 조선의 황국 신민화 정책의 고삐를 바짝 조이면서《조선일보》를 폐간시키자 김기림은 함경북도 경성군 임명으로 낙향하였다. 1942년부터 경성고등보통학교와 성진중학교 교사로 근무하다가 해방을 맞이한 김기림은 친일에서 비교적 자유로울 수 있었다. 물론 김기림은 '곤노(金野)'라는 창씨로 개명을 하고

1943년 청진극장에서 열린 학병출정 행사에서 '역사는 전진한다'는 제목으로 출정격려 연설을 한 오점을 남겼다.[39]

그러나 이 두 가지 행위를 제외하고 그는 드러내놓고 친일을 하지 않아 오히려 일제의 감시를 받을 정도였다. 최재서가 주재하던 《국민문학》에 힘을 보태어 문학을 통한 황국화에 협조하는 대신 고향으로 도피하다시피 한 지식인 김기림이 일제의 눈에 곱게 보일 리 없었기 때문이다. 그래서 김기림이 경성고보에 근무하는 동안 일제의 고등계 형사들은 어떻게 해서라도 꼬투리를 잡아 그를 검거하려고 애썼고, 만약 교장 가메야마리헤이(龜山利平)의 호의가 없었더라면 그는 아마 검거되어 고초를 겪었을지도 모른다.

어찌 되었든 김기림은 동료 문인들의 친일 행위에 유연한 태도를 보였다. 그는 『시론』의 4장 '우리 시의 방향' 중 「민족의 자기반성」에서 이 문제를 잠깐 짚고 넘어간다. 김기림은 "대중을 속이며 역사를 속이며 가장 무서운 것은 스스로의 양심을 속여 가며 침략자의 복음을 노래하던 날을 너무나 값싸게 잊어서는 아니 된다"(2: 138)고 먼저 운을 뗀다. 그리고 나서 그는 "민족의 통곡 소리가 좀 더 침통하게 이 땅을 진동하지 않는 한 조선 민족의 앞날에는 맑은 하늘은 어른 트이지 않으리라 생각한다"(2: 139)고 말하면서 친일 행위를 범한 문인들에게 진정한 자기반성을 촉구한다. 김기림은 우리 모두가 머리를 쥐어뜯으며 "아, 나는 죄인이다"라고 신음하며 반성하지 않고서는 민족의 형벌은 아직 끝난 것이 아니라고 말한다. 진정한

---

39) 김기림이 경성고등학교 교사로 임명된 경위와 교사 생활은 이 학교의 제자 이활(李活)이 자세히 기록하였다. 김기림의 취직은 비슷한 시기에 도호쿠제국대학에서 생물학을 전공하고 당시 경성고보 교사로 있던 김준민(金遵敏)이 교장 가메야마 리헤이에게 추천하여 이루어졌다. 이활, 『정지용·김기림의 세계』, 191~233쪽.

자기반성 없는 용서나 화해는 이렇다 할 의미가 없기 때문이다.

한편 김기림은 친일 행위를 지나치게 매도하는 것에 대해서도 유보를 둔다. 그는 "나는 감히 돌을 잡으라고 하지는 않는다. 누가 누구에게 돌을 던지랴. 돌을 던질 대상은 반드시 우리들 주위에만 있는 것이 아니고 실로 우리들의 정신의 내부에 먼저 있는 것이다"(2: 138~139)라고 지적한다. 김기림의 이 말은 신약성경의 "너희 가운데서 죄가 없는 사람이 먼저 이 여자에게 돌을 던져라"(「요한복음」 8장 7절)라는 구절을 염두에 둔 것 같다. 또한 그의 이러한 태도는 음욕과 관련하여 예수 그리스도가 행위로 짓는 죄악뿐 아니라 마음으로 짓는 죄악도 동일한 것이라고 가르친 산상수훈과도 비슷하다.

이러한 역사적 전환기에 김기림은 시인을 비롯한 문학가들의 역할을 다시 한 번 환기시켰다. 그는 문인들에게 새 시대의 방향을 제시하는 지도자요 격려자요 예언자로서의 역할을 다할 것을 주문한다. 김기림은 "시인이 만약에 한 집단의 심장이라면 인제야 가장 준렬한 자기비판의 풀무를 스스로 달게 거쳐야 할 것이다. 그리함으로써 우리는 민족적으로 새로운 공화국에 발을 들여놓을 진정한 시민권을 가지게 될 것이다"(2: 139)라고 밝힌다. 여기서 '자기비판의 풀무를 거친다'는 표현이 무슨 뜻인지 선뜻 이해가 가지 않지만 아마 풀무를 사용하여 화력을 돋우는 도가니나 용광로와 관련한 의미인 것 같다. 방금 앞에서 성경을 인용했지만 성경에서도 풀무는 바람을 일으키는 도구를 가리키기보다는 도가니나 용광로를 가리키는 경우가 많다.

이렇게 과거를 되돌아보기보다는 미래를 내다보려는 김기림은 문학관에서 큰 변화를 겪는다. 해방 이전에도 문학의 사회적 기능에서 눈을 돌린 것은 아니었지만 해방 이후 그의 목소리가 훨씬 더 높아졌다. 해방을 맞이한 뒤 김기림은 이전의 시풍을 버리고 이른바 '새나라의 시'를 부르짖는다. 『시론』의 4장 '우리 시의 방향' 중 「8·15와 건설의 신기운」에서 그는 "시는 새로운 문화의 건설의 한 날개로서 처참한 폐허에서 불사조와 같이 떨치고 일어났을 때 그것은 틀림없이 이 새나라의 것이었으며 그 중에도 새로운 나라의 등불이며 별이고자 하였다"(2: 136)고 밝힌다.

김기림은 플라톤의 시인 추방론을 새삼 언급하면서 플라톤이 일찍이 자신의 공화국에서 시인을 추방했지만 일제의 식민 지배에서 벗어난 지금 시인이야말로 새로운 공화국을 건설하는 데 아주 중요한 인물이라고 역설한다. 다시 말해서 시인은 추방의 대상이기는커녕 오히려 "새 공화국을 지킬 가장 열렬한 시민의 한 사람일 것"(2: 137)이라고 천명한다. 그러면서 김기림은 각각의 시대마다 그 시대의 요구에 부응하는 새로운 문학이 요구된다고 주장한다.

김기림은 일본 제국주의가 여러 분야에서 조선을 침탈한 것은 부정할 수 없는 사실이지만 한민족에게 한 가지 긍정적인 결과를 가져다주었다고 평가하기도 한다. 해방 이후 부쩍 깨어난 공동체 의식의 자각이야말로 식민지 지배에서 한민족이 얻어 낸 가장 큰 수확이라고 주장한다. 김기림에게 이러한 공동체 의식을 굳게 지키고 밝은 미래를 향하여 나아가야 할 주체는 다름 아닌 인민 대중이다. 그는 "인민 대중이야말로 역사적·사회적·현실적 민족의 중추며 공동체 의식의 유지자였던 것이다"(2: 150)라고 밝힌다.

김기림이 한편으로는 I. A. 리처즈의 이론을 아주 중요하게 생각하면서도 다른 한편으로는 그의 이론에 분명한 한계가 있다고 지적하는 이유가 바로 여기에 있다. 김기림은 리처즈가 과학적 비평 이론을 정립하려는 나머지 사회와 역사에 소홀이 했다고 비판한다. 그는 "리처즈의 전 체계의 가장 약한 면인 사회성의 결핍이라고 할까, 적극성의 회피라고 할까, 여하간 시의 역사적·사회적 면의 부정, 간과라는 점에 대한 불만"(2: 278)을 토로한다.

김기림은 리처즈의 시학이나 T. S. 엘리엇의 작품이 정신적·내면적 위기의 시대였던 1920년대에는 적절했을지 모르지만 1930년대에 이르러서는 걸맞지 않는다고 평가한다. 김기림에게 리처즈와 엘리엇보다는 오히려 W. H. 오든과 스티븐 스펜더와 C. 데이루이스의 이론과 작품이 훨씬 더 설득력이 있다. 이 점과 관련하여 김기림은 "시인이 피로한 말을 가지고 시를 써야 한다고 하면 그 이상 불행한 일이 어디 있느냐. 영국에 있어서 엘리엇의 불행은 이러한 곳에도 있었고, 또 오든·스펜더·루이스 등의 행복은 또 여기도 있는 것이라고 생각한다"(2: 171)고 역설한다. 김기림이 이 무렵 '새나라'라는 용어를 부쩍 자주 사용하는 것도 1930년대 영국 문단에 대두된 '뉴컨트리' 또는 '뉴시그너처' 그룹의 활동과 결코 무관하지 않다.

절충주의 문학관

김기림은 근현대 한국 비평가 중에서 가장 좋은 의미의 절충주의자로 볼 수 있다. 그는 무엇보다도 먼저 예술과 삶 사이에 놓여 있던 높다란 장벽을 허물고 간격을 좁히려고 애썼다. 예술은 예술 그 자체를 위한 것일까, 아니면 인생을 위한 것일까? 예술은 인생을 모방하는 것일까, 아니면 인생이 예술을 모방하는 것일까? 지금까지 문학사에서 많은 이론가가 이러한 질문을 끝없이 던져 왔지만, 이 질문에 대한 명확하고 쉬운 답은 여전히 오리무중이었다. 이렇듯 예술과 인생, 문학과 삶 사이에는 건너기 힘든 깊은 강이 가로놓여 있다.

김기림은 문학이란 예술 작품인 동시에 생활이라고 주장한다. 움직이지 않는 것이란 다름 아닌 죽음이라고 말하면서 인간의 활동은 곧 생명이요 진보라고 밝힌다. 그는 "예술 생활에서 분리하여 독특한 대상으로 관찰하려고 할 때에 그것은 낡은 사고 방법의 습관을 범한 것이다"(2: 318)라고 말한다. 구체적인 삶을 떠난 문학이 존재할 수 없듯이 예술을 완전히 도외시한 채 삶에만 관심을 기울이는 문학도 존재할 수 없다는 논리다. 삶과 시 중에서 굳이 어느 한쪽만 택해야 한다면 김기림은 서슴지 않고 삶을 선택할 것이라고 말한다. 이처럼 생활을 중시하는 그는 "시는 생(生)의 대용은 못된다. 존엄성에 있어서 삶은 월등 시보다 높다"(2: 180)고 주장하기에 이른다. 그래서 그는 시란 곧 '생활의 시'가 되어야 한다고 부르짖는다.

그런데 여기서 한 가지 짚고 넘어가야 할 것은 김기림이 부르짖는 생활 시가 얼핏 카프의 계급 시와 비슷해 보이면서도 실제로는 적잖이 차이가 난다는 점이다. 카프 문학에서는 생활을 중시하되 생활 중에서도 계급주의와 관련한 일부에만 초점을 맞춘다. 그러나 김기림이 주창하는 생활 시는 과학적 시학에 기반을 둔 건강한 민중의 삶을 다루는 시를 말한다. 그는 감상적이고 병적인 낭만주의 시를 배격하는 것과 마찬가지로 교조적인 카프의 계급문학도 배격한다.

이렇듯 김기림은 낭만주의 전통에 서 있든 계급주의 전통에 서 있든

근대시가 지나치게 일상생활을 외면한 채 예술 쪽에만 눈을 돌리고 있었다고 비판한다. 그렇다면 미래의 시는 과연 어떠한 태도를 취해야 할까? 이 물음에 김기림은 "그러한 질문은 우리에게 있어서는 아주 냉담하다"고 먼저 운을 뗀 뒤 계속하여 "우선 생활의 문제다. 예술을 생활에서 분리하여 독이(獨異)한 대상으로 관찰하려고 할 때에 그것은 역시 낡은 사고방법의 습관을 범한 것이다"(2: 318)라고 말한다.

김기림에 따르면 예술은 삶과는 떼려야 뗄 수 없을 만큼 밀접하게 연관되어 있다. 그는 단적으로 시란 생활에서 온다고 밝히면서 "시는 제일 먼저 생활의 여기다. 시는 생활의 배설물이다"(2: 296)라고 밝힌다. 그러면서 김기림은 우리가 경험적 기능의 측면에서 보나 실질적 가치의 측면에서 보나 '창조'라는 낱말을 너무 남용해 왔다고 지적한다. 김기림이 I. A. 리처즈의 이론에 유보적 태도를 취하는 것은 그가 생활보다 시를 높이 평가하기 때문이다.

김기림의 절충주의적 태도는 현재와 과거의 유기적이고 창조적인 결합을 주장하는 데서도 엿볼 수 있다. 언뜻 보면 그는 과거보다는 현재 쪽에 손을 들어주는 것 같다. 그가 "현대시는 우리 시대가 아니면 쓰지 못할 것이 되지 아니하면 안 된다. 어느 정도 현대의 정세에서 생겨난 것으로 과거의 시인에는 볼 수 없는 새로운 요구와 충동과 태도에 조응하는 것이 되지 않으면 아니 된다"(2: 11)는 리처즈의 말을 즐겨 인용하는 것을 보면 더더욱 그러한 생각이 든다. 그러나 김기림은 과거 없는 현재는 결코 있을 수 없다는 사실을 깊이 깨닫고 있다.

앞에서도 잠깐 지적했듯이 김기림은 시인의 주관성을 배격하듯이 시인의 객관성에도 의심을 품는다. 그는 "우리가 빈척(擯斥)하려는 시인은 주관의 상아탑 속에 점차 은둔하는 너무나 소극적인 시인과 아울러 객관적 사물의 해골을 부지런하게 진열하는 일에 싫증을 느끼지 아니하는 정력적인 사무가다"(2: 76)라고 말한다. 김기림이 누구보다도 경계하는 시인은 주관성의 고고한 상아탑 속에 칩거하려는 시인과 해골처럼 앙상한 객관성에 몰두하려는 시인이다. 전자는 신문학 초기를 장식한 감상적이고 때로는 병적인 낭만주의 시인들을 가리키고, 후자는 계급주의의 기치를 높이 치켜세우던 카프 진영의 시인들을 가리킨다. 이렇게 김기림은 주관성과 객관성 중 어느 한쪽에 손을 들어주지 않고 둘 사이에서 절묘한 균형을 찾으려고 한다. 그에게 가장 이상적 시인이란 주관과 객관의 교차로에서 만나는 사람, 즉 '생활의 시'를 창작하는 사람이다.

이러한 주관성과 객관성의 대립은 때로 이상과 현실의 대립으로 나타난다. 김기림은 서로 첨예하게 대립하는 이상과 현실, 추상적 관념과 구체적 행동 사이에서도 절충을 시도한다. 그의 이러한 태도가 비교적 잘 드러나 있는 작품은 『기상도』의 「태풍의 취침 시간」이다.

"난 잠자고 있을 수가 없어 자넨 또 무엇땜에 예까지 왔나?"
"괴테를 찾어 다니네."
"괴테는 자네를 내버리지 않엇나."
"하지만 그는 내게 생각하라고만 가르쳐 주엇지 어떻게 행동하라군 가르쳐 주지 않엇다네.
나는 지금 그게 가지고 싶으네."
흠 막난이 파우스트
흠 막난이 파우스. (1: 133)

『기상도』의 시적 화자는 바시의 어구에서 머리를 수그린 채 바위에 앉아 있는 헐벗고 늙은 뱃사공과 마주쳐 잠깐 대화를 나눈다. 김기림이 뜬금없이 괴테를 언급하는 데는 그럴 만한 까닭이 있다. 괴테의 『파우스트』(1790, 1832)에서 주인공이 추구하는 세계는 어디까지나 이상적이고 추상적인 관념의 세계일 뿐 구체적인 현실 세계와는 거리가 멀다. 마지막 두 행에서 "흠 막난이 파우스트"라고 노래하는 것은 바로 그 때문이다. 김기림에게 '막나니(망나니)'라는 낱말은 피해야 할 대상이다. 가령 그는 영국의 신고전주의 비평가 존 드라이든에 대해서도 '망나니'라고 부른다. 드라이든은 신고주의자답게 동시대 시인들에게 고대 그리스와 로마의 시대의 고전 작품들을 전범으로 삼아 모방할 것을 가르쳤기 때문이다.

김기림은 추상적 관념 세계와 구체적인 현실 세계 사이에서 균형과 조화를 꾀하려고 하듯이 보편성과 특수성 사이에서도 조화와 균형을 모색하려고 한다. 그는 『문학개론』 서문에서 문학 현상을 시간과 공간을 초월한 '영원한 것'으로 취급하는 리처드 몰튼 같은 관념적 문학사가들과 임마누엘 칸트를 비롯한 독일의 관념철학자들을 경계한다. 『문학개론』 3장 '문학의 사회학'에서도 김기림은 "시간과 공간을 초월한 영원한 독자가 없는 것처럼 그런 작가도 없는 것이다"(3: 8)라고 거듭 말한다.

더구나 김기림은 낭만주의와 고전주의가 대립적 관계보다는 상호 보완적 관계를 맺고 있을 뿐 아니라 더 나아가 심지어 한 문학가 안에서도 공존한다고 지적한다. 이 점과 관련하여 그는 『시론』에서 "로맨티시즘과 고전주의의 투쟁은 개인의 마음에도 존재하고 있는 것을 기억할 것이다. 그래서 그 전쟁에서 작품이 생기는 것이다"(2: 110)라고 밝히기도 한다. 여기서 김기림은 '투쟁'이라는 낱말을 사용하지만 '공존'의 의미로 받아들여도 크게 틀리지 않는다. 이 두 가지가 한 문학가의 정신 속에 함께 존재하지 않고서는 아예 투쟁하지도 못할 것이기 때문이다.

이와 같은 맥락에서 김기림은 지성과 감성의 결합을 강조하였다. 20세기에 들어와 과학과 기술 문명이 발전하면서 지성에 지나치게 무게를 두는 반면 감성에는 소홀이 하는 경향이 있다. 알베르토 자코메티의 조각품에서 볼 수 있듯이 현대인은 정신에 관심을 기울이는 나머지 육체는 마른 멸치처럼 빈약하기 이를 데 없다. 육체가 빈약하다 보니 정신도 수척해질 수밖에 없다. 절충주의의 관점에서 김기림은 "비인간화한 수척한 지성의 문명을 넘어서 우리가 의욕하는 것은 지성과 인간성이 종합된 한 새로운 세계"(2: 165)라고 말한다.

여기서 인간성은 르네상스 시대 절대적 신의 권위를 무너뜨리고 쟁취한 휴머니즘을 뜻하는 동시에 인간의 감성을 뜻하기도 한다. 그런데 휴머니즘은 17세기 말엽과 18세기에 이르러 계몽주의와 신고전주의의 위협을 받고 쇠퇴했다가 18세기 말엽과 19세기 초엽에 걸쳐 낭만주의의 옷으로 갈아입고 다시 나타났다. 김기림은 "내일의 문명은 르네상스에 의하여 부과된 휴매니즘과 고전주의가 종합된 세계를 가져와야 할 것이다"(2: 165)라고 말한다.

김기림의 절충주의는 시에서 음악성과 회화성을 결합하려는 시도에서도 엿볼 수 있다. 전통적인 낭만주의 시는 정형률의 기계적인 외적 리듬을 중시하였다. 전통적인 시는 음악성을 강조한 반면 새로운 시는 회화성을 강조하였다. 그러나 김기림은 정형률의 굴레에서 벗어나 일상어에 기반을 둔 자연스러운 내적 리듬에 좀 더 무게를 둔다. 회화성을 중시하는 새로운 시 중에서도 아마 이미지즘 전통에 서 있는 작품은 첫 손가락에 꼽힐 것이다. 물론 이미지즘에서는 청각 이미지도 중요하지만 가장 핵심적 이미지는 뭐니 뭐니 하여도 시각 이미지이기 때문이다.

김기림은 의식적으로 음악성과 결별한 때부터 현대시가 시작한다고 지적한다. 그렇다고 하여 그는 시에서 음악성이 완전히 사라졌거나 불필요하다고 주장하지는 않는다. 그가 "시는 음악의 상태를 동경한다"는 월터 페이터의 말을 인용한다는 점을 눈여겨보아야 한다. 김기림은 이 유명한 말이 그동안 "시는 음악을 동경한다"는 말로 잘못 해석되어 왔다고 언급하면서 음악의 상태를 지향하지 않는 시란 거의 없다시피 하다고 지적한다. 그러면서 그는 "시에 있어서 음악성만을 고조하는 것은 병적이다. 그와 동시에 극단으로 회화성을 주장하는 것도 병적이다"(2: 107)라고 밝힌다. 한마디로 김기림에게 훌륭한 시는 곧 음악성과 회화성을 조화롭게 결합한 작품이다.

김기림은 이번에는 문학에서 내용과 형식, 주제와 기교에 대해서도 절충적인 태도를 취한다. 다시 말해서 그는 문학 작품에서 '무엇'을 말하는지 못지않게 '어떻게' 말하는지도 중요하게 생각한다. 그는 다른 예술 분야도 크게 다르지 않을 터이지만 특히 문학에서는 내용과 형식, 주제와 기교가 조화와 균형을 꾀할 때 훌륭한 작품이 탄생한다고 주장한다. 내용과 주제를 강조하는 문학이 계급주의를 내세우는 카프 진영의 프로문학이고, 형식과 기교를 소중하게 생각하는 문학이 모더니즘 문학이다. 김기림은 이 두 문학이 모두 바람직하지 않다고 생각한다.

김기림은 문학에서 내용이나 주제를 떠나서는 생각할 수 없다고 역설한다. 음악이 무도로부터 너무 멀리 떨어지면 썩고 시가 음악에서 너무 멀리 떨어지면 시들어 버린다는 에즈러 파운드의 말을 받아서 시가 의미로부터 멀리 떨어지게 되면 사멸하고 말 것이라고 주장한다. 김기림에게 '아름다운 시'란 다름 아닌 '아름다운 감성'에 '아름다운 관념의 질서'를 담아낸 것이다. 그래서 그는 문학가들이 사상적 주제와 정치적 주제를 거부해서는 안 된다고 말한다. 그러면서도 김기림은 이러한 진술에 유보를 두어 "무슨 사상이나 정치적 주제가 시에 들어올 때에는 완전히 시 속에 용해되어 한 개의 전체로서의 시의 질서에 일치되어야 한다"(2: 176)고 밝힌다. 김기림의 이 말은 이념을 전면에 내세우는 모든 문학을 염두에 둔 것임이 틀림없다.

> 생활, 그 속에서 획득한 것이 아니고 서책이나 설교에서 급속하게 얻은 '관념'이 문학에 있어서 어떻게 실패하였다고 하는 것은 프로문학의 진영에 있어서의 리얼리즘의 새로운 제창에서 우리는 그 산 교훈을 보았다. 프로문학에 있어서도 우선 필요한 것이 한 작품 속에서 관념이 부과하는 결론을 강제하기 전에 그 작가가 프롤레타리아의 눈을 획득하는 것이 아닐까. 사실 프로 작가들의 작품을 우리가 읽고 관념의[관념이] 작품 속에서 풀려 있지 못하고 날로(生硬하게) 딩구는[딩구는] 작품에서는 불쾌를 느끼고 차라리 프롤레타리아의 눈을 가지고 생생하게 그려진 작품에서는 감명을 받은 것을 기억한다. (3: 127~128)

위 인용문 뒷부분에서 "관념의 작품 속에서 풀려 있지 못하고 날로(생경하게) 딩구는 작품"이라는 구절을 좀 더 찬찬히 살펴볼 필요가 있다. 내용만 강조하고 형식으로 형상화하지 않은 작품은 숙성되지 않은 날것과 같다는 말이다. 또한 '딩군다'는 말은 내용과 형식이 포도주처럼 화학적 반응을 일으키는 대신 나무와 책상처럼 물리적 반응에 그치고 있다는 뜻이다.

이와 관련하여 김기림은 "비평가 임화 씨는 매우 솔직하고 단순한 인간학을 가지고 있다. 그의 비평의 시야에는 작품이 먼저 들어오는 것이 아니고, 계급적 화장(化粧)을 입은 작자의 얼굴이 먼저 들어온다"(3: 123)고 지적한다. 김기림은 계속하여 "거기서부터 작품에 대한 가치 판단이 아니고, 작자의 인간에 대한 무수한 판단들이 뛰어 나온다. '이것은 소부르가⋯⋯ 그러니까 사상(沙上)의 전각(殿閣)이다⋯⋯. 파산된 정신이다. 물질적으로 파산했다'는 등등하고 그는 자못 준엄하게 논고한다"(3: 123)고 비판한다. 한마디로 김기림은 임화가 지나치게 계급의식과 계급투쟁의 관점에서 문학 작품을 평가하려는 점을 못마땅하게 생각한다.

일제강점기 프로문학에 대한 김기림의 비판은 비록 강도는 줄어들었지만 일본 제국주의의 굴레에서 풀려난 뒤에도 여전히 계속되었다. 특히 그의 태도는 1951년 1월《이북통신》에 발표한 편지 형식의 「평론가 이원조 군」이라는 글에서 엿볼 수 있다. 이원조는 광복 직후에 임화, 김남천, 이태준 등과 함께 조선문학건설본부를 결성하고 조선문학가동맹에서 활동하다가 한국전쟁 이전에 월북하였다. '민족과 자유와 인류의 편에 서라'는 부제를 붙인 이 글에서 김기림은 "여천(黎泉)이 호연 북행한 뒤에 어언 4년, 그동안에도 많은 문화인들이 월북하였오"(6: 139)라고 말한다. 그는 계속하여 자신은 차라리 남한에 머물며 국제정국의 거센 회오리바람에 시달리는 한민족의 고난과 슬픔을 아로새겨 예술 속에 남겨 보려고 한다고 밝힌다. 그러면서 김기림은 문학이 정치적 목적에 이용될 수 없다고 지적한다.

문화는 아름다운 민족 생활 건설이라는 대목표밖에는 다른 아무것에도 예속시킬 수 없는 것이오. 정권 획득에 급급한 악착한 정략의 도구 같은 것이 되어서는 아니 되고 차라리 생활의 높은 이념을 밝혀 준다는 의미에서는 정략이나 목전의 이해에서 한 걸음 초월하는 점이 문화의 자주성과 존엄이 있는 줄로 아오. 당장의 필요에 맞추어 문화를 규격화하는 것은 민족 문화의 자유로운 발화(發花)와 그 창의성을 죽이는 것이 될 것이오. [⋯] 우리의 공동생활의 실감이요, 새 생활 새 문화 건설의 부동원리가 바로 민족이라는 신념은 편석촌으로 하여금 끝끝내 '계급의 시인'일 수 없게 하였으며 차라리 가난한 자 남루를 달게 견디는 그러나 영광스러운 '민족의 시인'의 길을 걷게 하는 것이었오. 이것이 예천과 편석촌이 갈리는 십자로인 것이요. (6: 139~140)

김기림은 이육사(李陸史)의 친동생인 이원조와는 여러모로 비슷한 점이 많다. 일본에 유학하여 외국문학을 전공했다는 점에서도 그러하고, 《조선일보사》 학예부에 함께 근무했다는 점에서도 그러하다. 무엇보다도 두 사람은 1930년대 조선 문단에서 시인과 비평가로 활약하던 문학 동료였다. 그런가 하면 해방 후에는 한때 조선문학가동맹에서 함께 일하던 동지이기도 하였다. 그러나 월북한 이원조와는 달리 김기림은 서울에 남아 대학 강단에서 시론을 강의하면서 후학 양성에 몰두하였다. 이렇게 한 사람은 '계급의 시인'의 길을 걸은 반면, 다른 사람은 '민족 시인'의 길을 걸었다. 김기림은 이원조에게 "부디 돌아와 우리 함께 민족과 자유와 인류의 편에 서기를 기대하오"(6: 140)라고 간곡하게 설득한다.[40]

---

40) 김기림이 이원조에게 보내는 글은 정지용이 같은 해 같은 잡지 《이북통신》에 월북한 이태준에게 보내는 글과 여러모로 비슷하다. 정지용은 "자네 좌익을 내 믿기 어렵거니와……"라고 말하면서

김기림은 문학에서 내용에 편중되는 것을 경계하듯이 지나치게 형식에 얽매이는 것에도 경계를 늦추지 않는다. 특히 형식과 기교를 극단으로 밀고나간 것이 포멀리즘이다. 물론 김기림 자신도 한때 포멀리즘에 경도된 적이 있다. 가령 1933년 《학등(學燈)》에 발표한 「전율하는 세기」에서 그는 '공포'라는 낱말의 활자 크기를 순차적으로 확대함으로써 현대 사회에서 점점 늘어가는 불안과 공포감을 한껏 강조한다. 이 해는 바로 아돌프 히틀러가 독일 수상에 선출되고 일본과 독일이 국제연맹에서 탈퇴하는 등 국제 질서가 위기를 향하여 숨 가쁘게 달려가던 시기였다. 김기림은 지나치게 특정한 이데올로기에 무게를 싣는 문학에도 경계를 늦추지 않는다. 김기림은 "단순한 외형적인 형태미에로 편향하는 포말리즘은 더욱 기형적이다. 그렇다고 의미의 곡예에 그치는 것도 부분적인 일밖에 아니 된다"(2: 107)고 말한다.

어느 문학사조보다는 문학 형식에 무게를 싣는 모더니즘은 흔히 '형식의 혁명'이라고 부른다. 모더니즘과 형식주의는 마치 시암쌍둥이처럼 서로 따로 떼어서 생각하기 무척 어렵다. 그러나 김기림은 형식만을 중시하는 모더니즘을 그렇게 탐탁하게 생각하지 않는다. 그의 이러한 태도는 "말은 언제고 수단이다. 시에 있어서도 물론 그렇다. 마치 말이 목적인 것처럼 오래되어 이 오해는 시단 30년대의 최후의 삼분지일을 시의 박제품의 야시(夜市)를 만들어 버렸다"(6: 43)는 말에서도 엿볼 수 있다. 김기림이 말하는 1930년대 말엽의 조선 시단은 두말할 나위 없이 모더니즘 운동이

"애초에 잘못할 계획이 아니었을지라도 결과가 몹시 글러지고 말았으니 지금도 늦는지 않았다. 조국의 서울로 돌아오라! 신생 대한민국 법치 하에 소설가 이태준의 좌익쯤이야 건실 명랑한 지상으로 포용할 만하게 되었다"고 말한다. 정지용, 「소설가 이태준 군 조국의 '서울'로 돌아오라」, 권영민 편, 『정지용 전집 3: 미수록 작품』(서울: 민음사, 2016), 506, 507~508쪽.

힘을 떨치던 시기였다. 이 무렵 정지용을 비롯하여 신석정, 김광균, 장만영, 박재륜, 조영출 같은 시인들이 조선 시단을 화려하게 장식하였다.

김기림은 흔히 대척 관계에 있는 것으로 간주되었던 시와 과학도 별개의 것으로도 보지 않았다. 가령 시와 문학을 대표하는 윌리엄 셰익스피어가 자리 잡고 있고, 그 반대편에는 만유인력의 법칙을 발견한 아이작 뉴턴이 버티고 서 있다. 이처럼 문학과 과학은 그동안 불과 물처럼 서로 대척 관계에 있었다. 김기림은 조선문학이 그동안 혼미에 혼미를 거듭해 온 원인 중 하나로 과학적 지식의 부족을 꼽는다.

질서는 오직 신학적인 형이상학적인 선사 이래의 낡은 전통에 선 세계상과 인생 태도를 버리고 그 뒤에 과학 위에 선 새 세계상을 세우고 그것에 알맞은 인생 태도를 새 모랄로서 파악함으로써만 얻을 수 있었던 것이다. [⋯] 우리는 드디어 시와 과학은 결코 서로 대립하고 부정하는 것이 아니고 조화할 수 있는 것임을, 또 조화해야 할 것을 깨달아야 했다. 시가 조직하고 통일할 것은 과학적 세계상에 알맞은 인생 태도일 것이다. 그래서 그것은 과학적 태도와 근저에 있어서 일치하는 것이다. (2: 32)

김기림은 새로운 질서란 형이상학적 세계관에서 벗어나 과학적 세계관을 받아들일 때 비로소 얻을 수 있다고 주장한다. 그러면서 그는 전통적인 형이상학적 시학이 시의 사실이라는 몸에 잘 들어맞지 않는 '빌려온 예복'과 같은 것이라고 밝힌다. 김기림의 지적대로 시와 과학은 얼핏 보면 대척 관계에 있는 것 같지만 실제로는 상호 보완적 관계를 맺고 있다. 궁극적으로 김기림은 삶과 문학의 통합을 지향하려고 한다.

마지막으로 김기림의 절충주의적 문학관은 그의 비평관에서 가장 뚜렷하게 엿볼 수 있을 뿐 아니라 가장 압축적으로 드러난다. 그의 비평관은 아주 복합적이어서 뭐라고 한마디로 규정짓기란 여간 어렵지 않다.

비평가는 어떤 시든지 그 시와 작자의 인간과의 관계에서도 고려할 수밖에 없이 된다. 나아가서는 그 시 속에 담긴 인간적 가치를 발견할 것이다. 더 단순하게 사상이라고 부르는 사람도 있다. 다음에 기술적 가치를 추출한다. 그래서 그의 최후의, 또 최고의 일은 이 인간적 가치와 기술적 가치가 혼연히 빚어내는 종합적인 예술적 가치를 발견하는 일이다. 그러나 그는 시 이외의 외재적 가치, 즉 정치라든지, 종교라든지, 윤리에 비치어서만 어떤 개개의 작품의 가치를 논해서는 아니 된다. (2: 181)

비평가라면 어떤 시든지 그 작품이 시인과 맺고 있는 관계를 고려해야 한다는 것은 전기비평, 좀 더 넓게는 역사비평의 태도이다. 역사비평에서는 통시적 관점에서 문학 작품을 연구한다. 학구비평에 속하는 역사비평은 작품 속에 담겨 있는 '인간적 가치'를 찾아내는 데 온 힘을 쏟는다. 인간적 가치를 발견하는 비평의 범위를 좀 더 넓히면 도덕적·윤리적 비평 방법이 될 것이다.

한편 문학 작품의 '기술적 가치'에 관심을 기울이는 비평은 두말할 나위 없이 형식주의 비평 방법이다. 김기림은 인간의 가치를 발견하되 작품을 떠나 정치·종교·윤리의 관점에서 작품의 가치를 평가해서는 안 된다고 주장한다. 이러한 태도는 형식주의의 한 갈래라고 할 신비평의 비평 방법이다. 그러나 김기림은 '인간적 가치'와 '기술적 가치', 즉 내용과 형식이 유기적으로 결합되어 빚어내는 '종합적인 예술적 가치'를 발견하는 일을 비평의 목표로 삼으로써 전일적 비평 방법에도 게을리 하지 않았던 것이다.

수사와 비평

한국의 근현대 비평가 중에서 김기림만큼 시적인 문장을 구사하는 사람도 찾아보기 쉽지 않다. 물론 시인으로서의 감수성에서 비롯한 것일 터이지만 그는 시적인 문장을 구사하는 비평가로 첫 손가락에 꼽힌다. 『문장론 신강』(1950)의 머리말에서 김기림은 "상대편에 무엇을 알리려는 데 목적이 있다든지 감동시키는 데 목표가 있다면 그 목적 목표의 과녁을 뚫도록 해야 할 것이다. […] 실속과 능률이 글의 최고의 덕이다"(4: 9)라고 말한다. 이 말은 자칫 수사적 표현을 경계하는 말처럼 들릴지 모른다. 그러나 이와는 반대로 실속과 능률을 최대한 얻기 위해서는 적재적소에 수사적 표현을 사용해야 한다는 의미로 받아들여야 한다.

가령 「코스모포리탄 일기」의 한 문장은 이러한 경우를 보여주는 더할 나위 없이 좋은 예다. 편도선으로 앓아누워 있던 김기림은 경성을 떠날 결심을 하고 트렁크를 꺼내어 짐을 꾸린다. "오후 들창을 여니 한길에서는 눈이 휘날리고, 길 건너 살구나무 뼈만 남은 가지들이 앙앙 운다"(5: 422). 과일나무가 으레 그러하듯이 살구나무도 한겨울이 되면 나뭇잎이 모두 떨어지고 가지만 앙상하게 남는다. 그러나 김기림이 앙상한 가지를 짐승의 뼈에 빗대고 바람에 흔들리는 소리를 어린아이가 '앙앙' 우는 것에 빗대는 것이 여간 놀랍지 않다.

이러한 의인법은 김기림의 여러 글에서 쉽게 찾아볼 수 있다. 가령 '어린 꿈이 항행하던 저 수평선'이라는 부제를 붙인 「인제는 늙은 망양정(望洋亭)」에서 그는 "서북으로 바라보이는 측후소가 마스트에 붉은 기(旗)발이 휘날리는 날은 성낸 파도가 이리떼처럼 모여와서 단애(斷崖)의 허리까지 기어오르며 짖는다"(5: 320)고 말한다. 성난 파도가 마치 성난 '이리떼처럼' 달려들어 깎아 세운 듯한 낭떠러지 중간 부분까지 '기어오르며 짖는다[짖는다]'는 표현은 무척 구체적이어서 마치 눈앞에 직접 보는 듯하다.

김기림은 또 다른 수필 「주을 온천행」에서도 "천사가 흘리고 간 헝겊인 듯 봉우리 위에 가볍게 비낀 백옥보다도 흰 엷은 구름조각"(5: 268)이라느니, "순결한 자연 속에서 쓰레기처럼 동떨어진 내 몸의 더러움"(5: 268)이라느니 하고 말한다. 하늘에 둥둥 떠 있는 흰 구름을 천사가 흘리고 간 헝겊에 빗대고, 티 없이 순수한 대자연 속에 있는 자신을 세속에서 굴러들어온 쓰레기에 빗대는 솜씨가 무척 뛰어나다. 만약 서양 기독교의 천사가 아니라 동양의 전설에 나오는 선녀에 빗댔더라면 금상첨화였을 것이다. 이러한 수사적 표현은 「앨범에 붙여둔 노스탈자」에 이르러 더더욱 빛을 내뿜는다.

고향이여, 너처럼 잔인한 애인이 어디 있을까. 천 리 밖에 두고 생각하면 애타게 그립다가도 정작 만나고 보면 익지 않은 수박처럼 심심하기 짝이 없고 하루 바삐 앨범 속에 붙여두고 싶은 너임을 어찌하랴. 블란케트(毛布)처럼 부드러운 금잔디가 산꼭대기로부터 개천가까지 곱게 깔려 있고 앞동산의 치맛자락을 적시면서 맑은 시냇물이 진주와 같은 소리로 알 수 없는 자장가를 굴리며 모래 방천(防川) 위에서는 수양버들들이 긴 머리카락을 바람에 맡겨서 흐느끼는 곳—그곳이 나의 고향—어린 시절의 푸른 꿈이 잠들고 있던 나의 요람이었답니다. (5: 302)

앞에서 수필 「길」을 산문시에 빗대었지만 산문시로 말하자면 위 인용문도 크게 다르지 않다. 위 두 단락을 읽고 있노라면 온갖 비유법이 화려한 향연에 초대받은 느낌이 든다. 예를 들어 첫 문장 "고향이여"부터가 돈호법이다. 초호법(招呼法)으로도 일컫는 이 기법은 사람이나 사물의 이름을 불러 주의를 환기시키는 수사법이다.

더구나 "익지 않은 수박처럼 심심하기 짝이 없고"니, "블란케트처럼 부드러운 금잔디"니, "진주와 같은 소리"니 하는 구절은 직유법이다. 그런데 직유법은 하나같이 진부하지 않고 무척 신선하다. 심심한 것을 익지 않은 수박에 빗대는 것도, 금잔디를 부드러운 서양 모포에 빗대는 것도 새롭다. "옥쟁반에 진주 구르는 듯한 목소리"라는 직유법은 자주 사용하여도 시냇물 소리를 진주에 빗대는 것은 그다지 흔하지 않다. 맑은 시냇물이 "앞동산의 치맛자락을 적시면서"라는 구절은 풀밭의 끄트머리를 치맛자락에 빗대는 은유법이다. 또한 가느다란 수양버들 가지를 '긴 머리카락'에 빗대는 것도, 어린 시절의 추억이 어린 고향을 '요람'에 빗대는 것도 은유법이기는 마찬가지다.

한편 보고 싶은 고향의 모습을 "앨범 속에 붙여두고 싶은 너"라고 말하는 것도, 맑은 시냇물이 '알 수 없는 자장가'를 부른다고 말하는 것도, 수양버들이 바람을 맡고 우울한 소리를 내는 것을 '흐느낀다'고 표현하는 것도 하나같이 의인법이다. 그런가 하면 "잔인한 애인"은 서로 대립적인 개념을 한데 묶어 독특한 효과를 빚어내는 모순법이다. '푸른 꿈'은 잠을 자면서 겪는 일련의 영상, 소리, 생각, 감정 등의 느낌을 색깔의 시각 이미지로 표현하는 일종의 공감각이다.

물론 김기림의 수사적 문장은 비단 수필에 그치지 않고 비평문에서도 쉽게 엿볼 수 있다. 예를 들어 "우리의 눈앞에 어른거리는 뭇 형이상학적 환영을 물리치려고 하는 것은……"(2: 13)이라느니, "오늘의 시는 또한 문학상의 망명처가 되도록 적당한 밀림은 아니다"(2: 27)라느니 하는 문장이 그러하다. 또한 그가 말하는 '형이상학적 강당 미학이나 시학'에 대하여 그는 "시에 대해서 말하면서도 시의 사실과는 잘 들어맞지 않는 빌어온 예복이었다"(2: 27)고 말한다. 그런가 하면 "세상에는 괴상한 망령들이 운율의 제복을 입고는 시라고 자칭하면서 대도를 횡행한다. 그때 시신(詩神)은 아마도 그들의 부엌에서 슬프게 울는지 모른다"(2: 105)고 밝힌다.

김기림이 구사하는 이러한 수사는 '상아탑의 비극' 중 「근대시의 조종」에서도 단적으로 엿볼 수 있다. 그는 "나 먹은 매춘부여, 인제는 분칠하는 것을 그만두어라. 어떠한 화장도 너의 얼굴 위의 주름살을 감출 수는 없을 것이다"(2: 318)라고 말한다. 여기서 늙은 매춘부란 감상적인 색채가 짙은 낭만주의 전통의 근대시를 가리킨다. 실제로 이러한 예는 하나한 언급할 수 없이 아주 많다. 또한 김기림은 『시학』의 마지막 장 「속 오전의 시론」에서도 "애상, 비탄, 제읍, 절망, 단념, 그것들은 허무의 나래 밑에서 길러난 얼마나 잔약한 병든 병아리들이냐"(2: 177)라고 말한다. '병든 병아리들'이란 1920년대 초 예술의 순교자를 자처하고 병적인 낭만주의를 부르짖으며 나타난《백조》동인들을 말한다.

물론 어쩌다 김기림의 글에는 외국어를 흉내 낸 듯한 표현도 없지 않다. 그는 『문체론 신강』의 머리말에서 "무엇보다도 글은 말에 기초를 둔, 즉 어문일치의 문체를 확립하는 동시에 글의 기재 방식을 우리말에 가장 잘 맞는 쉽고 합리적이오 쓸모 있는 우리 글로 통일하는 것"(4: 10)이 해결해야 할 당면 과제라고 밝힌다. 그러나 김기림의 비평문과 수필에는 이러한 주장과 잘 맞아떨어지지 않는 문장이 더러 있다.

가령 "우리는 그러나 여기서 시의 본질이라든지……"(2: 21), "시는 그리고 생활의 배설물이다"(2: 296), "비평가란 그러므로 40퍼센트의 과학자와……"(2: 272), "회화적인 사상파는 그리해서 흄의 이론의 온상에서……(2: 69) 등은 이러한 경우를 보여주는 좋은 예로 꼽을 만하다. 물론 영어를 비롯한 몇몇 서양어에서는 '그러나', '그리고', '그러므로', '그리해서' 같은 접속사를 문장 안에 삽입구로 사용하기도 한다. 한국어 어법에서 접속사는 문장 중간이 아니라 문장 맨 앞에 오는 것이 관례다. 특히 문장과 문장을 연결해 주는 등위 접속사는 더더욱 그러하다.

더구나 김기림은 한국어로 글을 쓸 때는 한국어에 "가장 잘 맞는 쉽고 합리적이고 쓸모 있는" 기재 방식을 사용할 것을 주장하면서도 실제로는 그러하지 못할 때가 가끔 있다. 가령 "사실 일세를 횡행하던 너무나 로맨틱한 센티멘탈한 망국적인 리듬은 지적인 투명한 비약하는 우리의 시대와 함께 뛰놀 수 없었다"(2: 81)는 문장은 이러한 경우를 보여주는 더할 나위 없이 좋은 예다. 이 문장의 주어 '리듬'을 수식하는 형용사나 형용사구가 염주 알처럼 길게 나열되어 있어 그 의미를 쉽게 헤아리기란 여간 어렵지 않다. ① '일세를 횡행하던', ② '너무나 로맨틱한' ③ '센티멘탈한', ④ '망국적인' 같은 수식어의 덤불을 가까스로 헤치고 나서야 '리듬'이라는 나무가 보인다. 이 점에서는 문장 후반부도 마찬가지여서 ① '지적인',

② '투명한', ③ '비약하는', ④ '우리의' 같은 일련의 수식어를 통과해야만 비로소 '시대'라는 명사에 이를 수 있다.

그런가 하면 김기림은 까다로운 한자나 한문투 문장을 사용하는 것을 '중국식 도금칠한 말치레'로 충실한 의미 전달에는 오히려 방해가 된다고 지적한다. 또한 그는 "진리는 소박할수록 좋다. 진리로 하여금 우리 곁에서 마음 놓고 숨 쉬게 하며, 수월한 말로 서로 말을 건너게 하자"(4: 11)고 제안한다.

그러나 때로는 이 말이 자칫 공허하게 들린다. 예를 들어 '액추얼'이라는 영어를 괄호 안에 적기는 하지만 '現動的'이라는 한자나 가톨릭을 뜻하는 '加特力'을 알아차릴 독자는 그다지 많지 않을 것이다. '假構', '孤壘', '橫溢', '守直', '領野', '會得', '斥' 같은 한자어는 적어도 젊은 세대 독자들에게 사뭇 낯설다. 이 밖에도 "육색(肉色)을 애완(愛翫)하는 버릇", "제국주의 진탕(震蕩)의 희생", "우리가 효망(曉望)하는", "유누(遺漏) 없는 복리 위에", "기술만의 풍양(豐穰) 속에", "가람(伽藍)의 원정(圓頂)으로써" 같은 구절도 한자를 잘 모르는 독자들에게는 그야말로 그림의 떡일 뿐이다. "너무나 지상적인 청복(青服)의 세계"는 무슨 뜻이고, "듣기 친근한 고혹(蠱惑)을 느낀다"는 무슨 뜻인가? 또한 "예술의 돈좌(頓挫)"와 "안주(安住)의 지(地)" 같은 표현도 한국어로 쉽게 풀어서 사용했더라면 독자들이 훨씬 쉽게 그 의미를 파악할 수 있을 것이다. 김기림이 사용하는 한자는 중국에서 유래한 한자가 대부분이지만 한국어이나 일본에서만 통용되는 한국어 한자나 일본어 한자도 적지 않다.

이와 함께 김기림이 사용하는 외국어 용어의 혼란도 지적할 수 있다. 가령 그는 '이미지'를 '영상(映像)', '심상(心像)', '사상(寫象)' 등으로 사용하고 있어 여간 헷갈리지 않는다. 물론 아직 유럽이나 미국에서 들어온 개념의 번역어가 정착되지 않은 탓도 있을 것이다. 그래도 가장 적절하다고 판단되는 용어 하나를 일관되게 사용했더라면 독자의 혼란은 훨씬 줄어들었을 것이다.

영문학을 전공하여 그러하겠지만 김기림의 문체에서는 구수한 된장 냄새가 나기도 하지만 때로는 버터 냄새가 짙게 풍긴다. 그가 가끔 사용하는 "말의 엄정한 의미에서"나 "언어의 가장 엄밀한 해석에 의하면"은 영어 "in the exact/true sense of the word"를 직역한 표현으로 한국어로는 어색하다. 영어 표현이기는 하여도 차라리 "엄밀한 의미에서"나 "엄밀히 말해서"라고 하는 쪽이 훨씬 더 한국어답다.

한자나 영어 같은 서구어를 떠나 김기림의 문장에는 한국어 구사에서 비롯하는 어려움도 있다. "어떠한 점으로 보아 더 복잡다단하고 굴곡이 많은 현대문명은 그것에 적합한 시의 형태로서 차라리 극적 발전이 가능한 장시를 환영하는 필연적 요구를 가지고 있는 것처럼 보이기도 한다"(2: 100~101)는 문장을 한 예로 들어보자. 한자나 영어 같은 서양어가 없는데도 문장의 뜻을 헤아리기란 무척 어렵다. 웬만한 문해력이 있는 독자라도 한두 번 읽어서는 그 뜻을 쉽게 파악할 수 없다.

김기림의 비평적 파산

김기림의 문학은 1945년 8월 해방을 분수령으로 크게 달라졌다. 낙향을 구실로 《국민문학》과도 거리를 둔 채 일제의 황국 식민화 정책에 협조하지 않던 그는 일본이 패망한 뒤에는 시작과 비평 활동 모두에서 놀라운 변화를 보여주었다. 그야말로 '도둑처럼' 살며시 찾아온 조국 해방과 혼란스러운 분위기는 비단 정치 분야에 그치지 않고 문학 분야에도 큰 영향을 끼쳤다. 카프가 1935년 전주 사건으로 강제 해산된 뒤 카프의 소장파 핵심 인물이었던 임화와 김남천 등은 태평양 전쟁이 끝나자마자 곧바로 조직을 다시 정비하기 시작하였다. 그들은 먼저 조선문학건설본부를 결성한 뒤 그것을 모체로 다른 단체를 산하 단체로 규합하여 조선문화건설중앙협의회로 발전시켰다.[41]

조선문학건설본부는 좌파 계열이 주도권을 잡기는 했지만 종전 직후여서 남북 분단이나 좌우익 대립이 아직은 그렇게 첨예하게 가시화되지는 않았다. 더구나 건설본부도 좌파 색깔을 지나치게 드러내지 않은 채 범문단적 성격을 내세우는 전략을 택하였다. 친일 행적이 두드러진 문인들을 제외하고는 좌파와 우파 구분 없이 다수의 문학인들이 가담할 수 있도록 하였다. 그러나 회원 중에는 건설본부의 이러한 개량적 노선과 관대한 친일 행적 처리에 불만을 품는 사람들이 생겨났고, 전주 사건으로 구속되었던 송영과 이기영과 박세영(朴世永), 한효(韓曉) 등이 9월 조선프롤레타리아문학동맹을 조직하여 떨어져 나갔다.

문학동맹은 조선문화건설중앙협의회처럼 조선음악동맹과 조선미술동맹 같은 다른 예술 분야 단체를 포섭하여 다시 조선프롤레타리아예술가동맹을 결성함으로써 조선문학건설본부를 압박하였다. 그러나 조선공산당 지도부에서는 과격한 투쟁의식이나 계급의식을 내세우기보다는 내

<hr />

41) 백기완, 송건호, 임헌영, 「해방 후 한국문학의 양상 2: 좌우파 각종 문학 단체의 혼립」, 『해방전후사의 인식 1』(서울: 한길사, 2004), 503~510쪽.

부적 단결을 확고히 하는 운동 방법이 당대 상황에서 전략적으로 유리하다고 판단하였다. 그래서 조선공산당의 지시에 따라 조선문화건설중앙협의회와 조선프롤레타리아예술동맹이 조선문학동맹으로 통합되었다.

이렇게 조선문학동맹으로 통합되는 데는 그동안 항일 무력운동의 가능성을 탐색하던 중 조선의용군이 주둔하던 옌안(延安)으로 머물다가 해방과 함께 귀국한 김태준(金台俊)이 주도적인 역할을 맡은 것으로 알려져 있다. 그로부터 세 달 뒤인 1946년 2월 조선문학동맹은 조선문학자대회에서 조선문학가동맹으로 이름을 바꾸었다. 2월 8~9일 열린 제1회 전국문학자대회는 좌익 계열의 문인들이 주도했지만 중도파 문인들도 참석하였다. 이 대회에 참석한 120여 명의 문인은 민족문학 건설을 문학운동의 기본노선으로 채택하였다.

여기서 잠깐 이 전국문학자대회에 대한 문학가동맹 중앙집행위원회 서기국의 태도를 살펴볼 필요가 있다. 서기국에서는 이 대회를 "조선문학 유사 이래 처음으로 전국의 문학자가 일당(一堂)에 모히어 자기의 과제를 통의한 회합으로서 분명히 역사상에 기록될 것이다"라고 자못 큰 의미를 부여한다. 그러면서 대회야말로 일본 제국주의 지배의 잔재에 대한 청산일 뿐 아니라 조선의 근대문학 그 자체에 대한 청산이 되는 것이오 동시에 일로부터 건설될 조선문학의 성격 급 방향에 대한 대담한 그러나 확실한 예견의 설정으로서 의의를 갖은 것이다"라고 주장한다.[42]

---

42) 조선문학가동맹 편, '서(序)', 『건설기의 조선문학』(서울: 조선문학가동맹 중앙집행위원회 서기국, 1946), 쪽수 없음. 또한 편집자는 "민주주의 세계의 승리만이 조선문학의 전도에 자유와 발전을 약속한다는 산 증표를 우리는 이 대회에서 보고나 연설을 충분히 감지할 수 있었다"는 주장한다. 그런데 이 대회에서 보고나 연설을 한 임화, 김남천, 이원조, 한효, 권환, 박세영, 김태준, 이태준, 김기림, 김영건, 김오성 등은 카프에서 활동했거나 해방 이후에 좌익 편에서 활동한 문인들이라는 점을 염두에 둘 때 적잖이 공허하게 들린다.

그런데 조선문화건설중앙협의회는 조선문학가동맹을 조직하면서 구인회 회원들을 끌어들였다. 중앙협의회의 회장과 서기장을 각각 맡던 임화와 김남천이 그들을 끌어들이는 데 사용한 전략이 바로 스페인 내전에서 사용한 인민전선 운동이었다. 1930년대에 접어들면서 유럽을 비롯한 세계 여러 나라에서 파시즘이 본격적으로 힘을 얻기 시작하자 이에 대한 대응으로 코민테른은 1935년 6월 모스크바에서 개최된 제7차 세계 공산당대회에서 반파쇼 투쟁을 당면 목표로 삼았다. 기존의 혁명 정책 노선을 일시적으로나마 포기하고 사민주의자와 독자적인 사회주의자, 자유주의자 같은 혁신주의 정치 세력들과의 연계를 모색하기로 결정하였다. 다시 말해서 공동의 적과 싸우기 위해서는 공산당 외의 여러 정당이나 사회단체, 개인들과 손을 잡는 전략이었다.

  해방 후 임화는 김남천과 이원조 등과 함께 남로당의 지도자인 박헌영(朴憲永)에게 접근하여 문학과 문화 부문의 총책임자가 되었다. 그들은 인민전선 전략에 따라 구인회 회원들에게 접근하였다. 그들은 조선문화건설중앙협의회를 발전적으로 해체한 뒤 적어도 표면적으로는 카프 계열과 구인회 계열의 이원 체제로 문화 전선을 구축하려고 하였다. 이 무렵 문단에서 숨 가쁘게 돌아가던 상황을 잘 알고 있던 이활은 당시 상황을 이렇게 밝힌다.

  그러기 위해서는 과거 프롤레타리아 리얼리즘을 창작 방법으로 인정하지 않았더라도 이를 적극적으로 반대하지 않은 휴머니스트의 작가 내지는 동반자 작가들을 포섭하여 문학가동맹에 포용함으로써 문학가동맹을 공산당 작가, 시인 + 동반자 작가 내지는 휴머니스트계의 작가들이 총망라된 동맹체로 만든다는 것이었다. 이렇게 되면 임화 계열의 문학 세력은 임화, 김남천, 이원조 산하의 시인, 소설가들과 이태준의 구인회 멤버들을 합친 세력으로 팽창하게 되어 이기영, 박세영 등의 프롤레타리아 리얼리즘의 골동품들을 쉽사리 일패도지(一敗塗地)에 몰아넣을 수가 있는 것이다.[43]

위 인용문에서 '프롤레타리아 리얼리즘'이란 카프 작가들이 사용하던 사회주의 리얼리즘 또는 프롤레타리아 사실주의를 말한다. '휴머니스트의 작가들'이란 구인회를 비롯한 단체나 민족주의 계열 단체에 속한 작가들을 일컫는다. 이활의 주장처럼 온건파 임화와 김남천이 주축이 된 조선문학건설본부는 강경파 민촌(民村) 이기영(李箕永)과 박세영, 송영 등의 '프롤레타리아 리얼리즘의 골동품들'을 여지없이 패배로 몰아넣을 계획을 세웠는지 모른다. 그러나 카프의 두 진영이 결국 조선문학동맹으로 일원화되면서 그들의 계획은 유명무실해질 수밖에 없었다. 이활에 따르면 임화는 이러한 카프의 복잡한 집안사정 이야기는 모두 감추고 오직 해방 조국의 새로운 문화 창달의 명분을 내세워 이태준에게 구인회의 협력을 설득하였다.

프롤레타리아 리얼리즘과 휴먼 리얼리즘은 적대할 아무런 이유도 없지 않소? 해방된 나라는 친일 문학을 제외한 모든 문학 유파의 참가로 문화의 꽃을 피워야 할 역사적 상황에 놓여 있소. 우리와 구인회를 주축으로 인민전선 형태의 협력을 합시다. 이 약속을 실현하지 않으면 우리의 문화계는 사분오열의

---

43) 이활, 『정지용 · 김기림의 세계』, 282~283쪽. 임화가 이태준에게 한 말을 이활이 얼마나 정확하게 옮겼는지는 알 수 없다.

불행을 겪게 됩니다. [⋯] 더군다나 나를 비롯해 원조나 남천, 모두가 우리의 해방을 공산혁명 단계로 보지 않습니다. 우리는 해방을 민주주의에 사회주의를 가미한, 이를테면 진보적 민주주의의 단계로 봅니다.[44]

임화가 이태준에게 했다는 말을 이활이 얼마나 정확하게 옮겼는지는 알 수 없지만 표현은 조금 다를 수 있어도 기본 취지는 아마 크게 다르지 않을 것이다. 여기서 "우리와 구인회를 주축으로"라는 구절을 좀 더 주목해 볼 필요가 있다. 조선문학가동맹의 중앙집행부 위원장에 홍명희, 부위원장에 이기영과 한설야와 이태준, 서기장에 권환(權煥)이 뽑혔다. 또한 문학 장르 별로 소설 분과, 시 분과, 평론 분과, 희곡 분과 위원회를 두고, 농민문학, 아동문학, 고전문학 위원회를 설치하였다. 조선문학가동맹은 조선문화단체총연맹에 가입하고, 서울지부를 시작으로 각 도에 지부를 건설해 조직을 확대해 나갔다.

그런데 이태준이 조선문학가동맹 부위원장에 뽑힌 것은 구인회를 문학가동맹에 끌어들이기 위한 일종의 전략이었다. 또한 시 분과 위원장에 김기림을, 아동문학 분과 위원장에 정지용을 앉힌 것도 그러한 전략의 일환이었다. 물론 정지용이 시 분과 위원장을 맡지 않고 김기림이 그 자리를 맡은 것이 자못 의외라면 의외다. 이 점에 대하여 이활은 당시 김기림이 "엉거주춤한 상태에서 이원조 등의 유인으로 문학가동맹 시분과 위원장에 눌러 앉아『새노래』에 이르는 길을 더듬게 된다"[45]고 밝힌다. 김기림의 성격으로 미루어보아 이러한 단체에 가입하기를 주저했을 것이고, 이

---

44) 위의 책, 283쪽.
45) 위의 책, 284쪽.

러한 그를 설득하려고 정지용의 양해 아래 그에게 시 분과 위원장을 맡도록 했을지 모른다.

이활이 『새노래』를 언급하는 데서 엿볼 수 있듯이 이 시집을 분수령으로 김기림의 시 세계는 해방 전과 해방 후로 크게 달라진다. 시집 후기로 쓴 「새노래에 대하야」에서 그는 일찍이 그가 그토록 싫어 하는 센티멘털 낭만주의의 홍수에서 시를 건져놓고 보니 청결하지만 피가 흐르지 않는 미라와 같았다고 고백한다. 그러면서 김기림은 "시의 소생을 위하야는 역시 사람의 흘린 피와 더운 입김이 적당히 다시 서껴야 했다"(1: 264~265)고 밝힌다.

여기서 김기림은 왜 '다시'라는 부사를 사용할까? 그는 아마 1925년 대 중엽에서 1930년대 초엽의 조선 문단을 휩쓸었던 카프의 계급주의 문학을 염두에 둔 것 같다. '흘린 피'와 '더운 입김'이라는 표현을 보면 더더욱 그러한 생각이 든다. 『새노래』에 수록된 작품을 『태양의 풍속』이나 『기상도』에 수록된 작품과 비교해 보면 같은 시인의 작품이라고는 생각되지 않을 만큼 편차가 무척 크다. 가령 「눈짓으로 이해하는 전선」은 이러한 경우를 잘 보여주는 좋은 예이다.

손을 버리자
자유 찾는 불ㅅ길이 이는 곳마다
우리들의 동무는 있다.
말이 아니라
눈짓으로 이해하는
전선(戰線)이 있다. (1: 229)

첫 연에서는 임화와 김남천 등이 구인회를 비롯한 단체를 조선문학가동맹에 끌어들이기 위하여 사용하던 인민전선 전략을 읽을 수 있다. 이 작품의 시적 화자는 자유를 찾는 불길이 있는 곳이라면 그 어디든 정치적 견해를 조금 달리하여도 일단 손을 벌려 자신의 편으로 만들자고 제안한다. 셋째 행의 '동무'는 "동무 따라 강남 간다"라는 속담에서 말하는 친한 친구라는 뜻보다는 오히려 사회주의 혁명을 위하여 함께 싸우는 동료의 뜻이다.

그러나 이 작품에서 더욱 문제가 되는 것은 "말이 아니라 / 눈짓으로 이해하는 / 전선이 있다"라는 마지막 세 행이다. 여기서 '눈짓'이라는 낱말에 주목할 필요가 있다. 눈짓은 두말할 나위 없이 '몸짓'과 함께 비언어적 커뮤니케이션을 위하여 사용하는 신체언어다. 그런데 눈을 움직여서 상대편에게 어떤 뜻을 전달하거나 암시하는 눈짓은 긍정적 의미보다는 부정적 의미가 훨씬 더 크다. 가령 구약성경을 보더라도 "건달과 악인은 눈짓과 발짓과 손짓으로 서로 신호를 하며, 그 비뚤어진 마음으로 항상 악을 꾀하며, 싸움만 부추긴다"(「잠언」 6장 13~14절)는 구절이 나온다.

김기림은 그동안 『시학』과 『시의 이해』를 비롯한 여러 저서에서 시란 언어의 한 형태니 언어로 축조한 건축물이니 하고 입에 침에 마르도록 말해 왔다. 그런데 지금 와서 그는 '말' 대신 '눈짓'으로 의사소통하는 전선이 있다고 지적한다. 자칫 시인으로서 지금까지 주장해 온 시를 포기했다는 말로 들린다. 아니면 인민전선 같은 운동은 시가 아닌 은밀한 동작으로 이루어져야 한다고 말하는지도 모른다. 어느 쪽으로 해석하든 김기림의 문학관은 그 이전과는 크게 달라졌음이 틀림없다. 이렇게 달라진 그의 태도는 「인민공장에 부치는 노래」에서 좀 더 뚜렷이 드러난다.

검은 연기를 올려

은하(銀河)라도 가려 버려라

그러나 새ㅅ별만은 남겨 두어라

창마다 뿜는 불길은

어둠을 흘기는 우리들의 눈짓 (1: 226)

김기림이 작품 제목에서 사용하는 '인민공장'은 인민이 직접 운영하는 공장을 말한다. '동무'와 마찬가지로 사회주의 냄새를 짙게 풍기는 이 '인민'은 '자본가'와는 대척점에 있는 '노동자 농민'을 말한다. 일제가 남기고 갔거나 해방 후 새로 지은 공장의 주인은 이제 자본가가 아니라 노동자라는 뜻이 함축되어 있다. 김기림은 새 시대의 새 나라의 주인이 된 인민과 그들의 일터를 한껏 노래하고 있다.

그런데 시적 화자는 도대체 왜 "그러나 새ㅅ별만은 남겨 두어라"라고 말할까? 여기서 '샛별'은 과연 무엇을 두고 말하는 것일까? 비록 김기림은 어쩔 수 없이 시대와 타협했지만 시와 문학이 지켜내야 할 마지막 보루를 뜻하는 것일지도 모른다. 그러나 은하를 가려 버린 채 샛별이 이렇다 할 의미가 없듯이 예술성을 잃어버린 시도 별다른 의미가 없을 것이다. 이 점에서는 둘째 연의 "창마다 뿜는 불길은 / 어둠을 흘기는 우리들의 눈짓"도 마찬가지다. 언어를 잃고 눈짓만 남은 시는 시로서의 존재이유가 없을 것이다.

이렇듯 김기림은 『새노래』에 이르러 시인으로서 날개를 잃은 새와 같은 신세가 되다시피 하였다. 그래서 이활은 "노래의 개념에서 포퓔리즘으로 전락한 기림의 시는『새노래』에 이르러 완전히 시, 그것도 현대시의 자격을 스스로 뮤즈에게 반납하고, 프롤레타리아 리얼리즘의 계단을 밟아 내려간다"[46]고 주장한다. 김기림이 「새노래에 대하여」에서 "세속의 행렬에서는 가장 뒤떨어진 곳에 정신의 무거운 부담을 끄은 채 시대의 거센 물굽이를 간신히 헤치고 나갈밖에 없다"(1: 264)고 말하는 것을 보면 어쩌면 그 자신도 시인으로서 파산 상태에 이른 것을 깨달은 듯하다.

김기림은 좌파 문단에 협력했지만 본질에서는 해방 이전의 문학관에서 완전히 벗어날 수 없었다. 앞에서 인용한 두 시 작품에서도 볼 수 있듯이 그의 태도는 오장환이나 여상현과는 사뭇 달랐다. 김기림은 건강하고 희망에 찬 새 사회와 새 나라 건설을 꿈꾸면서 그것에 대한 동경을 노래할 뿐 계급주의의 깃발을 내걸고 자본주의 타도를 부르짖거나 유산 계급에 대한 적개심을 드러내지는 않았다. 「피에로의 독백」에서 그는 "한 사람의 시인은 일생에 한 개의 시를 계속해 쓰고 있는 것이다"(2: 299)라고 말한다. 그러나 해방 후 달라진 그의 시를 보면 이 말이 적잖이 공허하게 들린다.

해방을 분수령으로 크게 달라진 것으로 말하자면 김기림의 비평관도 시 못지않다. 해방 후 그가 발표한 비평문에서 눈여겨볼 만한 글은『시론』의 4부 '우리 시의 방향'에 실려 있는 네 편의 글이다. ① 「우리 시의 방향」, ② 「공동체의 발견」, ③ 「『전위 시인집』에 부침」, ④ 「시와 민족」이 바로 그것이다. 항목 ①은 1946년 2월 8일 전국문학자대회에 참석하여 발표한 강연이다. 항목 ②는 1946년 7월《문학》에 「시단 별견(공동체의 발견)」이라는 제목으로 발표한 글이다. 항목 ③은 1946년 10월《경향신문》에 「새로운

---

46) 위의 책, 388쪽.

시의 생리: 일련의 새 시인에 대하여」라는 제목으로 발표한 글이다. 항목 ④는 1947년《신문화》에 같은 제목으로 발표한 글이다. 이 밖에도 1947년에 김기림은 설정식의 시집『포도』(1948)에 관한 서평인「분노의 미학」, 「I. A. 리처즈 논」, 「시와 민족」, 「T. S. 엘리엇의 시」, 「시조와 현대」 등을 발표하였다. 1950년 6월 납북될 때까지 김기림은 10여 편의 수필과 시국 관련 글, 「학생과 연애」 같은 교양적인 글을 발표하기도 하였다.

해방을 맞은 지 일 년 가까이 지난 시점에서 쓴「공동체의 발견」에서 김기림은 시민들이 이렇다 할 어지러움을 느끼지는 않았지만 새로운 시대를 어떠한 정신 자세로 맞이할 것인가를 두고 고민해 왔다고 밝힌다. 그에 따르면 해방 정국에서 무엇보다도 시급한 문제는 "자기의 정신을 새로운 시대에 향하여 어떻게 초점을 맞출 것인가. 그의 신념을 시대의 거센 조류의 어느 곳에 뿌리박을 것인가"(2: 144) 하는 것이다. 김기림은 한민족 사이에 싹튼 공동체 의식이야말로 해방이 가져다준 가장 소중한 선물이요 보화라고 지적한다. 이러한 공동체 의식, 즉 "민족적인 감각과 감정과 의식의 발로"는 그가 '해방 시'로 일컫는 작품에서 가장 뚜렷하게 드러난다. 김기림은 앞으로 이러한 해방 시를 시인의 새로운 재산으로 한층 더 발전시켜 나아가 해야 한다고 주장한다.

해방 시와 관련하여 김기림은 1920년대 말엽과 1930년대 초엽 경향파 시를 주도했거나 그 영향을 받고 자라온 젊은 시인들이라고 지적한다. 그는 1946년 조선문학가동맹이 기획하여 펴낸 해방기념시집『횃불』같은 시집에서 활약한 시인들이 바로 해방 시의 주역이라고 주장한다. 이 시집에는 박세영, 권환, 조영출, 김용호(金容浩), 박아지(朴芽枝), 박석정(朴石丁), 송완순(宋完淳), 윤곤강(尹崑崗), 이주홍(李周洪), 이찬(李澯), 이흡(李洽),

조벽암(趙碧巖), 박승극(朴勝極) 등 12명의 시인의 작품이 수록되어 있다.

1945년 우익 문화 단체인 중앙문화협회에서 해방의 감격을 노래한 『해방기념시집』과는 달리 『햇불』은 계급적 관점에서 8·15 해방을 재해석하고 새로운 해방 투쟁을 전개하기 위한 문학적 실천 행위로 발간한 시집이다. 시집의 제목에서도 엿볼 수 있듯이 이 시집에 실린 작품들은 해방 투쟁에서 노동자 농민 계급의 혁명적인 역할을 강조한다. 박세영은 「순아」에서, 박아지는 「심화(心花)」에서 각각 일제강점기 민중들이 겪은 고난과 시련과 함께 해방과 더불어 고국에 돌아온 귀환을 노래한다. 권한은 「어서 가거라」에서 민족 반역자와 친일 분자에게 "동녘 하늘에 태양이 다 오르기 전에 / 이 날이 어느듯 다 새기 전에, / 가거라 어둠의 나라로 / 머언 지옥으로!"라고 자못 분노의 목소리로 노래한다.

한편 김기림은 유럽의 영향을 받은 모더니즘이나 주지주의 계열의 시에 대해서도 언급한다. 그는 먼저 "과거에 구라파의 새로운 시를 민감하게 섭취하고 있던 말하자면 주지주의 계열의 시인들은 어쩌고 있는가"(2: 145)라고 묻는다. 그러고 난 뒤 곧바로 그는 "자연 발생적인 민족 감정은 그들의 세계의식에 일정한 논리적 과정을 거쳐 정착해야 하고 또 공동체의 의식은 지성을 거쳐서는 이미 들어왔으나 생활의 체험으로는 근거는 아직도 갖추지 못했다"(2: 145)고 진단한다. 김기림이 모더니즘이나 주지주의 시인들에게 민족 감정이 정착했다고 말하는 것인지, 아니면 아직 정착하지 못했다고 말하는 것인지 그 의미가 분명하지 않다. '정착해야 하고 ~'라고 말하는 것을 보면 아무래도 후자 쪽으로 받아들여야 할 것 같다.

그러나 김기림은 지성의 소유자인 만큼 주지주의 시인들에게는 공동체 의식이 이미 형성되었다고 밝힌다. 다만 구체적인 생활 체험으로까지 이르지는 못했다고 지적한다. 김기림은 이런 절반의 성공에 대하여 "오장환 씨의 괴로운 몸짓이 있고 김광균의 숨가뿐[숨 가쁜] 침묵이 있는 것 같다"(2: 145)고 밝힌다. 그러나 어떤 의미에서는 김기림이 자신의 작품을 두고 하는 말처럼 들린다.

그런가 하면 김기림은 해방 후 문단에 새로 등장한 신인 시인에 대한 기대가 무척 크다. 그들은 일제강점기의 문학적 습성에 젖지 않았기 때문이다. 김기림은 새로운 시인들로 잡지《학병》에 새롭게 등단한 김상훈(金尙勳)과 박산운을 꼽는다. 조선문학가동맹에서 활약한 김상훈은 1946년 박산운, 이병철, 유진오 등과 함께 『전위 시인집』을 발간하였다. 1945년 문단에 데뷔한 박산운은 《현대일보》 기자 등을 지내다가 1948년 월북하였다. 월북한 시인 중에서 그는 통일을 주제로 한 작품을 가장 많이 발표한 문인으로 알려져 있다. 평양에서 발간된 『조선문학통사』에서는 박산운이 이 분야의 시를 개척한 시인으로 평가한다.

김기림은 노동자 농민 계급의 혁명적인 역할에 무게를 두는 해방 시를 주목하는 반면, 조선 문단에 새로운 모습으로 다시 등장하는 예술지상주의의 위협을 경계하기도 한다. 이 새로운 형태의 예술지상주의에 대하여 그는 "그것이 어떠한 정치적인 불순한 외재적 의도에 이용되어 추진되는 기미가 있음을 불행한 일이다"(2: 146)라고 지적한다. 김기림이 말하는 정치적으로 불순한 '외재적 의도'란 당시 좌파 문인들에 맞서던 우파의 보수 이데올로기를 고수하려는 민족 진영측 문인들이나 그들을 후원하는 미 군정청을 의미하는 것 같다. 그러면서 김기림은 시인들이란 "공통된 세계적 고뇌"를 지니고 있을 터이니 "외재적 데마고크[데마고그]의 장중(掌中)을 떠나서" 시인들끼리 함께 모여 문제를 해결하자고 제안한다. 그러나 좌파 문인들과 우파 문인들이 무릎을 맞대고 현안 문제를 논의하여 문제를 풀기에는 그동안 두 진영 사이에 너무나 깊은 골이 파여 있었다.

김기림은 「『전위 시인집』에 부침」이라는 글을 해방을 맞이했을 때 느낀 벅찬 기쁨으로 시작한다. 시인답게 그는 "말할 수 없는 찬란한 무지개가 갑자기 우리들 길 앞에 피었을 적에……"(2: 147)라고 밝힌다. 이렇게 큰 희망에 가득 차 있었기 때문에 아무리 험난하고 첩첩한 고난이라도 두렵지 않았다고 고백한다. 이 글에서 그는 시인들에게 그들도 궁극적으로는 사회적 존재, "회호리바람에도 필적할 정치의 세계의 한 갈대"에 지나지 않는다는 사실을 다시 한 번 상기시킨다.

김기림은 젊은 시인들이 개인의 운명에 앞서 민족의 운명에 관심을 기울일 수밖에 없었다고 지적한다. 그는 10년 전 스페인 내전을 언급하며 "전세계 특히 구라파의 젊은 작가와 시인을 그 물굽이 속에 어떻게 끌어넣었던가를 잘 보아 알고 있다"(2: 147)고 말한다. 그러나 김기림은 W. H. 오든과 조지 오웰, 앙드레 말로 같은 문인들이 공화주의를 지키려고 스페인 내전에 참가한 사실을 언급하면서도 막상 그들이 인민전선에 적잖이 환멸을 느끼고 고국에 돌아온 사실에 대해서는 전혀 언급하지 않는다.

김기림이 논의 대상으로 삼는 『전위 시인집』은 제목 그대로 해방 후 흔히 젊은 다섯 시인의 작품을 한데 묶은 공동 시집이다. 앞에서 이미 언급한 김광현, 김상훈, 이병철, 박산운, 유진오 등의 작품이 수록되어 있다. 김기림은 이 글을 《경향신문》에 발표했다가 『시론』에 제목을 바꾸어 수록하였다. 이 시집에는 다섯 시인의 작품 외에 김기림의 서문과 오장환의 발문이 실려 있다. 이 공동 시집의 간행과 더불어 광복 직후 조선문학가동맹에서 활동하던 그들을 비롯하여 그들과 비슷한 경향의 신진 시인들을 흔히 '전위시인'이라고 불렀다. 김기림은 이병철의 「대열」에서 한 구절을 인용한다.

조금씩 서로 닮은
비슷비슷한 얼굴들
모두다
해바라기처럼 싱싱한
포기포기 (2: 148)

이 작품에 대하여 김기림은 "대중 속에서 나누는 생활의 감정에서만 올 수 있는 리리시즘이다. 시인은 자기의 호흡과 맥박에 맞는 말을 찾기 시작하였다"(2: 148)고 평가한다. 그가 여기서 서정성을 강조하는 것은 이러한 유형의 시가 자칫 "개념의 사막에 떨어져 메마르는 것"을 경계하기 위해서일 것이다. 김기림은 아무리 정치적 이데올로기를 강조하는 작품이라고 할지라도 "얼마만한 적당한 리리시즘의 습도"는 유지할 필요가 있다고 역설한다.

한편 김기림은 젊은 좌익 시인들에게 감상주의의 함정을 경계하면서도 '개념화의 한발(旱魃)'에 빠지는 오류를 삼갈 것을 당부한다. 이 『전위시인집』에 실린 작품 중에는 광복 직후의 민족의 과제와 현실에 대한 비판을 예술적으로 승화하지 못 한 채 정치적인 구호 차원에 머문 작품도 적지 않다. 예를 들어 유진오의 「누구를 위한 벅차는 우리의 젊음이냐?—「국제청년데이」는 1946년 9월 1일 청년데이 행사장에서 낭송한 작품으로 당시 유행한 '행사시(行事詩)'의 좋은 예라고 할 만하다.

그러나 해방 후 김기림이 발표한 비평문 중에서 가장 주목할 글은 역시 1946년 2월 전국문학자대회에 참석하여 한 강연 「우리 시의 방향」이다. 이 강연에서 그는 해방 이전에 그가 주장하던 것과는 사뭇 다른 것을 주장하기에 이른다. 『새노래』가 김기림의 시 문학에서 새로운 전환점을 보여준다면 「우리 시의 방향」은 그의 비평문학에서 새로운 전환점을 보여준다. 김기림은 "폭력과 조직을 한 손에 가진 적의 거진 일방적 공세 아래서 이 나라의 정치·경제·문화의 모든 영야(領野)가 역사상 유례를 볼 수 없는 가장 전형적인 제국주의의 진탕의 희생이 되었을 적에 우리의 시도 또한 같은 운명을 나누었었다(2: 136)고 먼저 운을 뗀다. 그러고 난 뒤 그는 일본이 패망한 지금 한국 문학이 역사적 전환점에 놓여 있다고 지적한다.

우리는 일찍이 이번 전쟁이 일어나던 1939년에 이 전쟁이야말로 르네상스에 의하여 전개되기 시작했던 '근대'라는 것이 한 역사상의 시대로서 끝을 마치고 그것이 속에 깃들인 뭇 모순과 불합리 때문에 드디어 파산할 계기라고 보았으며 또 계기를 만들어야 되리라는 견해를 표명한 적이 있다.

문화면에 있어서는 '근대'는 그 지나친 '아나르시'의 상태 때문에 대량적으로 한편에 있어서는 무지와 빈곤의 압도적 횡일(橫溢)의 결과, 정신적 황무지가 남아 있는데, 다른 한편에는 문화적 과잉으로부터 오는 정신의 낭비와 퇴폐가 퍼져가고 있는 불균형을 가져왔던 것이다. [⋯] 봉건적 귀족에 대하여 한 근대인임을 선언하는 것은 르네상스인의 한 영예였다. 오늘에 있어서 다시 초근대인임을 선언하는 것이야말로 새 시인들의 자랑일 것이다. (2: 141~142)

이 연설에서 김기림은 해방 정국의 문단과 관련하여 크게 세 가지 문제를 제기한다. 첫째, 근대는 여러 모순과 불합리로 말미암아 파산 상태에 놓여 있다. 2차 세계대전과 일본의 패망은 근대의 종언을 선언한 것과 크게 다르지 않다. 둘째, 앞으로 한국 시는 대중이 새 나라의 새 주인임을 깊이 깨달아야 한다. 김기림은 인민 대중을 "새로운 시의 온상이며 영야"라고 부르면서 "시인은 이 상(傷)하고 주린 그러나 새 나라의 주인이 될 대중을 그 생활을 통해서 포용하고 이해해야 할 것이다"(2: 141)라고 밝힌다. 셋째, 근대는 역사의 뒤안길로 사라지고 이제 새로운 탈근대의 시대가 찾아왔다. 김기림은 '탈근대' 대신 '초근대'라는 용어를 사용하지만 두 개념은 동일하다. 중세 봉건 귀족의 가치관을 무너뜨린 것이 근대성이라면 2차 세계대전 이후 근대성에 의문을 품는 것이 바로 초근대성이라는 것이다. 그러면서 그는 오늘날 초근대인임을 선언하는 것이야말로 '새 시인들의 자랑'이라고 밝힌다.

김기림이 서구에서도 일부 지식인을 중심으로 탈근대에 대한 의식이 어렴풋하게 떠오르던 1940년대에 이렇게 일찍이 근대에 대한 반성을 언급한다는 것이 여간 놀랍지 않다. 그런데 김기림이 말하는 초근대의 개념은 1940년대 초 일본 지식인들이 논의한 '근대의 초극'을 언급하는 것 같다. 김기림의 '초근대'는 서양 철학자들이나 문학 연구가들이 흔히 말하는 포스트모더니티(탈근대성)와는 그 성격이 조금 다르다. 서양에서 포스트모더니티는 일반적으로 사회, 문화, 예술 영역에서 모더니티(근대성)로부터 벗어나려는 총체적 운동을 일컫는다. 앤서니 기든스 같은 이론가는 현대의 위기가 근대 사회질서의 해체에서 시작된 것이라기보다는 근대성의 여러 결과가 좀 더 급진적이고 보편적 형태를 띠면서 비롯했다고 진단한다. 그래서 그는 포스트모더니티를 탈근대성이 아닌 '후기 근대성'의 개념으로 이해할 것을 제안한다.

이렇듯 외국 학계이든 국내 학계이든 포스트모더니티는 그동안 모더니티에 대한 비판적 반성이냐, 아니면 모더니티의 급진적 연장이냐를 두고 논란이 끊이지 않았고, 지금도 아직도 완전히 해결되지 않은 상태에 있다. 그러나 사회-역사적 개념으로서의 포스트모더니티는 문학과 예술의 개념으로서의 포스트모더니즘보다는 모더니티에 대한 비판적 반작용이 훨씬 강하다.[47] 김기림은 "새로운 시대가, 근대를 부정하는 새로운 시대가 지구상의 어느 지점에 시작되어도 상관이 없을 것이다"(2: 142)라고 주장함으로써 탈근대/초근대를 근대의 부정으로 파악한다.

그런데 김기림의 초근대성은 여러 문제점을 안고 있다. 가령 그는 방금 앞에서 인용한 문장에 이어 곧바로 "세계사의 한 새로운 시대는 이 땅에서부터 출발하려 한다. 또 출발해야 할 것이다"(2: 142)라고 말한다. 놀랍게도 그는 세계 어느 국가보다도 한국에서 탈근대/초근대가 시작되어야 한다고 지적한다. 또한 그가 이러한 사실을 존재나 현상으로 파악하는데 그치지 않고 당위로 파악하는 것도 여간 놀랍지 않다.

김기림이 일제의 식민지 지배에서 갓 해방된 한국에서 탈근대/초근대를 언급하는 것은 시기상조라고 볼 수밖에 없다. 혹독한 식민주의를 겪으면서 조선은 근대조차 제대로 경험해 보지도 못한 채 어정쩡하게 봉건시대와 결별했기 때문이다. 그동안 굳게 닫아 놓았던 쇄국의 문이 갑자기 열리면서 서구문물이 물밀 듯이 들어오던 상황에서 우리는 황급히 근대를

---

47) 이 문제에 대해서는 김욱동, 『포스트모더니즘: 문학/예술/문화』 개정판(서울: 민음사, 2004), 34~65쪽; 김욱동,『모더니즘과 포스트모더니즘』 개정판(서울: 현암사, 2004), 30~40, 197~205쪽; 김욱동,『포스트모더니즘』(서울: 연세대학교 출판부, 2008), 44~54쪽 참고.

받아들일 수밖에 없었다. 이 점과 관련하어 김기림은 "잠시 열렸다 닫혔다 하는 동안에 비좁은 문틈을 새어 들어오고 또 유신(維新) 일본을 거쳐 밀려들어온 '근대'의 섬광은 드디어 개화사상이라는 형태로 차츰 허울과 틀이 잡혔던 것이다"(2: 45)라고 밝힌 적이 있다. 서구문물을 받아들이는 '문틈'이 비좁을 뿐 아니라 그것마저도 메이지 유신을 통하여 동양에서는 제일 먼저 개화한 일본을 거쳐 간접적으로 들어왔다.

조선이 추구해 온 근대는 서양에서는 이미 한물 지나간 것이었다. 그렇다면 우리가 수입한 근대는 한낱 근대의 끝물을 수입한 것으로 '열매 없는 도로(徒勞)'에 지나지 않는다. 김기림이 조선이 받아들인 근대는 "전후 구라파의 하잘것없는 신음소리였으며 '근대' 그것의 말기적 경련이 아니었던가"(2: 48)라고 절망감에서 털어놓는 것은 바로 그 때문이다. 현해탄을 통하여 들어왔든 압록강이나 두만강을 통하여 들어왔든 조선의 근대화는 김기림의 지적대로 "늘 소문의 형태로" 찾아왔다.

김기림이 근대의 파산을 선고한 것은 전국문학자대회에서 「우리 시의 방향」을 강연한 1946년보다 몇 해 전으로 거슬러 올라간다. 그는 1940년 10월 《인문평론》에 발표한 「30년대의 소묘」에서 이미 근대가 파국을 맞이했다고 지적한다.

조선은 근대사회를 그 성숙한 모양으로 이루어보지도 못하고 근대정신을 그 완전한 상태에서 체득해 보지도 못한 채 인제 '근대' 그것의 파국에 좋든 궂든 다닥치고 말았다. 벌써 새로이 문화적으로 모방하고 수입할 가치 있는 것을 구라파의 전장(戰場)에서 기대할 수는 없다. 또 다시 불구한 상태 그대로로 창황한 결산을 해야 하게 되었다." (2: 51)

김기림이 이 글을 발표한 것은 일본 제국주의가 태평양 전쟁을 준비하고 서유럽에서는 독일군이 파죽지세로 유럽을 침공하던 무렵이었다. 근대가 파국에 이미 이르렀다는 사실을 깨닫고 있으면서도 그는 유럽의 전쟁터에서 아직 탈근대/초근대의 가치를 기대할 수는 없다고 밝힌다. 막스 호르크하이머와 테오도르 아도르노는 『계몽의 변증법』(1947)에서 계몽주의에서 신처럼 떠받들던 이성이 도구적 수단으로 전락한 점을 비판하였다. 도구적 이성은 자연을 지배하는 원동력이 되어 기술문명의 성을 쌓을 수 있었다. 호르크하이머와 아도르노를 비롯한 허버트 마르쿠제 같은 프랑크푸르트학파 이론가들은 아돌프 히틀러의 극우 전체주의나 이오시프 스탈린의 극좌 전체주의도 계몽주의의 도구적 이성의 탓으로 돌린다. 주술과 신화의 공포에서 인간을 해방시켜 준 계몽주의적 이성이 20세기에 이르러서는 인류를 억압하는 이데올로기라는 새로운 신화로 전락하였다. 호르크하이머와 아도르노가 『계몽의 변증법』에서 "신화는 이미 계몽이 되고, 계몽은 신화로 되돌아간다"[48]고 주장하는 까닭이다. 서유럽의 전쟁에서 배울 가치가 없다는 김기림의 주장과는 달리 어수선한 해방 정국에서 배워야 할 것은 다름 아닌 도구적 이성의 위험성이었다.

　더구나 위 인용문에서 특히 주목해 볼 대목은 김기림이 마지막 문장에서 "또 다시 불구한 상태 그대로로 창황한 결산을 해야 하게 되었다"고 말한다는 점이다. 그의 말처럼 '창황하게', 즉 놀라거나 다급하여 어찌할 바를 모르거나 미처 어찌할 사이 없이 매우 급작스럽게 서둘러 근대를 청산할 필요는 없다. 급히 서두다가는 19세기 말엽과 20세기 초엽 선배 작가들이 근대를 잘못 받아들인 것처럼 탈근대/초근대도 자칫 잘못 받아들

---

48) Max Horkheimer and Theodor W. Adorno. *Dialectic of Enlightenment* (New York: Continuum, 1990), p. xvi.

일 가능성이 무척 크기 때문이다. 그렇게 되면 탈근대/초근대도 근대처럼 "불구한 모양"을 띨 수밖에 없을 것이다.

해방 후 김기림의 태도는 1930년대 영국 문단을 휩쓸던 흔히 '오든 그룹' 또는 '오든 세대'로 일컫는 일군의 시인들의 태도와 여러모로 비슷하다. 루이 맥니스, 스티븐 스펜더, W. H. 오든, C. 데이루이스의 머리글자를 따서 흔히 '맥스폰데이(MacSpaunday)로 일컫는 '뉴컨트리' 그룹은 T. S. 엘리엇에 맞서 중도 좌파의 사회주의를 부르짖었다. 특히 오든은 동반자 작가로 공산당 당원은 아니었고 다만 좌파의 평등주의에 동조했을 뿐이었다. 그래서 그의 자유주의적인 감수성은 독자의 기대에 크게 부응할 수 없었다. 스페인 내전에서 돌아온 뒤 오든은 "시는 아무것도 일어나게 할 수 없다"고 말하면서 사회주의 노선을 버리고 미국으로 건너갔다.

김기림이 말하는 '초근대'의 개념도 어떤 의미에서는 오든 세대의 사회주의와 비슷하다. 당시 김기림의 문학관도 동반자 작가나 기껏해야 중도 좌파의 태도밖에는 되지 않았다. 그렇다면 자유주의에 뿌리를 둔 그의 문학적 행보는 가히 시대착오적이라고 할 만하다. 이러한 김기림의 태도와 관련하여 이활은 "우익에서 바라다볼 때엔 문자 그대로 빨간 공산주의자였고, 좌익에서 볼 땐 그야말로 행동은 하지 않고 머릿속에서 좌익을 하는 시인이었다"[49]고 지적한다.

김기림의 사망에 대해서는 아직도 정확하게 알려진 사실이 없다. 다만 김기림이 북한으로 끌려가던 중 정지용과 마찬가지로 폭격으로 사망했다는 것이 지금으로는 가장 유력하다. 앞에서 언급한 『조선문학통사』를 비롯한 북한 자료를 보아도 이기영, 한설야, 송영과는 달리 그에 관한 언급

---

49) 이활, 『정지용·김기림의 세계』, 294쪽.

은 좀처럼 나오지 않는다. 김기림이 설령 무사히 평양에 도착했다고 하더라도 그보다도 좌파 문학 운동에 훨씬 적극적이었던 임화와 김남천이 숙청되는 상황에서 그 또한 숙청의 칼날을 무사히 비켜가지는 못했을 것이다.『조선문학통사』에서 집필자는 "이 시기 미제의 고용 간첩들인 박헌영, 리승엽 도당들은 해방 직후부터 남조선에서 소위 자기들의 반동적 '문학 로선'을 조직하고 림화, 리태준, 김남천 등 반동 작가들을 규합하여 '현재 조선문학은 계급적 문학이 되어서는 안 되며 어디까지나 근대적 의미에서의 민족적 문학이 되어야 한다'라고 공공연하게 떠들고 나왔다"[50]고 주장한다.

1930년대와 1940년대에 걸쳐 김기림의 비평 활동은 그야말로 보기 드물게 왕성하였다. 그는 아마 최재서와 더불어 당시 가장 정력적으로 활약한 비평가에 속한다. 이렇게 왕성하게 활약한 만큼 김기림의 비평에서 부딪치게 되는 문제점도 없지 않다. 무엇보다도 그의 비평에는 일관성이 조금 부족하고 모순적일 때가 있다. 월트 휘트먼은 「나 자신의 노래」에서 "나는 모순을 범하는가? 그래도 좋다. 나는 모순에 빠져 있다.(나는 도량이 넓어 많은 것을 포용한다)"고 노래한다. 그러나 이것은 어디까지나 시인의 입에서 나올 말일망정 비평가의 입에서 나올 말은 아니다.

김기림의 이러한 모순은 T. S. 엘리엇에 대한 평가에서 엿볼 수 있다. 김기림은『시의 이해』에서 엘리엇의『황무지』첫 부분을 인용하면서 "T.

---

50) 조선사회과학원 문학연구소 편,『조선문학통사』, 195쪽. 또한 이 책에는 "박헌영이 파견한 림화, 리태준 등 반동 작가들은 북반부에까지 교묘하게 기어들어 아직 자기들의 정체가 탄로되지 않는 동안 그의 합법적 지위를 리용하여 은밀히 반동적 작가들을 규합하고 의지가 박약하고 사상적으로 건전치 못한 분자들을 추동시켜 인민들 속에 악독한 부르죠아 반동사상 독소를 퍼뜨리려고 기도하였다"(195쪽)고 기록되어 있다.

S. 엘리엇의『황무지』에서는 끝없는 절망밖에는 나올 것이 없다"(2: 260)고 주장한다. 김기림은 엘리엇의 이 작품 첫 구절을 인용한 뒤 곧바로 W. H. 오든의『스페인』(1937) 첫 연을 인용한다. 그러면서 "이러한 역사의 투시에서 올 수 있는 것은 미래에 대한 굳은 신념일 터이며, 거기 대응해서 빚어지는 태도란 적극적인 의욕에 팽팽하게 차 있는 그것일 수밖에 없다"(2: 261)고 말한다. 엘리엇은『황무지』에서 제목 그대로 1차 세계대전 이후 서구 문명에 대한 회의와 절망, 공허감을 드러내었다. 엘리엇 작품보다 15년 늦게 나온『스페인』은 김기림의 말대로 '미래에 대한 굳은 신념'과 미래지향적 태도에 대한 '적극적 의욕'을 표현한 작품이다.

한편 김기림은 1948년 엘리엇이 노벨 문학상을 받은 것을 계기로 쓴 글에서 "1차 대전 후 저 혼미와 불안에 찬 20년대의 정신적 징후를 그의 독특한 상징주의식 방법으로 정확하고 함축 있게 짚어내서 보여준 곳에 그의 시의 남다른 성격이 있는 듯하다"(2: 384)고 높이 평가한다. 그러면서 그는 계속하여 "그는 다만 병든 시대의 징후를 미시적에 가까운 정도로 세밀하게 진단할 따름, 거기에 대한 처방은 처음에는 쓰지 않았다"고 지적한다(2: 285). 김기림의 지적대로 시인이나 작가는 삶의 문제에 진단을 내릴 뿐 처방을 내리지는 않는다.

그런데 앞에서 이미 언급했듯이 김기림은 어제의 시가 과거의 문제를 다루듯이 오늘의 시는 현재의 삶을 다룬다고 밝힌다. 그렇다면 엘리엇은 1920년대 유럽의 정신적 파산 상태를 설득력 있게 다루었고, 스펜더는 1930년대의 미래 지향적인 유럽의 문제를 낙관적으로 다루었다. 그러므로 엘리엇의『황무지』에서는 끝없는 절망밖에는 나올 것이 없다는 그의 주장은 받아들이기 어렵다.

엘리엇은 『황무지』에서 인류 역사에서 일찍이 유례를 찾아볼 수 없던 전쟁을 겪고 난 뒤 유럽인이 느끼는 정신적 불안과 고뇌와 절망을 설득력 있게 표현하였다. 그러나 "죽은 땅에서 라일락을 키워 내듯이" 현대인은 정신적 폐허에서 새 삶을 건설하고 불안과 고뇌와 절망에서 희망을 싹틔울 수 있다. 한편 스펜더는 스페인 내전을 긍정적 역사 발전으로 노래하지만 프란시스코 프랑코가 40년 가깝게 독재자로 군림하면서 스페인 국민을 억압할 것을 미리 예측하지 못하였다.

한편 김기림은 문학사를 기술하면서 가끔 오류를 범하기도 한다. 예를 들어 그는 『시의 이해』 1장 '시의 비밀'에서 "콩트가 그의 유명한 『영문학사』 서문에서 문학을 한갓 천재의 정신적 활동에만 돌리던 재래의 풍속을 일축해 버리고, 그것을 어디까지나 한 사회적 사실로서 파악하고 해명하기 위한 간점(看點)으로, 민족(race), 환경(milieu) 시대(moment)의 셋을 내세운 것은 너무나 유명한 상식이 되었다"(2: 202)고 밝힌다. 그러나 이 유명한 말을 한 것은 오귀스트 콩트가 아니라 19세기 실증주의를 대표하는 프랑스 사상가요 역사가인 이폴리트 텐이었다. 4권에 이르는 방대한 저서 『영국문학사』(1863~1864) 서문에서 텐은 문학과 예술 작품이 '환경'과 '시대', '종족'의 토양에서 생산된다고 주장하여 관심을 끌었다. 텐은 자연주의에 이론적 근거를 마련해 준 그의 이러한 주장을 그의 『예술철학』(1865)에서도 거의 그대로 되풀이한다.

김기림의 이러한 오류는 『문학개론』에서도 엿볼 수 있다. 2장 '문학의 심리학'에서 그는 "마르세르 프루스트의 『파도』 또는 『등대로』와 같은 소설은 사람의 의식 세계를 넘어서 무의식의 처녀지에까지 부월(斧鉞)을 가한 것이다"(3: 20)라고 밝힌다. 그러나 『파도』(1931)와 『등대로』(1927)를 창작한 작가는 프랑스 작가 프루스트가 아니라 영국의 여성 작가 버지니아 울프다. 물론 모더니즘 전통에 속하는 두 작가는 작중인물의 무의식 세계에 깊은 관심을 기울였다는 점에서 서로 비슷할지 몰라도 국적이나 작품은 엄연히 다르다.

김기림의 비평적 안목은 동양 문화와 서양 문화 또는 순수 예술과 이념 예술을 함께 아우를 만큼 넓을 뿐 아니라 비교적 균형이 잡혀 있다. 전반기에 걸쳐 활약한 강점기 활약한 비평가 중에서 그처럼 넉넉한 비평안을 갖춘 사람도 아마 찾아보기 쉽지 않다. 그는 한 나라의 문학이 섬처럼 홀로 설 수는 없고 대륙의 일부처럼 다른 나라의 문학과 유기적으로 관련을 맺으며 발전해야 한다고 늘 생각하였다.

이 점과 관련하여 김기림은 "오늘에 있어서는 벌써 한 나라의 문학은 세계적 교섭에서 전연 절연된 상태에서 존립할 수는 없다"(5: 30)고 잘라 말한다. 문학은 작가의 내부에서 시작하여 민족으로, 다시 민족을 넘어서 세계로 확대한다고 지적한다. 김기림의 이러한 문학관은 해방 후 순수문학에서 젖을 떼고 점차 정치적 이념을 표방하는 사회주의 문학으로 경도되면서도 조금도 달라지지 않았다. 1946년 2월 전국문학자대회에서 행한 강연에서 김기림은 시인이든 소설가든 모든 문학가는 하나같이 "인류의 높은 이상의 충실한 수직(守直)이 되어 자라가는 세계문화에 공헌함으로써만 [문학의] 책무를 이행할 수 있을 것이다"(2: 143)라고 천명한다.

더구나 김기림은 조선문학이 세계문학으로 나아가는 데 외국문학자의 역할 무척 크다고 주장한다. 최재서의 비평 활동과 시단에 끼치는 영향에 주목하며 그는 "우리는 현대에 관심하는 더 많은 독실한 외국 문학자를 가지기를 원한다"(2: 362)고 밝힌다. 문화 상대주의를 기반으로 보편주의와 특수주의 사이에서 조화와 균형을 꾀하려는 외국문학자는 어느 누구보다도 자국문학과 외국문학 사이에서 교량 역할을 할 수 있기 때문이다. 더러 예외가 없는 것은 아니지만 외국문학 연구가 중에는 될수록 편협한 국수주의에서 벗어나 좀 더 열린 마음으로 세계정신을 호흡하려는 사람이 적지 않다.

김기림은 세계문학의 필요성을 역설하면서 자연스럽게 그동안 잠자고 있던 동양을 깨워 세계무대로 끌고 나왔다. 굳이 오스발트 슈펭글러의 『서양의 몰락』(1918)을 예로 들지 않더라도 김기림은 인류 역사가 주류 문화와 주변 문화는 끊임없이 서로 접촉하고 교류하면서 발전해 왔다고 지적한다. 동양이 노쇠하여 지쳐 있을 때 젊은 서양에서 자양분을 얻었듯이 이제는 노쇠한 서양이 잠에서 막 깨어나 활기를 되찾은 동양에게서 새로운 자양분을 얻어야 할 차례다.

그런데 이렇게 새로운 활력을 얻는 방법 중 하나는 서로 이질적인 두 문화를 창조적으로 결합하는 것이다. 김기림은 "동양 문화와 서양 문화의 결혼—이윽고 세계사가 구경하여야 할 향연일 것이고 동시에 한 위대한 신문화 탄생의 서곡일 것이다"(6: 55)라고 밝힌다. 세계문학이 궁극적으로 추구하는 것도 동양 문학과 서양 문학의 행복한 결혼, 결혼식이 끝나고 벌어질 한바탕 즐거운 향연, 그리고 두 부부 사이에서 태어나게 될 새로운 생명일 것이다.

참고문헌

I. 잡지 및 신문

《우라키(The Rocky)》
《학지광(學之光)》
《해외문학(海外文學)》
《태서문예신보(泰西文藝新報)》
《삼천리(三千里)》
《민성(民聲)》
《조선지광(朝鮮之光)》
《조선문단(朝鮮文壇)》
《조선중앙일보(朝鮮中央日報)》
《독립신문(獨立新聞)》(중국 상하이)
《신한민보(新韓民報)》
《조선일보(朝鮮日報)》
《동아일보(東亞日報)》

II. 국내 단행본 문헌

권영민.『한국 계급문학 운동연구』. 서울: 서울대학교 출판문화원, 2014

권영민 편.『김환태가 남긴 문학 유산』. 서울: 문학사상사, 2004.

____ 편.『정지용 전집』전 3권. 서울: 민음사, 2016.

김동석.『예술과 생활』. 서울: 박문서관, 1947.

____『뿌르조아의 인간상』. 서울: 탐구당, 1949.

김영진 편.『김환태 전집』. 서울: 현대문학사, 1972.

김욱동.『대화적 상상력: 미하일 바흐친의 문학 이론』. 서울: 문학과지성사, 1988.

____『세계문학이란 무엇인가』. 서울: 소명출판, 2020.

____『외국문학연구회와《해외문학》』. 서울: 소명출판, 2020.

____『아메리카로 떠난 조선의 지식인들』. 파주: 이숲, 2020.

____『눈솔 정인섭 평전』. 서울: 이숲, 2020.

____『《우라키》와 한국 근대문학』. 서울: 소명출판, 2022.

____『이양하: 그의 삶과 문학』. 서울: 삼인출판, 2022.

____『최재서: 그의 삶과 문학』. 서울: 민음사, 2023.

김윤식.『한국근대문예비평사 연구』. 서울: 일지사, 1976.

김준현 편.『이헌구 선집』. 서울: 현대문학사, 2011.

김학동.『김기림 연구』. 서울: 시문학사, 1991.

김학동 · 김세환 공편.『김기림 전집』1~6권. 서울: 심설당, 1988.

백 철.『신문학사조사』. 서울: 신구문화사, 2003.

사회과학원 문학연구소.『조선문학통사: 현대문학 편』. 평양: 사회과학출판사, 1959.

설희관 편.『설정식 문학전집』. 서울: 산처럼, 2012.

오장환.『병든 서울』. 서울: 정음사, 1947.

윤세평.『해방전 조선문학』. 평양: 조선작가동맹 출판사, 1958.

이광수.『이광수 문학전집 1』. 서울: 삼중당, 1962.

이 활.『정지용 · 김기림의 세계』. 서울: 명문당, 1991.

장도준.『김환태 비평연구』. 서울: 태학사, 2014.

정인섭.『이제는 하고 싶은 이야기』. 서울: 신원문화사, 1980.

____『못 다한 이야기』. 서울: 휘문출판사, 1989.

조선문학가동맹 편.『건설기의 조선문학』. 서울: 조선문학가동맹 중앙집행위원회 서기국, 1946.

최재서.『문학과 지성』. 경성: 인문사, 1938.
_____.『최재서 평론집』. 서울: 청운출판사, 1961.
_____. 노상래 역,『전환기의 조선문학』. 경산: 영남대학 출판부, 2006.

III. 외국 단행본 문헌

Adams, Hazard, ed. *Critical Theory Since Plato*. New York: Harcourt Brace Jovanovich, 1971.

Aldington, Richard, and Stanley Weintraub. *The Portable Oscar Wilde*. Harmondsworth: Penguin Books, 1981.

Arnold, Matthew. *Selections from the Prose Works of Matthew Arnold*, ed. William Savage Johnson. Boston: Houghton Mifflin, 1913.

Barth, John. *The Friday-Book: Essays and Other Nonfiction*. New York: Putnam, 1984.

Eliot, T. S. *Selected Essays: 1917~1932*. New York: Harcourt, Brace, 1950.

Flaubert, Gustave, and George Sand. *Correspondence of Gustave Flaubert George Sand*. London: Harvill Press, 1921.

Hall, Stuart. *Encoding and Decoding in the Television Discourse*. Birmingham: University of Birmingham Centre for Cultural Studies, 1973.

Hulme, T. E. *Speculations: Essays on Humanism and the Philosophy of Art*, ed. Herbert Read. London: Kegan Paul, Trench, Truber, & Co., 1924.

Kant, Immanuel. *Critique of the Power of Judgment*, ed. Paul Guyer, and trans. Paul Guyer and Eric Mathews. Cambridge: Cambridge University Press, 2000.

Karl, Frederick R. *Modern and Modernism: The Sovereignty of the Artist 1885~1925*. New York: Athenaeum, 1985.

Kim, Wook-Dong. *Translations in Korea: Theory and Practice*. London: Palgrave Macmillan, 2019.

_____. *Global Perspectives on Korean Literature*. London: Palgrave Macmillan, 2019.

Lane, Michael, ed. *Structuralism: A Reader*. London: Routledge, 1970.

Liu, Lydia H. *Translingual Practice: Literature, National Culture, and Translated Modernity—China, 1900-1937*. Stanford: Stanford University Press, 1995.

Marx, Karl. *Grundrisse: Foundations of the Critique of Political Economy*, trans. Martin Nicolaus. New York: Penguin Classics, 1993.

Marx, Karl, and Friedrich Engels. *Selected Works*, Vol. One, trans. Samuel Moore. Moscow: Progress Publishers, 1969.

Pater, Walter. *The Renaissance: Studies in Art and Poetry: The 1893 Text*. Berkeley: University of California Press, 1980.

Pound, Ezra. *How to Read*. London: Desmond Harmsworth, 1931.

Richards, I. A. *The Philosophy of Rhetoric*. London: Oxford University Press, 1936.

_____. *Poetries and Sciences*. New York: W. W. Norton, 1970.

Suh, Serk-Bae. *Treacherous Translation: Culture, Nationalism, and Colonialism in Korea and Japan from the 1910s to the 1960s*. Berkeley: University of California Press, 2013.

Voloshinov, V. N. / Mikhail Bakhtin. *Marxism and the Philosophy of Language*, trans. Ladislav Matejka and I. R. Titunik. Cambridge, MA: Harvard University Press, 1986.

Wellek, Rene, and Austin Warren. *Theory of Literature*, 3rd ed. New York: Harcourt Brace Jovanovich, 1970.

http://www.gutenberg.org/ebooks/12628

https://www.marxists.org/archive/marx/works/1848/communist-manifesto/

https://www.marxists.org/archive/marx/works/1857/grundrisse/

비평의 변증법

김환태·김동석·김기림의 문학비평

1판 1쇄 발행일 2022년 11월 15일
지은이 | 김욱동
펴낸이 | 김문영
펴낸곳 | 이숲
등록 | 제406-3010000251002008000086호
주소 | 경기도 파주시 책향기로 320 메이플카운티 2-206
전화 | 02-2235-5580
팩스 | 02-6442-5581
홈페이지 | http://www.esoope.com
페이스북 | facebook.com/EsoopPublishing
Email | esoope@naver.com
ISBN | 979-11-91131-42-0 03810

▶ 이 도서는 한국출판문화산업진흥원의 '2022년 중소출판사 출판콘텐츠 창작 지원 사업'의 일환으로 국민체육진흥기금을 지원받아 제작되었습니다.